Der homöopathische Arzt in der Kinderstube

SALZWASSER
VERLAG

Joh. J. Hirsch

Der homöopathische Arzt in der Kinderstube

Unveränderter Nachdruck der Originalausgabe von 1865.

1. Auflage 2022 | ISBN: 978-3-37500-906-9

Verlag: Salzwasser Verlag GmbH, Zeilweg 44, 60439 Frankfurt, Deutschland
Vertretungsberechtigt: E. Roepke, Zeilweg 44, 60439 Frankfurt, Deutschland
Druck: Books on Demand GmbH, In de Tarpen 42, 22848 Norderstedt, Deutschland

Der homöopathische Arzt in der Kinderstube.

Eine Belehrungsschrift für Eltern
und jüngere Fachgenossen

von

Joh. J. Hirsch

Leipzig,

1865.

Vorwort.

„Liebes Kind, vergiss ja nicht einige Brausepulver und das Fläschchen mit den Kirschlorbeertropfen, ein Schächtelchen mit gebrannter Magnesia, allenfalls auch einige Seidlitz-Pulver in meine Handtasche zu geben. Die verzeichneten Theesorten und das Brechwasser für den Kleinen hast Du wohl auch sämmtlich in den Koffer gepackt," — so hört man die zur Abreise aufs Land sich vorbereitende, geschäftige Hausfrau rufen, und nun frage ich — aus welcher Quelle wurden denn diese kleinen, medizinischen Kenntnisse geschöpft? — Ich glaube ihr Hausarzt hat ihr diesen Blick in den Tempel Aesculap's gestattet, und eben dieser Arzt mit seinen sämmtlichen Kollegen wird keinen Anstand nehmen eine Schrift zu verpönen und namentlich eine homöopathische, in welcher den Eltern, die für einige Monate sich aufs Land begeben, Andeutungen ertheilt werden, wie sie bei dem etwaigen Erkranken eines Kindes in Abwesenheit des Arztes zu verfahren haben, um sich vor dem Vorwurfe zu schützen, dass sie durch Verabsäumung einer einstweiligen Hilfsleistung ein anfangs vielleicht ganz geringfügiges Uebel zu einem gefahrdrohenden heranwachsen liessen.

„Thue recht, scheue Niemand!" — so lautet der Wahlspruch, der mich bestimmen konnte mehrseitig ausgesprochenen Wünschen nachzukommen und durch Herausgabe dieser Schrift dem Laien und meinen jüngeren Fachgenossen eine Art kleinen medizinischen Rathgebers an die Hand zu geben, selbst auf die Gefahr hin von Seiten des ärztlichen, namentlich des allopathischen Publikums deshalb bitter getadelt zu werden, und sind es doch eben diese Herren, die von jeher geneigt waren den homöopathischen Arzneien jede Wirksamkeit abzusprechen. In der That, ich bewundere die eiserne Konsequenz, mit der sie heute noch, wie vor 50 Jahren und länger, mit Hohn und Verachtung von ihrer Stiefschwester, der Homöopathie sprechen. Ich nenne sie „Stiefschwester“ und muss selbst dabei noch fürchten, dass man diesen Verwandtschaftsgrad als einen noch viel zu nahen zurückweisen wird. Höchst auffallend und sonderbar erscheint es, dass trotz des 50jährigen Kampfes die Homöopathie noch nich erlegen ist, ja im Gegentheile sie hat an Ausbreitung unbestritten bedeutend gewonnen, und noch sonderbarer, dass in dem Maasse, als die Homöopathie an Ausdehnung zugenommen, die Recepte der Allopathen an Länge bedeutend abgenommen haben. Dass die Medicin, als eigentliche Wissenschaft, in den letzten drei Decennien wesentliche Fortschritte gemacht habe, kann durchaus nicht in Abrede gestellt werden. Sie hat in den Untersuchungen, der das Kranksein in seiner äusseren Erscheinung begleitenden oder bedingenden, organischen Veränderungen unleugbar viel geleistet, sie hat durch ihre Forschungen zur Sicherstellung mancher schwierigen Diagnose Wesentliches beigetragen, aber, — woran dem Erkrankten am meisten gelegen sein muss, in der Kunst zu heilen, hat sie nicht gleichen Fortschritt gemacht. Ihre einzigen Errungenschaften in dieser Beziehung sind unbestritten eine auffallende Vereinfachung des ärztlichen Handelns und eine viel grössere Vorsicht in der Darreichung ihrer Arzneien im Allgemeinen und zum Theile auch rücksichtlich der Quantität der Arzneigaben. Aber auch von den, durch eine so lange Reihe von Jahren gewohnten, mitunter so massenhaften Blutentziehungen haben sie beinahe zur Gänze abgelassen! — Wenn wir den Gründen dieser nicht unbedeutenden Reform in der allopathischen Medicin mit Aufmerksamkeit nachspüren, so ergibt sich, dass die Homöopathie mit ihren kleinen Arzneidosen und ihren doch nicht abzuleugnenden Erfolgen den eigentlichen Impuls dazu gegeben habe. Je weniger die Allopathie von jeher geneigt war einer homöopathischen Arzneigabe irgend eine Wirksamkeit zuzusprechen, desto mehr Gewicht musste sie bei Beurtheilung günstiger Resultate des homöopathischen Heilverfahrens auf die Wirkung der Naturkraft legen. Alles, alles, was unter den Händen der Homöopathen geheilt wurde, war stets einzig und allein blos als das Resultat der Heilkraft der Natur betrachtet. Von diesem Wahne befangen, begannen manche Aerzte zu einem gewissen passiven Verhalten, zur sogenannten exspectativen Methode ihre Zuflucht zu nehmen, indem sie ihr ganzes Thun blos auf die Anordnung einer entsprechenden Diät beschränkten, und übrigens der Naturkraft das Heilgeschäft überliessen. Und siehe da, es ergaben sich in der That Fälle, bei denen dieses Fernhalten aller arzneilichen Eingriffe jedenfalls sich wohlthätiger erwies, als das frühere Einstürmen mit den mannigfachsten Arzneistoffen. — Noch erinnere ich mich lebhaft aus meinen Studienjahren an die Behandlung des Typhus, wobei zumeist nervenerregende Mittel in Anwendung kamen, die durchgehends viel mehr Schaden als Nutzen brachten, und dabei war die Sterblichkeit eine bei weitem grössere, als bei dem so einfachen Verfahren, wie dies heut zu Tage auf besseren Kliniken gang und gebe ist, wo man auf ein zweckmässiges Regime ein ganz besonderes Augenmerk richtet, und übrigens die Krankheit grösstentheils ihrem natürlichen Verlaufe überlässt, oder in manchen Fällen allenfalls zu einer Mineralsäure, der jedoch eine spezifische, homöopathische Beziehung zum typhösen Erkranken nicht fremd ist, seine Zuflucht nimmt. — Ja, die Naturkraft vermag in vielen Erkrankungsfällen unbestritten dem Kranken sowohl als dem Arzte ganz wichtige Dienste zu leisten, sie vermag selbst in manchen Fällen, wenn man ihr nur nicht hinderlich in den Weg tritt, für sich allein das Kranksein in Gesundheit zu umwandeln, aber — nur in manchen Fällen, während in der viel grösseren Mehrzahl der Krankheiten die Naturkraft für sich allein durchaus nicht ausreichend erscheint die drohende Gefahr abzuwenden. So sehen wir z. B. den von einem heftigen Blutflusse aus diesem oder jenem Organe befallenen Kranken unrettbar verloren, wenn nicht durch rasches, ärztliches Eingreifen Hilfe gebracht wird. Und wenn wir bei einem an der häutigen Bräune erkrankten Kinde uns nur auf die Heilkraft der Natur verlassen wollen, so sind wir in der That verlassen! — Die oft so stürmisch auftretenden Diarrhöen, als Symptom eines einfachen Darmkatarrhes werden selbst bei dem zweckmässigsten, diätetischen Verhalten in der Regel nicht weichen, wenn nicht die Kunst Hilfe zu schaffen weiss. Noch könnte ich ein gar langes Register von Krankheitsformen liefern, in denen erfahrungsgemäss die Heilkraft der Natur, selbst unter den günstigsten Aussenverhältnissen, keineswegs genügt, um das normale Befinden herbeizuführen, und alle diese Fälle kommen doch dem homöopathischen Arzte nicht minder selten zur Behandlung, als seinen allopathischen Kollegen, und würde unseren Patienten nicht die gewünschte Hilfe zu Theil werden, so wäre das homöopathische System schon längst verschollen. — Die kleine Dosis der Arznei ist es namentlich, die den grossen Stein des Anstosses bildet, und doch können Tausende von Familien es bereits bestätigen, dass z. B. bei mannigfachen Verkältungsbeschwerden 3—4 Tropfen der 15. oder selbst der 30. Verdünnung des *Aconit*, mit einem halben Glase Wasser gemischt und 1—2stündig zu 2 Kaffeelöffelchen gereicht, binnen wenigen Stunden die wohlthätigste Hautkrisis herbeizuführen im Stande sind, und wenn die winzig kleine Gabe *Aconit* diese unleugbare Wirkung zu äussern vermag, so lässt sich doch wahrlich nicht in Abrede stellen, dass auch andere Arzneien in kleinster Dosis augenfällige Heilwirkungen bewerkstelligen können. — Nehmen wir z. B. jenes bekannte Krankheitsbild, wobei unter fast stetem, höchst peinlichem Leibschneiden und unerträglich heftigem Drängen und Zwängen kleine blutigschleimige Stuhlentleerungen zum Vorschein kommen, ein Krankheitsbild, das mit dem Namen „Ruhr" bezeichnet wird, und wobei bekanntermaassen arzneilich eingeschritten werden muss, wenn man nicht den Kranken baldigst der höchsten Gefahr preisgeben will, und betrachten wir nun, wie diese höchst qualvolle und lebensgefährliche Symptomengruppe durch ein Stäubchen der 2. Verreibung des *Mercurius corrosivus*, in einem halben Glase Wasser gelöst und 2stündig zu 2 Löffelchen gereicht, binnen ganz kurzer Frist, oft schon nach 2—3 Stunden die wohlthätigste Veränderung erfährt, und gar häufig nach Ablauf von 24 bis spätestens 48 Stunden vollkommen beseitigt ist; und wenn wir nun untersuchen, wie gross diese Arzneidosis ist, so ergibt sich, dass sie kaum den 25,000. Theil eines Granes beträgt. Und dieser Arzneihauch soll noch eine Wirkung hervorbringen? Mögen die Zweifler nur diesen kleinen Versuch machen, und dem eben angeführten Krankheitsbilde, — wie dies genau mit diesen Symptomen auftritt, — diese unendlich kleine Gabe des *Mercurius corrosivus* entgegensetzen, und ihre Zweifel werden bald gehoben sein. Und so ist dies auch mit anderen Arzneien in anderen Krankheitsformen der Fall, wenn gleich die oft tiefer greifenden, organischen Störungen dem so raschen Zustandekommen der Heilung öfters einige Hindernisse in den Weg legen, die jedoch zu überwältigen diese kleinen Arzneiatome immerhin noch im Stande sind. — Kehren wir nach dieser kleinen Abschweifung zur Besprechung der Tendenz der vorliegenden Schrift zurück, und stellen wir die Frage, ob es zweckmässig, ob es von Vortheil sei, dem Laien einen Blick in den pathologischen Bildersaal zu gewähren, ihm gewissermaassen als Cicerone zu dienen, ihm sowohl die mehr als minder bedeutungsvollen Krankheitsbilder zu erklären, und seine besondere Aufmerksamkeit auf manche dieser Bilder hinzulenken, deren besondere Eigenthümlichkeit es mit sich bringt, dass sie scheinbar unbedeutend, genau besehen jedoch von grösster Wichtigkeit sind. Meines Erachtens kann es nur von Nutzen sein, wenn Eltern mit den mannigfachen Erkrankungsformen, mit den mannigfachen Gefahren, denen das Kindesalter dabei unterworfen ist, näher bekannt gemacht werden, indem dadurch der erforderliche Grad von Vorsicht geweckt wird und somit die ersten, geringfügig scheinenden Anfänge manches schwereren Leidens nicht so leicht unterschätzt oder gar übersehen werden. Ueberdies ist es von unberechenbarem Vortheile, wenn Eltern auch die Art und Weise kennen lernen, wie diese verschiedenen Krankheitsformen zu Stande kommen, welchen ursächlichen Verhältnissen sie ihr Entstehen verdanken, um durch gehörige Beachtung und Würdigung dieser, auf vielfältige Erfahrung sich stützenden Winke ihre Kinder vor der Gefahr des Erkrankens möglichst behüten zu können. Endlich hat der homöopathische Arzt, gleich dem allopathischen die Verpflichtung seinen Patienten für den Fall, als ein etwa eingetretenes, geringfügiges Unwohlsein die Beiziehung des Arztes eben nicht so dringend erheischt, oder selber nicht so rasch herbeigeschafft werden könnte, wie dies bei einem zeitweiligen Aufenthalte der Familien auf dem Lande so häufig sich ereignet, einige Mittel an die Hand zu geben, um eine leichtere Gesundheitsstörung selbst beseitigen oder einer schwereren, für den ersten Anfang wenigstens, zweckmässig entgegenwirken zu können. Soll ein erwachsener Patient aus unserem Lager, wenn er z. B. von einer Verdauungsstörung mit Obstipation heimgesucht wird, auf den Knalleffekt eines Seidlitzpulvers Verzicht leisten, so müssen wir ihn doch, wenn dergleichen Beschwerden ihm auf der Reise oder während seines Landaufenthaltes zustossen, auf ein anderes Mittel, etwa *Nux vomica* aufmerksam machen, um ihm die gewünschte Hülfe zu bringen, und wenn ein Kind während des ländlichen Séjour's plötzlich des Nachts von einem heiserbellenden Husten befallen wird, so müssen doch die der Homöopathie huldigenden Eltern, anstatt der bei dem allo p a t h i s c h e n Verfahren üblichen Darreichung eines Brechmittels, andere Arzneien zur Hand haben, und in ihrer Wahl und Anwendungsweise etwas unterrichtet sein, um wenigstens bis zur Ankunft des entfernter wohnenden Arztes dem oft schnell vorschreitenden Uebel möglichst rasch Schranken setzen zu können. — Auch für die Brausepulver und für die Kirschlorbeertropfen, für den Thee von Pfeffermünze und dergleichen Hausmittel mehr muss der homöopathische Arzt in den erforderliehen Fällen Ersatz bieten, und eben die Absicht diesen gerechten Ansprüchen, sowie den oben erwähnten, anderweitigen, wichtigen Bedürfnissen, möglichst Genüge zu leisten, bestimmte mich vorläufig eine lediglich auf die Krankheiten des Kindesalters sich beziehende, populäre Belehrungsschrift, von meinen besten Wünschen für den erspriesslichen Erfolg derselben begleitet, dem der Homöopathie zugethanen Theile des Publikums zu übergeben. Ich erachtete es für zweckmässig diese Schrift in zwei Hauptabschnitte zu theilen, in den d i ä t e t i s c h e n und den m e d i z i n i s c h e n T h e i l, und wäre es mein innigster Wunsch, dass die im diätetischen Abschnitte ertheilten, auf vieljährige Beobachtungen und Erfahrungen sich basirenden Vorschriften gehörig beachtet würden, um dass sich weniger Gelegenheit darböte in dem zweiten, dem medizinischen Theile sich Rath erholen zu müssen, denn die zweckmässige physische Erziehung ist es vorzugsweise, die der Jugend den sichersten Schutz vor so mannigfachen Erkrankungen gewährt. —

Der Verfasser.

Inhalt.

DIÄTETISCHER THEIL.

Es unterliegt wohl keinem Zweifel, dass man der Kunst Krankheiten verhüten zu können einen höheren Werth zugestehen müsse, als der Kunst Krankheiten zu heilen, und eben darum hat ein gewissenhafter Arzt, der seinen Berufspflichten streng nachzukommen bemüht ist, nicht blos die Aufgabe dem schon erkrankten Kinde die erwünschte Hilfe zu bringen, seine Aufgabe erstreckt sich auch dahin, durch Angabe gewisser diätetischer und anderweitiger Verhaltungsregeln und die eben dadurch zu erzielende kräftige Körperentwicklung dem Erkranken des Kindes möglichst vorzubeugen. Er muss mit allem Nachdrucke darauf hindeuten, dass von der sorgfältigen Befolgung dieser Vorschriften das körperliche Gedeihen des Kindes abhänge. Doch — je grösseres Gewicht wir auf diese Verhaltungsregeln im Allgemeinen legen, welche gewissermassen die Gesetze einer zweckmässigen physischen Körpererziehung liefern, von desto grösserem Belange muss es für Jedermann sein zu wissen, ob diesen Gesetzen auch in der That ein ganz vollwichtiger Werth zugesprochen werden könne. Drei competente Richter sind es, denen einzig und allein die Entscheidung dieser Frage zukömmt, und diese sind: die Natur, die Vernunft und die Erfahrung. Somit dürfen Verhaltungsregeln der körperlichen Erziehung, wenn sie förmlich als Gesetze erkannt werden sollen, weder der Natur, noch der Vernunft, noch der Erfahrung zuwiderlaufen. Aus der Gesammtheit dieser Gesetze geht die eigentliche Diätetik hervor, die hier speciell dem sich entwickelnden und in seiner physischen Ausbildung begriffenen kindlichen Organismus eine gewisse Lebensordnung zu bezeichnen hat, die ihm einerseits im ungestörten Durchschreiten seiner Entwicklungsphasen wesentlich behilflich ist, und andererseits die Erlangung eines höheren Grades physischer Vollkommenheit in Aussicht stellt. Wenn wir der, für die gedeihliche Entwicklung des Kindeskörpers zu treffenden Fürsorge unsere volle Aufmerksamkeit zuzuwenden beabsichtigen, so wird es unerlässlich, dass wir auch jenen Zeitpunkt nicht unbeachtet lassen, wo das Kind noch im Schoosse der Muttter sich befindet, und da in dieser seiner ersten Entwicklungsstufe das kräftige Gedeihen des sich ausbildenden Keimes von den Gesundheitsverhältnissen der Mutter vorzüglich abhängig ist, so wollen wir vorerst auch auf diese unser Augenmerk richten, und die Bedingungen erörtern, unter denen in diesem Zeitraume das erwünschte ungetrübte Wohlbefinden der Mutter am sichersten zu erhoffen wäre.

Verhaltungsregeln der Mutter während ihrer Schwangerschaft.

Würden Mütter stets ernst berücksichtigen, wie sehr von der Art ihrer Lebensweise während dieses Zeitraumes das Wohl und Weh nicht nur des kleinen Wesens, das sie in ihrem Schoosse noch beherbergen, sondern selbst ganzer Generationen abhängt, so dürfte man sich wohl der Hoffnung hingeben, dass die hier eben zu ertheilenden Vorschriften ernst gewürdigt und beherzigt würden, und diess um so mehr, als zum hinreichenden Ersatze für manche geringe Opfer ein grosser Lohn schon in dem beseligenden Bewusstsein zu finden ist, der Mutterpflicht streng nachgekommen zu sein, und überdiess wird auch die Lebensfrische des neugebornen Kindes, sein rasches Gedeihen sie mehr als genügend entlohnen. Bei der so innigen Verbindung, in der das Kind jetzt mit der Mutter steht, hat Alles, was auf die Mutter einwirkt einen unausbleiblichen Einfluss auf das so zarte Geschöpf, welches sie unter ihrem Herzen trägt. Das gesammte Nervensystem befindet sich während dieses ganzen Zeitraumes in einem Zustande erhöhter Reizbarkeit, und eben aus diesem Grunde muss die Mutter um so eifriger bemüht sein sich möglichst frei von dem nachtheiligen Einwirken heftiger Gemüthsaffekte zu erhalten, alle Veranlassungen dazu meiden, und die vollste Willenskraft ihnen entgegen setzen. Zahllos sind die Beispiele, wo in Folge heftiger Gemüthsbewegungen Mütter abortirten oder von mannigfachen gefahrdrohenden Nervenzufällen heimgesucht wurden. Ein gewisser Grad eigenthümlicher Nervenverstimmung gehört um diese Zeit gewissermassen zum normalen physiologischen Zustande. Daher erklärt sich das Auftreten so mancher ganz eigenthümlicher Erscheinungen als z. B. der krankhaften Gelüste, wobei Frauen nicht selten nach dieser oder jener Speise, mitunter selbst nach ungeniessbaren Dingen Verlangen haben. Bei so Vielen herrscht das Vorurtheil, es müsse ein dergleichen Verlangen so rasch als möglich befriedigt werden, wenn man nicht Gefahr laufen will, dass die Mutter oder das Kind durch die Entsagung zu Schaden komme; jedoch kann man fest überzeugt sein, dass dem nicht so sei, und wenn man auch gegen das oft sich meldende Gefühl von Leere im Magen ausser den gewöhnlichen Mahlzeiten irgend eine kleine Nachhilfe, etwa eine Tasse Suppe, ein weichgekochtes Ei u. s. w. sich gestatten kann, so darf die Befriedigung dieses Verlangens doch nie so weit gehen, dass man förmlich unregelmässig seine Mahlzeiten hält, oder dem Magen öfters Dinge einverleibt, die ihm ihrer Schwer- oder Unverdaulichkeit halber durchaus nicht zusagen können. Der Genuss leichter und doch nahrhafter Kost ist vorzugsweise zu empfehlen; blähende, fette, übermässig saure oder erhitzende Nahrungsmittel sind sorgfältig zu meiden. Zum Getränke eignet sich wohl am besten reines Quellwasser, doch ist der mässige Genuss eines leichten Bieres oder etwas gewässerten Weines, namentlich Individuen, die schon daran gewöhnt und überdies etwas schwächlicher sind, zu gestatten. Der übermässige Genuss von Kaffee, Thee, spirituosen Getränken, wird in diesem Zeitraume der grösseren Nervenerregbarkeit, der bedeutenderen Geneigtheit des Blutes zu Wallungen höchst nachtheilig, und möge daher mit vollem Nachdrucke zu widerrathen sein. — So wie übrigens einerseits die mässige, möglichst im Freien täglich vorzunehmende Körperbewegung während des Zustandes der Schwangerschaft unerlässlich ist, so muss andererseits vor zu bedeutenden körperlichen Anstrengungen, als zu ermüdenden Spaziergängen, Tanzen, Springen oder gar Reiten, Heben oder Ziehen schwerer Gegenstände ganz ernstlich gewarnt werden, denn wohl dürfte namentlich aus dem letztgenannten Verhaltungsfehler das so häufige Vorkommen falscher Kindeslagen bei der arbeitenden Klasse hauptsächlich herrühren. Aber auch das lang andauernde Sitzen oder Liegen während der Tageszeit ist zu widerrathen, ebenso langes Schlafen oder überflüssiges Verweilen im Bette. — In den Wohnungslokalitäten muss auch zur Winterszeit auf öftere Lufterneuerung Rücksicht genommen werden, und ist dies für Frauen im Zeitraume der Schwangerschaft um so empfehlenswerther, als selbe stärker zu transpiriren pflegen und überdies mehrere Tage nach der Entbindung, namentlich um die rauhere Jahreszeit auf gehörige directe Lufterneuerung Verzicht leisten müssen. — Alle Extreme der Lufttemperatur sind für Frauen, die in dergleichen gesegneten Umständen sich befinden, zu widerrathen, daher auch starke Stubenhitze und Spaziergänge im hohen Sommer und namentlich um die heissere Mittagszeit zu meiden wären, so wie andererseits der längere Aufenthalt im Freien bei sehr starken Frösten nicht empfehlenswerth ist. — Gehörige Pflege und Reinhaltung des Hautorgans wird um diese Zeit um so dringender, als die Hautausdünstung beträchtlich vermehrt ist, daher öftere kühle Waschungen des ganzen Körpers, so wie hin und wieder der Gebrauch eines lauen Bades anzurathen wären. — In Betreff der Kleidungsstücke darf nicht übersehen werden, dass ein wichtiges Haupterforderniss derselben Bequemlichkeit sei, und dürfen selbe daher nicht zu fest anliegen und müssen auch leicht an- und abgelegt werden können. Die allmählig zunehmende Ausdehnung des Unterleibes, das Anschwellen der Brustdrüsen machen ein bequemes Kleidungsstück unentbehrlich; doch muss selbes auch hinreichend warm halten und verlangt bei rauheren Witterungsverhältnissen und öfteren Witterungswechsel die Art der Bekleidung eine um so grössere Vorsicht. — Erheiterung, Zerstreuung in kleineren Kreisen und leichtere häusliche Beschäftigungen sind während der Dauer der Schwangerschaft ganz wichtige Behelfe, indem dadurch um so eher die Gelegenheit entzogen wird trüben Ideen, die sich während dieser Zeit aufzudrängen pflegen, zum Nachtheile ihrer Gesundheit nachzuhängen. Werden Frauen den eben erwähnten Verhaltungsregeln entsprechend ihre Lebensweise einrichten, so können sie sich getrost der Hoffnung hingeben, dass die Schwangerschaft sowie ihre Katastrophe, die Entbindung glücklich von Statten gehen werde, und dass sie im Genusse des erwünschten körperlichen Wohlseins auch mit Zuversicht ein kräftig entwickeltes, gesundes Kind erhoffen dürfen, während bei Nichtbeachtung dieser Verhaltungsregeln sehr zu fürchten ist, dass der Ausspruch des Weltweisen Aristoteles zur Wahrheit werde, der die Schwangerschaft „eine neun Monate dauernde Krankheit" nannte.

Verhaltungsregeln für die das Kind nährende Mutter, sowie in Betreff der Amme nebst einigen auf das Kind Bezug habenden Bemerkungen.

Während eines ganz normal vor sich gehenden Entbindungsgeschäftes hat sich die Frau nur mit etwas Geduld zu waffnen und muss sie hauptsächlich ihren Trost darin finden, dass sie mit jeder überstandenen Wehe, dem Ziele näher gerückt ist, und je kräftiger die Wehe war, desto gegründeter ist die Hoffnung bald von den Schmerzanfällen erlöst zu sein. Bei übrigens normalem Vorgange des Entbindungsaktes ist jedes, in der Absicht die Geburt zu beschleunigen, angeordnete Mittel streng zu verwerfen; selbst die von manchen unverständigen Geburtsfrauen öfters vorgenommenen Reibungen und Frottirungen des Unterleibes sind einerseits, so gelind sie auch vorgenommen werden mögen, für die Frau schmerzhaft, und können selbe andererseits bei etwas massiverem Zuwerkegehen sehr leicht zu nachfolgenden Unterleibsentzündungen Veranlassung geben. — Ist die Entbindung glücklich beendet, so darf die Mutter ohne alle Furcht das so häufig eintretende natürliche Bedürfniss des Schlafes nach Herzenslust befriedigen, jedoch unter der Voraussetzung, dass die Geburtsfrau dabei die unumgänglich nöthige Vorsicht gebrauche, hin und wieder behutsam unter die Decke zu langen, um sich genau die Ueberzeugung zu verschaffen, ob nicht etwa eine stärkere Blutung statthabe. Der Glaube, dass eine Wöchnerin nach beendigter Entbindung nicht schlafen dürfe, ist ein höchst albernes Vorurtheil, denn der Schlaf nach der Entbindung ist für die Mutter sogar zu ihrer Erholung höchst erforderlich, um so mehr wenn ihn die Natur dringend verlangt. — Die Diät der Wöchnerin, bei selbst ganz normalem Verlaufe des Wochenbettes muss, namentlich während der ersten vier bis fünf Tage äusserst frugal sein, um so frugaler, wenn die Mutter nicht selbst ihr Kind nährt. Zwei bis drei Stunden nach beendetem Geburtsakte kann der Mutter eine Tasse ganz leichte, lauwarme Fleischbrühe gereicht werden, und überhaupt hat sie im Verlaufe der ersten drei bis vier Tage sich hauptsächlich an leichte Suppenkost zu halten, und könnte allenfalls früh und Abends eine Schale Milch oder etwa ein Kaffeesurrogat zu gestatten sein. Bevor die Mutter das Bett nicht verlassen hat, möge man ganz vorsichtig mit der Darreichung von Fleischnahrung sein, und reicht sie ihrem Kinde nicht selbst die Brust, und sind überdies die Brustdrüsen von Milch strotzend, so wären nur höchst selten leichte Mehlspeisen zu gestatten. Nährt sie ihr Kind selbst, so könnte nach einigen Tagen bei übrigens vollkommen gutem Befinden, und namentlich, wenn die Wöchnerin von früherer Zeit her schon daran gewöhnt war, etwas leichtes Bier gestattet werden; jedoch wäre ich durchaus nicht geneigt der Ansicht beizupflichten, dass bei dem Säuggeschäfte das Bier unerlässlich sei, da vielfältige Erfahrung mich gelehrt hat, dass bei kräftiger und recht nahrhafter Fleisch- und leichter Mehlkost, und bei überdies ganz zweckmässigem Verhalten, bei hinreichender Bewegung in freier Luft die Milch sowohl in quantitativer als qualitativer Beziehung nichts zu wünschen übrig lasse und das Kind ganz vortrefflich gedeihe. Dasselbe gilt zwar auch von der Amme, jedoch sind dergleichen Individuen schon mehr an das Bier gewöhnt, werden auch nebenbei zu mannigfachen Arbeiten verwendet und kann es daher um so eher ohne Nachtheil ihnen gestattet werden. Das zuträglichste Getränk für die Wöchnerin ist unstreitig das reine, nicht gar zu kalte Quellwasser, namentlich während der ersten Wochen. Mit mannigfachen Theesorten den Magen überschwemmen ist ganz vernunft- und naturwidrig, man erschlafft auf solche Weise den Magen und benimmt die Aussicht auf ein bald zu erwachendes Verlangen nach Speise. — Eine Wöchnerin soll während ihres mehrtägigen Aufenthaltes im Bette stets in mässiger Transpiration sein, und diese wird bei mässiger Zimmertemperatur, und wenn nebstbei Sorge getragen wird, dass die Wöchnerin gleichförmig bedeckt sei, gewiss nicht fehlen. Unmässiges Schwitzen ist schon aus dem Grunde nicht zweckmässig, da es zu Verkältungen und ihren mannigfachen Folgeübeln Veranlassung gibt. — Hinreichende Leibesbewegung ist sowohl für die das Kind säugende Mutter als für die Amme unumgänglich nöthig, widrigenfalls man zu fürchten hat, dass die Milch zu consistent werde und dem Kinde Säure, Blähungsbeschwerden, Stuhlverhaltung und mannigfache andere Beschwerden verursache. Zu vieles Sitzen und Mangel an hinreichender Körperbewegung überhaupt, haben für Säugende auch noch den besonderen Nachtheil, dass während des Sänggeschäftes die Periode zu erscheinen pflegt, ein Uebelstand, der, wenn er auch nicht immer auffallend störend auf die Gesundheit des Kindes einwirkt, doch gewöhnlich die Milch qualitativ, mitunter auch quantitativ zu verändern vermag und jedenfalls der gleichförmigen, kräftigen Entwicklung des Kindes Eintrag machen könnte. Aber auch zu anstrengende Arbeiten, zu ermüdende Körperbewegungen sind säugenden Müttern und Ammen zu widerrathen. — Von Gemüthsaffecten haben sich Säugende so viel wie möglich zu enthalten, sie verändern die Qualität der Milch und wirken hiemit auch nachtheilig auf das Kind. — Beengender Druck der Kleidungsstücke und namentlich, wenn die Brustdrüsen selbst darunter leiden, ist strengstens zu meiden, da sehr leicht auf solche Weise Veranlassung zu wehen Brüsten gegeben wird, wodurch dann das Säuggeschäft eine Störung erleiden dürfte. — Zur Ernährung des neugebornen Kindes eignet sich wohl am zweckmässigsten die ihm von der Natur zugewiesene Muttermilch. Von mütterlichen Säften hat das Kind im Schoosse der Mutter gelebt und sollte daher auch ausserhalb desselben so lange wie möglich von der Mutter Brust genährt werden. — Wo unbeseitigbare Hindernisse obwalten, als z. B. üble Beschaffenheit der Brüste oder der Milch, Schwächlichkeit, Kränklichkeit, zu jugendliches Alter der Mutter, da müsste mit grösstmöglicher Vorsicht zur Wahl einer Amme geschritten werden, die jedoch, um vollkommen zum Säuggeschäfte geeignet zu sein, folgende Eigenschaften haben sollte:

1) Das Alter sowie das Temperament der Amme soll mit dem der Mutter ziemlich übereinstimmen; wenn jedoch die Mutter schon etwas bedeutender in Jahren vorgerückt ist, dann dürfte wohl eine etwas jüngere Amme zu wählen sein; ebenso wäre bei cholerischem Temperamente der Mutter die Wahl einer Amme von ruhigerem Gemüthe jedenfalls räthlicher.
2) Gar zu häufig vorausgegangene Entbindungen machen eine Amme nicht empfehlenswerth.
3) Die Zeit der Niederkunft der Amme soll von der der Mutter nicht zu bedeutend differiren, eher darf die Amme um einige Wochen früher als später entbunden haben.
4) Eine Amme soll ein gesundes Aussehen, einen kräftigen aber nicht zu fetten Körper haben, ihr Haarwuchs muss üppig, ihr Gehör gut sein. Die Zähne müssen gut erhalten, das Zahnfleisch hellroth, nicht aufgelockert, der Athem ja nicht übelriechend, der Rachen frei von Narben aber Geschwüren sein.
5) Auf der Körperhaut möge sich keine Spur von Flechten, von Ausschlägen, Scrophelnarben, Drüsengeschwülsten zeigen. Die Hautausdünstung darf ja nicht übelriechend sein, daher man auch im Allgemeinen die rothhaarigen Ammen zu meiden pflegt, da ihre Ausdünstung häufig einen üblen Geruch verbreitet.
6) Die Brüste der Amme sollen von mittlerer Grösse, mässig voll, nicht zu schlapp und frei von Narben oder Knoten sein, die Brustwarzen gehörig ausgebildet, nicht zu hart, auch nicht zu kurz. Hat die Warze nicht die gehörige Reizbarkeit, schwillt sie durch Betastung nicht etwas an, so lässt

sie in der Regel auch die Milch nicht leicht ausfliessen. Umgibt die Warze ein breiter, brauner Hof, so pflegt die Amme die Milch nicht lange zu behalten.

7) Die grösste Aufmerksamkeit erfordert die Prüfung der Ammenmilch, da von ihrer guten Beschaffenheit die Gesundheit, das Gedeihen des Kindes abhängt. Ist sie gar zu wässrig, so sieht sie dünn und bläulich aus, was wohl bei ganz junger Milch nicht als Fehler zu betrachten wäre. Ist sie zu schleimig, zu dick, so lässt sie sich fadenartig ziehen, oder sie bleibt an einem Haare haften, das man durchzieht. Zeigt sich die Milch gelb, so ist dies ein Anzeichen, dass sie gallichte Bestandtheile enthält, während ihre grünliche, röthliche, grauliche Färbung auf verdorbene, unreine Säfte hindeutet. Eine gute Ammenmilch soll schon in der zweiten bis dritten Woche nach der Entbindung schön weiss, angenehm schmeckend und vollkommen geruchlos sein. Ein auf den Fingernagel gebrachter Tropfen muss seine Tropfengestalt behalten, so lange man den Nagel gerade hält, leicht aber, nicht ohne weissliche Spuren zurückzulassen, abfliessen, sobald man den Nagel etwas schief wendet. Lässt man einen Tropfen in ein Glas laues Wasser fallen, so muss sich eine Wolke bilden, die sich langsam im Wasser vertheilt. Mengt man die Milch mit etwas Weingeist, so dürfen sich nicht viel käsige Bestandtheile, aber auch nicht zu viel Molken abscheiden. Im ersteren Falle ist sie zu dick, im letzteren zu dünn. Sie muss in hinlänglicher Menge abgesondert werden, was sich am sichersten daraus erkennen lässt, dass die ausgeleerten Brüste nach zwei bis drei Stunden wieder gehörig gefüllt sich zeigen.

Auf solche Weise kann man sich wohl von den, durch unsere Sinnesorgane nachweisbaren Eigenschaften der Milch überzeugen, jedoch scheint manchmal die Milch die beste Beschaffenheit zu haben, und dennoch will sie dem Säuglinge nicht recht zusagen, weshalb nach Verlauf von einigen Tagen erst sich recht deutlich bestimmen lässt, ob sie dem Kinde gut bekommt, was aus dem mehrstündigen, ruhigen Schlafe nach genommener Brust, aus der sichtbaren Zunahme des Kindes und seiner gesunden Gesichtsfarbe, besonders nach dem Schlafe, aus der in den späteren Tagen hellgelben Farbe der Stuhlentleerungen deutlich zu erkennen ist.

8) Sehr räthlich wäre es überdies, die Amme nicht eher aufzunehmen, bevor man nicht über ihren sittlichen Charakter ihre Leidenschaftslosigkeit und Mässigkeit früher verlässliche Erkundigungen eingezogen hat.

9) Endlich ist es erforderlich auch das eigene Kind der Amme zu besichtigen, um sich die Ueberzeugung zu verschaffen, dass selbes gesund und seinem Alter entsprechend kräftig sei.

So schwierig übrigens die Aufgabe ist eine Amme zu finden, bei der alle diese Eigenschaften vereint sich vorfinden, so ist doch die Wahl einer Amme ein viel zu wichtiger Gegenstand, als dass man dabei leichtfertig zu Werke gehen sollte, und ist es immer gerathener länger zu wählen, als sich zu übereilen. Die Anlegung des Kindes an die Mutter- oder Ammenbrust soll erst zehn bis zwanzig Stunden nach der Geburt stattfinden. Für die Zeiträume, in welchen dem Kinde die Brust gereicht werden soll, lässt sich wohl im Allgemeinen keine bestimmte Norm angeben, da einerseits die Stärke des Kindes, andererseits die mehr oder minder nährende Beschaffenheit der Milch dabei sehr zu berücksichtigen sind; jedoch könnte man annäherungsweise wenigstens annehmen, dass während der ersten Wochen nach zwei bis drei Stunden beiläufig die Brust gereicht werden könne. So viel ist gewiss, dass, wenn ein Kind gar zu oft die Brust verlangt, unruhig ist, und nach genommener Milch nicht wenigstens ein bis zwei Stunden ruhig schläft, die Qualität der Milch ihm nicht recht zu bekommen scheine, oder ein zu geringer Milchvorrath vorhanden wäre, ein Umstand, der sich übrigens nach Verlauf von einigen Tagen öfters wieder zum Vortheile zu ändern pflegt. Höchst wünschenswerth ist es, dass man ja nicht zu voreilig mit dem Wechseln der zu reichenden Milch sei, denn sehr oft gewöhnt sich ein Kind allmählig an eine Milch, die ihm anfangs nicht zu behagen schien, und die Milch selbst, wenn sie auch früher etwas mangelhaft sich zeigte, pflegt bei gehörig geregelter Diät und sonstigem zweckmässigen Verhalten öfters nach Ablauf weniger Tage eine bessere Beschaffenheit anzunehmen.

Die Ursachen, um deren Willen die Brust der Mutter mit der einer Amme, oder die der Amme mit der einer anderen vertauscht werden müsste, sind folgende:

1) Wenn das Kind mehrere Tage stets nach genommener Brust nicht ruhig, nicht anhaltend, wenigstens eine Stunde lang schläft und dabei im Aussehen Rückschritte zu machen scheint.

2) Wenn das Kind öfters käsige, sauer riechende, nicht verdaute Bestandtheile der Milch ausbricht und dabei im Aussehen verfällt.

3) Wenn das Kind durch mehrere Tage und länger ohne sonstige nachweisbare Ursache an Diarrhoe leidet und dabei sichtbar an Kraft und gutem Aussehen verliert.

4) Wenn bei der säugenden Mutter oder Amme die monatliche Reinigung eintritt, und dabei das Kind auffallend unwohl ist.

5) Wenn die stets kränkliche Mutter oder Amme wenig Appetit hat, und ohne zu fiebern recht übel aussieht.

Was die Verhaltungsregeln der Amme während des Säuggeschäftes anbelangt, so stimmen selbe wohl im Wesentlichen mit denen überein, die für die säugende Mutter früher angegeben wurden; jedoch dürfte namentlich in zwei Punkten eine nicht zu übersehende Verschiedenheit zu berücksichtigen sein, und zwar soll rücksichtlich der Diät der Amme darauf gesehen werden, dass stets nur eine einfache, aber kräftige Hausmannskost für sie gewählt werde. Bei zu feiner, zu fetter, gewürzhafter Kost, bei Ueberfütterung mit kräftiger Fleischnahrung bleiben Ammen, die in der Regel an dergleichen Diät nicht gewöhnt sind, keineswegs gesund, und überdies hat man unter diesen Umständen zu fürchten, dass eine Unterleibsvollblütigkeit einträte, die endlich sehr leicht den normwidrigen Eintritt der Periode veranlassen könnte, wodurch die fernere Brauchbarkeit der Amme in Frage gestellt würde.

Der zweite Punkt der nicht minder beachtenswerth erscheint, ist die unerlässlich häufige Bewegung der Amme in freier Luft, woran namentlich die Ammen vom Lande zu sehr gewöhnt sind, als dass nicht zu besorgen wäre, es könne ein bedeutenderer Abbruch derselben auf ihren Gesundheitszustand einen wesentlich nachtheiligen Einfluss üben. Die besten Ammen werden durch ein in dieser Hinsicht fehlerhaftes Verhalten öfters binnen kurzer Zeit zu unbrauchbaren umgewandelt. — Zu den Körperbewegungen der Amme sind auch die für sie bestimmten häuslichen Beschäftigungen zu rechnen, unter denen stets jene zu den zweckmässigsten zu zählen sind, deren Ausführung mit einigem Kraftaufwande verbunden ist, um sie thunlichst mit ihren früheren Beschäftigungen in Uebereinstimmung zu bringen. Zu anhaltendes Sitzen der Amme verdickt die Milch, macht selbe dem Kinde zu schwer verdaulich, disponirt zu Blähungen, zu Stuhlverhaltung und hat überdies noch den bedeutenden Nachtheil für die Amme, dass es zu Unterleibsvollblütigkeit und ihren bereits erwähnten üblen Folgen führt.

Eine Vorsichtsmassregel, die ich Eltern nicht dringend genug empfehlen kann, besteht darin, das Kind gleich nach der Geburt von einem Arzte oder einer ganz verlässlichen Geburtsfrau am ganzen Körper Theil für Theil sorgfältigst untersuchen zu lassen, um sich von dem vollkommen normalen Baue des Körpers und aller seiner sichtbaren Theile volle Ueberzeugung zu verschaffen. Je kleiner und jünger ein Uebel, desto sicherer und rascher ist es in der Regel zu beseitigen, und eben darum wolle man nie die Zeit versäumen und etwa vorgefundene Mängel baldmöglichst einem erfahrenen ärztlichen Fachmanne zur Beurtheilung vorzeigen, um über das zu Veranlassende sich Rath zu erholen. Namentlich erinnere ich unter Anderen auch an die sorgfältige Untersuchung der unteren Gliedmassen, und führe mit Vorbedacht den nicht gar selten vorkommenden Klumpfuss an, der in einer eigenthümlichen Missstaltung des Fusses besteht, wobei vermöge einer normwidrigen Beschaffenheit oder Thätigkeit gewisser sehniger oder muskulöser Gebilde in der aufrechten Stellung des Körpers der Fuss auf seinen äussern Rand zu stehen kömmt, während der innere nach einwärts und oben gerichtet ist. Rücksichtlich dieser Missstaltung der Füsse der Neugeborenen, wodurch Eltern unnöthiger Weise in Angst und Schreck versetzt werden, hätte ich hier nebenbei ein ganz einfaches, schmerzloses Verfahren anzugeben, mittelst dessen es mir bereits mehrmals gelungen ist eine relativ schnelle und gründliche Heilung zu bewerkstelligen, jedoch muss so rasch wie möglich dazu geschritten werden, denn je mehr Zeit versäumt wird, desto mehr ist zu befürchten, dass die Beseitigung des Gebrechens minder schnell, auch minder sicher erfolge. Es möge ein exquisiter Fall von Klumpfuss dieses mein ganz einfaches und leichtes Heilverfahren etwas genauer veranschaulichen. — Eines Abends wurde ich zur Frau des gewesenen Buchhändlers S..... gerufen, in deren Familie bereits seit mehreren Jahren bei vorkommenden Erkrankungsfällen mein ärztlicher Rath eingeholt wurde. Bereits im Vorzimmer wurde mir die Mittheilung gemacht, dass eine äusserst heftige Gemüthsbewegung die Veranlassung des gegenwärtigen Unwohlseins sei. Die Patientin hatte namentlich am Morgen desselben Tages entbunden und als sie plötzlich erfuhr, dass ihr Kind mit Klumpfüssen zur Welt gekommen, wurde sie in Folge des sie aufs Höchste erschütternden Gemüthsaffektes von nervösen Zufällen heimgesucht. Bei meinem Eintritte in das Zimmer der Kranken gab selbe von Neuem ihren tiefen Schmerz durch Jammern und Schluchzen zu erkennen, und als ich ihr in der Absicht sie zu trösten bedeutete, dass die Missstaltung, wenn ihr bald möglichst entgegengetreten wird, gewiss auch bald wieder beseitigt sein werde, erzählte sie mir mit Thränen, dass man sogleich nach der Entbindung den Rath eines der tüchtigsten Chirurgen eingeholt habe, dem zufolge man noch mindestens einige Monate abzuwarten hätte, und dann hoffe er, dass mittelst des Sehnenschnittes und der nachfolgenden Anwendung einer Extensionsmaschine die Missstaltung vollkommen geheilt werden könne; jedoch sei es für sie ein schrecklicher Gedanke, diesen schrecklichen Anblick noch mehrere Monate vor sich haben zu müssen. Ich liess mir das Kind zeigen, untersuchte es ganz genau und sprach mich alsdann dahin aus, dass hier durchaus keine Zeit mit leerem Abwarten versäumt werden dürfe und gab der Mutter die Hoffnung sie binnen wenigen Wochen zu überzeugen, dass die Vornahme einer Operation vollkommen überflüssig sein werde. Nachdem ich für die Herbeischaffung einiger Heftpflasterstreifen gesorgt hatte, nahm ich einen dieser ellenlangen und fingerbreiten Streifen, liess vorerst den so ungemein nachgiebigen Fuss, dessen Sohle anstatt nach abwärts ganz nach innen gewendet war, ohne alle Schwierigkeit in seine normale Richtung bringen, ihn ganz genau in derselben erhalten und befestigte das eine Ende des Streifens am Fussrücken, ungefähr in dessen Mitte, führte dann diesen festhaftenden Leinwandstreifen, der ziemlich straff angezogen wurde, über den inneren Rand der Fusssohle, dann über die Fusssohlfläche, von da am äusseren Rande derselben nach aufwärts und in zwei Touren um den Unterschenkel herum. Ganz dasselbe nahm ich mit einem zweiten Heftpflasterstreifen in kaum fingerbreiter Entfernung von dem ersten gegen die Fusszehen zu vor, und als nun die den Fuss in der normalen Richtung erhaltenden Hände von demselben entfernt wurden, verblieb er nun in Folge der angelegten Heftpflasterstreifen ganz genau in seiner vollkommen normalen Lage. Morgens und Abends wurde täglich die Anlegung dieser Leinwandstreifen an beiden Füssen genau nach früher angegebener Weise erneuert und schon nach vierzehn Tagen zeigten nach Abnahme des Verbandes die Füsse nicht mehr die Neigung nach einwärts sich wenden zu wollen. Und doch wurde noch durch weitere vier Wochen auf dieselbe Weise verfahren, und dass der Erfolg ein höchst befriedigender war, lässt sich am sichersten daraus entnehmen, dass bei dem nun acht Jahre alten Kinde, welches bereits im dreizehnten Monate seines Alters zu gehen begann, auch nicht die allerleiseste Spur der ehemals vorhanden gewesenen Fussmissstaltung zu gewahren ist. Wäre nicht gleich in der ersten Zeit dieses so einfache Verfahren in Anwendung gebracht worden, hätte man im Gegentheile abgewartet, und wenn auch nur einige Wochen, so dürfte alsdann die geminderte Nachgiebigkeit der Sehnen sehr erschwerend auf die Heilung mittelst der Anwendung dieser ganz einfachen Methode gewirkt haben.

Um dem neugeborenen Kinde auch vor einer der verheerendsten Krankheiten, der in früherer Zeit alljährlich im Durchschnitte gegen 450,000 Menschen in Europa als Opfer fielen, kräftigen und hinreichenden Schutz zu bieten, muss ihnen auch die grosse Wohlthat der Impfung zu Theil werden. — Eduard Jenner zu Berkeley in der Grafschaft Gloucester in England ist der Name jenes unsterblichen verdienstvollen Arztes, der die Eigenschaft der Kuhpockenlymphe den Menschen vor den echten Blattern zu schützen durch vielfältige Versuche bewies, ein Factum, das an und für sich auch die volle Wahrheit des homöopathischen Grundprincipes beurkundet. Der 14. Mai 1796 war der stets unvergessliche Tag, an welchem Jenner einem achtjährigen Knaben die Kuhpocken zuerst einimpfte, und bereits am Schlusse des Jahres 1801 wurden unter allen Völkern und Zungen, von Lissabon bis Petersburg und von Petersburg bis Constantinopel, auch in West- und Ostindien und in allen Ländern und Welttheilen die Kuhpocken eingeimpft. Millionen Menschen wurden seit dieser Zeit durch die Impfung vor dieser pestartig wüthenden Krankheit geschützt, und — — dennoch gibt es noch excentrische Aerzte, die von Vorurtheilen befangen, diese grosse Entdekung mit aller Macht ankämpfen und sie als nutzlos, als unheilbringend bezeichnen. Nutzlos, weil ihrer Ansicht nach die Impfung durchaus nicht den rechten Schutz gewähren soll, indem sehr häufig Fälle vorkommen, wo trotz der vorangegangenen Impfung Individuen von der Blatternkrankheit befallen wurden. Diese Thatsache kann wohl nicht in Abrede gestellt werden, jedoch erheischt es die ungemeine Wichtigkeit dieses Gegenstandes, dass den Gründen genau nachgeforscht werde, warum die Resultate der Impfung mitunter so unbefriedigend ausgefallen; und da ergibt es sich gewöhnlich. dass entweder die Qualität des Impfstoffes höchst mangelhaft war, indem sie durch unzweckmässige Aufbewahrung, durch Frost, Hitze, Fäulniss, ihre vor den Blattern schützende Kraft eingebüsst hatte, oder wurde der Impfstoff zu spät gesammelt, wo ihm bereits seine höchst erforderliche klare, wasserhelle Beschaffenheit fehlte. Dass unter so bewandten Umständen eine Impfung nicht das erwünschte Resultat liefern könne, dürfte wohl Jedem einleuchten. Was das angeblich Unheilbringende der Impfung betrifft, kann ebenfalls nicht geleugnet werden, dass namentlich bei der Impfung von Arm zu Arm häufig Fälle vorkamen, wo Kinder, die früher vollkommen gesund waren, nach überstandener Impfung von mannigfachen chronischen Krankheiten befallen wurden, die deutlich das Gepräge einer normwidrig veränderten üblen Säftemischung an sich trugen. Forschen wir auch da den Ursachen nach, so finden wir selbe lediglich darin, dass von manchen Aerzten das so wichtige Geschäft der Impfung anstatt mit skrupulöser Vorsicht, mit sträflichem Leichtsinne betrieben wird, und auf solche Weise eben kam es häufig vor, dass der Impfstoff Kindern entnommen war, die mit einer scrophulösen oder syphilitischen Säftedyskrasie behaftet gewesen. So wurde mir vor einigen Jahren, als ich eben einige Kinder zu impfen beabsichtigte, ein vier Monate altes Kind von seiner Mutter zugetragen, das drei Tage zuvor geimpft, nach weiteren drei bis vier Tagen zur Abnahme des Impfstoffes geeignet gewesen wäre. Das Kind sah rosig, blühend aus, nicht minder seine Mutter, welche eine kräftige, gesunde Handwerkersfrau war. Ich erkundigte mich nach ihrer Wohnung und bedeutete ihr, dass ich binnen einigen Tagen Jemanden dahin senden werde, der ihr den Tag und die Stunde genau angeben wird, wann sie wieder bei mir zu erscheinen hätte. Drei Tage später fasste ich den Entschluss, selbst meinen Besuch dort abzustatten, um einerseits mich von dem Grade der Entwicklung der Blattern überzeugen zu können, und andererseits um bei dieser Gelegenheit auch den Vater des Kindes kennen zu lernen. Welche Ueberraschung als bei meinem Eintritte in die Wohnung dieser Familie ein Mann mir entgegenkam, von dessen Nase nur noch schwache Rudimente vorhanden waren und der mit schwer verständlicher, näselnder Sprache sich als den Vater dieses Kindes präsentirte. Ohne auf weitere Fragen einzugehen, meldete ich nur, dass ich für diesesmal verhindert sei, die Abimpfung vorzunehmen und verliess mit dem beseligenden Bewusstsein das Haus, dass ich durch meine besondere Vorsicht manches Unglück, das in Folge dieser Abimpfung leicht hätte veranlasst werden können, verhütet habe. — Soll eine Impfung nutz- und heilbringend sein, so ist es vor allem am gerathensten, selbe mittelst echten, frischen Kuhpockenstoffes vorzunehmen. Bietet die Erlangung dieses noch im flüssigen Zustande befindlichen Stoffes bedeutende Schwierigkeiten, so kann die Impfung von Arm zu Arm stattfinden, jedoch unter der nicht zu übersehenden Bedingung, dass man sich vorerst sicher überzeugt habe, dass das Kind vollkommen gesund und kräftig entwickelt, auch von ganz gesunden und kräftigen Eltern abstamme. Ueberdies muss der Impfstoff dünnflüssig, klar und hell wie das reinste Quellwasser sein, und sollte meiner Erfahrung zufolge nicht wie gewöhnlich am achten, sondern am siebenten ja mitunter am sechsten Tage die Abimpfung vorgenommen werden. Nur so und nicht anders muss zu Werke gegangen werden, wenn man einen vollkommen glücklichen und günstigen Erfolg durch die Impfung erzielen will. Verabsäumt man diese genau zu beachtenden Vorsichtsregeln, dann darf man sich wahrlich nicht wundern, wenn die gewonnenen Resultate derartig ausfallen, dass man von Leuten, die die Mühe scheuen, einen Gegenstand von so grosser Wichtigkeit, einer ganz gründlichen, vorurtheilslosen Prüfung zu unterziehen, diese grosse unschätzbare Entdeckung, als nutzlos und unheilbringend verschreien hört. Ein Umstand übrigens der bei Manchen den unleugbaren Nutzen der Impfung in Frage zu stellen pflegt, ist, wie bereits erwähnt der, dass häufig Fälle vorkommen, wo Erwachsene, die in ihrer Kindheit die Impfung mit ganz glücklichem Erfolge, bei sorgfältiger Beachtung der oben angegebenen Vorschriften überstanden haben, dennoch von den echten Blattern befallen wurden. Auch mit diesem Factum hat es seine volle Richtigkeit, jedoch da vielfältige Erfahrung gelehrt hat, dass im Durchschnitte vor einem Zeitraume von mindestens zehn Jahren nach gehörig überstandenem Impfungsprozesse nie eine Erkrankung an wahrhaft echten Menschenblattern vorgefallen sei, lässt sich diesem Uebelstande um so sicherer abhelfen, wenn die Impfung in zehnjährigen Zwischenräumen wiederholt wird. Da diese erneuerte Impfung — Revaccination — nicht immer ganz gehörig haftet, und überdies der eigentliche Impfungsprozess bei Erwachsenen durchaus nicht so schmerzhaft verläuft, da man übrigens die Beruhigung dadurch erlangt, für eine längere Reihe von Jahren vor der Blatternkrankheit geschützt zu sein, so sollte man durchaus keinen Anstand nehmen und von der Revaccination viel häufiger Gebrauch machen, als dies bis jetzt der Fall war; jedoch müsste man jedenfalls darauf bedacht sein, dass mit eben derselben Vor- und Umsicht bei der Revaccination vorgegangen werde, wie dies bei Vornahme der ersten Impfung dringendst empfohlen wurde, da widrigenfalls die Beruhigung vor den Menschenblattern geschützt zu sein, eine nur imaginäre, höchst täuschende wäre, und überdies bei mangelhafter Prüfung der Constitution und der Gesundheitsbeschaffenheit des Individiums, von dem der Impfstoff stammt, sehr leicht Säfteverderbnisse der mannigfachsten Art übertragen werden könnten. Die Verwendung eines zwischen Glasplättchen oder in feinen Glasröhrchen, wenn noch so sorgfältig aufbewahrten Impfstoffes, bleibt wohl immerhin eine in ihrem Erfolge unverlässliche; jedoch könnte unter der Voraussetzung, dass man sich auf die Gewissenhaftigkeit dessen, der den Impfstoff gesammelt, getrost und vollkommen verlassen dürfte, im Nothfalle davon Gebrauch gemacht werden.

Verhaltungsregeln der physischen Erziehung von der Geburt des Kindes bis zum Zahnwechsel.

Die Hautpflege.

Die Hülle unseres Körpers, die äussere Haut, ist ein ungemein gefäss- und nervenreiches Gewebe, dessen Functionen so mannigfach und von so hoher Bedeutenheit sind, dass jedwede Störung derselben auf den Gesammtorganismus einen höchst nachtheiligen, krankmachenden Einfluss ausüben muss. Die Haut gewährt zunächst dem Körper Schutz gegen äussere Einflüsse überhaupt, ist aber auch gleichzeitig als ein höchst wichtiges Athmungsorgan zu betrachten, indem in ihr ein ununterbrochener Gasaustausch zwischen Blut und atmosphärischer Luft und nebenbei eine bedeutende Wasserausscheidung aus dem Blute stattfindet, sie ist auch der nothwendige Regulator der so manchen Schwankungen unterworfenen Wärmeerzeugung, sie setzt uns mit den elektrischen Verhältnissen der Atmosphäre in Rapport, sie ist endlich auch Gefühlsorgan. Den untrüglichsten Beweis, von welch' grossem Belange das normale Vonstattengehen der so vielfältigen Hautfunctionen sei, liefern die häufig wiederholten und stets dieselben Resultate liefernden Versuche, dass Thiere, deren Haut mit einem undurchdringlichen Firnisse überzogen wurde, und somit die Function dieses Organes vollständig gehemmt war, bald zu Grunde gingen. Kann die vollständige Hemmung der Hautfunctionen den Tod herbeiführen, so muss unbedingt auch jede Störung derselben, und wenn sie auch nur vorübergehend wäre, wesentliche Veränderungen im normalen Befinden des Organismus hervorzubringen im Stande sein. Wird das Hautorgan nicht gehörig gepflegt, so kann und muss es um so leichter einen Abbruch in der normalen, freien Aeusserung seiner Thätigkeiten erleiden und dadurch eben einen mehr oder minder nachtheiligen Reflex im Inneren des Körpers ausüben. Werden die Poren der Haut, jene Hauptcommunicationsmittel zwischen dem Organismus und der Aussenwelt nicht frei, durchgängig erhalten, so müssen auch die Ausscheidungs- und Einsaugungsvorgänge wesentlich beeinträchtigt erscheinen, wodurch die Säftemischung normwidrigen Veränderungen preisgegeben wird, und dass unter so bewandten Umständen die kräftige, gedeihliche Körperentwickelung Schaden leiden müsse, dürfte wohl keinem Zweifel unterworfen sein. Eine zweckmässige Pflege der Haut hat überdies auch die höchst wichtige Aufgabe zu lösen, dass sie durch eine allmählig herbeizuführende Abhärtung dieses Organes einen gewissen Grad von Reactions- und Repulsivkraft in ihm wecke, vermöge dessen es um so sicherer in den Stand gesetzt wird den mannigfachen schädlichen Potenzen der Aussenwelt energischeren Widerstand zu leisten. Die oft in rascher Aufeinanderfolge wechselnden Temperatursgrade der mit dem Körper in Berührung kommenden Medien, der mehr oder minder bedeutende Wassergehalt der Luft, die verschiedenen fremdartigen Beimischungen derselben, die so oft stürmischen Luftströmungen in ihren mannigfachen Richtungen, wodurch bei unserer geographischen Lage der Nordwind kalt, der Südwind warm, der Ostwind trocken, der Westwind feucht erscheint, alle diese Luftbeschaffenheitsveränderungen vermögen auf ein minder abgehärtetes Hautorgan mehr oder weniger nachtheilig zu wirken, Störungen der Hautfunctionen und hiemit Erkrankungen zu veranlassen, die einerseits durch ihr öfteres, rasches Auftreten, sowie andererseits durch ihren nicht selten gefahrdrohenden Charakter den Arzt zu beunruhigen pflegen. Um die so nothwendige Abhärtung des Hautorganes zu bewerkstelligen, um es gegen äussere feindliche Einflüsse zu stählen, ist es vor Allem Hauptbedingung, dass mit einer gewissen, durchaus nicht zu übersehenden Behutsamkeit zu Werke gegangen werde, widrigenfalls in der That mehr Nachtheil zu fürchten, als Vortheil zu erhoffen wäre. Beginnt man die Abhärtungsversuche zu einer Zeit, wo bei noch ungemein zartem Körper die innere Kraft, das Reactionsvermögen auf einer noch viel zu niederen Stufe der Entwicklung sich befindet, lässt man bei diesen Versuchen die goldene Regel ausser Acht, dass man durch ein allmähliges Fortschreiten viel sicherer aber auch selbst schneller zum erwünschten Ziele gelange, als wenn man in raschen Schritten vorwärts eilend, binnen eines Zeitraumes von wenigen Monaten ein schwächliches Kind in ein wetterfestes umzuwandeln beabsichtigt, dann kann man fest überzeugt sein, dass durch ein solches Verfahren, nicht nur die kräftige Entwicklung, die Gesundheit des Kindes, sondern selbst das Leben desselben aufs Spiel gesetzt werde. — Von dem Momente, wo das Kind den mütterlichen Organismus verlässt, gelangt es mit einem neuen Medium, der atmosphärischen Luft in Contact, wodurch zwei, zu seiner Erhaltung höchst unentbehrliche Functionen beginnen. Ich meine die Function der Lungen, die Respiration, und die des Hautorganes die Perspiration. Als erste Lebensbedingung ist wohl unstreitig die beginnende Respiration zu betrachten, jedoch spielt die neu erwachende Function der Haut, in Bezug auf die Erhaltung der Gesundheit des neugebornen Kindes eine nicht minder bedeutende Rolle, indem das Hautorgan mittelst seiner normalen Thätigkeitsäusserungen ebenfalls Kohlensäure und Stickstoff ausscheidet und in dieser Beziehung gewissermassen als zweites Respirationsorgan betrachtet werden kann. Erwägen wir überdies, dass nach sorgfältigen physiologischen Versuchen der gesunde Mensch durch die unmerkbare Hautausdünstung binnen 24 Stunden über $2^1/_2$ Pfund an Ausscheidungsstoffen verliere, so ergibt sich zur Genüge auch daraus, von welch hoher Wichtigkeit die ungestörte Function dieses Organes sei, und welch unberechenbaren Einfluss sie auf die gesammte thierische Oeconomie zu üben vermöge. Hiemit dürfte es wohl keinem Zweifel unterliegen, dass die sorgfältige Beachtung einer zweckmässigen Hautpflege zur Förderung einer gedeihlichen kräftigen Körperentwicklung unendlich viel beitrage. Um diese so wichtige Pflicht der Pflege der Haut schon bei dem neugeborenen Kinde zweckmässigst zu erfüllen, muss selbes bald nach seiner Geburt in ein laues Wasserbad — (27—28° R) — für einige Minuten gelegt werden. Eine flüchtige sanfte Abwaschung im Bade und die nachher vorgenommene Abtrocknung mittelst eines leinenen Tuches wäre selbst für den ersten Tag vollkommen hinreichend, wenngleich die an der Kindeshaut festhaftende Hautschmiere nicht ganz vollständig noch beseitigt worden, was jedoch nach dem zweiten Bade gewiss schon der Fall sein dürfte. Eine höhere Temperatur des Wasserbades, ein längerer Aufenthalt in demselben bringt dem Kinde unbedingt

Nachtheil, indem auf solche Weise einerseits eine zu intensive allgemeine Aufregung im Blutgefässsysteme, andererseits ein zu heftiger Säfteandrang nach dem Hautorgane bewerkstelligt wird. Bei einem übrigens ganz gesunden Kinde kann schon nach Ablauf der ersten Wochen das Bad um ein bis zwei Temperatursgrade niederer sein, und wenn man im Laufe der späteren Wochen die Temperatur des Wasserbades bis auf 24 Grad fallen lässt, so kann dies dem Kinde nur Vortheil bringen, indem es dadurch an Gesundheit, an Frische des Aussehens gewinnt; jedoch darf man dabei die Vorsicht nicht ausser Acht lassen, in dem kühleren Bade das Kind nur ganz flüchtig mittelst eines Flanell- oder gröberen Leinenlappens abzureiben, so dass binnen zwei bis drei Minuten die Hautreinigung mit Inbegriff der Abtrocknung beendet sein könnte. Dieses kühle Bad befördert die normalen Thätigkeiten des Hautorganes, und dies um so mehr, wenn die Haut unmittelbar nach dem Bade mittelst eines nicht zu feinen und nicht erwärmten Leinentuches gelind frottirend abgetrocknet wird, wodurch eine gehörige Reaction um so rascher und sicherer erzielt wird. Durch die auf solche Weise allmählig bezweckte Abhärtung des Hautorganes, wird theils der Disposition zu Verkältungen in ihren so mannigfachen Formen, am wirksamsten entgegengetreten, theils durch Erlangung eines höheren Grades von Repulsivkraft die Neigung von verschiedenartigen, mitunter epidemisch herrschenden, fieberhaften Hautkrankheiten, als: Scharlach, Masern u. s. w. befallen zu werden, bedeutend gemindert, und wenn dergleichen Kinder von den ebenerwähnten Krankheiten heimgesucht wurden, so verliefen selbe gewöhnlich auffallend günstig und leicht, so dass in der Regel ein ganz einfaches, mehr kühles als warmes Verhalten und einige dem Zustande entsprechende diätetische Massregeln vollkommen genügten, um die Kinder binnen kurzer Zeit wieder gesunden zu sehen. Im Allgemeinen finde ich es für räthlicher, nur die ersten vier bis sechs Wochen täglich ein sehr kurz dauerndes Wasserbad nehmen zu lassen und zwar namentlich auch aus dem Grunde, weil die Verlässlichkeit der Kindeswärterinnen durchschnittlich eine viel zu wenig befriedigende ist, um für die gleichförmige Anwendung eines den Gesundheits- und Abhärtungszwecken vollkommen entsprechenden Temperaturgrades des Wasserbades, sowie in Betreff des nicht zu langen Verweilens des Kindes im Bade hinreichend beruhigende Bürgschaft zu haben, und aus eben diesem Grunde ziehe ich es vor, nach Ablauf der ersten 4 bis 6 Wochen das Kind täglich des Morgens und wo möglich auch des Abends am ganzen Körper Theil für Theil mittelst eines in kühles Wasser getauchten und wieder etwas ausgedrückten, hiermit nur feuchten Leinwand- oder Flanelllappens gelind abzureiben, und die einzelnen Theile wieder sorgfältig abzutrocknen. Auf diese Weise wird vorerst das Waschen und Abtrocknen des Gesichtes und Kopfes, dann der Brust und des Unterleibes, ferner der oberen Extremitäten und des Rückens und endlich der unteren Gliedmassen vorgenommen. Zum Reinigen der Haut ist übrigens der halbfeuchte Flanell- oder Leinwandlappen dem Badeschwamme jedenfalls vorzuziehen, indem jene eine leichte Erregung der Haut bewerkstelligen, wodurch eine wohlthätige Reaction um so sicherer hervorgerufen und jede Veranlassung zur Verkältung um so gewisser verhütet wird. Nach möglichst rasch vorgenommener Abreibung und Abtrocknung der Haut wird dem Kinde recht trockene aber nie gewärmte Wäsche angelegt. Hat das Kind das erste Lebensjahr erreicht, so kann der Temperatursgrad des zur Abwaschung zu verwendenden Wassers allmählig noch etwas niederer sein, so dass er etwa auf 22 Grad R. fallen dürfte, und sonach kann das durch einige Stunden bereits im temperirten Zimmer vorräthig gehaltene Wasser zur Reinigung der Haut verwendet werden. Das in manchen Familien übliche Begiessen des noch zarten Kindeskörpers mit kaltem Wasser, in der Absicht, das Kind recht abzuhärten, erkenne ich als ein nicht zu billigendes Verfahren, von dem im allergünstigsten Falle nicht mehr Vortheil zu erhoffen ist, als von den kalten Abreibungen mittelst eines halbfeuchten Lappens, wodurch der Zweck der allgemeinen Kräftigung und Abhärtung des Hautorganes sicher erlangt wird, ohne dass man Gefahr läuft, bei etwas empfindlicheren und zarten Constitutionen Nachtheil dadurch zu bringen. — Haben Kinder das fünfte Jahr erreicht, so kann um die heissere Sommerszeit auch hin und wieder unter gehöriger Aufsicht für einige Minuten ein Flussbad gestattet werden; jedoch sollen die Kinder dabei recht lebhafte Bewegungen vornehmen, damit um so sicherer jede Verkältung verhütet werde.

Nachdem ich hier das Wichtigste betreffs der erforderlichen Pflege und Reinhaltung der Haut erwähnt, dürfte es nicht überflüssig sein, auch rücksichtlich der Reinhaltung der Mundhöhle, sowie auch der Zähne einige Bemerkungen beizufügen. Schon beim Säugling muss für die sorgfältige Reinigung des Mundes Sorge getragen werden. Verabsäumt man diese, so geben die im Munde zurückgebliebenen Milchtheilchen, die leicht eine käsige Beschaffenheit annehmen, häufig Veranlassung zur Bildung von Aphthen, indem sie einen Reizungszustand auf der Mundschleimhaut hervorrufen, der überdies nicht selten einen selbst bedenklichen Grad zu erreichen pflegt. Um diesem Uebelstande bestmöglichst vorzubeugen, genügt es mittelst des, mit einem feinen Leinwandläppchen bedeckten und in frisches Wasser getauchten Fingers öfters des Tages den Mund des Kindes zu reinigen. Nicht minder unerlässlich ist Reinhaltung des Mundes auch bei schon vorhandenen Zähnen, da häufig kleine Theilchen der Nahrungsmittel zwischen den Zähnen zurückbleiben, daselbst in Fäulniss übergehen und zum früheren Schadhaftwerden der Zähne Veranlassung geben. Es muss daher das öftere Ausspülen des Mundes mit kühlem Wasser, namentlich nach jeder Mahlzeit dringend empfohlen werden, sowie auch die jeden Morgen mittelst eines in reines Wasser getauchten Leinwandläppchens oder einer weichen Zahnbürste vorzunehmende Reinigung der Zähne nicht zu unterlassen wäre, um den darauf haftenden Schleim, der den Zahnschmelze leicht eine bleibende gelbliche Färbung gibt, best möglichst zu entfernen. Ich gebe zu, dass von den eben erwähnten Umständen allein die ganz makellose Erhaltung der Zähne nicht abhängig sei, denn bei ganz kräftiger, kerniger Bildung derselben hat in der Regel der sie überziehende Schmelz auch eine härtere, festere Beschaffenheit und kann sonach auch minder leicht der Zerstörung unterliegen; jedoch dürfen wir nicht übersehen, dass im Allgemeinen bei unseren Stadtkindern nicht jene feste, kräftige Knochenbildung zu finden ist, die den ebenerwähnten nachtheiligen Einflüssen einen unüberwindlichen Widerstand zu leisten im Stande wäre. Die mehr geistige Ausbildung unserer Jugend, das Leben in der der Gesundheit und der kräftigen Körperentwickelung minder zuträglichen Stadtluft, ihre Abstammung von Eltern, die nicht immer einer ganz starken Körperconstitution sich zu erfreuen hatten, alle diese Momente setzen selbst bei übrigens ganz zweckmässigem, naturgemässem Verhalten der anzustrebenden Integrität des kindlichen Körpers etwas engere Schranken, wodurch das Bedürfniss einer sorgfältigeren Pflege einzelner Körpertheile um so dringender erscheinen muss. Ich möchte sehr bezweifeln, dass es den im rohen Naturzustande lebenden Wilden je in den Sinn kommt für die Pflege und Reinlichkeit ihrer Zähne etwas zu thun, und doch ist es bekannte Thatsache, dass die Schönheit und Dauerhaftigkeit ihrer Zähne sie besonders auszeichnet. Gesunde und kräftige Zähne findet man in der Regel nur bei gesunden und kräftigen Kindern, doch dürfte bei unseren Stadtkindern strenge Sorge für Reinhaltung derselben nebenbei höchst unerlässlich sein, da sie jenen hohen Grad von Dauerhaftigkeit und Festigkeit so leicht nicht erlangen.

Die Bekleidung.

Mit den Rückschritten in der Körperkraftentwickelung des Menschen complizirt sich auch seine Bekleidung immer mehr und mehr. Der Körper des Negers ist viel vollkommener als der unsrige, seine Brust ist im Allgemeinen viel geräumiger, gewölbter, seine gesammte Muskulatur, sein Knochengerüste haben das Gepräge einer kräftigen vollkommenen Ausbildung, und so finden wir es durchschnittlich bei allen Völkern, die durch die besondere Art der Bekleidung der gedeihlichen physischen Entwickelung keine Hindernisse in den Weg legen. — In der ersten Lebensperiode sollen Kinder durch die Bekleidung nur vor dem nachtheiligen Einflusse der rauheren Luft verwahrt werden, an die sie jedoch allmählig zu gewöhnen sind; sie dürfen durch unzweckmässiges Bekleiden nicht in der ihnen höchst erforderlichen freien Bewegung gehemmt sein, denn eben diese ist das allervorzüglichste Gesundheits- und Wachsthumsmittel. — Ein Körpertheil, der unter allen Umständen stets einer nur sehr leichten Bekleidung bedarf, ist der Kopf des zarten Kindes, der ohnedies namentlich in dieser Altersstufe zu häufigem Säfteandrange disponirt ist, welcher durch ein zu warmes Verhalten nur noch mehr befördert würde. Kommt das Kind, wie dies mitunter der Fall ist, mit schon ziemlich behaartem Kopfe zur Welt, so ist jede, selbst die leichteste Kopfbedeckung vollkommen überflüssig, jedoch in den gewöhnlichen Fällen, wo der Kopf des Kindes nur spärlich behaart erscheint, reicht ein ganz dünnes, gestricktes Häubchen vollkommen hin, um eine entsprechende Kopfbedeckung für jede Jahreszeit, namentlich während des Aufenthaltes im Zimmer abzugeben. Hat das Kind bereits ein Alter von 2 bis 3 Monaten erreicht, ohne dass ein regeres Wachsthum der Haare sich bemerkbar macht, dann ist es räthlicher selbst das leichte Häubchen zu entfernen, indem ein freier Luftzutritt zur Kräftigung des Haarbodens wesentlich beiträgt, und dem regeren Emporkeimen der Haare höchst förderlich ist. Wird das Kind ins Freie getragen, so wird um die mildere Jahreszeit ein ganz leichtes Hütchen, das nach vorn gegen das zu grelle Licht, und im Allgemeinen gegen die zu heissen Sonnenstrahlen hinreichenden Schutz bietet, vollkommen genügen, während bei rauher und kalter Witterung, namentlich die Ohren und der Nackentheil des Kopfes durch zweckmässige Façon der übrigens nicht zu warmen Kopfbedeckung zur Genüge geschützt sein müssen.

Nach Ablauf des ersten Lebensjahres soll jedenfalls der Kopf des Kindes sowohl im Zimmer als auch während des Sommers im Freien, namentlich wo er nicht zu sehr der directen Einwirkung der heissen Sonnenstrahlen ausgesetzt ist, gänzlich unbedeckt bleiben, wodurch einerseits das Wachsthum der Haare gefördert wird, andererseits die Kopfknochen einen höheren Grad von Festigkeit erlangen. Herodot berichtet, dass, als man nach der Schlacht der Perser gegen die Aegypter die beiderseitigen Leichen von einander gesondert hatte, es Erstaunen erregte, indem man die Schädel der Perser so leicht zerbrechlich, ja förmlich so mürbe fand, dass ein leichter Steinwurf sie durchlöcherte, während die Schädelknochen der Aegypter eine solche Festigkeit zeigten, dass man sie kaum zerschmettern konnte. Den eigentlichen wahren Grund dieser Erscheinung findet der eben genannte Geschichtsschreiber, wie ich glaube mit vollstem Rechte darin, dass es bei den Aegyptern die Sitte mit sich brachte schon in früher Jugend den Kopf stets ganz kurz geschoren, und selbst bei rauher Witterung unbedeckt zu haben, während die Perser schon von Jugend an gewöhnt waren, den Kopf stets durch warme Umhüllung bedeckt zu halten. — Den Hals der Kinder durch Umbinden wollener Tücher zu verwöhnen, ist jedenfalls nachdrücklichst zu widerrathen, indem die äusseren Kehlkopfpartieen des Kindes, sowie die Hals- und Unterkieferdrüsen in diesem Alter schon an freien Luftzutritt gewöhnt werden müssen, um diese Organe, die in den Kinderjahren ohnedies zum Erkranken sehr geneigt sind, durch zu warmes Verhalten nicht dazu noch disponirter zu machen. — Zur übrigen Bekleidung des Kindes genügt ein einfaches um den Hals weit ausgeschnittenes Hemdchen, welches wenigstens bis über die Kniee herabreicht, der ganzen Länge nach rückwärts offen ist, blos am Nacken leicht gebunden und mit hinreichend breiten Aermeln versehen sein soll. Ueber dieses Hemdchen wird ein Leibchen angelegt, welches ebenfalls nach rückwärts offen, mittelst einiger daselbst angebrachter Bändchen zugebunden wird. — Das Anlegen einer leichten Nabelbinde soll nur in den ersten 6 bis 10 Tagen, bis die kleine Wunde vollkommen geheilt ist, gestattet sein. Das spätere Fatschen der Kinder ist, als der Gesundheit höchst nachtheilig, durchaus nicht zu billigen. — Von den Hüften an nach abwärts wird der Säugling in eine weiche, leinene Windel gehüllt, zwischen deren Blättern ein Stück Flanell eingelegt wird, um auf solche Weise das Herablaufen des Harns und das Nasswerden der Füsse möglichst zu verhüten, welchem Zwecke die Einlagen von Wachstaffet nicht gehörig entsprechen, indem der Harn nicht aufgesogen wird, sondern um so sicherer nach abwärts läuft. Den umfangreichsten Theil der Bekleidung des neugebornen Kindes bildet jedenfalls die leichte Feder- oder Baumwolldecke, in die es aber keineswegs, wie dies leider so häufig der Fall ist, fest eingewickelt werden darf. Nur für schwächliche Kinder, denen es noch an Kraft gebricht, um einen hinreichenden Grad von Lebenswärme erzeugen und sich darin erhalten zu können, wäre das Einschlagen in eine Federdecke, selbst während des Aufenthaltes im Zimmer und namentlich zur rauheren Jahreszeit zu gestatten, jedoch nur bis zu dem Zeitpunkte, wo die Lebenswärmeentwicklung des Kindes eine kräftigere und lebhaftere geworden. Um die wärmere Jahreszeit und überdies bei schon weiter vorgeschrittener Entwicklung die Kinder in Federbetten gehüllt ins Freie zu tragen, oder selbst im Zimmer sie derartig zu verwahren, halte ich für höchst widersinnig. Eine abgesteppte Baumwolldecke gewährt dem Kinde eine zweckmässige Unterstützung und wird zur Erwärmung desselben vollkommen genügen. Die für den Säugling eben empfohlene Bekleidung kann so lange unverändert in Anwendung bleiben, bis das Kind in Folge der erlangten grösseren Festigkeit seiner Knochen und vollkommeneren Ausbildung seines Muskelsystems sich selbst aufzurichten, zu kriechen und endlich auch sich stehend zu erhalten vermag, wo es alsdann an der Zeit wäre einige Aenderungen in der Bekleidung desselben vorzunehmen, die aber weder der freien Entwicklung des Körpers, noch der vollkommen freien Bewegung der Gliedmassen Hindernisse in den Weg legen dürfen, und eben deshalb höchst einfach und völlig zwanglos sein müssen. Zur Erreichung dieses Zweckes gibt man dem Kinde über das Hemdchen ein kurzes, um den Leib mittelst einer Binde zu befestigendes hemdförmiges Oberkleid, welches im Sommer aus einem nur leichten Zeuge, im Winter aus irgend einem wärmeren Wollstoffe angefertigt sein soll. Dieses Oberkleid darf nicht weit über die Kniee herabreichen, da es widrigenfalls das bei seinen ersten selbstständigeren Bewegungen ohnedies höchst schüchterne und befangene Kind leicht zum Fallen bringen könnte. Hat das Kind einmal eine grössere Sicherheit im

Stehen und Gehen erlangt, dann dürfte das Oberkleid etwas verlängert werden, und somit wäre bis zum 4. Lebensjahre die Sorge der Eltern für eine zweckmässige Bekleidung des Kindes beseitigt, nur müssen später, wo auch auf das Sittlichkeitsgefühl Rücksicht genommen werden muss, leinene Pantalons dem Kinde gegeben werden, und überdies müsste es zu seinen Winterpromenaden mit einem ziemlich dichten mantelähnlichen Wollkleide versehen sein. Noch wäre allenfalls in Bezug auf die ebenerwähnten Pantalons die Bemerkung beizufügen, dass selbe ja nicht zu eng anliegend seien, auch dürfen sie nicht durch Spannung oder Reibung zwischen den Beinen das Kind belästigen, und soll die Befestigung derselben nach aufwärts derartig sein, dass weder eine Beengung der Brust oder des Unterleibes dadurch veranlasst werde. Man will behaupten, dass bei manchen Volksstämmen die besondere Eigenthümlichkeit ihrer Nationaltracht bei der die Beinkleider gänzlich vermisst werden, eine auffallend kräftige muskulöse Entwicklung, namentlich der unteren Gliedmassen zur Folge habe, und zwar soll dies vorzugsweise bei den Hoch- oder Bergschotten der Fall sein, deren Tracht in einer blauen Mütze, einem kurzen Weiberrocke aus farbigem Stoffe und einer Jacke besteht. Ihr Hauptkleidungsstück bildet der auch bei Frauen übliche Plaid, dem sie mit besonderer Geschicklichkeit beim Umnehmen eine malerische Drapirung zu geben verstehen, der ihnen zugleich Schutz gegen die Witterung gewährt und des Nachts als Decke dient. Eben dieser Hochschotte in seiner beinkleidlosen Tracht soll sich vorzugsweise durch eine auffallende Behendigkeit und Kraft in den unteren Extremitäten auszeichnen, so dass er bei übrigens äusserst kräftig entwickeltem Körper mit einem Pferde um die Wette zu rennen, mit Leichtigkeit die grössten Strapazen zu ertragen und noch im vorgerückten Alter über Hecken und Zäune zu springen im Stande ist. Ob diese Vortheile sämmtlich blos auf Rechnung des Mangels an Beinkleidern zu stellen sind, möchte ich beinahe bezweifeln, da dergleichen Beispiele von muskulöser Kraft und Gewandtheit bei unserem weiblichen Geschlechte und namentlich der dienenden Klasse, wo es an diesem Kleidungsstücke häufig gebricht, in nicht unbedeutender Zahl vorkommen müssten. Eher würde ich der Ansicht beipflichten, dass die bei ihnen üblichen Spiele, bei denen es hauptsächlich auf die Erlangung einer gewissen körperlichen Fertigkeit abgesehen ist, diese besonderen Vorzüge an Gewandtheit und Behendigkeit zur Folge haben, doch könnte allenfalls der Mangel dieses öfters beengenden und belästigenden Kleidungsstückes dabei insofern in Anschlag gebracht werden, als dadurch der freien Muskelthätigkeit keine Hindernisse in den Weg gelegt sind. Die Beinkleider unserer Kinder müssen somit recht breit und bequem und keineswegs um die Lenden fest gebunden, sondern an dem Leibchen angeknöpft oder mittelst Schulterbänder nach aufwärts befestigt sein. — Haben Kinder das vierte oder fünfte Jahr überschritten, dabei an körperlicher Entwicklung bedeutend gewonnen, dann kann eine allmählig vorgenommene, vernünftige Abhärtung uns auch der Sorge überheben, die Kleidung der Kinder allzu ängstlich der Jahres- oder Tageszeit anzupassen. Gewohnheit spielt hier eine Hauptrolle, doch müssen Extreme so viel als möglich gemieden werden. Es versteht sich übrigens von selbst, dass auf strenge Reinlichkeit der Kleidungsstücke, namentlich der Leibwäsche, gesehen werden möge, denn wie sehr selbe die normale Hautthätigkeit und die Gesundheit im Allgemeinen fördern, dürfte wohl jedem bekannt sein.

Die Kinderstube.

Der Ort, an welchem das Kind den grösseren Theil seiner Lebenszeit zuzubringen hat, ist die Kinderstube, und eben darum muss man in der Wahl derselben mit besonderer Umsicht zu Werke gehen, doch leider ist dies in der Regel nicht der Fall und man verabsäumt ein hohes, geräumiges, trockenes, helles, gegen Luftzug und grosses Geräusch gehörig geschütztes Zimmer zu diesem Zwecke zu bestimmen. Eines der wichtigsten Haupterfordernisse einer als zweckmässig zu erkennenden Kinderstube ist vor Allem eine gesunde, trockene Luft. Um dass die Luft diese unentbehrliche Eigenschaft habe, muss die Stube geräumig sein und Sonne haben, denn ohne Sonne kann die Luft unmöglich eine der Gesundheit zuträgliche Beschaffenheit besitzen. Die Luft ohne Lichtzutritt verliert ihre belebende Kraft und erleidet eben dadurch auch Abbruch an der erforderlichen Trockenheit. Feuchte Luft in den Wohnzimmern ist für jedermann nachtheilig, umsomehr für das zarte Kindesalter, sie mindert die normale Thätigkeit der Haut, stört die für den Körper so höchst wichtige Purifikationsfunction dieses Organes, wodurch die Säftebildung um so sicherer eine normwidrige werden muss. Eine andere Bewandtniss hat es in den Gegenden, wo die Verhältnisse der Lage derselben einen grösseren Gehalt von Wasserdünsten in der Atmosphäre bedingen. Es accommodirt sich in solchen Fällen der Organismus diesen atmosphärischen Verhältnissen, in denen ununterbrochen zu leben er von zartester Kindheit an gewöhnt ist, und eben diese ununterbrochene Gewohnheit ist es, die auf so manche schädliche Potenzen einen ihre nachtheiligen Wirkungen paralysirenden oder wenigstens mildernden Einfluss zu üben vermag. — Eine Kinderstube muss aber auch geräumig sein, sonst fasst sie zu wenig Luft, und da ohnedies bei der Mutter sowohl, als auch bei der Amme, sowie endlich selbst bei dem Kinde die Ausdünstung eine ziemlich intensive ist, so würde bei beengterem Raume die Luft um so eher in ihrer Beschaffenheit zum Nachtheile geändert und für die Gesundheit minder zuträglich werden. Ueberdies ist es unerlässlich, wenn nicht ein Unwohlsein des Kindes es verbietet, Tag für Tag in der Kinderstube durch Oeffnen des Fensters die Luft zu erneuern, denn wenn gleich die Witterung nicht die günstigste wäre, so ist die äussere Luft doch gewiss stets reiner, als die Luft im gesperrten Raume. Endlich können Eltern nicht genug dringlich gewarnt werden, namentlich mit zarteren Kindern Wohnungen in neugebauten Häusern zu beziehen. Schon beim Eintritte in dieselben gewahrt man die feuchte, mit Kalkdünsten geschwängerte Luft, die wohl für jedermann höchst unzweckmässig, auf den kindlichen Organismus jedoch besonders nachtheilig und verderblich wirkt und namentlich skrophulöse Anlage und Skropheln selbst in ihnen rasch zu wecken im Stande ist, und wo dergleichen einmal ernst vorhanden, da bleiben die Resultate der übrigens zweckmässigsten physischen Erziehung doch immer höchst prekär. Hat die Skrophelkrankheit oder die Anlage dazu im kindlichen Organismus Wurzel gefasst, so ist es gewöhnlich auch die Knochenmasse, die dabei in Mitleidenschaft gezogen mehr oder minder an fester, kerniger Ausbildung Abbruch erleidet, die Muskelfaser trägt das Gepräge des Welk-, des Schlaffseins an sich und hiemit läuft der Körper auch Gefahr selbst in seinem geraden Wachsthume beeinträchtigt zu werden. — Um die Luft in der Kinderstube möglichst rein zu erhalten, müssen auch alle Gegenstände, die eine üble Ausdünstung oder einen üblen Geruch verbreiten, daraus entfernt werden. Auch das Plätten und Trocknen der Wäsche in der Kinderstube ist nicht zu gestatten, um so weniger das Aufhängen der von Urin verunreinigten Windeln in der Nähe des Ofens. — Eine mässig warme Temperatur, welche ebenso wie Licht und Luft zum vollkommenen Gedeihen der Pflanzen- und Thierwelt unentbehrlich ist, bleibt auch für die gehörige Beschaffenheit der

Kinderstube eine unerlässliche Bedingung. Sie muss mit gut schliessenden Fenstern und Thüren versehen und im Winter bis auf 15 Grad R. erwärmt sein. Zur Sommerszeit kann man durch Offenhalten der Fenster, durch Vorziehen der Vorhänge den zweckmässigen Temperatursgrad zu erzielen trachten. — Das Ameublement der Kinderstube muss auf das Bedürfniss der Kinder berechnet sein. Die Stühle, Tische und Bänke der Kinder dürfen weder zu hoch noch zu niedrig sein und müssen nach Massgabe ihres Alters abgeändert werden. Die Kinderstube soll überdies nicht mit Meubles überladen und dadurch die freie Bewegung des schon heranwachsenden Kindes zu sehr beengt sein. Die Tische, Schränke, Kasten, kurz alle Einrichtungsstücke dürfen keine scharfen Ecken oder Kanten haben, ebenso keine spitzigen scharfen Beschläge, an denen sich die Kleinen leicht beschädigen können. Um den Ofen sei ein Geländer angebracht, damit bei mangelhafter Aufsicht das Kind dadurch verhindert werde, dem Ofen zu nahe zu kommen. —

Die Construction des Kinderbettes.

Soll eine Bettstelle für ein neugeborenes Kind als zweckmässig erkannt werden, so darf sie durchaus nicht wiegenartig construirt sein. Abgesehen davon, dass der Gebrauch der Wiegen und der wiegenartig construirten Betten, namentlich bei stärkerer Bewegung derselben, der Gesundheit des Kindes nachtheilig ist, indem dieses gleichförmig andauernde Rütteln und Schaukeln, sowie das dadurch eben veranlasste Bewegen des Kopfes Congestivzustände und Nervenreizungen hervorzurufen vermag, so wäre überdies nicht zu übersehen, dass durch die Wiege selbst der Grund zu einer moralischen Verziehung gelegt wird. So höchst sonderbar auch diese Behauptung klingt, so unterliegt es doch keinem Zweifel, dass sie vollkommen wahr und richtig sei. Ein Kind, an das Wiegen gewöhnt, nimmt sehr leicht die üble Gewohnheit an durchaus nicht einzuschlafen, wenn diese Art passiver Bewegung nicht mit ihm vorgenommen wird; ja noch mehr, pausirt man mit dem Wiegen, bevor das Kind fest schläft, so erwacht es stets wieder von Neuem, und erst wimmernd, dann schreiend commandirt es förmlich die Kindeswärterin zur erneuerten Vornahme des Wiegens. So schleichen sich allmählig üble Gewohnheiten bereits bei dem noch ganz zarten Kinde ein, so lernt es schon recht zeitig das, was es will, durch Jammern und Schreien erreichen. Berücksichtigen wir überdies, wie sehr und wie überflüssig dadurch die Dienstleistung bei einem derartig verwöhnten Kinde erschwert wird, so finden wir hinreichende Gründe dieses Verfahren als ein höchst verwerfliches zu bezeichnen. Ein Kind, das im Einschlummern begriffen ist, muss ganz ruhig auf dem Schoosse seiner Pflegerin liegen, und sobald Schlaf eingetreten, wird es sachte in seine Bettstelle gelegt. Ich sage mit Vorbedacht, dass das einschlafende Kind g a n z r u h i g auf dem Schoose seiner Pflegerin gehalten werde, da auch in dieser Beziehung gar häufig gefehlt wird, indem man das Kind, um es in den Schlaf zu bringen auf den Armen oder im Schoosse wiegt, was eine nicht minder unzweckmässige Massregel wäre, als die Benutzung der Wiegc selbst. Ueberdies wäre auch darauf Rücksicht zu nehmen, dass während des Schlafens auf dem Schoosse der Mutter das Kind nicht immer auf einer und derselben Seite etwa zu liegen käme, indem auf solche Weise selbst eine Veranlassung zu Schiefbildungen des Rückgrats gegeben würde. — Die zweckmässigste Construction einer Kinderbettstelle ist unstreitig jene, bei der die Eckpfosten bedeutend erhöht und durch ein gitterartiges Netz miteinander verbunden sind, so dass das auf der Matratze stehende Kind nur mit dem Kopfe den oberen Rand dieses Netzes überragt und dadurch das Herausfallen des Kindes aufs Sicherste verhütet wird. Flechtenkörbe sind durchaus nicht empfehlenswerth, da sich in den vielen Zwischenräumen bald Ungeziefer einnistet. Eiserne Bettstellen haben den Nachtheil, dass lebhafte Kinder sich sehr leicht tüchtig beschädigen können, und daher wäre unbedingt der hölzernen Bettstelle der Vorzug zu geben. Die innere Einrichtung des Bettes bestehe aus einer mit Rosshaaren gefüllten Matratze und in Ermanglung der Rosshaare könnte Heu, Seegras oder Haferspreu benutzt werden. Darüber wird ein zwei- oder mehrfach zusammengelegtes Linnentuch gebreitet und darauf noch eine doppelte Lage Flanell gelegt. Ein flaches, mit Rosshaaren locker gestopftes Kopfpolster, eine weiche Baumwolldecke und für den Winter ein leichtes, kurzes Federbett bilden die übrigen Bestandtheile der inneren Betteinrichtung. Selbstverständlich kann bei Kindern, die das Bett nicht mehr durch Stuhl- oder Urinentleerung verunreinigen, die Flanellunterlage beseitigt werden. Gar zu weiche und nachgiebige Matratzen haben den Nachtheil, dass sie leicht Gruben bilden, und wenn die Kinder aus Mangel an gehöriger Aufsicht die üble Gewohnheit annehmen, stets auf einer und derselben Seite zu liegen, so läuft man abermals

Gefahr, dass eine Neigung zum Schiefwuchse sich herausbilde. Das Kinderbett soll endlich so gestellt sein, dass das Kind vor zu starker Ofenhitze, vor Luftzug und vor zu grellem Lichte geschützt sei.

Die Nahrung.

Das neugeborene Kind soll sich seine Nahrung einzig und allein aus der Brust seiner Mutter holen. So will es die Natur — jedoch die Mütter, und namentlich die der sogenannten besseren Klasse wollen es gar häufig anders. Sie ziehen es vor eine andere Mutter, die in Folge einer zweckmässigeren und naturgemässeren Lebensweise im Besitze einer kräftigeren Constitution und Gesundheit ist, zur zeitweiligen Benutzung zu verwenden, indem sie deren gesunde Milch käuflich an sich bringen, d. h. — sie nehmen eine Amme. Wo es der Fall ist, dass eine Mutter im schmerzlichen Bewusstsein ihrem Kinde bei Darreichung der eigenen Brust eine nur höchst spärliche, unvollkommene Nahrung bieten zu können, zu einer Amme ihre Zuflucht zu nehmen genöthigt wird, da wäre nur zu bedauern, dass der armen Mutter das Vergnügen nicht gegönnt ist, ihrem Kinde die eigene Brust reichen zu können, wo aber nur aus Rücksichten der Eitelkeit, der Commodität eine Mutter dieser Pflicht sich entzieht, da ist es wohl klar, dass die Eigenliebe einen viel höheren Rang als die Liebe zum Kinde einnimmt, und ob diese naturwidrige Gefühlsäusserung einer Mutter Ehre mache, ist eine leicht zu beantwortende Frage. Solche Mütter zu ihrer Pflicht hinweisen zu wollen, ist ein höchst undankbares und nutzloses Vorhaben, denn wo das natürliche Muttergefühl fehlt, da lässt sich auch durch Vernunftgründe nichts bezwecken; jedoch bei jenen Müttern, denen es keineswegs an gutem Willen, leider aber an der physischen Möglichkeit, diesen Willen zu realisiren, gebricht, hat der Arzt die Aufgabe durch eine zweckmässige Regulirung der Diät und Lebensweise möglichst dahin zu wirken, dass durch allgemeine Kräftigung der Constitution die Thätigkeitsäusserungen sämmtlicher Organe in ein normales Geleise gebracht werden, wodurch namentlich bei specieller Berücksichtigung aller jener Momente, die als Hemmnisse der freien, unbehinderten Entwicklung des Brustdrüsenapparates zu betrachten wären, es um so eher ermöglicht werden könnte, auch dessen Function für kommende Fälle wachzurufen. Der Genuss kräftiger, leicht verdaulicher Nahrungsmittel zur geregelten Zeit, der nur sehr mässige Genuss von Kaffee und Thee, die ohnedies bei weitem weniger nährend als nervenerregend wirken, hinreichende tägliche Bewegung in freier Luft, der Gebrauch kalter Bäder um die entsprechende Jahreszeit, oder die öftere Vornahme flüchtiger, kalter Waschungen, wodurch zu einem regeren Stoffwechsel ein kräftiger Impuls gegeben wird, das Vermeiden aller beengenden Kleidungsstücke, namentlich auch solcher, die einen nachtheiligen Druck auf die Brustdrüsen ausüben, dies wären so ziemlich die Hauptbedingungen, bei deren sorgfältiger Beachtung wohl am verlässlichsten eine kräftige, gedeihliche Entwicklung des Gesammtorganismus und seiner einzelnen Organe zu erhoffen wäre, und dass dies in der That der Fall sei, davon hatte ich bereits zu wiederholten Malen mich zu überzeugen Gelegenheit, indem Mütter, die ihrem ersten Kinde die eigene Brust zu reichen nicht befähigt waren, nach zweckmässiger Aenderung ihrer Lebensweise und ihres Verhaltens, ihr zweites Kind zur vollkommenen Befriedigung schon selbst zu nähren im Stande waren.

Da jeder Uebergang von einer Ernährungsweise zur anderen nothgedrungen bei einem noch zarten Organismus von hohem Belange sein muss, so ist auch das Entwöhnen eines Kindes als eine der wichtigsten Epochen des Kindeslebens zu betrachten, indem dabei eben sowohl der Grund zu einer künftigen, dauerhaften und kräftigen Constitution als zu Schwächlichkeit, Kränklichkeit und selbst zu lebenslänglichem Siechthume gelegt werden kann. Der Zeitpunkt des Entwöhnens fällt in die Periode des begonnenen Zahndurchbruches und liegt also ungefähr zwischen dem achten und zehnten Lebensmonate, zu welcher Zeit in der Regel das Kind bereits mehrere Zähne bekommen hat. Das regelmässige Hervorwachsen der Zähne leistet uns eine sichere Bürgschaft für die kräftigere und vollkommenere Entwicklung des kindlichen Organismus im Allgemeinen und berechtigt uns gleichzeitig anzunehmen, dass auch die Verdauung und das Assimilationsvermögen des Kindes auf eine höhere Stufe ihrer Ausbildung gelangt seien, wodurch die Aufnahme auch anderer Nahrungsmittel neben der Mutter- oder Ammenmilch nicht nur ermöglicht, sondern von der Natur gewissermassen verlangt wird. Eine zu rasche Veränderung in der Lebensweise des Kindes, ein zu plötzlicher Uebergang von der Muttermilch zu anderen Nahrungsmitteln, wie dies leider so häufig der Fall ist, kann für den zarten Organismus von den allerwichtigsten und traurigsten Folgen sein, und eben deshalb darf man sich bei diesem Vorgange durchaus keine Uebereilung zu Schulden kommen lassen. Soll das Entwöhnen nicht nur ohne Nachtheil, sondern zum Gedeihen des Kindes vorgenommen werden, so kann dies nur allmählig, und wenn möglich zu einer wärmeren Jahreszeit geschehen. Man verfährt dabei derartig, dass in Zwischenräumen von 2 bis 3 Tagen stets dem Kinde um einmal weniger die Brust gereicht wird, und zum Ersatze erhält das Kind nun zu einer bestimmten Zeit eine, anfangs nur kleine Quantität eines anderen, für zweckmässig befundenen Nahrungsmittels. Eine geringe Quantität leichter Fleichbrühe mit etwas Grütze oder Weissbrod, dürfte für den Anfang eben genügen. Unter den Kaffeesurrogaten hat sich mir seit Jahren die Abkochung der frischen Cacaoschalen, mit etwas Milch vermischt, neben der leichten Rindsuppe als Nahrungsmittel der noch zarten Kinder am besten bewährt. Ganz allmählig wird die Menge der neben der Muttermilch zu reichenden Nahrungsmittel um etwas vermehrt und hauptsächlich darauf Rücksicht genommen, dass eine gewisse sich gleich bleibende Zeiteintheilung getroffen werde, an die man sich bei Darreichung dieser anderen Nahrungsmittel mit pedantischer Strenge zu halten hat. Nur auf solche Weise hat man zu gewärtigen, dass die Verdauungsorgane des Kindes sich allmählig an die veränderte Kost gewöhnen, und sein Körper sich progressiv kräftig entwickeln und ohne alle zwischenlaufende Störung von Seiten der Digestionsorgane den Wünschen vollkommen entsprechend, gedeihe. Der plötzliche oder der relativ zu rasche, sowie der ungeregelte Wechsel der Nahrung hat schon manches Kind zur Kränklichkeit, zum Siechthume, ja selbst zum Grabe geführt. Noch lebt ein Fall in meiner Erinnerung, der handgreiflich den Beweis lieferte, welch schwere und unheilvolle Folgen der zu stürmisch vorgenommene Wechsel der Nahrung bei einem Kinde herbeizuführen vermöge; es ist dies gleichzeitig ein Fall, aus dem sich unwiderlegbar ergibt, dass der Ausspruch mancher Aerzte, die da behaupten wollen, dass ein schon von der Mutterbrust ganz entwöhntes Kind nicht wieder ohne Nachtheil für dasselbe angelegt werden könne, keineswegs seine volle Richtigkeit habe. Es betraf dieser Fall ein 9 Monate altes Kind, das bereits seit drei Wochen plötzlich entwöhnt, abwechselnd mit Kuhmilch, Milchbrei und Fleischbrühe genährt wurde. Bei dieser Procedur begann das Kind bereits am dritten Tage zu kränkeln. Schlaflosigkeit, Leibweh, Diarrhöe waren die Hauptsymptome, verfallenes Aussehen des kleinen Patienten die schnell eintretende Folge. Die consultirenden Aerzte waren durch mehr als

14 Tage eifrigst bemüht, durch mannigfache Aenderungen der Diät, durch Darreichung vielfach erprobter Arzneien, durch verschiedenartige Lavements und stärkende Bäder das stets constant bleibende Hauptsymptom, die profuse Diarrhöe zu beseitigen; jedoch alle Bemühungen waren fruchtlos. Der Darmkatarrh erreichte einen so hohen Grad, dass die Aerzte sowohl als die betreffenden Eltern die Hoffnung das Kind wieder gesunden zu sehen vollends aufgaben, um so mehr, als der kleine Patient namentlich nach jeder erneuten Entleerung bereits mehr einer Leiche als einem lebenden Kinde ähnlich war. Unter so misslichen Umständen wurde auch mein Rath gewünscht. Der Anblick des förmlich zum Skelette abgemagerten Kindes flösste mir sehr wenig Muth ein, um so weniger als seit den letzten 24 Stunden selbst das genossene Reiswasser zu wiederholten Malen erbrochen wurde und gegen die dünnschleimige Fleischbrühe ein vollkommener Widerwille sich zeigte. Nachdem ich das Kind etwa eine halbe Stunde beobachtet und bei dieser Gelegenheit eine eben erfolgte braunwässerige, copiöse Stuhlentleerung zu Gesicht bekommen hatte, sprach ich meine Ansicht dahin aus, dass ich nur noch ein Mittel zu wissen glaube, welches vielleicht doch noch Hilfe zu bringen im Stande wäre, und dieses Mittel sei — die Aufnahme einer gesunden, kräftigen Amme. Verwundert sahen mich die bestürzten Eltern an, und fanden sich dieses meines Ausspruches halber veranlasst, mir nochmals in Erinnerung zu bringen, dass das Kind bereits drei Wochen vollends entwöhnt sei, und dass es jetzt wohl nicht mehr im Stande sein werde, die Brust wieder von Neuem zu fassen. Auch das Urtheil der Aerzte über meinen Vorschlag soll, wie ich nachträglich vernommen, nicht sehr zu meinen Gunsten gelautet haben. Mehrere Stunden nachdem ich dieses Krankenbett verlassen hatte, kam der Vater des Kindes in meine Wohnung, um mir zu berichten, dass sie sich denn doch entschlossen hätten, eine Amme zu wählen, und dass sie so glücklich gewesen, eine in jeder Beziehung vollkommen entsprechende ausfindig zu machen, aber — das Kind sträube sich, die Brust zu nehmen. Ich versprach binnen einer Stunde meinen Besuch dort abzustatten, und ersuchte bis zu meiner Dahinkunft dem Kinde gar nichts zu reichen. Die mir alsdann vorgestellte Amme schien in der That ganz tüchtig zu dem beabsichtigten Säuggeschäfte geeignet zu sein. Sie war eine Bäuerin von kräftiger Constitution, die ihr eigenes Kind bereits acht Monate genährt hatte. Die Brustwarze war ziemlich lang und stark ausgebildet. Ein in der Nähe

der Warze leicht angebrachter Druck war hinreichend, um die Milch zum Abtropfen zu bringen. Da bis jetzt jeder Versuch, das Kind zum Säugen zu bewegen, missglückt war, so beschränkte ich mich für die erste Zeit blos darauf, dem Kinde von der stets frisch gemolkenen Ammenmilch jede Stunde einige Kaffeelöffel voll einflössen zu lassen. Noch während meiner Anwesenheit wurde dies das erste Mal versucht, und das Kind schien mit sichtbarem Wohlbehagen diese neue Nahrung anzunehmen, und so wurde in den angegebenen Zeiträumen regelmässig fortgefahren. Die nächstfolgende Nacht verlief schon viel ruhiger. Die Entleerungen erfolgten wohl noch ziemlich häufig, doch schienen die letztabgegangenen schon minder copiös zu sein. Bei einem am nächsten Morgen erneuerten Versuche, das Kind an die Brust zu legen, zeigte sich im Ganzen wenigstens so viel gewonnen, dass die Brustwarze von dem Kinde ruhig im Munde geduldet wurde, während welcher Zeit man ihm mittelst eines leichten Druckes der Ammenbrust die Milch langsam und in Absätzen zufliessen liess; jedoch um die Warze selbst zu erfassen und daran zu saugen, gebrach es dem Kinde noch zu sehr an Kraft. So war es noch nach den ersten sechsunddreissig Stunden, anders aber am nächstfolgenden Tage, wo das Kind bereits mit schwachen Saugversuchen begann, die nun von Tag zu Tag kräftiger und befriedigender ausfielen, bis endlich nach Ablauf von einigen Tagen das Säugen vollkommen normal von Statten ging. Es bedarf wohl nicht erst der Erwähnung, dass unter solchen Umständen die Diarrhöe allmählig vollkommen zum Schweigen kam, und nun wieder an ihrer Stelle die normalen hellgelben Entleerungen erschienen. Während des Verlaufes der nächsten Wochen sah man das Kind sichtbar an Kraft und Fülle gewinnen und nach zwei Monaten war an dem kräftigen, starken und munteren Knaben — der nun nach sechszehn Jahren zum kräftigen, blühenden Jünglinge herangewachsen ist — keine Spur seines früheren, so elenden Zustandes zu gewahren. — Ich erlaubte mir diesen, vielleicht vereinzelt dastehenden Fall etwas umständlicher mitzutheilen, indem ich es für gut fand, namentlich den Vorgang bei der Wiederangewöhnung des Säugens mit mehr Genauigkeit zu erörtern, um bei etwaigem Vorkommen eines ähnlichen Falles auf das in dem eben Erzählten stattgehabte Verfahren vielleicht mit einigem Nutzen die Aufmerksamkeit hinzulenken. — In Betreff der diätetischen Verhaltungsregeln für das kindliche Alter vom Zeitpunkte, wo das Kind die Mutterbrust bereits vollkommen verlassen, bis zum Zahnwechsel dürfte Nachstehendes besonders zu berücksichtigen sein. Mit dem Ende des ersten Lebensjahres, wo in den allermeisten Fällen bereits mehrere Zähne vorhanden sind, nnd die Verdauungsorgane des Kindes schon bedeutend an Kraft gewonnen haben, kann allmählig zur Darreichung kräftigerer und consistenterer Nahrungsmittel geschritten werden. Die gehörige Berücksichtigung der quantitativen und qualitativen Verhältnisse der Nahrungsmittel bleibt übrigens stets Hauptbedingung, sowie es zugleich, will man stets gute Resultate erzielen, unerlässlich ist, bei Darreichung der Speisen, sich stets an eine gewisse, bestimmte Zeiteintheilung zu halten. Der Erfahrung gemäss, soll eine diesem Lebensalter besonders entsprechende Diät folgendermassen eingerichtet sein: Des Morgens erhält das Kind ein bis zwei Tassen leichter Kuhmilch, oder eine mit Milch gemischte Abkochung von Cacaoschalen, gebrannter Gerste, Weizen, Runkelrübe mit gut ausgebackenem Weissbrod oder Zwieback. Um die Vormittagszeit etwa drei Stunden nach gereichtem Frühstücke, wird etwas dünne Suppe mit Grütze, Nudeln, Weissbrod u. s. w. gereicht. Das Mittagsmahl besteht in einer mässigen Portion einer etwas consistenteren Suppe mit Reis, Sago, geriebenen Teig u. s. w. der man hin und wieder kleine Quantitäten fein gehackten Fleisches beimengen kann. Drei bis vier Stunden später wird wieder eine ähnliche Nahrung, wie zum Frühstücke und gegen Abend eine nicht zu dicke Fleischsuppe gereicht. Ausser diesen bestimmten Mahlzeiten soll den Kindern durchaus keine andere Nahrung gereicht werden, denn nichts ist für die Verdauung der Kinder nachtheiliger, als wenn man sie ausser der angegebenen Speisezeit mit Weiss- oder Schwarzbrod oder mannigfachem Naschwerk füttert. Einerseits bringt dies den Nachtheil, dass sie dann zur bestimmten Essenszeit nicht den gehörigen Appetit haben, und die ihnen entsprechenderen Nahrungsmittel bei Seite schieben, und andererseits darf dem Magen, wie bereits erwähnt, nie neue Speise zugeführt werden, bevor nicht die früher gereichte bereits vollkommen verdaut und aus dem Magen weiter befördert worden, indem sonst schon verarbeiteter und noch roher Speisebrei zusammenkommt, wodurch die gesunde normale Säftebereitung bedeutend beeinträchtigt werden muss. Zum Getränke eignet sich für dieses Kindesalter nur reines Quellwasser. — Bei Kindern im 3., 4., 5., 6. Lebensjahre bleibt die Eintheilung der Speisezeiten ganz dieselbe, nur könnte Vormittags abwechselnd mit der Suppe öfters auch ein weich gekochtes Ei mit etwas Weiss- oder Schwarzbrod gereicht werden.

Mittags wird Suppe, etwas weniges Rindfleisch oder Braten, von denen aber namentlich Gans- und Schweinbraten zu meiden wären, am zuträglichsten sein, und sind die Kinder bereits drei Jahre alt, so dürfte auch eine dritte Speise in kleiner Quantität ohne Nachtheil gereicht werden können, welche abwechselnd entweder in einer Grünspeise, wie selbe die Jahreszeit eben bietet, oder in einer leichten, nicht zu fetten oder zu leckeren Mehlspeise bestehen kann. Zur Sommerszeit wäre als Goûter anstatt eines ganz leichten Caffees oder eines Caffeesurrogates, etwas reifes Obst mit Weissbrod zu empfehlen. Das Nachtmahl sollte immer blos in einer, allenfalls consistenteren Suppe bestehen. Nach Ablauf des fünften Jahres bedarf es nicht mehr einer so ängstlichen Wahl in Betreff der Nahrungsmittel, wenn nur eine gehörige Ordnung dabei berücksichtigt wird, und nicht zu allen Tageszeiten und Stunden verschiedenes Naschwerk gereicht wird. In dieser Altersstufe ist der Magen bereits zur Verdauung etwas gröberer Kost geeigneter, und daher müssen solche Kinder schon gewöhnt werden auch mit etwas gröberer Kost vorlieb zu nehmen. Die Eltern müssen auf alle Weise darauf bedacht sein, von nun an die Kinder an verschiedene Kost zu gewöhnen, damit sich nicht etwa die Untugend bei ihnen einschleiche, einen Abscheu gegen gröbere Nahrungsmittel, eine Vorliebe für feinere leckere Kost zu haben. Wenn einem Kinde seine Mahlzeit vorgesetzt wird, so muss sein Magen leer sein, es muss Hunger haben, und ist der vorhanden, so sagt jede Speise trefflich zu. Verfährt man stets nach diesem Grundsatze rücksichtlich der Kost der Jugend, so kann man sich darauf verlassen, dass so ein Jüngling in späteren Jahren sich in Alles finden werde, er sei auf Reisen oder in der Fremde, er sei in mehr oder minder günstigen oder selbst dürftigen Verhältnissen. Er ist eben so gesund und vergnügt, wenn er ein Stück Käse und Brod zur Befriedigung seines Hungers hat, als wenn er an einer grossen Tafel Theil nimmt und mit Austern, Pasteten, Ragouts und Wildpret bewirthet wird. Ihm muss es gleich sein, ob er Mittags und Abends kalte oder warme Speisen hat, ob ihm zum Frühstücke ein Stück trocknes Brod oder Suppe, Kaffee, Kuchen zu Gebote steht. Alle diese Vortheile entspringen lediglich daraus, wenn der Mensch in seiner Jugend nicht verzärtelt worden und häufig auch gröbere, einfachere Nahrung erhalten hat. Diese Lebensweise hat auch selbst schon für den kindlichen Körper den grossen Vortheil, dass derbe, kräftige Speisen auch eine derbe, kräftige Nahrung abgeben, wodurch der Körper eine kernigere, robustere Textur seiner festen Theile erlangt; jedoch darf nie übersehen werden, dass eine dergleichen Kost auch tüchtige Körperbewegung erheische, daher man, wo diese fehlt, viel mehr Nach- als Vortheil von dieser Diät zu erwarten hätte. Ein anderer Nutzen, den die Wahl einfacher und minder feiner Speisen gewährt, besteht darin, dass man dabei nie zur Unmässigkeit im Essen verleitet wird, dass man nie mehr Nahrung zu sich nimmt, als eben zur Stillung des Hungers erforderlich, dass man seinen Magen in früher Jugend schon zu etwas kräftigeren Anstrengungen, zu etwas grösseren Thätigkeitsäusserungen bestimmt, wodurch jedenfalls die Verdauungskräfte auf eine höhere Stufe ihrer Entwicklung gelangen. In Betreff der zu reichenden Quantität der Speisen, dürfen Eltern bei Kindern in dieser Altersperiode durchaus nicht mehr gar zu ängstlich sein. Je einfacher die Kost, je weniger sie den Gaumen kitzelt, und ihn dadurch gewissermassen besticht, desto sicherer kann man sich der Hoffnung hingeben, dass sich Kinder durch Uebermass im Essen keinen Schaden zuziehen; wird jedoch den Kindern leckere, pikante Nahrung gereicht, da ereignet es sich gar häufig, dass mehr begehrt wird, als ihren Verdauungskräften angemessen, wodurch häufig Indigestionen zu Stande kommen, die bei ihrer öfteren Wiederkehr der kräftigen Körperentwicklung wesentliche Hindernisse in den Weg legen, und hat man überdies zu fürchten, dass Kinder durch eine derartige, den Gaumen reizende Kost zur Unmässigkeit, Gefrässigkeit, Genäschigkeit verleitet werden. Ist es einerseits unbedingt räthlich, Kinder dieses Alters allmählig an eine derbere Kost zu gewöhnen, so wäre es andererseits unbedingt zu tadeln, wenn man blos mit schwerer Mehlkost sie überladen oder sie zwingen wollte, Speisen zu essen, gegen die sie einen ausgesprochenen Widerwillen zeigen; jedoch dürfte dieser entschiedene Widerwille sich allenfalls nur auf irgend eine einzelne Speise beziehen, widrigenfalls man eher anzunehmen berechtigt wäre, dass eine Verzärtlung des Gaumens diesem angeblichen Ekel vor gewissen Speisen zu Grunde liege. Im ersteren Falle wäre es den Eltern zu verübeln, wenn sie gegen die eigenthümliche Natur des Menschen etwas erzwingen wollten, indem es sogenannte Idiosynkrasien gibt, wobei das Sehen einer Speise oder selbst nur der blosse Geruch derselben schon Uebelkeiten und mannigfache andere Beschwerden hervorzurufen im Stande ist. Solche nervöse Verstimmungen mit Vernunftgründen oder gar strengen Massregeln bekämpfen wollen, wäre ganz vergebliche Mühe und bringt man es auf irgend eine Weise doch dazu, dass Kinder diesen Abscheu zu überwinden trachten, so hat man sehr zu fürchten, dass sie den ihnen auferlegten Zwang mit einem öfters nicht unbedeutenden Unwohlsein bezahlen müssen. Im letzteren Falle, wo man es mehr mit einer höchst widerwärtigen Unart zu thun hat, wo eine strafbare Verwöhnung und Verzärtlung des Gaumens die Schuld trägt, da wird es strengste Pflicht der Eltern, dieser Untugend mit allen möglichen zu Gebote stehenden Mitteln entgegenzuwirken, denn abgesehen davon, dass Kinder dadurch gewöhnt werden auf dergleichen Genüsse einen viel zu grossen Werth zu legen, abgesehen davon, dass sie auf solche Weise zu Gourmands, zu Verschwendern erzogen werden, bringt diese Untugend auch überdies den ja nicht zu übersehenden Nachtheil, dass die kräftige Entwicklung des Körpers dadurch Abbruch erleidet und die Gesundheit augenfällig untergraben wird.

Aber auch die gröbere Kost bietet einige Speisen, für welche Kinder häufig, ja grossen Theils eine besondere Vorliebe zu fassen pflegen und deren zu häufiger Genuss wesentlichen Nachtheil zu bringen vermag. Es ist dies namentlich die Vorliebe für die mehlige, fette Kost, die wohl dem Gaumen des Kindes trefflich behagt, im Magen aber bedeutende Störungen veranlasst und gewöhnlich den Grund zu einer übergrossen Schleimerzeugung, zu Wurmbildung sowie zu den verschiedenartigen Formen der Scrophelkrankheit legt. So gehört auch z. B. das mit Butter bestrichene Brod zu den Lieblingsspeisen der Kinder, welches mässig genommen und namentlich um die Zeit zwischen Frühstück und Mittagsmahl, besonders bei vieler Bewegung im Freien, ihnen öfters gestattet werden kann; jedoch muss das Brod mindestens zwei Tage alt, die Butter nicht zu dick aufgestrichen sein. — Hülsenfrüchte enthalten sehr viel Nährstoff und sind erwachseneren Kindern gewiss nicht nachtheilig, um so sicherer, als sie ohnedies keine besonderen Verehrer dieser Art Speise zu sein pflegen, und man deshalb schon vor dem zu übermässigen Genusse, nicht erst zu warnen hat. — Damit die genommenen Nahrungsmittel von den Verdauungsorganen gehörig verarbeitet werden, müssen Kinder die Gewohnheit annehmen, mit Ruhe und langsam zu essen, d. h. die Speisen erst gehörig zu kauen, bevor sie selbe verschlucken. Werden in Folge des zu hastigen Essens die Nahrungsmittel durch verabsäumtes gehöriges Kauen nicht hinreichend verkleinert und mit Speichel genügend vermengt, so geht ihnen die erforderliche Vorbereitung zur Verdauung ab, wodurch dem Magen das Verdauungsgeschäft nicht unbedeutend erschwert wird und nur so ist es erklärlich, warum bei hastig essenden Kindern Verdauungsstörungen sich so häufig wiederholen, und dass dadurch die Ernährung des Kindes nicht unbeträchtlich zu Schaden komme, dürfte wohl jedem einleuchten. — Eine andere höchst üble Gewohnheit der Kinder besteht darin, dass sie die Speisen zu heiss zu verschlucken pflegen, ein Uebelstand, der namentlich besonders häufig eben bei schnell essenden Kindern vorzukommen pflegt. Der Genuss zu heisser Speisen wirkt einestheils höchst nachtheilig auf die Zähne ein, indem die starke Hitze den Zahnschmelz leicht zerstört, die Knochensubstanz des Zahnes bloslegt und ihn der Caries preisgibt, sowie anderentheils die zu heiss verschluckte Nahrung auch den Verdauungsorganen nicht zuträglich ist, indem sie selbe in ihren Thätigkeitsäusserungen herabstimmt und eben dadurch zu mancherlei Leiden disponirt macht. So will man z. B. auf vielfältige Erfahrungen gestützt, behaupten, dass der Genuss heisser Speisen sogar die Anlage zum Magenkrebse wecke. Der vorstechendste Nachtheil besteht jedenfalls darin, dass bei allmähliger Herabstimmung und Schwächung der Verdauungskraft eine gesteigerte, normwidrige Empfindlichkeit des Magens bemerkbar wird, die das ihm höchst erforderliche Vermögen, mannigfachen nachtheiligen Einflüssen Trotz zu bieten, bedeutend schmälert und ihn zum öfteren Erkranken geneigter macht, wie dies bei jedem Körpertheile, bei jedem Organe der Fall ist, dass häufig unter dem Einflusse eines höheren Wärmegrades steht und eben dadurch verweichlicht und mehr empfindlich gemacht wird.

Wenn gleich das reine Quellwasser auch für diese Altersstufe als das zweckmässigste Getränk zu erkennen ist, so dürften doch hin und wieder kleine Quantitäten eines leichten Bieres zu gestatten sein.

Die Leibesbewegung.

Bewegung ist die Quelle des Lebens, Bewegung ist die Quelle der Kraft und somit wird auch für das neugeborne Kind die Bewegung unumgängliches Bedürfniss, dessen mangelhafte Befriedigung der anzustrebenden, kräftigen Körperentwickelung bedeutenden Eintrag thut. Schon dem neugeborenen Kinde muss bei seiner Einhüllung in die Baumwoll- oder Federdecke Spielraum genug gegönnt sein, dass sowohl der Brustkasten, als der Unterleib keine Beengung erleiden, aber auch den unteren Gliedmassen muss etwas Raum gestattet werden, damit selben die Möglichkeit einiger Bewegung nicht gänzlich benommen sei. Die Arme müssen baldmöglichst, wenigstens für einige Zeit ausserhalb der Decke verbleiben und nur, wenn man bemerkt, dass sie kalt werden, kann man sie wieder für einige Zeit in die Decke einhüllen. Verfährt man auf diese Weise nur durch wenige Tage, so wird man bald gewahren, dass es nicht so leicht mehr zum Kaltwerden derselben komme. Schläft das neugeborene Kind recht ruhig, so wird es für das Kind eine Wohlthat, wenn man die um dasselbe geschlagene Decke lockerer und immer lockerer macht, so dass dem Kinde während des Schlafens die Freiheit sich bewegen zu können, nicht zu sehr beschränkt werde. Ist das Kind bereits mehrere Wochen alt, so lässt man es hin und wieder ganz frei auf seinem Lager sich bewegen. Die mannigfachen Streckungen und Dehnungen des Körpers und seiner Gliedmassen, die es in dieser Lage mit sichtbarem Wohlbehagen vornimmt, sind es, die bei dem so zarten Kinde gewissermassen die Stelle gymnastischer Uebungen vertreten und zur Beförderung des Wachsthums, zur regeren Entwicklung der Muskelkraft mächtig beitragen, und eben diese letztere ist es, die einen höchst wichtigen Einfluss auf die Respiration, auf die Fortbewegung der Blutwelle in den Gefässen, mithin auf den gesammten Kreislauf übt und hiedurch eben auf den regeren Stoffwechsel, auf die Ernährungssphäre ungemein wohlthätig einzuwirken vermag. Durch diese geringe, verhältnissmässig aber hinreichende Körperbewegung wird die Aufnahme von Nahrungsmaterial aus dem Blute viel lebhafter, es findet durch die Bethätigung der Respirationsorgane eine reichlichere Ausscheidung von Kohlensäure durch die Lungen statt, sowie durch die allgemeinere Bethätigung des Körpers auch die stickstoffhaltigen Bestandtheile mittelst des Urines reichlicher ausgeschieden werden und somit kommt ein regerer Stoffumsatz zu Stande, es wird ein regeres Leben im Lebensprozesse wach gerufen. Die Erfahrung lehrt, dass Kinder, denen schon im zartesten Alter hinreichend Gelegenheit geboten wird im Liegen freiere Bewegungen vornehmen zu können, auch viel früher nicht nur zu der, zum Stehen und Gehen erforderlichen Kraft gelangen, sondern sich auch selbst gedrungen fühlen, Steh- und Gehversuche zu machen, und wo dies der Fall ist, da hat man gewiss auch weniger von Krümmung der unteren Extremitäten zu fürchten, da in Folge der allgemeinen kräftigen Körperentwicklung auch die Knochenröhren eine grössere Festigkeit erlangen und somit ohne allen Nachtheil schon früher als gewöhnlich die Körperlast zu tragen geeignet sind. Wie sehr die frühzeitig gestatteten Muskelübungen auch der rascheren Knochenbildung und Ausbildung förderlich, entnehmen wir gleichzeitig aus dem Umstande, dass bei dergleichen Kindern auch die vollkommene Ausbildung der Schädelknochen viel rascher von Statten geht, und die Fontanellen viel eher zur Verknöcherung gelangen. — Hat das Kind das Alter von 4—5 Monaten erreicht, so kann man es schon ungescheut auf einem Teppich frei liegen lassen, woselbst es mit vielem Behagen die mannichfachsten Bewegungen und Körperwendungen vornehmen und allmählig auch versuchen wird sich vom Orte zu bewegen. Beobachtet man dabei die Vorsicht, dass die Zimmertemperatur eine zweckmässige sei, dass Alles aus dem Wege geräumt werde, wodurch das Kind sich beschädigen oder verletzen könnte, so darf man überzeugt sein, dass diese ganz freien Körperbewegungen zur regeren Kraftentwickelung, zum allgemeinen körperlichen Gedeihen des Kindes unendlich viel beitragen. Beginnt das Kind alsdann unter steter, sorgfältiger Aufsicht von freien Stücken seine ersten Steh- und Gehversuche zu machen, so wäre jede Furcht überflüssig, dass die Vornahme dieser Versuche ihm insofern Schaden bringen könnte, dass das gerade Wachsthum der Röhrenknochen der unteren Extremitäten darunter leiden würde, denn der Umstand, dass das Kind von freiem Antriebe sich aufzurichten und später auch in aufrechter Stellung sich fortzubewegen bemüht ist, gibt uns genügende Bürgschaft, dass diese Steh- und Gehversuche — ich wiederhole es mit Absicht — so leicht keine anderweitigen Nachtheile bringen können. Man überlasse das Kind in dieser Beziehung nur ganz seinem natürlichen Begehren und man kann fest überzeugt sein, dass es sich gewiss nicht übermässig anstrengen und übermüden werde. Blos der Zwang ist es, blos die frühzeitige Aufforderung zu diesen Versuchen, woraus dem Kinde Nachtheil erwachsen könnte und wodurch leicht Veranlassung zur Krümmung der Knochen der unteren Gliedmassen gegeben würde. Hat das Kind einmal eine gewisse Fertigkeit im Gehen erlangt, so muss ihm öfters Gelegenheit geboten werden, seine Muskelkraftentwickelung stets mehr fördern und steigern zu können. Es werden zu diesem Behufe öfters Gehübungen im Freien vorgenommen, mit denen allmälig auch kleine Versuche im Laufen zu verbinden wären, denn Bewegung ist Kindern ein eben so unerlässliches Bedürfniss wie der Genuss von Speise und Trank. Sieht man Kinder von 2—3 Jahren grösstentheils auf den Armen herumtragen, so lässt sich mit Sicherheit voraussetzen, dass das Kind entweder schwächlich oder kränklich, oder durch seine Wärterin verwöhnt sei, indem es dieser gewöhnlich besser zusagt, bei der ihnen so oft eigenthümlichen Redseligkeit, in ununterbrochenem Gespräche mit einer Berufsgefährtin stundenlang das Kind im Freien herumzutragen, als sich die Mühe zu geben, ihrer Pflicht nachzukommen und das im Freien sich lebhaft bewegende hin- und herlaufende Kind mit Argusaugen zu bewachen. Der Trieb zur Bewegung ist Kindern von Natur aus eingepflanzt. Man überlasse sie unter sorgfältiger Aufsicht, um sie vor Schaden zu bewahren, sich selbst, lasse sie geschäftig sich im Freien herumtreiben, und gehörigen Gebrauch von ihren Gliedern machen. Je mehr sie sich Bewegung machen, desto besser verdauen sie, desto kräftiger werden ihre Verdauungsorgane, desto nährender werden die Speisen für sie; nur ist nicht zu übersehen, dass unter fleissiger Bewegung nicht Anstrengung des Körpers bis zur erschöpfenden Ermüdung verstanden werden möge, woraus den Kindern mehr Nach- als Vortheil erwächst, da übermässige Kraftverwendung, namentlich auf den zarteren Kindeskörper mehr schwächend als stärkend einwirkt, sie überdies zu sehr erhitzt, den Schweissausbruch befördert und hiedurch eben mannigfache Erkrankungen leicht veranlasst. Mässige Bewegung insonders in freier Luft gewährt übrigens ausser der Förderung des Appetites und der kräftigeren Belebung sämmtlicher Unterleibsfunctionen noch überdies den nicht zu übersehenden Vortheil, dass auch der Schlaf ein ruhigerer wird, der mehr Erquickung bietet, und da Kinder namentlich während eines solchen Schlafes an Wachsthum und Kraft besonders gewinnen, so können wir auch in dieser Beziehung die öftere Vornahme zweckmässiger Körperbewegungen mit vollstem Nachdrucke empfehlen. Mit der vorschreitenden Entwicklung der Körperkraft können mit um so mehr Beruhigung und Vertrauen auch allmählig länger fortgesetzte Leibesübungen, die theils im Gehen, Laufen, Springen, Tanzen, in mannigfachen Spielen, die mit körperlicher Bewegung verbunden sind, bestehen, vorgenommen werden. D a s G e h e n ist eine der gewöhnlichsten Leibesübungen, die der Mensch von Kindesbeinen an bis in das höchste Alter am häufigsten vorzunehmen pflegt. Es besteht in einer, den Körper in aufrechter Stellung gleichförmig fortbewegenden Leibesübung, wobei die Körperlast abwechselnd von einem Fusse auf den anderen übertragen wird. Soll die dabei zu berücksichtigende Körperhaltung als gut erkannt werden, so muss sie natürlich, frei und ungezwungen sein; die Fussspitzen werden nach auswärts gerichtet, die Beine während des Fortschreitens im Kniegelenk gehörig gestreckt, der Oberleib wird aus den Hüften möglichst herausgehoben, die Brust hervorgewölbt, der Unterleib eingezogen, das Rückgrat nach Möglichkeit gedehnt, wobei es gegen die Vorderseite des Körpers eingebogen erscheint, die Schultern werden gleichmässig herabgelassen und so viel wie thunlich, jedoch ohne merkliche Anstrengung zurückgenommen. Die Arme hängen leicht und ungezwungen mit etwas nach auswärts gerichteten Elbogen zu den Seiten des Körpers herab. Nur eine Körperhaltung, die allen diesen Anforderungen vollkommen Genüge leistet, kann mit vollem Rechte als gut bezeichnet werden, bringt aber auch der Gesundheit und dem körperlichen Gedeihen insofern wesentlichen Nutzen, als namentlich durch das Zurückziehen der Schultern der Brustkasten nach vorwärts auffallend gewölbt wird, wodurch er an innerem Raume bedeutend gewinnt und den Lungen eine freiere Entwicklung, eine kräftigere Ausbildung gestattet. Kinder müssen recht zeitig an eine derartige Körperhaltung gewöhnt werden, denn je früher man sie dazu verhält, desto grösser und sicherer ist der Vortheil, den sie eben dadurch an ihrer Gesundheit und an ihrem normalen und regeren Wachsthum erfahren. Aber nicht nur beim Gehen, sondern auch während des ruhigen Stehens muss die eben erwähnte Körperhaltung, jedoch ohne allen merkbaren Zwang, der bei öfterer Uebung ohnedies wegzufallen pflegt, beobachtet werden, sowie gleichzeitig allen üblen Angewöhnungen, welche Kinder beim Stehen anzunehmen pflegen, aufs Ernsteste gleich im Beginne entgegengetreten werden muss, da selbe auf die Körperhaltung und das gerade Wachsthum einen sehr wesentlichen Einfluss üben. Das stete Sichanlehnen an Tische, an Schränke, das Stehen mit nicht hinreichend gestreckten Knieen oder mit vorgesetztem Fusse, und namentlich wenn stets ein und derselbe Fuss vorgesetzt wird, das Vorneigen des Kopfes, das Vorziehen der Schultern, — diese sämmtlichen Untugenden müssen von Eltern und Erziehern so zeitig als möglich bekämpft werden. Wenn wir erwägen, dass bei der regelrechten, aufrechten Körperhaltung im Stehen fast der gesammte Muskelapparat zu kräftiger Thätigkeitsäusserung angeregt wird, indem zur Streckung des Körpers ein gewisser Muskelkraftaufwand erforderlich ist, so können wir unbedingt selbst die vollkommene Aufrechthaltung im Stehen an und für sich schon als eine Leibesübung betrachten, deren Einfluss auf die regere Entwicklung der Muskelkraft nicht in Abrede gestellt werden kann. — Eine Fortbewegung des

Körpers durch eigene Kraftanstrengung in aufrechter Haltung, jedoch rascher als dies beim Gehen der Fall ist, findet beim Laufen statt. Mässiges Laufen ist eine gesunde und kräftigende Körperbewegung, wobei die Respiration lebhafter, bethätigt, der Kreislauf beschleunigt wird. Nach Vornahme jeder nur etwas anstrengenderen Körperbewegung wolle man stets darauf Bedacht nehmen, dass nicht durch das Niederlegen auf den kalten Boden, durch das Niedersetzen auf eine kalte Bank, durch Kalttrinken in Folge der plötzlichen Abkühlung Veranlassung zu Verkältungen gegeben werde. — Auch das Springen bietet den Kindern eine höchst vortheilhafte Leibesübung, jedoch muss dabei mit vieler Vorsicht zu Werke gegangen werden, damit nicht etwa Verstauchungen der Fussgelenke, oder andere, durch die dabei statthabende stärkere körperliche Erschütterung, oder durch einen Fall veranlasste Nachtheile herbeigeführt werden. Zwei Sprungübungen sind es namentlich, die den etwas grösseren Kindern vorzugsweise zu empfehlen wären, indem die damit verbundene Körperbewegung eigentlich mehr in einer Art Hüpfen als im Springen besteht. Die erste dieser Uebungen ist das Springen über das Schwungseil, wozu ein etwa acht Ellen langes und ungefähr $1/2$ Zoll starkes Seil erfordert wird. Während das eine Ende desselben an irgend einem fest stehenden Gegenstande, als, einem Baume, einem Pflocke, beiläufig eine Elle hoch von dem Boden entfernt befestigt ist, erfasst der Erzieher oder sonst irgend jemand Erwachsener das andere Ende desselben, ohne das Seil zu spannen, so dass es gegen die Mitte zu nur etwa ein bis zwei Zoll vom Boden entfernt, herabhängt. Nun nimmt die das freie Ende haltende Person mit dem schlapp herabhängenden Seile kreisförmige Schwungbewegungen vor und ist das Seil gehörig in Schwung gebracht, so tritt der sich im Springen Uebende mitten vor das Seil hin, und zwar in dem Augenblicke, wo selbes seinen Kreisschwung nach oben nimmt. Im Momente, wo das geschwungene Seil eben wieder sich dem Boden nähert, schnellt man mit an einander geschlossenen Füssen in regelrechter, ganz gestreckter Haltung mit über den Rücken geschlagenen Armen in die Höhe und lässt das, im Schwunge begriffene Seil unter seine Füsse durchgleiten, und so wird bei gleichförmig fortgesetzten Seilschwingungen jedesmal im ruhigen Stehen der Moment abgewartet, wo das Seil dem Boden am nächsten ist und zum Darüberspringen benutzt. Zur Abwechslung kann das Springen entweder in der Stellung mit dem Gesichte, oder mit einer der beiden Körperseiten zum Seile gekehrt vorgenommen werden; jedoch mit dem Rücken zum Seile gewendet, über dasselbe hüpfen zu lassen, ist eine für Kinder dieses Alters zu schwierige Aufgabe, die leicht zum Fallen und zwar nach rückwärts Veranlassung geben kann, weshalb dies jedenfalls zu widerrathen wäre. Die zweite Uebung ist das Springen über die Schnur, wobei der Springende, die beiläufig $1/4$ Zoll starke, an beiden Enden mit Holzgriffen versehene Schnur mittelst kräftiger Drehungen der beiden Handgelenke, kreisförmig über den Kopf nach abwärts schwingt, und in dem Momente, wo die den Körper umkreisende Schnur dem Boden am nächsten ist, wird der Sprung über dieselbe vorgenommen. Selbstverständlich bleibt der Oberkörper während der Vornahme dieser Uebung in gerader, gestreckter Richtung. Hat man die Schnur übersprungen, so wird dieselbe hinter dem Rücken hinauf über den Kopf weg und dann von vorn nach abwärts ihre schwingende Kreisbewegung wiederholen und immer der Augenblick, wo die Schnur den Füssen sich nähernd, dem Boden am nächsten ist, zum Sprunge über dieselbe benutzt. Bei einiger Uebung wird dieses Schnurschwingen und Ueberspringen recht geläufig, und wenn dies nur nicht bis zur vollen Ermüdung vorgenommen wird, so lässt sich davon grosser Vortheil erwarten, indem nicht nur der bereits erwähnte Nutzen der allgemeinen Leibesbewegung daraus hervorgeht, sondern es unter anderen auch die Rückenmuskeln namentlich sind, die in Folge dieser Uebung bedeutend gekräftigt und gestärkt werden. Wenn übrigens zur vollkommen regelrechten Aufrechthaltung des Körpers in ruhiger Stellung schon ein gewisser Muskelkraftaufwand, der vorzugsweise sich auf die Rückenmuskeln bezieht, erforderlich ist, so lässt sich wohl denken, dass dies jedenfalls um so mehr der Fall sein müsse, wenn der Körper in dieser ganz aufrechten, gestreckten Haltung die Schnur zu überspringen hat, indem dazu eine viel grössere Thätigkeitsäusserung der das Rückgrat streckenden Muskeln nothgedrungen hervorgerufen wird, und somit erscheint alsdann die Aufgabe, beim Stehen und selbst beim Gehen eine vollkommen gerade Haltung anzunehmen, wesentlich erleichtert. Noch gibt es wohl eine bedeutende Anzahl von Leibesübungen, die für Kinder von 6—7 Jahren theils zum Gesundheitszwecke im Allgemeinen, theils zur speciellen Kräftigung des Muskelapparates ganz besonders empfohlen werden können; jedoch beabsichtige ich nicht in diesen Blättern in das Detail sämmtlicher gymnastischen Uebungen einzugehen, und erlaube mir in dieser Beziehung vorzugsweise auch auf „Dr. Werner's medizinische Gymnastik" hinzuweisen, woselbst man eine bedeutende Auswahl von Leibesübungen, die auch für dieses Alter mit Vortheil zu benutzen wären, angegeben finden wird. Ueberdies wäre es meines Erachtens am räthlichsten, diese kleinen Uebungen stets im Beisein eines routinirten Turnlehrers vornehmen zu lassen, der die vorzunehmenden Leibesübungen dem Alter und der Constitution des Kindes genau anzupassen versteht.

Die freie Luft.

Was für den Magen die Speise, das ist für die Lunge die Luft, und ebenso wie es durchaus nicht gleichbedeutend erscheint, von welcher Qualität die dem Magen einzuverleibenden Nahrungsmittel sind, so ist es auch für die Lungen und hiemit für den Gesammtorganismus von nicht geringerer Bedeutenheit, ob die einzuathmende Luft diese oder jene Eigenschaften besitze. Dem Magen und der Verdauung sagen in der Regel jene Nahrungsmittel besser zu, die ihnen Stoffe zuführen, welche ohne besondere Schwierigkeiten in die dem Origanismus nicht fremden, sondern ihm mehr homogenen Bestandtheile zerlegt werden können, und ebenso ist dies bei den Lungen, das ist, bei dem Respirationsprozesse der Fall, wo die zum Einathmen bestimmte Luft bei ihrer Aufnahme und nachfolgenden Zersetzung keine dem Organismus durchaus fremde und ihm daher nicht zusagende Bestandtheile bieten sollte. Noch ein anderes Organ befindet sich im engsten Rapport mit der atmosphärischen Luft, und dies ist die den Körper in seiner ganzen Peripherie begrenzende äussere Hautfläche. Hiemit bietet der Organismus der ihn umgebenden Luft zwei sehr ausgedehnte Hautflächen zur unmittelbaren Einwirkung dar, und zwar nach innen die das Innere des Mundes, der Nase mit den zu derselben gehörenden Höhlen, das innere Ohr, die äussere Fläche des Auges, und vor Allem die das Innere der Lungen auskleidende Schleimhaut, und endlich nach aussen die den ganzen Körper umhüllende äussere Haut. Bei der so lebhaften Beziehung, in der der Organismus mit der ihn umgebenden Luft sich befindet, lässt sich wohl leicht denken, dass viel, ja sehr viel von der gehörigen Beschaffenheit derselben abhängt, und diese Beschaffenheit der Luft ist gar mannigfachen Modifikationen unterworfen, jenachdem sie wärmer oder kälter, feuchter oder trockener, bewegter oder ruhiger ist, und überdies in ihren Mischungsverhältnissen, ihrer Schwere, ihrem Elektricitätsgrade wechselt. Gross ist der Einfluss, den die verschiedenen Temperatursabstände auf den Organismus auszuüben vermögen, und doch hat er die Aufgabe diesen verschiedenen Temperatursabständen Trotz zu bieten, und bei einer mehr oder minder kalten, oder warmen Luft, stets seine normale Eigenwärme von etwas über 30 Grad R. beizubehalten. Ueberdies ist es auch der plötzliche Wechsel der Temperatur, der als feindliche Potenz auf den Körper einzuwirken pflegt, und dies um so mehr, als die Temperatursabstände, denen man dabei ausgesetzt ist, nicht selten sehr bedeutend sind. Tritt man z. B. aus einer stark geheizten Stube in die kalte Winterluft, so beträgt dieser Temperaturswechsel nicht selten eine Differenz von selbst 30—40 Graden. Je zarter, je jünger der Organismus ist, je weniger er noch die Fähigkeit besitzt, eine, kräftigen Bestand habende Eigenwärme zu erzeugen, desto leichter können diese verschiedenen Temperatursverhältnisse, denen er den nöthigen Widerstand zu leisten noch nicht befähigt ist, einen höchst nachtheiligen, die Gesundheit in hohem Grade gefährdenden Einfluss auf ihn üben. Die Kälte der atmosphärischen Luft äussert grossentheils ihre Wirkung auf die äussere Haut, auf die Schleimhaut der Nase, des Rachens, und des Kehlkopfes. Je tiefer die kalte Luft gegen die Lungen herabgelangt, desto mehr ist sie schon erwärmt, und hört hiemit eher auf als feindliche Potenz einzuwirken. Die Erfahrung lehrt es auch alltäglich, dass die früher genannten Organe im Kindesalter besonders häufig in Folge der Einwirkung der Kälte von den schwersten Erkrankungen heimgesucht werden. Die Bewegung, die selbstthätige Bewegung, als wichtigster Faktor der kräftigen Erzeugung der körperlichen Eigenwärme, findet bei dem ganz zarten Kindesalter noch viel zu wenig statt, und daher muss ihm auch das Vermögen abgehen, dem nachtheiligen Einflusse der Kälte gehörig Trotz zu bieten, und eben daher ist es leicht erklärlich, dass ein verhältnissmässig zu niederer Temperaturgrad der Luft sehr leicht krankheiterregend auf das noch ganz zarte Kind wirken könne. Ist das Kind bereits einige Wochen alt und mit gehöriger Vorsicht allmählig an eine kältere Temperatur gewöhnt worden, dann wird auch die Entwicklung seiner Eigenwärme eine viel lebhaftere sein, und somit vermag ein höherer Kältegrad der Luft nicht mehr so feindlich auf das Kind einzuwirken. — Zu hohe Wärmegrade bringen zunächst einen bedeutend gesteigerten Säftezudrang zu allen jenen häutigen Gebilden zuwege, mit denen die zu warme Luft in unmittelbaren Contact geräth, wodurch mannigfache Störungen ihrer

Thätigkeitsäusserungen veranlasst werden und bei öfterem oder länger andauernden Einwirken höherer Temperaturgrade wird ein gewisser Grad von Erschlaffung mit gesteigerter Empfindlichkeit dieser häutigen Ausbreitungen bemerkbar, in Folge deren schon selbst geringere Grade von Kälte mannigfache Verkältungsleiden herbeizuführen im Stande sind. Aber auch auf das gesammte Blutgefässsystem wirkt die zu starke Wärme der Luft auffallend erregend ein, und bedingt leicht Congestionen nach den inneren Centralorganen. — Eine mehr oder minder bedeutende Feuchtigkeit oder Trockenheit der Luft übt einen nicht unwesentlich modificirten Einfluss auf den menschlichen Körper aus, je nachdem die feuchte oder trockene Luft gleichzeitig kalt oder warm ist. Mehr Eigenwärme wird jedenfalls durch die feuchtkalte Luft dem Körper entzogen, da die Feuchtigkeit einen guten Wärmeleiter abgibt, sie schmälert in hohem Grade die Thätigkeit des Hautorganes und drängt das Blut nach den inneren Theilen des Körpers; aber auch auf die Lungenthätigkeit wirkt sie alienirend ein, indem die eingeathmete wasserreiche Luft die Feuchtigkeitsausscheidung der ausathmenden Lunge ganz wesentlich behindert und daher muss die andauernde Einwirkung einer feuchtkalten Luft die Blutbereitung hochgradig anomalisiren, und in der That lehrt die Erfahrung es sattsam, dass eben die feuchtkalte Luft es ist, die durch ihr längeres Einwirken auf ganz junge Organismen die sogenannte lymphatische Constitution und selbst die Scrophelsucht hervorzurufen vermag.

Die trockenkalte Luft veranlasst vorzugsweise heftigen Blutandrang nach den Lungen, indem sie namentlich bei plötzlich eintretenden höheren Kältegraden, das Blut von der Peripherie des Körpers nach innen zurückdrängt, und da die zu grosse Trockenheit der eingeathmeten Luft den Lungen eine übermässige Wassermenge entzieht, so wird auf solche Weise der Andrang des Blutes dahin noch um so mehr begünstigt und ebendies ist der Grund des so häufigen Vorkommens der Lungenentzündungen bei kalttrockener Luftbeschaffenheit.

Die heisse und feuchte Luft steigert die Thätigkeit der Haut bis zum Schweissausbruch, stimmt jedoch die Function der Lungen bedeutend herab, da ihre normale Wasserausscheidung durch die Feuchtigkeit der Luft wesentlichen Abbruch erleidet, und eben diese Beschaffenheit der Atmosphäre ist es vorzugsweise, die namentlich bei Kindern häufig Veranlassung zu Verkältungen gibt.

Die zu warme und gleichzeitig zu trockene Luft

wirkt auf doppelte Weise nachtheilig auf den Körper ein, indem sie einerseits durch ihren höheren Wärmegrad, andererseits durch ihre übermässige Trockenheit eine allgemeine Aufregung des Blutes sowohl als des Nervensystems zu Folge hat. Als Wirkung der trockenen Hitze sehen wir nicht selten, selbst bei Erwachsenen, die sogenannte Insolation, den Sonnenstich erscheinen, wobei durch gleichzeitiges Einwirken der heissen Sonnenstrahlen auf den Kopf, die gefahrdrohendsten Hirnentzündungen herbeigeführt werden.

Einen anderen Umstand, der in Bezug auf die Art der Einwirkung der Luft auf unseren Körper, von ganz besonderem Einflusse ist, finden wir in der Luftbewegung, die nur äusserst selten, und dies nur an einzelnen, durch ihre besondere Lage begünstigten Orten, minder auffallend sich zeigt. Die atmosphärische Luft hat so wie das Meer ihre verschiedenartigen Strömungen, welche die Luftwellen nach verschiedenen Richtungen hintreiben. Die von Winden bewegte Luft wirkt übrigens viel intensiver auf den Organismus ein, möge sie kalt oder warm, mehr oder weniger feucht sein. Die unbewegte, windstille Luft bildet um den Körper, der durch den Umstand, dass die Luft ein schlechter Wärme- und Feuchtigkeitsleiter ist, seine eigene ihn zunächst umgebende Atmosphäre, die ihm vor den grelleren Einflüssen der Kälte und Wärme sowie vor den höheren oder niederen Feuchtigkeitsgraden, einigen Schutz gewährt, jedoch die stärkeren Strömungen der bewegten Luft berauben das Hautorgan dieses Schutzes und geben es dem unmittelbaren, heftigen Einwirken der Temperaturs- und Feuchtigkeitsveränderungen preis. Auf solche Weise wird die nachtheilige Wirkung der Kälte, der Trockenheit der Luft u. s. w. durch gleichzeitig vorhandene Winde nach Massgabe ihrer mehr oder minder bedeutenden Stärke wesentlich erhöht. — In Betreff der fremden Beimischungen der Luft wäre wohl vor Allem zu erwähnen, dass unsere Atmosphäre in ihrer normalen Zusammensetzung aus einem Gasgemenge besteht, in welchem Stickstoff und Sauerstoff in fast ganz gleichbleibenden Verhältnissen miteinander verbunden sind; jedoch finden sich öfters auch andere Gasarten und gewisse imponderable Stoffe der Luft beigemengt. Der Sauerstoff der Luft ist es, der das Leben des thierischen Organismus vorzugsweise erhält; er wird mit der Luft eingeathmet, während durch die Ausathmung Kohlensäure herausbefördert wird. Jede Verdichtung der Luft bedingt auch eine Vermehrung ihres Sauerstoffgehaltes, daher bei trockener, kalter Witterung eine bei weitem grössere Menge Sauerstoff eingeathmet wird, wodurch sämmtliche Ernährungsvorgänge reger von Statten gehen, während eine sauerstoffarme Luft auf die Verdauung, Blutbereitung und auf sämmtliche Lebensthätigkeiten minder erregend einwirkt, wodurch diese an der ihnen erforderlichen Kraft wesentlichen Abbruch erleiden. Die der atmosphärischen Luft stets mehr oder minder beigemengte Kohlensäure ist gewissermassen als eine fremde, schädliche Beimischung zu betrachten, da sie für sich allein tödtlich und in übergrosser Menge der atmosphärischen Luft beigemengt, höchst nachtheilig einwirkt. Da, wie bereits erwähnt, durch den Athmungsprozess viel Kohlensäure frei wird, so erklärt es sich, dass in geschlossenen Räumen, wo viele Menschen beisammen sind und die erforderliche Lüftung fehlt, die Kohlensäure sich übermässig anhäufen müsse, so dass man in stark gefüllten Theaterräumen den Kohlensäuregehalt der Luft selbst um das Hundertfache vermehrt vorfindet. Eine andere fremde, der Gesundheit höchst nachtheilige Beimischung der Luft, bilden die sogenannten Miasmen, von denen man im Allgemeinen nur so viel weiss, dass sie in gewissen, normwidrigen Luftbeschaffenheitszuständen bestehen, die gewöhnlich durch eigenthümliche Bodenverhältnisse bedingt, entweder an demselben Orte gebunden, auch stets daselbst verbleiben, wie z. B. das Sumpfmiasma, oder förmlich nomadenartig Wanderungen vornehmen, wie das Choleramiasma, das gelbe Fieber, die Pest, das Influenzamiasma. — Eine andere höchst wichtige, die Integrität des Organismus in hohem Grade anfeindende fremdartige Beimischung der Luft, finden wir in den Contagien, die sich von den Miasmen wesentlich dadurch unterscheiden, dass während die Ersteren tellurischen oder anderweitigen cosmischen Bedingungen ihr Entstehen verdanken, die Letzteren im kranken Organismus erst erzeugt, von da aus oft in erstaunungswerther Vervielfältigung auf andere Organismen übertragen werden. — Was das Vorhandensein eines mehr oder mindergrossen Antheils positiver oder negativer Electricität in der Luft anbelangt, so hat sich bis jetzt aus den so zahlreichen Beobachtungen nur so viel ergeben, dass ihre Wirkung vorzugsweise dem Nervensysteme zugewendet sei und in ihren geringeren Graden einen nur erregenden, in höheren einen tief erschütternden, und bei plötzlichen und starken elektrischen Entladungen einen lähmenden Einfluss auf selbes äussere.

Nachdem ich nun in möglichst gedrängter Kürze nur Einiges des Wesentlichsten in Betreff jener Eigenschaften der atmosphärischen Luft, die unter gewissen Umständen mehr oder weniger nachtheilig auf den Körper einzuwirken vermögen, vorausgeschickt habe, erübrigt noch die Mittel anzugeben, durch welche diese schädlichen Einflüsse womöglich ferngehalten, oder in ihrer Wirkung gemildert werden, und überdies dem Körper die Kraft verliehen wird, diesen krankmachenden Potenzen widerstehen zu können. Den ersteren Zweck erreichen wir dadurch, dass wir die der Gesundheit nachtheiligen Eigenschaften der Luft auf mannigfache Weise zu mildern, oder ihnen ganz auszuweichen bemüht sind, während wir zu letzterem Zwecke durch geeignetes Zuwerkegehen dem Körper allmählig einen höheren Grad von Abhärtung eigen machen, wodurch es ihm ermöglicht wird zu einer gewissen Abstossungs- und Repulsivkraft zu gelangen, mittelst welcher er den verschiedenen aus der besonderen Beschaffenheit der Luft hervorgehenden Krankheit erregenden Einflüssen hinreichenden Widerstand entgegenzusetzen befähigt wird. — Neugeborene Kinder sind vor den Extremen der Lufttemperatur bestens zu bewahren, daher sie um die rauhere Jahreszeit nicht der Luft ausgesetzt werden sollten, doch wenn selbe bereits mehrere Wochen alt sind, so bedarf es in dieser Beziehung auch nicht mehr eines zu ängstlichen Vorgehens; aber auch während des hohen Sommers dürfen sie nicht um die heisseren Mittagsstunden ins Freie getragen werden, da nicht nur die zu starke Hitze der Sonnenstrahlen, sondern auch das zu grelle Licht nachtheilig auf sie einwirken kann, indem einerseits leicht entzündliche Hirnaffektionen, andererseits gefahrdrohende Augenentzündungen leicht dadurch herbeigeführt werden. Haben Kinder bereits ein Alter von mehreren Monaten erlangt, sind sie durch die vorausgegangene Anwendung kühler Bäder und Waschungen für niedere Temperatursgrade schon minder empfindlich, hat man ihnen überdies öfters gestattet, sich frei und im mässig temperirten Zimmer auch unbedeckt nach Willkühr zu bewegen, so ist mit Sicherheit vorauszusehen, dass auf solche Weise bereits ein gewisser Grad von Abhärtung, verbunden mit einer regeren Lebenswärmeentwickelung erzielt worden sei, wodurch selbst schon etwas bedeutendere Kältegrade, unbeschadet der Gesundheit vertragen werden. Und so muss mit zunehmender Entwicklung des Kindes von Jahr zu Jahr immer mehr in diese Richtung hingewirkt werden, um den Grund zu einer heranzubildenden, festeren Körperconstitution zu legen, die der schwächlichen gegenüber den ungemeinen Vortheil bietet, dass, während die erstere eine grosse Anzahl von Krankheitsursachen förmlich zu ignoriren scheint, die letztere durch die leisesten Veranlassungen aus dem normalen Geleise der Gesundheit heraus- und in jenes der Krankheit hineingelenkt wird. Kälte, Hitze und selbst den rascheren Wechsel dieser beiden Temperatursextreme verträgt ein fest constitutionirter Körper, die feuchte Luft ficht ihn nicht an, ihm gilt es gleich von welcher Weltgegend her die Winde brausen, auf seinen, durch eine festere organische Beschaffenheit gestählten Körper üben manche äussere Einflüsse, die auf schwächliche Constitutionen krankmachend einwirken, keinen Nachtheil aus, sie vermögen nicht den normalen Gang des organischen Mechanismus zu stören. Man betrachte nur Individuen, welche durch die Ausübung ihres Berufes sehr viel den verschiedenartigsten Luft- und Witterungsveränderungen ausgesetzt sind, und man wird gewahren, dass sie durch die viele Berührung, in die sie eben mit der atmosphärischen Luft kommen, mit ihr gewissermassen vertrauter sind, ja sogar einen gewissen Grad von Suprematie über sie erlangt haben, so dass sie im Besitze einer festeren organischen Kraft jedes Ansinnen, sich von ihr beherrschen zu lassen, aufs Strengste zurückzuweisen im Stande sind. Diese Art der Abhärtung bezieht sich in dem eben angegebenen, mehr speziellen Falle lediglich auf das äussere Hautorgan und auf die die Luftwege überziehenden Schleimhäute; jedoch muss behufs der Erlangung einer kräftigen, festen Constitution diese Abhärtung in einem ausgedehnteren Maassstabe stattfinden. Jeder den Körper oder eines seiner Organe betreffende nachtheilige Einfluss, wenn selber nicht gar zu stürmisch, zu intensiv einwirkt, ruft einen gewissen Reactionsgrad, ein Sichwähren, einen Kampf gegen diesen feindlichen Eingriff hervor, wobei in der Regel der gesunde, wenn auch noch nicht ganz abgehärtete Körper den Sieg davon zu tragen pflegt. Durch die öftere Wiederholung dieser Kämpfe erlangt der Organismus, wenn ihm nur in der Zwischenzeit hinreichend Ruhe gegönnt wird, um sich wieder vollkommen erholen und zu seiner früheren Integrität gelangen zu können, stets einen höheren Grad von Reactionskraft, wodurch es ihm immer leichter wird, sich als Sieger zu behaupten, bis er endlich im Laufe der Zeit sich eine so hochgradige Widerstandskraft eigen gemacht hat, dass sie förmlich an eine gänzliche Unempfindlichkeit für diese schädlichen Potenzen grenzt. Je früher man mit diesen ganz allmählig und stufenweise vorzunehmenden Abhärtungsversuchen beginnt, desto früher und sicherer erlangt man das gewünschte Resultat; doch muss bei noch zarten Kindern stets an die grösstmöglichste Vorsicht erinnert werden. Kinder müssen viel an freier Luft sein und eben darum muss auf die frühzeitige Abhärtung des Hautorganes ein ganz besonderes Gewicht gelegt werden. Da jedoch der Luftzutritt in das Innere des Organismus nicht bloss durch die äussere Haut, sondern auch durch die Luftwege der Respirationsorgane stattfindet, so ist es nicht minder wichtig auch auf die Abhärtung der diese Organe begleitenden Schleimhaut gehörig Rücksicht zu nehmen. Zur Erreichung dieses Zweckes dürfen Kinder zur Winterszeit nicht an zu hohe Zimmertemperatur gewöhnt werden, indem diese durch die längere Einwirkung in den betreffenden Schleimhäuten Congestivzustände mit erhöhter Reizempfindlichkeit veranlasst, die alsdann in Folge eines nur etwas grelleren Temperaturswechsels sehr leicht den entzündlichen Charakter annehmen, was bei Kindern, die im Allgemeinen zu den gefahrdrohendsten Entzündungen der Schleimhaut der Luftwege sehr geneigt sind, durchaus nicht zu übersehen wäre. Auch den mannigfachen schädlichen Beimischungen der Luft Widerstand zu leisten, muss der Körper sich allmählig gewöhnen. Recht häufiger Aufenthalt in freier Luft trägt dazu unendlich viel bei, dem mit der erlangten Abhärtung für die Temperatursverschiedenheiten hält auch die, für die schädlichen Luftbeimischungen gleichen Schritt. Und ebenso ist es auch der Fall mit der Feuchtigkeit der Luft, für deren nachtheiligen Einfluss Kinder leicht abgestumpft werden, wenn man sie bei vollkommenem Wohlsein, auch selbst bei etwas feuchter Luft ins Freie tragen lässt, was man auch mit um so weniger Besorgniss geschehen lassen kann, als die Feuchtigkeit der freien Luft viel minder nachtheilig einwirkt, als die feuchte Zimmerluft. Ueberdies wenn es mir auch nicht in den Sinn kommt, in Abrede stellen zu wollen, dass die feuchte Zimmerluft der Gesundheit im Allgemeinen durchaus nicht zuträglich sei, finden wir doch z. B. in der Arbeiterklasse Leute genug, die von der frühesten Kindheit an in feuchten Wohnungen leben, und dennoch sich gesund dabei erhalten. Noch mehr — wir finden Kinder und Erwachsene die Jahr aus Jahr ein, Tag und Nacht unbeschadet ihrer Gesundheit die feuchte Schiffsluft zu athmen genöthigt sind. So gross ist die Macht der Gewohnheit, die aber in so hohem Grade nur für jene leichter zu erlangen ist, die von kräftigen, abgehärteten Eltern stammen und mit einer, ich möchte sagen wasserdichten Constitution begabt sind. Wo aber, wie dies leider namentlich bei Städtern so häufig der Fall ist, schwächliche, kränkliche, von mannigfachen Gemüthsaffecten, von höherem Alter gebeugte oder noch nicht gehörig zu Männern oder Frauen gereifte

Individuen heirathen, und ohne sich darum zu kümmern, welche Organisationsschwäche sie unter so misslichen Umständen auf ihre Nachkommenschaft übertragen, Kinder in die Welt setzen, die bei ihrem Erscheinen schon sich als mit zu wenig Lebenskraft begabt, kundgeben, ja da verhält sich die Sache wohl anders, da muss so lange auf das strenge Fernhalten aller nachtheiligen Einflüsse, mit Inbegriff derer, welche die freie Luft zuführt, Rücksicht genommen werden, bis es unter der vor- und umsichtigen Leitung eines ärztlichen Rathgebers und bei höchst sorgsamer Pflege und Wartung von Seiten der opferwilligen Mutter nach und nach gelungen dem Kinde mühsam zu etwas mehr Lebenskraft verhelfen; doch diese nachträglich und kunstvoll ihm beigeschaffte, kann stets blos als ein nur leidliches Surrogat einer angeborenen Lebenskraft betrachtet werden, was sich schon daraus deutlich zu erkennen gibt, dass man selbst bei den mit der grössten Vorsicht geleiteten Abhärtungsversuchen gar häufig auf entmuthigende Hindernisse zu stossen pflegt. Wenn schon die Aufgabe den Körper für Temperaturs- und Feuchtigkeitseinflüsse minder empfindlich zu machen, selbst bei übrigens ruhiger Luft eine öfters nicht gar leicht zu lösende ist, um wie viel schwieriger müssen wir erst dieses anzustrebende Ziel erreichen, wo diese erwähnten nachtheiligen Einflüsse mit Vehemenz auf den Körper eindringen, wie dies bei vom Winde und Sturme bewegter Luft der Fall ist, und eben aus diesem Grunde muss, soll vernünftig zu Werke gegangen werden, der noch zarte Kindeskörper vorerst an die Temperaturs- und Feuchtigkeitsschädlichkeiten bei mehr ruhiger Luft gewöhnt werden, bevor man sie auch der rauhen und selbst stürmischeren Witterung auszusetzen versucht, was übrigens bei noch ganz zarten Kindern gänzlich gemieden werden sollte. Ein übereiltes Vorschreiten bei dergleichen Abhärtungsversuchen entfernt uns immer mehr vom Ziele, indem auf solche Weise gar leicht Veranlassung zu mannigfachen Gesundheitsstörungen gegeben wird, die alsdann ein längeres Unterbrechen dieser Versuche erheischen. Uebrigens ist es stets die mehr oder minder kräftige Körperbeschaffenheit, die uns in dieser Beziehung zur genau zu beachtenden Richtschnur dienen muss, denn während man bei dem einen Kinde schon nach Verlauf von mehreren Wochen nach der Geburt allmählig mit den Abhärtungsversuchen beginnen kann, muss bei einem anderen erst ein Zeitraum von eben so viel Monaten und oft noch mehr verstreichen, bevor man es wagen darf an die Ausführung eines dergleichen Vorhabens nur denken zu wollen. Und doch ist die Abhärtung des Kindeskörpers auch in diese Richtung hin eine unentbehrliche, und dies um so mehr, als erst die erlangte Widerstandsfähigkeit für den feindlichen Angriff einer von Wind und Sturm bewegten Luft, uns die Ueberzeugung verschafft, dass die Empfindlichkeit für die Einflüsse der excedirenden Temperaturs- und Feuchtigkeitsgrade bei ruhiger Luft um so gewisser bereits überwunden sei. Hat man es einmal dahin gebracht, dass bei vernünftigem Vorschreiten die Abhärtung des Körpers bis zu diesem Grade gediehen ist, dann lässt sich mit einiger Zuversicht erhoffen, dass auch eine hinreichende Repulsivkraft für andere schädliche Luftbeimischungen vorhanden sei, deren einige namentlich dem kindlichen Organismus besonders feindlich entgegentreten. Ich meine gewisse contagiöse und auch miasmatische Einflüsse, welche einen für die Schädlichkeiten der Luft im Allgemeinen nicht gehörig abgehärteten Körper um so sicherer, um so schwerer treffen. Ich wiederhole hier mit Absicht die durch vielfache Erfahrung von mir constatirte Thatsache, dass Kinder, die durch eine zweck- und vernunftgemässe Pflege der Haut, wobei es durch die Vornahme stets kühlerer Waschungen und bei geeigneter Jahreszeit durch den Gebrauch kalter Flussbäder auf die Erlangung einer gehörigen Abhärtung des Hautorganes abgesehen ist, und überdies durch den häufigen Aufenthalt in freier Luft, sowohl die Schleimhaut der Luftwege als auch die äussere Haut für schädliche Beimischungen der Atmosphäre gewissermassen abgestumpft wurde, bei weitem seltener und, wo es der Fall, in viel leichterem Grade von Krankheiten, contegiösen oder miasmatischen Ursprungs befallen wurden. Ich spreche diese meine Ueberzeugung einer ziemlichen Anzahl von Familien gegenüber aus, wo ich seit 20 und selbst 30 Jahren das Vertrauen als Hausarzt geniesse, und welche die eben angeführte Thatsache als um so sicherer bestätigen werden, als sie nach Ablauf mancher, in bedeutender Ausbreitung herrschenden und oft sehr verheerenden Scharlach- und Masernepidemien stets beglückt, ihr Verwundern darüber aussprachen, dass ihre Kleinen abermals verschont geblieben. Soll dies stets nur lediglich Zufall gewesen sein? O nein! Was natürliche Folge einer zweckmässigen, physischen Erziehung, was als Belohnung sorgfältiger Beachtung der Naturgesetze zu betrachten ist, kann unmöglich blos dem Zufalle zugeschrieben werden. — Indem ich einerseits den häufigen Genuss der freien Luft für Kinder so ganz nachdrücklich und dringend anempfehle, dürfte es andererseits doch wohl sonderbar erscheinen, da von so üblen Einflüssen, denen man dadurch eben preisgegeben ist, die Rede war; jedoch wolle man nicht übersehen, dass die durch die freie Luft zu erlangenden Vortheile doch immer noch bedeutend genug die Nachtheile aufwiegen; und hat man einmal diese Luft und die ihr häufig beigemischten Schädlichkeiten gewöhnt, so ist sie doch immerhin noch für die Gesundheit viel erspriesslicher, als die eingesperrte Zimmerluft, daher auch die tägliche Erneuerung derselben selbst bei rauher und ungünstiger Witterung durch hinreichende Lüftung der Zimmer auf's Nachdrücklichste angerathen werden muss. Möge eine einzelne Thatsache die hohe Bedeutenheit dieser Massregel bestätigen. In der im Jahre 1834 in Edinburg stattgehabten Versammlung der Aerzte wurde von Dr. Clarke ein Auszug aus den Protokollen der Dubliner Entbindungsanstalt vom Jahre 1758 bis Ende 1833 verlesen, woraus sich ergab, dass noch im J. 1781, wo der noch unzweckmässige Bau des Hospitals die tägliche, vollkommene Lüftung desselben nicht gestattete, jedes 6. Kind innerhalb 9 Tagen nach der Geburt gestorben sei; dass dagegen im Laufe der darauf folgenden Jahre, wo eine vollkommene tägliche Lüftung bereits zu ermöglichen war, und dafür auch Sorge getragen wurde, innerhalb desselben Zeitraumes von 9 Tagen die Sterblichkeit der neugeborenen Kinder durchschnittlich bis auf eins zu zwanzig vermindert sich zeigte. — Wohl ist in Entbindungsanstalten Grund genug vorhanden, dass die Luft durch mannigfache fremde Beimischungen verunreinigt, und dadurch zur Erhaltung der Gesundheit minder brauchbar werde, und doch liefert das eben angeführte Factum den unumstösslichen Beweis, dass die täglich und selbst zur rauhesten Winterszeit vorzunehmende Zimmerlüftung für die Gesundheitszwecke unerlässlich sei. In Kinderstuben, wo gewöhnlich mehrere Menschen beisammen schlafen und wohnen, wodurch ein um so grösserer Verbrauch an Sauerstoff stattfindet, und wo übrigens mannigfache, der Gesundheit nicht förderliche Ausdünstungs- und Ausathmungsstoffe in übergrosser Menge den Zimmerraum erfüllen, da gibt es Gründe genug, aus denen die Nothwendigkeit einer täglichen Lufterneuerung entnommen werden kann.

Der Schlaf.

Der gesunde Schlaf besteht in der zeitweiligen vollkommenen Ruhe des höheren Nervenlebens zu Gunsten der verhältnissmässig sich steigernden Thätigkeit der Ernährungssphäre; währenddem ganz entgegengesetzt im Zustande des Wachens das höhere Nervenleben auf Kosten der eben dadurch herabgestimmten Ernährungs- und Bildungskraft in regerer Thätigkeit begriffen ist. Während des gesunden Schlafes ruhen sämmtliche psychische Functionen, die Sinneseindrücke fehlen, ebenso sämmtliche körperliche Bewegungen, wobei aber gleichzeitig die Ernährung, die Bildung des Flüssigen und Festen, der Kreislauf, der Athmungsprozess ruhiger und gleichförmiger von Statten gehen. Der Zustand des Wachens bezieht sich auf das höhere, auf das geistige Nervenleben, welches den zu seiner Thätigkeit erforderlichen Kraftaufwand dem Nervenleben entzieht. Bei dem neugeborenen, gesunden Kinde, wo das geistige Nervenleben vollkommen in den Hintergrund gedrängt erscheint, gibt sich der andauernde Schlaf als natürliche Folge zu erkennen, doch gleichzeitig tritt auch eine regere Bethätigung des vegetativen Lebens ein. Ein gesundes, neugeborenes Kind schläft daher fast ununterbrochen, und nur das Verlangen nach Nahrung versetzt es zeitweilig in einen halbwachen Zustand. Gebricht es dem neugeborenen Kinde an Schlaf, so können wir grösstentheils aus dieser normwidrigen Erscheinung schliessen, dass ein Theil seines höheren Nervenlebens in abnormer Thätigkeit sich befindet, und zwar ist dies ausschliesslich das Empfindungsvermögen, welches durch irgend ein Unwohlsein, durch Schmerzgefühl krankhaft erregt ist. Der fast ununterbrochene Schlaf bleibt für das neugeborene Kind so lange unentbehrliches Bedürfniss, bis seine Lebenskraft so zugenommen, dass sie ohne Beeinträchtigung der Ernährungsfunctionen wenigstens einen Theil ihrer Kraft, dem höheren Nervenleben zuwenden kann. So sehen wir das allmählig körperlich kräftiger werdende und sich mehr entwickelnde Kind zeitweilig wach werden, wobei nach und nach die ersten Aeusserungen seines Wahrnehmungsvermögens, seiner willkührlichen Muskelthätigkeit sich kundgeben. Und so gelangt mit der stufenweise zunehmenden Lebenskraft und Körperentwicklung auch das geistige Nervenleben auf eine höhere Stufe. — Ein ungestörter Schlaf ist für das neugeborene Kind von grösster Wichtigkeit, doch fehlerhaft und tadelnswerth ist es, wenn man zur Beförderung desselben und um das Wachwerden zu verhüten, jede Spur von Sinnesreiz fern zu halten bemüht ist, wenn man das Zimmer, oder den die Schlafstätte bildenden Raum verfinstert, während des Schlafes des Kindes kaum leise zu sprechen wagt, auf den Fussspitzen umherschleicht und jedes Geräusch ängstlich vermeidet. Auf solche Weise würden die Sinnesnerven des Kindes zu sehr verwöhnt, für äussere Eindrücke zu empfindlich gemacht werden, während wir im Gegentheile dahin zu wirken haben, dass frühzeitig schon eine mindere Reizempfänglichkeit der Nerven, ein gewisser Grad von Abhärtung derselben, erzielt werde. Gewöhnt man das Kind, dass Licht- und Geräuschmangel eine unerlässliche Bedingung seines ruhigen Schlafes sei, so wird durch ein solches unzweckmässiges Verfahren dem Kinde ein leiser Schlaf für sein ganzes Leben zur Gewohnheit gemacht, und dass ein solcher nicht die erforderliche Erquickung bietet, und überhaupt eine höchst lästige Untugend sei, dürfte wohl Manchem aus eigener Erfahrung hinreichend bekannt sein. Mit zunehmender körperlicher Entwicklung des Kindes erweitern sich auch die Zeiträume des Wachseins, so dass nach Ablauf eines Jahres die Kinder den grösseren Theil des Tages wach zu sein, und nur höchstens 2—3 Stunden am Tage zu schlafen pflegen. Bis zum dritten Lebensjahre ist es wünschenswerth Kinder während des Tages noch ein bis zwei Stunden schlafen zu lassen, doch späterhin bedürfen sie in der Regel des Tagschlafes nicht mehr. Soll der Schlaf den Kindern den erwünschten Nutzen bringen, so muss er vollkommen ruhig sein, denn wenn ein übrigens gesundes Kind während des Schlafes sich viel herumwirft, um sich schlägt, plaudert, schreit, dann ist es sicher der Fall, dass seine aufgeregte Einbildungskraft ihm falsche, unangenehme Vorstellungen vorspiegelt, deren Lebhaftigkeit auch den selbst im Schlafe begriffenen Muskelapparat in Bewegung setzt. Wir nennen diesen abnormen Zustand in seinem niederen Grade, Traum, der jedoch in seinen höheren Graden selbst bis zum Nachtwandeln ausarten kann. Unter solchen Umständen ist dem höheren Nervenleben nicht die vollkommene, ihm erforderliche Ruhe gegönnt, wodurch die Lebenskraft, die im gesunden Schlafe blos mit den Vorgängen der Ernährung und körperlichen Ausbildung beschäftigt sein soll, einen mehr oder minder grossen Abbruch erleidet, indem sie einen Theil ihrer Kraft auf die anomalen Thätigkeitsäusserungen des geistigen Lebens zu verwenden hat. Somit gibt ein traumvoller Schlaf ein momentanes, wesentliches Hinderniss der körperlichen Entwicklungs- und Ernährungsvorgänge ab. Erscheinen die Träume Nacht für Nacht und überdies mit besonderer Lebhaftigkeit, so übt dies einen unverkennbaren Einfluss auf die gesammte vegetative Sphäre aus, der Körper bleibt in seiner kräftigen Entwicklung und Ausbildung zurück. Betrachten wir das nach einem ruhigen, erquickenden Schlafe erwachende Kind. Seine lebhaft gefärbten, rosigen Wangen, das heitere, glanzvolle Auge, das lächelnde, muntere Aussehen sind uns sichere, sprechende Beweise seiner in reger Zunahme begriffenen Lebensfülle, seiner gedeihlichen Entwicklung, während nach einer, in lebhaften, unangenehmen Träumen zugebrachten Nacht dasselbe bleich und verdriesslich erwacht, sein mattes Auge, sein verfallenes Aussehen deuten augenfällig darauf hin, dass ihm der Schlaf nicht die gehörige Erquickung gebracht habe. Ein Schlaf ohne volle Ruhe ist eine Speise ohne hinreichenden Nährstoff, und somit muss es unser hauptsächlichstes Streben sein, dahin zu wirken, dass alle Bedingungen erfüllt werden, unter denen bei Kindern der Schlaf möglichst frei von Träumen und namentlich ängstlichen, schreckhaften, erzielt werde. „Träume kommen vom lieben Gott", pflegt man zu sagen, jedoch ist meine individuelle Ansicht eine ganz andere. Man ist in der Regel geneigt so Manches der Vorsehung in die Schuhe zu schieben, das lediglich als Folge des vernunft- und naturwidrigen Handelns des Menschen zu betrachten ist. So verhält es sich eben auch mit den Träumen. Der Genuss von etwas schwerer verdaulichen Nahrungsmitteln kurz vor dem Zubettegehen ist vollkommen hinreichend den Nachtschlaf durch höchst beunruhigende Träume zu stören. Die Nacht ist die für den Körper bestimmte Zeit eines gewissen vegetativen Stilllebens, wobei die organische Natur von den Beziehungen zur Aussenwelt mehr zurückgezogen, im stillen Wirken, Schaffen und Bilden begriffen, den einzelnen Organen und Gebilden das zuzuführen bemüht ist, woran es ihnen gebricht, und auf diese Weise zur kräftigen Körperentwicklung das Wesentlichste beiträgt. Nimmt man kurz vor dem Schlafe Nahrung zu sich, so wird das vegetative Leben zur normwidrigen Zeit in neue Beziehungen zur Aussenwelt gebracht, indem es in die Nothwendigkeit versetzt wird, sich mit der von Aussen ihm zugeführten Nahrung zu beschäftigen, während es zur Nachtzeit blos mit der zweckmässigen Vertheilung der am Tage genossenen und bereits verarbeiteten Nahrungsmittel sich zu befassen hat. — Wir ersehen aus dem Erwähnten von welch' grosser Bedeutenheit es namentlich für das kindliche Alter, wo die Entwicklungsvorgänge vollkommen unbeirrt vorschreiten sollen, sein müsse, dass der Schlaf ungestört und möglichst frei von Träumen sei. Aus eben diesem Grunde wäre schon bei dem neugeborenen Kinde selbst darauf Rücksicht zu nehmen, dass ihm während der Nachtszeit viel seltener die Brust gereicht werde, eine Massregel, die sowohl für das Kind, als für die es säugende Mutter von grossem Belange ist Für das Kind, damit im ruhigen

Nachtschlafe die körperliche Entwicklung um so gedeihlicher vor sich gehen könne, für die Mutter, damit sie von den Mühen des Tages gehörig ausruhe und im erquicklichen, nicht durch häufiges Nähren des Kindes gestörten Schlafe, die Erzeugung einer um so kräftigeren Milch begünstige. — Ist das Kind bereits von der Mutterbrust entwöhnt und hat es selbst ein Alter von 2—3 Jahren schon erlangt, so muss trotz der vorgeschrittenen Entwicklung dasselbe Prinzip aufrecht erhalten werden, indem des Abends und dies nicht erst kurz vor dem Zubettegehen stets nur etwas leichte Fleischbrühe gereicht werden möge. — Ein anderer Umstand, der in seiner Beziehung zum Schlafe ganz besonders zu würdigen wäre, ist der, dass die Phantasie der Kinder um die spätere Abendszeit nicht etwa durch zu lebhafte Spiele, durch das Erzählen von Furcht oder Traurigkeit erregenden Geschichtchen, nicht zu sehr aufgeregt werde. Nicht minder unzweckmässsig ist es Kindern kurz vor dem Einschlafen Strafpredigten zu halten, wodurch ihr Gemüth affizirt, in Unruhe versetzt wird. All dies ruft ihnen im Schlafe, vermöge der ihnen eigenen regeren Einbildungskraft, zu lebhafte Vorstellungen hervor, wodurch zu beunruhigenden Traumbildern Veranlassung gegeben wird. — Ein Uebelstand, auf den man nicht genug dringend aufmerksam machen kann, und der leider bei der minder gebildeten Klasse nicht selten vorkommt, ist der des Zusammenschlafenlassens der Kinder mit Erwachsenen oder bejahrten und kränklichen Personen. Abgesehen davon, dass ganz junge Kinder dadurch der Gefahr ausgesetzt werden, zu ersticken, erwächst den Kindern überdies auf solche Weise ein grosser Nachtheil für ihre Gesundheit und für ihr körperliches Gedeihen, da die Erfahrung lehrt, dass bei derartigem Zusammenschlafen der Körper des jüngeren Individuums bedeutend Schaden leide, und zwar theils durch die Ausdünstung des Erwachseneren, theils durch die besondere Eigenthümlichkeit, dass der ältere Körper gierig die Lebenskraft des jüngeren einsauge, und auf Kosten des letzteren an Kraft gewinne. — Ich erinnere mich einen Fall gelesen zu haben, wo zu Bordeaux ein Strafurtheil über eine alte Frau gefällt wurde, welche junge, kräftige Mädchen durch Geld zu bestechen wusste, damit sie neben ihr in einem Bette schliefen. Die altersschwache Frau erholte sich sichtbar und nahm an Kräften zu, jedoch die Mädchen magerten auffallend ab, wurden kränklich und welk. — Essarz führt einige höchst interessante Beispiele von jungen Kindern beiderlei Geschlechtes an, welche neben ihren Grossvätern oder Grossmüttern oder älteren Wärterinnen in einem Bette zu schlafen gewöhnt waren. Die Seite des Kindeskörpers, welche demjenigen, neben welchem sie geschlafen, zunächst gelegen war, wurde schwächer und magerte augenfällig ab. —

Millin de la Courveault erzählt in einer, über die Schädlichkeit des Zusammenschlafens junger Leute mit alten, handelnden Schrift, die Begebenheit eines 15jährigen Mädchens, welches neben ihrer, schon bejahrteren Mutter stets zu schlafen genöthigt war, da ihre Armuth zwei Betten anzuschaffen, ihnen nicht gestattete. Die Folge war, dass bei dem Mädchen, die ihrer Mutter zugewandte Körperseite von einer Geschwulst befallen wurde und allmählig fast alle Empfindung verlor. Als auf ärztliches Anrathen das Mädchen für sich zu schlafen dringend bestimmt worden, verloren sich nach und nach die eben angegebenen krankhaften Erscheinungen, und als 2 Jahre später das Mädchen wieder bei ihrer Mutter zu schlafen begann, verfiel es von Neuem in dieselbe Krankheit. — Somit sollen Kinder, wie dies in der gebildeteren Klasse stets üblich ist, in ihrem Bette allein schlafen. In Betreff der Dauer des Schlafes wäre zu bemerken, dass selbe nach der Schwäche oder Stärke eines jeden Kindes einzurichten sei, so dass man im Allgemeinen die Kinder nicht so lange schlafen lassen dürfte, als sie es wünschen, indem es sich sonst leicht ereignen würde, dass ein gut genährtes, fettes Kind, das wenig Bewegung zu machen geneigt ist und eben deshalb am wenigsten schlafen sollte aus Faulheit zu viel schläft. Schwächliche Kinder soll man lange schlafen lassen, so dass selbe bis zu ihrem siebenten Jahre ungefähr zwölf Stunden täglich schlafen dürften, während bei gut genährten, starken Kindern die Dauer des Schlafes auf 9—10 Stunden beschränkt werden dürfte, und da wäre es das Gerathenste sie zu gewöhnen zeitig zu Bette zu gehen und rechtzeitig früh aufzustehen, wodurch die Entwicklung der Kinder aufs Gedeihlichste gefördert wird. Wer in seiner Jugend gewöhnt worden rechtzeitig des Morgens aufzustehen, der wird nicht die Gemächlichkeit des Bettes zu sehr lieben und bei Zeiten lernen, den besten und wichtigsten Theil seines Lebens nicht mit Schlafen zuzubringen.

Kinderspiele.

Kinder müssen spielen, und recht viel spielen, damit sie zeitig gewöhnt werden, sich zu beschäftigen; jedoch ist es durchaus nicht gleichbedeutend, welche Art von spielender Beschäftigung für das kindliche Alter gewählt wird. Das zweckmässigste ist unbedingt, wenn bei der Wahl der Spiele so zu Werke gegangen wird, dass bald der Körper, bald der Geist oder beide zugleich dabei eine Anregung zur Thätigkeit finden; doch muss das Alter des Kindes gehörig mitberücksichtigt werden. Da körperliche Bewegung auch für kleinere Kinder ein höchst wichtiges Erforderniss ist, so ist jedenfalls solchen Spielen der Vorzug zu geben, die die Muskelthätigkeit etwas in Anspruch nehmen; daher dürfte es räthlich sein einen kleinen Wagen, ein hölzernes Pferd auf Rädern, einen Schiebkarren für sie als Spielzeug zu wählen, damit sie selbe im Zimmer umherführen. Auch die Peitsche, sowie die Trommel geben ein passendes Spielzeug für Kinder ab. Bedenklicher ist es ihnen Stecken- oder Schaukelpferde anzuschaffen, wodurch häufig Veranlassung zum Fallen, zu Beschädigungen gegeben wird, es müsste denn der Fall sein, dass durch gehörige Aufsicht jedem Unfalle vorgebeugt werde. — Zu den Spielen, die eine Anregung der Verstandeskräfte bezwecken und gleichzeitig kleine Geduldproben abgeben, gehören die, aus einzelnen Holztheilen bestehenden Bauapparate, die mannigfachen Bilder zum Zerlegen und zum Wiederzusammenstellen, das Zusammensetzen von Mosaikfiguren aus farbigen Holzplättchen, das Ankleiden der Puppen u. s. w.; doch haben diese Spiele den Nachtheil, dass sie mit zu anhaltendem Sitzen verbunden sind. In dieser Beziehung lässt man sich gewöhnlich bei Mädchen vorzugsweise den Fehler zu Schulden kommen, dass man fast ausschliesslich Spiele für sie wählt, die sie zum andauernden Sitzen bestimmen. Dann darf es freilich nicht Wunder nehmen, wenn selbe bei mehr Mangel an Körperbewegung im Allgemeinen nicht die wünschenswerthe, kräftige Körperconstitution erlangen. Auch für Mädchen sollten Spiele gewählt werden, die körperliche Bewegung erheischen, dann wird es sich auch gewiss seltener ereignen, dass eine auffallende Muskelschwäche bemerkbar wird, die namentlich bei ihnen so häufig den Grund, die Anlage zum Schiefwuchse zu legen pflegt. Am gesündesten sind unstreitig die Spiele in freier Luft, die sogenannten Bewegungsspiele, wobei, wenn nur zu starke Erhitzung gemieden wird, die Kinder gleichzeitig am besten gegen alle Witterungsverhältnisse abgehärtet werden. Das Ball- oder Reifspiel, das Haschen der Schmetterlinge, das Federballwerfen gewähren den Kindern recht viel Vergnügen und tragen zur gedeihlichen Erstarkung und Kräftigung des Körpers wesentlich bei. Ueberdies gibt es auch kleine

Beschäftigungen für Kinder im Freien, die ihre Muskelkräfte minder in Anspruch nehmen, und eben deshalb namentlich während der wärmeren Jahres- und Tageszeit besonders zu empfehlen wären, z. B. das Blumensammeln, die Wartung der Bäume und Pflanzen, das Bauen kleiner Häuser aus dem Materiale, welches sie eben im Freien zusammenzusuchen bemüht sein sollen u. a. m. — Es gibt aber auch Spielwaaren und Spiele, die der Gesundheit der Kinder leicht Schaden bringen können. Hieher gehören z. B. Blasinstrumente, kleine Trompeten, Pfeifen, die keineswegs als zweckmässige Spielwaaren erkannt werden können, da einerseits die Lunge dabei übermässig angestrengt wird, andererseits zu befürchten ist, dass Kinder bei Benutzung dieser kleinen Instrumente während des Gehens oder Laufens, leicht fallen und sich in der Mundhöhle nicht unbedeutend verletzen können. — Spielzeug von Glas oder Porzellan ist streng zu widerrathen, da Kinder dergleichen leicht zerbrechen und sich mit den Splittern verwunden können. Das Spielen mit Erbsen, Bohnen, kleinen Kugeln und ähnlichen Dingen ist für kleine Kinder höchst gefährlich, da sie selbe öfters in die Nase, in das Ohr oder in den Mund zu geben pflegen und dadurch nicht selten gefahrvolle Zufälle herbeiführen. So hatte ich in den ersten Jahren meiner Praxis einen Fall bei einem zweijährigen Knaben, der plötzlich während des Spieles leblos zu Boden fiel. Während die Mutter ohnmächtig vom Schreck in dem Lehnstuhle lag, rannte die Magd zu mir, der ich in derselben Etage und ganz anstossend wohnte. In das Zimmer eintretend erblickte ich das regungslos auf dem Boden dahingestreckte Kind mit geschlossenen Augen und bläulicher Gesichtsfarbe, neben ihm auf dem Fussboden ein kleines Cigarrenkistchen mit Requisiten zum Kugelgiessen und einigen Bleikugeln. Plötzlich kam mir der Gedanke, dass etwa eine in den Mund genommene Kugel nach rückwärts auf den Kehldeckel gerollt sein möge. Ich erfasste das Kind rasch bei den Füssen, hob es mit der einen Hand frei in die Höhe, so dass der Kopf nach abwärts gewendet war und mit der zusammengeballten anderen Hand versetzte ich ihm einen ziemlich derben Schlag in den Rücken und — die Kugel fiel aus dem Munde auf den Boden herab. Etwa nach zwei Minuten, während welcher ich durch stossweises Zusammenpressen des Brustkorbes von beiden Seiten her das Athmen wieder anzuregen bemüht war, und gleichzeitig der Mundhöhle Luft zufächeln liess, kam das Kind wieder zu sich, und mit seinem ersten Aechzen auch die von uns bis jetzt ganz übersehene, in tiefe Ohnmacht versunken gewesene Mutter, die ihr nun zum Leben wieder zurückgerufenes Kind mit heissen Thränen bedeckte. — Aber noch ein anderer Fall lebt in meiner Erinnerung, wo eines Abends zur Seite der am Nähtische beschäftigten Mutter ihr 6jähriges Mädchen sass, das sich mit den, in einem Nähkörbchen befindlichen kleinen Gegenständen, metallenen Knöpfchen und Häftchen die Zeit vertrieb. Plötzlich bemerkte die Mutter, dass das Kind ängstlich in der Nase herumbohre. Auf ihre ernste Frage, was dies zu bedeuten habe, erwiederte das weinende Kind, dass es sich ein Häftchen in die Nase gesteckt habe, es aber wieder herauszubringen nicht im Stande sei. Nun nahm die angstvolle Mutter eilends selbst einige Versuche vor, aber leider vergeblich. Alsdann wurde ein nebenan wohnender Chirurg geholt, welchem es, trotzdem dass er das Metallhäftchen in der Tiefe der Nase noch hervorglänzen sah, bei allen seinen Bemühungen durchaus nicht gelingen wollte, es mit Hilfe seines Instrumentes zu erfassen. Mittlerweile begann aus der angeschwollenen Nase das Blut zu fliessen, das Kind jammerte immer lauter, weigerte sich endlich hartnäckig, die Operationsversuche fortsetzen zu lassen, und somit verliess auch der Chirurg das Haus in der Absicht, den anderen Morgen mit einem anderen Instrumente die Operation von Neuem beginnen zu wollen. Eine Stunde später stellten sich bei dem Kinde heftige Fiebererscheinungen ein, welche die Eltern meine Hilfe in Anspruch zu nehmen bestimmten. Ich liess vor der Hand die glänzend angeschwollene Nase mit kalten, oft zu erneuernden Compressen belegen und ertheilte dringendst den Rath, am frühesten Morgen einen unserer ersten und geübtesten Chirurgen kommen zu lassen. Bei Vornahme der Operation wurde das helllaut jammernde Kind auf den Tisch gelegt, von 2 Personen in gestreckter Richtung gehalten, und erst nach einer Viertelstunde etwa gelang es, das fast $^1/_2$ Zoll lange Mantelhäftchen, das mittlerweile bereits viel höher hinaufgedrungen war, mittelst eines hakenförmig gebogenen Instrumentes zu fassen und herauszuziehen. — Auch war ich einmal Augenzeuge, wo ein kleines Messinghäftchen aus der Tiefe des Ohres eines 7jährigen Knaben hervorblinkte, welches derselbe aus Muthwillen förmlich hineingepresst haben musste. Noch gelang es glücklicherweise mittelst einer zu diesem Zwecke hakenförmig umgebogenen Haarnadel das tief eingedrungene Häftchen wieder hervorzuholen und das Kind von der ihm drohenden Gefahr zu befreien. Ich finde die Mittheilung dieser von mir beobachteten Fälle nicht für überflüssig, da daraus zu ersehen, wie ungemein nöthig es sei, Kinder stets sorgfältig zu überwachen, um sie vor unüberlegtem Thun und dessen traurigen Folgen möglichst zu bewahren. — Einer anderen Gefahr werden Kinder ausgesetzt, wenn man ihnen zinnerne, gewöhnlich mit vielem Blei versetzte Schüsselchen, Kännchen als Spielzeug in die Hände gibt, da sie in diesen kleinen Geräthschaften gewöhnlich mannigfache Speisen zu bereiten und öfters auch den Saft des frischen Obstes beizumischen pflegen. Das in der Obstsäure sich auflösende Blei vermag alsdann förmliche Bleivergiftungssymptome hervorzurufen. — Auch der Anstrich der Spielwaaren zu welchem häufig blei-, kupfer- auch selbst arsenikhaltige Farben verwendet werden, verdient eine besondere Aufmerksamkeit, da kleine Kinder, bei ihrer Gewohnheit, alles in den Mund zu stecken, dergleichen farbiges Spielzeug belecken und dadurch Symptome von Metallvergiftungen veranlassen.

Die geistige Ausbildung.

Wann und wie die geistige Ausbildung eines Kindes zu beginnen hat, wenn man es nicht der Gefahr preisgeben will, ihm in der zu erstrebenden kräftigen Körperentwicklung hinderlich zu sein, ist eine Frage von sehr grosser Bedeutenheit. Wer da glaubt, dass am Unterrichtstische des Lehrers die eigentliche, geistige Ausbildung des Kindes zu beginnen habe, der ist sehr im Irrthume. Was nützt dem Landmanne das Säen, wenn er sein Feld nicht früher gehörig gedüngt und bearbeitet hat? Was nützen dem Lehrer alle seine Unterrichtsbemühungen, wenn nicht ein gewisser Grad von Vorkultur auf den Geist des Kindes früher eingewirkt, und ihn für den Unterricht des Lehrers erst geeignet gemacht hat? Es hat mit dem Geiste in dieser Beziehung auch dieselbe Bewandtniss, wie mit dem Körper. Nimmt man mit dem Kinde Stehversuche vor, wo es seinen kleinen Beinen noch an gehöriger Kraft gebricht die Last des Körpers zu tragen, so werden die Beinchen missstaltet und beinahe unbrauchbar. Ebenso ist es mit dem Geiste, der früher angestrengt, bevor er noch dazu befähigt, seiner Missbildung und Unbrauchbarkeit entgegen geht. — Die spielenden Beschäftigungen der Kinder und ihr Umgang mit Anderen, müssen den ersten Impuls, die erste Anregung zur geistigen Entwicklung geben, nur so bilden sich bei dem Kinde die ersten Begriffe, nur so wird allmählig ihr Begriffskreis immer mehr und mehr erweitert. Je grösser die Anzahl dieser erlangten Begriffe, desto sicherer wird das Kind zum Vergleichen der einzelnen untereinander von sich selbst aufgefordert und so tritt die erste Spur seiner geistigen Entwicklung hervor, die, wenn sie mit Umsicht und Ueberlegung geleitet wird, von Jahr zu Jahr auffallend vorschreitet. — Also mit dem Spiele beginnt die allererste Entwicklung der Geistesthätigkeiten eines Kindes. Kinder, die in ihrer Jugend nicht zu spielen wissen, haben auch eine äusserst spärliche Anwartschaft auf eine regere geistige Entwicklung. Im zweckmässigen Spiele wird der Geist angeregt, bewegt, und Bewegung ist die Seele des Lebens, des körperlichen sowohl als des geistigen. Diese ersten Exercitien des Geistes sind es, die ihn aus seinem Schlummer wecken sollen, und sie wecken ihn in der That, aber sanft und sicher, während ein zu stürmisches Zuwerkegehen im Wachrufen der geistigen Thätigkeiten auf ihre künftige Leistungsfähigkeit einen sehr verkürzenden Einfluss übt und überdies auch den Körper in seiner kräftigen Entwicklung nicht unwesentlich beeinträchtigt. Es ist kein geringes, kein leichtes Geschäft die geistige Erziehung eines Kindes, sie muss mit grosser Ueberlegung und Umsicht, mit Vernunft geleitet, auf Erfahrung basirt sein. Für Eltern ist dieses Erziehungsgeschäft häufig eine schwer ausführbare Aufgabe, da es ihnen gewöhnlich an der dazu erforderlichen Ruhe, Musse, Ausdauer u. s. w. gebricht, aber auch unter Anderen — an der gehörigen Erfahrung. So z. B. trägt das Erzählen kleiner Geschichtchen unendlich viel bei, um den Geist des Kindes zu wecken, seine Begriffe zu mehren und gleichzeitig auch das Gefühl in ihm zu cultiviren; jedoch müssen diese kleinen Erzählungen genau dem Grade der geistigen Entwicklung des Kindes angemessen sein; man darf nicht Dinge vorbringen, die das Kind nicht zu fassen vermag, indem es dadurch vor Allem an Unaufmerksamkeit gewöhnt wird. — Viel Vergnügen und Nutzen gewährt den Kindern das Vorzeigen von mannigfachen Bildern und das Erklären derselben; wird man jedoch eine Stunde lang oder noch länger damit fortfahren, ihm dabei eine Menge von Begriffen auf einmal beizubringen sich bemühen, dann ermüdet der Geist des Kindes und das ihm früher so lieb gewesene Bilderbuch muss bei einer derartigen vernunftswidrigen Benutzung allen Reiz für das Kind verlieren, und so geht es mit hundert anderen Dingen, durch die man auf ganz verkehrte Weise seinen Geist zu wecken beabsichtigt und ihn dabei mit zu mannigfachen Begriffen überbürdet. Kinder pflegen in Folge einer angeborenen Wissbegierde unablässig Fragen zu stellen, die man aber stets unverdrossen, auf eine ihn verständliche Weise beantworten muss. Nur so wird der erwachende Geist an Begriffen und Wissen bereichert, denn die dem Kinde ertheilte, ihm verständliche Beantwortung seiner Fragen, fasst es viel besser, als all' die seinem Geiste unaufgefordert aufgedrungenen Dinge. Von einer Mutter, die ihrem, sie oft so bedeutend in Anspruch nehmenden Hauswesen vorzustehen hat, von einem Vater, der den ganzen Tag seinem Berufsgeschäfte widmen muss, ist es schwer, ja unmöglich zu verlangen, dass sie das schwierige Geschäft dieser ersten und eben deshalb äusserst wichtigen geistigen Erziehung des Kindes übernehmen sollen, und daher ist es unter so bewandten Umständen um so dringender, dass einer bedachtsamen, in diesem Fache erfahrenen Person die Leitung des Kindes übergeben werde, die dafür Sorge zu tragen hat, dass dem Geiste des Kindes nur die passende erste Nahrung gereicht werde, sie muss gewissermassen als Amme für den zum Leben erwachenden kindlichen Geist fungiren. Will man sich der Hoffnung zu erfreuen haben, dass die Geisteskräfte des Kindes sich fruchtbar entwickeln, und zu einer höheren Stufe der Ausbildung gelangen, so möge man vor dem 6. Lebensjahre mit dem eigentlichen Unterrichte der Kinder nicht beginnen lassen, um so weniger, als man diesem Prinzipe entgegenhandelnd, dem Körper des Kindes Schaden zufügt, und ihn in seiner kräftigen Ausbildung hemmt. Und selbst im 6. Lebensjahre muss der Unterricht noch sehr spärlich sein, so dass täglich eine Stunde genügen würde, und nur allmählig und stufenweise soll diese Unterrichtszeit verlängert werden. Ein mehrere Stunden hintereinander fortgesetzter Unterricht ist für Kinder dieses Alters unbedingt nachtheilig, er erschlafft den Geist, er erschlafft den Körper. Des Geistes Erschlaffung benimmt ihm alle fernere Aufmerksamkeit alles Interesse für den Unterricht des Lehrers, während die körperliche Erschlaffung auch eine Abspannung im gesammten Muskelsysteme hervorruft, die namentlich, da in Folge des zu langen Sitzens die Muskeln des Rückgrats besonders angestrengt und ermüdet werden, auf die Geradhaltung des Körpers ganz besonders nachtheilig zu wirken vermag und so sehen wir Kinder, die während der ersten Stunde des Unterrichtes noch eine ganz zweckmässige Haltung haben, in den späteren Stunden schon eine höchst unvortheilhafte annehmen. Findet dieser länger andauernde Unterricht überdies in der Schule statt, so ist der zu befürchtende Nachtheil ein noch bei weitem grösserer, indem das so gewöhnliche Zusammengedrängtsitzen in den Bänken, den Kindern es vollkommen unmöglich macht, beim Schreiben namentlich die gehörige, zweckmässige Körperhaltung zu beobachten, auf die übrigens von Seiten des Lehrers fast nie Rücksicht genommen wird, denn ob regelrecht beide Vorderarme während des Schreibens auf der Schreibfläche der Bank ruhen, oder ob blos der Vorderarm der schreibenden Hand sich oben befindet, das erscheint im Allgemeinen viel zu wenig beachtenswerth und übrigens würde es auch bei der zu grossen Anzahl der Schulbesucher eine für den Lehrer unausführbare Aufgabe sein, durch stetes Ermahnen die Kinder nebenbei zur gehörigen Richtung des Oberkörpers während des Sitzens und Schreibens verhalten zu wollen. Eine andere höchst nachtheilige Haltung, die dem zu anhaltenden Sitzen beim Lesen und Schreiben der Kinder ihr Entstehen verdankt, ist das leider so häufig vorkommende Vorgeneigthalten des Kopfes, indem durch das lange Sitzen die Nackenmuskeln erschlafft werden, so dass es dann den Kindern bequemer erscheint bei ihren Schulbeschäftigungen den Kopf nach vorn sinken zu lassen. Abgesehen davon, dass diese einmal angenommene üble Kopfhaltung durch ihre häufige Wiederholung sehr leicht eine fürs ganze Leben bleibende wird, sehen wir überdies einen anderen sehr wesentlichen Nachtheil eben daraus sich hervorbilden, indem durch das Vorgeneigthalten des Kopfes am Schreibtische auch dem Sehvermögen ein nicht unbedeutendes Uebel die Kurzsichtigkeit, gewissermassen aufgedrungen wird, da das Auge allmählig sich gewöhnt nur näher liegende Gegenstände gehörig betrachten zu können. Auch den Fehler, der auf diese Weise herbeigeführten Kurzsichtigkeit pflegt man in der Regel der von Natur aus angeborenen Anlage zur Last legen zu wollen, und so ist es gar häufig der Fall, dass der Natur eine Schuld aufgebürdet wird, die blos in dem vernunftwidrigen Verhalten des Menschen ihren Grund hat. Ich halte diese Bemerkung für Eltern, die um das geistige uud körperliche Wohl ihrer Kinder besorgt sind, für zu bedeutenswerth, als dass ich Anstand nehmen sollte, ihrer, sowie anderer ähnlicher Bemerkungen, die anscheinend ausserhalb der Tendenz dieser Schrift gelegen sind, hier Erwähnung zu machen.

MEDICINISCHER THEIL.

Nachdem ich in dem diätetischen Theile dieser Schrift meine individuellen, auf vielfältige Erfahrungen gestützten Ansichten betreffs einer möglichst zweckmässigen physischen Erziehung des neugeborenen Kindes bis zu dessen beendetem Zahnwechsel mitgetheilt habe, schmeichle ich mir durch die Angabe dieser natur-vernunft- und erfahrungsgemässen Vorschriften manchen Eltern, die selbe zu würdigen für gut finden, manchen Dienst erwiesen zu haben und glaube ich fest überzeugt sein zu dürfen, dass bei sorgfältiger Beachtung dieser Körpererziehungsregeln der Erfolg als ein vollkommen befriedigender sich herausstellen werde, befriedigend nicht nur dadurch, dass auf solche Weise die gedeihliche Entwicklung des Kindeskörpers im Allgemeinen vollkommen gesichert wird, sondern auch durch den nicht zu übersehenden Umstand, dass ein zweckmässiges, diätetisches Verhalten gar mächtigen Schutz vor mancherlei Krankheiten bietet, und dennoch ereignet es sich mitunter, selbst bei dem besten diätetischen Verhalten, dass Kinder von einem oder dem anderen Unwohlsein heimgesucht werden und man Veranlassung findet, ärztliche Hilfe zu suchen, was in der Regel, namentlich in Städten nicht mit Schwierigkeiten verbunden ist, jedoch für den Fall, dass während eines mehrmonatlichen Aufenthaltes auf dem Lande sich irgend ein Erkranken bei einem Kinde ergeben sollte, das Herbeiholen eines entsprechenden Arztes mit bedeutenden Umständlichkeiten verbunden oder selber nicht rasch genug zu erlangen wäre, erlaube ich mir in den nachfolgenden Blättern den betreffenden Eltern einige Belehrungen zum Behufe der Beurtheilung und manche Winke und Rathschläge betreffs der Behandlung der gewöhnlichen im Kindesalter vorkommenden Krankheitsformen zu ertheilen. Um dem Nichtarzte gegenüber der leichteren Verständlichkeit keinen Eintrag zu thun, war ich beflissen in einer möglichst leicht fasslichen Ausdrucksweise blos das Wichtigste mitzutheilen, und mache ich daher mit Nachdruck darauf aufmerksam, dass, falls irgend ein Zweifel in der Erkenntniss eines krankhaften Zustandes vorkommen, oder das empfohlene Heilverfahren seine Dienste versagen sollte, was grossentheils von einer verfehlten Auffassung des Krankheitsbildes abhängt, man jedenfalls auch einen routinirten Arzt zu consultiren hätte. — Wenn schon die Wartung und Pflege eines gesunden Kindes mit Vorsicht geleitet werden muss, so lässt sich wohl leicht denken, dass dies bei dem erkrankten Kinde um so sicherer der Fall sein müsse. Wer so wie der Arzt Gelegenheit hatte, die so ungemein aufopfernde Hingebung mancher Mutter am Krankenbette ihres Kindes kennen zu lernen, wo sie Schlaf und Nahrung zurückweist, um mit gespannter, angstvoller Aufmerksamkeit jeden Athemzug ihres kranken Kindes belauschen zu können, der wird es wohl überflüssig finden, solchen Müttern gegenüber von Vorsicht zu sprechen, ja im Gegentheile wird man darauf bedacht sein müssen, ihrer Vorsicht gewisse Grenzen zu setzen, damit sie nicht in überspannte Aengstlichkeit übergehe, die dem Kinde weit mehr Nach- als Vortheil zu bringen vermag, und aus eben diesem Grunde fand ich mich veranlasst, bei fast sämmtlichen Krankheitsformen, ausser den ihnen entsprechenden Arzneien, auch das anderweitige dabei zu beachtende Verhalten präciser anzugeben, damit nicht von minder vorsichtigen Müttern etwa zu wenig, von den mehr ängstlichen zu viel gethan werde. Soll die im Allgemeinen nicht ausser Acht zu lassende Vorsicht bei der Behandlung und Pflege eines kranken Kindes von wahrem Nutzen sein, so muss sie schon bei den allerersten Anzeichen des normwidrigen Befindens ihren Anfang nehmen. Durch zeitig genug angewandte Vorsicht kann man gar häufig schwereres Erkranken verhüten und sich und dem Arzte auf solche Weise überflüssige Sorge und Angst zu ersparen. Wenn z. B. ein neugeborenes Kind unruhig ist, wenig und stets unterbrochen schläft, wenn die schon dottergelb gewesenen Stuhlgänge eine grüne oder bläulich grüne Farbe annehmen, dann muss das Kind schon als Patient betrachtet und die gehörigen Massregeln ergriffen werden. — Wenn ein etwas älteres Kind verdriesslich wird, zu spielen aufhört, weniger Appetit zeigt und die Stirne etwas wärmer hat, dann wäre es gegen alle Vorsicht, das Kind dennoch ins Freie zu schicken und von der blossen Einwirkung der Luft und der Zerstreuung die vollkommene Reglung des normwidrigen Befindens zu erwarten. Ich gebe zu, es ist mitunter gelungen, dass trotz dieses, nicht zu billigenden Verhaltens, dennoch Kinder bald wieder ihre Gesundheit erlangt hatten; doch bin ich der festesten Ueberzeugung, dass auf solche Weise die bedeutendere Mehrzahl der Kinder einem schwereren Erkranken, nicht der Gesundheit zugeführt wurde. Weit entfernt zu Gunsten der Verzärtlung und Verweichligung der Kinder das Wort führen zu wollen, muss ich denn doch meine Ueberzeugung dahin aussprechen, dass bei dem noch so zarten Kindesalter es durchaus nicht gerathen sei ein beginnendes Unwohlsein zu unterschätzen oder zu ignoriren. Hat das Kind schon eine kräftigere, festere Constitution einen höheren Grad von Widerstandsfähigkeit gegen manche äussere, nachtheilige Einflüsse erlangt, dann wäre es höchst überflüssig etwa eines fieberlosen Schnupfens halber, das Kind für einen mehrtägigen Aufenthalt im Zimmer oder gar fürs Bett bestimmen zu wollen. — Von nicht geringerer Wichtigkeit als die sorgfältige Berücksichtigung der ersten normwidrigen Befindensveränderungen eines Kindes, ist die genaue Erforschung ihrer ursächlichen Verhältnisse, denn einerseits müssen uns selbe zur Richtschnur bei der Behandlung dienen und andererseits ereignet es sich so häufig, dass lediglich die Entfernung der Ursachen hinreichend ist, um die gestörte Gesundheit wieder zur Norm zurück zu führen. Ist z. B. in ersterer Beziehung eine Erkältung die nachweisbare Ursache des Unwohlseins, so wird es nach Umständen genügen, etwas *Dulcamara, Aconit, Pulsatilla* zu verabreichen, um rasch das normale Befinden wieder herzustellen. — Ergibt es sich z. B. dass die etwa vorhandenen Symptome eines Magenkatarrhs als Folge eines quantitativen Diätfehlers zu betrachten wären, so findet man bei Berücksichtigung der jeweiligen Beschwerden bald in der Darreichung von *Coffea, Ipecacuanha* oder *Nux vomica* die gewünschte Hilfe. Zu jenen Fällen, wo die Entfernung der Ursachen an und für sich schon vollkommen ausreicht um die vorhandenen Beschwerden zu beseitigen, gehört beispielsweise der Fall, wo bei einem ganz jungen Kinde ein Unterleibsbruch, sei es in der Nabel- oder Leistengegend, sich bemerkbar macht. Man wird Bandagen anlegen, *Nux vomica* und andere entsprechend scheinende Arzneien verordnen, aber — Alles fruchtlos. Man treffe eine zweckmässige Wahl in den Nahrungsmitteln, vereinfache und regle die Diät, gewähre dem Kinde die freiere Bewegung seines Körpers und seiner Gliedmassen, und das Uebel verschwindet ohne alle andere Nachhilfe. So hat es bereits vielfältige Erfahrung mich gelehrt. —

Noch hätte ich diesen kleinen, allgemeinen Bemerkungen zwei andere, nicht unwichtige beizufügen, von denen sich die eine auf die Dosis der zu verabreichenden homöopathischen Arznei, die andere auf ihre öftere oder seltenere Wiederholung bezieht. Rücksichtlich der Ersteren muss ich im Vorhinein darauf hindeuten, dass es meiner individuellen Anschauungsweise von jeher besser zusagen will, die Extreme zu meiden. Ich will und kann nicht in Abrede stellen, dass man mit ganz hohen Verdünnungen noch schöne Erfolge herbeizuführen vermag, jedoch bei übrigens sich gleich bleibenden Resultaten der Behandlung, würde ich unbedingt, namentlich bei Arzneien, wo dies gut ausführbar, den etwas niedereren Verdünnungen den Vorzug geben, und zwar besonders aus dem Grunde, um nicht eine gar zu pedantische Aengstlichkeit betreffs der homöopathischen Diät obwalten lassen zu müssen, da jedenfalls eine sehr hoch potencirte Arznei ein bei weitem stricteres, in unseren gewöhnlichen Lebensverhältnissen nicht leicht zu bewerkstelligendes Verhalten für sich in Anspruch nimmt, wobei der Duft einer Blume, der unserer Nase zufällig zugewehte Geruch des frisch gebrannten Caffees, und gar viele andere Dinge mehr, die Möglichkeit einer noch zu erwartenden Arzneiwirkung um so entschiedener in Frage stellen müssten.

Was die Wiederholung der Gaben anbelangt, werde ich bei jeder einzelnen Krankheitsform die, durch die Erfahrung als zweckmässig befundene Darreichungsweise anzugeben bemüht sein, jedoch muss ich im Allgemeinen darauf hindeuten, dass man bei eingetretener und fortschreitender Besserung mit der Gabenwiederholung etwas mehr zurückhalte, und was den Wechsel einer Arznei anbelangt, wolle man bei Vornahme desselben nie übereilt zu Werke gehen und sich stets erst die volle Ueberzeugung verschafft haben, dass die verabreichte Arznei dem kranken Individuum nicht zusage und eine wohlthätige Reaction hervorzurufen unfähig sei. Hatte man schon öfters Gelegenheit ein und dasselbe Individuum an derselben Krankheitsform zu behandeln, dann ist die Aufgabe der Mittelwahl schon wesentlich erleichtert, indem man durch die Erfahrung bereits in die Eigenthümlichkeiten des individuellen Reactionsvermögens auf gewisse Arzneireize klarere Einsicht erlangt hat, und auf solche Weise mit um so mehr Sicherheit auf die Wirksamkeit der schon erprobten Arznei rechnen kann.

Um bei Aufzählung der einzelnen Krankheitsformen eine gewisse Ordnung zu beobachten, findet man die Krankheiten der

Kinder, denen sie von ihrer Geburt bis zum Zahndurchbruche unterworfen sind, in erster Reihe abgehandelt, während die zweite Reihe jene Kinderkrankheiten umfasst, die vom Zahndurchbruche bis zum Zahnwechsel sie zu befallen pflegen. Dass übrigens jede derartige Eintheilung ihre kleinen Mängel biete, und die Einreihung der einzelnen Krankheitsformen nicht so exact vorgenommen werden könne, vermag jeder Fachmann am besten zu beurtheilen, und dürfte dies um so eher zu entschuldigen sein, als die Natur selbst in dieser Beziehung keine scharfen Gränzen gezogen hat.

Krankheiten des Kindes

von seiner Geburt bis zum Durchbruche der ersten Zähne.

Geschwülste am Kopfe des neugeborenen Kindes.

Die Kopfgeschwulst der Neugeborenen.

Der erste Anblick des Kopfes eines neugeborenen Kindes, das selbst ohne Nachhilfe von Seiten der Kunst zur Welt gebracht wurde, pflegt mitunter seiner auffallenden Missstaltung halber zu überflüssiger Angst und Besorgniss der Mütter Veranlassung zu geben. Bald findet man auf der einen oder der anderen Seite des Kopfes, bald oben am Scheitel eine oft beträchtliche Geschwulst, die häufig der äusseren Erscheinung nach an die Form eines zugespitzten chinesischen Kopfes erinnert. Die Geschwulst fühlt sich elastisch an und hat öfters eine bläulich violette Färbung.

Ursachen.

Der in dem unnachgiebigen, knöchernen Beckenraume auf bedeutende Hindernisse stossende Durchgang des Kopfes bringt durch Druck und Pressung diese Geschwulstbildung zu Stande.

Heilverfahren.

Es bedarf nur eines ruhigen Abwartens, und binnen 24—48 Stunden hat die Natur allein die Geschwulst und die Verunstaltung des

Kopfes vollkommen beseitigt. Sollte, was wohl sehr selten der Fall ist nach Verlauf von 2 Tagen die Zertheilung, die Aufsaugung der Geschwulst nicht gänzlich zu Stande gekommen sein, so wird die zweimal des Tags vorgenommene Befeuchtung derselben mit gewässerter *Arnica-Tinctur* — 3—4 Tropfen zu einem Kaffeebecher Wasser — um so rascher den gewünschten Erfolg herbeiführen. Jeder Versuch den missstalteten Kopf durch mechanisches Einwirken, Drücken, Pressen zur Norm zurückführen zu wollen, ist als höchst gefährlich und hiemit verwerflich zu erkennen.

Die Kopfblutgeschwulst.

Man findet mitunter, wenn auch nicht unmittelbar nach der Geburt eine allmählig sich entwickelnde, schmerzlose, begrenzte, mit keiner Farbenveränderung der Haut verbundene Geschwulst an einem der behaarten Kopftheile, zumeist an den Seiten. Die Grösse dieser Geschwülste wechselt von der einer Haselnuss, bis zu jener eines grossen Hühnereies, sie sind weich, wenig erhaben und so schwach gespannt, dass man bei ganz leichtem Drucke den darunter befindlichen Kopfknochen fühlen kann, der einen die Geschwulst begrenzenden etwas erhabenen Rand hat.

Ursachen.

Die in Folge des Entbindungsaktes auf mechanische Weise veranlasste Berstung eines Blutgefässes und der dadurch allmählig erfolgte Blutaustritt.

Heilverfahren.

Auch in diesem, wie in dem obigen Falle leistet *Arnica* die besten Dienste, namentlich, wenn selbe zeitig genug in wässriger, sehr wenig lauer Verdünnung zwei bis dreimal des Tags zur Befeuchtung der Geschwulst angewandt wird. Sollte *Arnica* die Aufsaugung entweder nicht oder nur sehr langsam zu Stande bringen, so könnte nach zwei Tagen *Rhus toxicodendron* ganz auf dieselbe Weise angewandt werden. In jenen Fällen, wo nicht gleich beim ersten Erscheinen dieser Geschwulst das Zweckmässige veranlasst wurde, pflegt es alsdann nöthig zu sein, durch einen Einstich das angesammelte Blut zu entleeren, doch darf diese kleine chirurgische Operation nicht zu lange verschoben werden, um nicht fürchten zu müssen, dass der darunter liegende Knochen dadurch Schaden leiden könnte.

Die Schuppendecke am Kopfe des neugeborenen Kindes.

Diese höchst geringfügige nur während der ersten Lebenswochen oder Monate gewöhnlich vorkommende Erscheinung besteht in einem schmutzig gelblichen, graulichem, schuppenartigem Belege an der Scheitelgegend der Kopfhaut, der, wenn er nicht allmählig entfernt wird stets an Dicke zunimmt und die Bildung von Ungeziefer und wirklichem Kopfausschlage begünstigt.

Ursachen.

Durch die ölige, an der Luft vertrocknende Ausscheidung der Hauttalgdrüsen wird dieser Kopfbeleg erzeugt, der jedenfalls durch tägliches, vorsichtiges Waschen des Kopfes verhütet werden könnte.

Heilverfahren.

Das bewährteste Mittel zur Entfernung dieses schuppigen Beleges ist das tägliche, theilweise Bestreichen desselben mit Eidotter und das alsbaldige, vorsichtige Abwaschen dieser Stelle mit etwas lauem Seifenwasser. — Binnen 3—4 Tagen ist die Schuppendecke vollkommen beseitigt.

Die Augenlidentzündung der Neugeborenen.

Wenige Tage nach der Geburt, gewöhnlich am siebenten pflegt man bei dem Kinde zu bemerken, dass es auf einem oder dem anderen Auge lichtscheu wird und deshalb die Augenlider krampfhaft zusammenzieht, das Auge beginnt zu thränen, die ausfliessende, klare Flüssigkeit röthet öfters den oberen Theil der Wange, veranlasst auch ein Zusammenkleben der Wimpern dieses Augenlides. Allmählig erscheint eine Röthe am Rande des oberen Augenlides, von wo gewöhnlich die Entzündung ihren Ursprung nimmt. Gar bald findet sich auch eine mitunter nicht unbedeutende Anschwellung der beiden Augenlider ein, wobei das Thränen des Auges stets zunimmt und am inneren Augenwinkel auch eine schleimige Absonderung bemerkbar wird, die während der Nachtzeit den verklebten Augenlidern entlang eine dünne Borke bildet. Oeffnet man nun nach vorausgegangener öfterer Befeuchtung das kranke Auge, so quillt bereits ein gelblich weisser Schleim zwischen den an ihrer inneren Fläche intensiv gerötheten Augenlidern hervor. Ist die Entzündung auf dem einen Auge bis zu dieser Höhe gelangt, dann beginnen auch in ganz ähnlicher Reihenfolge dieselben Erscheinungen auf dem anderen Auge. Das Aussehen des Kindes gewährt einen äusserst unheimlichen Anblick, indem die Geschwülste der Augenlider, namentlich die der oberen während dieses Absonderungsstadiums rasch an Umfang zunehmen, während die, die Innseite der Augenlider überziehende Schleimhaut dunkel geröthet, bedeutend aufgelockert und in der Augenlidspalte als ein dunkelrother Wulst erscheint. Was das übrige Befinden des Kindes anbelangt, bemerkt man zur Abendszeit, wo das Augenleiden gewöhnlich sich zu verschlimmern pflegt, eine Zunahme der Unruhe, Kopf und Hände werden heiss, das Kind wimmert, schreit, und verlangt sehr häufig die Brust. — Das Krankheitsbild, das ich hier eben entworfen, bezieht sich blos auf das erste und zweite, das Thränen- und Schleimstadium dieses Augenleidens, das letzte, das eiterige Stadium zu zeichnen, fand ich einerseits aus dem Grunde überflüssig, da in Familien, die von dieser Belehrungsschrift Gebrauch machen, stets schon dem Beginne dieses gefahrdrohenden Leidens die erforderliche Aufmerksamkeit zugewendet wird, und bei gehöriger Beachtung der hier angegebenen Vorschriften ohnedies von dem Eintreten eines höheren Grades durchaus nicht die Rede sein kann, und andererseits dürfte die, ihrem Culminationspunkte sich nähernde Entzündung, die zu ernsten Befürchtungen schon Anlass gibt, jedenfalls die Beiziehung eines erfahrenen Arztes dringend erheischen.

Ursachen.

Ich muss hier vor Allem mit ganz besonderem Nachdrucke ein gewisses, höchst fehlerhaftes Zuwerkegehen rügen, indem man im Allgemeinen noch viel zu wenig Vorsicht betreffs des Vermeidens jedes grellen Lichteinflusses auf das Auge des neugeborenen Kindes gebraucht. Andere anerkannte Schädlichkeiten sind: Unreine, feuchte, kalte Zimmerluft, Staub, Rauch, Vernachlässigung der gehörigen Reinlichkeit, überflüssiges Warmhalten des Kopfes. Ueberdies sind Kinder, deren Säftemischung fehlerhaft ist zu diesem Leiden mehr disponirt, eben so wenn ihre Mütter mit Weissfluss behaftet sind.

Heilverfahren.

Das Erste, was zu berücksichtigen wäre, ist eine zweckmässige Verdunklung der Stube, in welcher sich der kleine Patient befindet, doch darf auch in dieser Beziehung nicht zu viel gethan werden, denn das Zimmer so verfinstern, dass man weder ein nicht gar fein gedrucktes Buch zu lesen im Stande wäre, ist nicht nur überflüssig, sondern sogar nachtheilig. Blos die Lagerstätte des Kindes zu verdunkeln dürfte selbst schon wegen der öfters erforderlichen Manipulationen an den kranken Augen um so weniger räthlich sein. Die Krankenstube muss täglich, nicht zu zeitig des Morgens, nicht zu spät des Abends gelüftet, das Kind dabei vor Luftzug verwahrt werden. — Starke Stubenwärme und namentlich die künstlich erzeugte ist sehr nachtheilig, — 15 Grad R. genügen vollkommen. Unterhalb des Kopfes muss ein kleines, sehr weiches und dünnes, mit doppelter, dichter Leinwand überzogenes Rosshaarpölsterchen gelegt werden. So lange die Entzündung noch nicht gewichen, darf der Amme kein Bier gestattet sein. Nährt die Mutter selbst das Kind, so wird dieser Wink überflüssig, da die Mutter während der ersten Tage nach der Entbindung ohnedies kein Bier trinken dürfte. —

Das eigentliche Heilverfahren hat darin zu bestehen, dass man bei dem ersten Beginne des Uebels jedenfalls mindestens durch 24 Stunden in 3—4 stündigen Zwischenräumen 2 Kügelchen *Aconit* 15. Verdünnung reicht, was ich für räthlicher finde als neugeborenen Kindern die Arzneien in wässriger Lösung zu geben, da schon das Wasser an und für sich bei einem so zarten Kinde nachtheilig einwirken könnte. Ueberdies wird sogleich beim ersten Erscheinen des Uebels auf jedes Auge ein silbergroschengrosses Läppchen von doppelter Leinwand, das in nur kühles Wasser (18—20 Grad R.) getaucht und wenig ausgedrückt ist, in $^1/_2$—$^3/_4$stündigem Wechsel behutsam applizirt; jedoch müssen diese Läppchen in grösserer Anzahl vorräthig sein, damit nie verunreinigte Läppchen wieder verwendet werden. Zeigt sich bei diesem Verfahren nach Ablauf der ersten 24 Stunden eine Besserung, wird das Kind ruhiger, sind die Augenlidränder weniger geröthet, so kann ganz auf dieselbe Weise fortgefahren werden, bis das Leiden vollkommen gehoben ist, und wäre nur noch zu bemerken, dass bei gleichförmig fortschreitender Besserung sowohl die Arzneiverabreichung als die Applikation der feuchten Läppchen in etwas längeren Zwischenräumen statthaben möge. Häufig ist es mir schon gelungen durch die alleinige Anwendung des *Aconit* und der feuchten Läppchen binnen 3—4 Tagen die begonnene Entzündung vollkommen zu heben. Hat *Aconit* nach eintägigem Gebrauche keine Besserung zu Wege gebracht, so müsste ungesäumt zur Darreichung der *Belladonna* geschritten werden. — Früh und Abends höchstens 2 Kügelchen der 15. Verdünnung. Aber auch äusserlich wird dieselbe Arznei angewandt und zwar werden 10—15 Kügelchen der 3. Verdünnung in einem Kaffeebecher Wasser aufgelöst und Morgens und Abends ein in diese Flüssigkeit getauchtes Leinwandläppchen auf jedes Auge gelegt, woselbst es durch eine halbe Stunde zu verbleiben hat. Während der übrigen Tages- und während der Nachtzeit werden die unarzneilichen Wasserumschläge ununterbrochen fortgesetzt und wenn bis zum nächsten Tage nicht nur keine Besserung, sondern sogar eine Verschlimmerung bemerkt würde, so müsste *Belladonna* in 4stündigem Wechsel mit *Mercurius solubilis* in ähnlicher Gabe innerlich verabreicht werden, und nach 2—3tägigem Gebrauche dieser Arznei dürfte jedes fernere Einwirken von Seiten der Kunst vollkommen überflüssig erscheinen. In jenen Fällen, wo durch Zeitversäumniss, durch Vernachlässigung, durch eine etwa neu hinzugekommene Verkältung die Entzündung in das zweite, das Schleimstadium übergeht, da treten mit dem Wechsel der Symptome auch andere Mittel in die Wahl. Eines der wichtigsten für den Beginn des zweiten Stadiums, wo neben häufigem Ausfliessen scharfer, wundmachender Thränen auch bereits die Schleimabsonderung bemerkbar wird, wobei die Augenlider angeschwellt, die inneren Augenlidflächen und die Lidränder bedeutend geröthet, die letzteren auch verklebt sind, ist unbestritten die *Euphrasia*, von der ich früh und Abends 2 Kügelchen der 12. Verdünnung verabreichen lasse und nebenbei einen schwachen auf 18—20 Grad R. abgekühlten Aufguss des Krautes derselben Arznei (zwischen 2 Fingerspitzen auf einen Kaffeebecher Wasser) Morgens und Abends durch $^1/_2$ Stunde zu Umschlägen auf die Augen benutze, doch während der übrigen Zeit werden die einfachen Wasserumschläge ununterbrochen angewandt. Nächst der *Euphrasia* käme *Pulsatilla* an die Reihe, jeden Morgen 2 Kügelchen der 15. Verdünnung. Diese Arznei entspricht ganz demselben Symptomenbilde mit dem kleinen Unterschiede, dass die inneren Augenlidflächen mehr aufgelockert, uneben, die kleinen Drüsen des Augenlides in Form kleiner Wärzchen hervorstehend erscheinen. — Aber auch *Rhus toxicodendron* ist unter ähnlichen Symptomen zu berücksichtigen und lehrt die Erfahrung, dass diese Arznei vorzugsweise dann sich bewähre, wenn bei dem Versuche die Augenlider zu öffnen, die dunkelgeröthete und aufgelockerte Schleimheit sich wulstartig hervordrängt. Bei sehr abondanter Schleimerzeugung und bedeutender Geschwulst der Augenlider ist auch *Lycopodium* sehr empfehlenswerth, und würde diese Arznei sowohl innerlich zu 2 Kügelchen der 24. Verdünnung jeden 3. Morgen, als auch äusserlich — (15—20 Kügelchen der 9. Verdünnung in einem Kaffeebecher Wasser) anzuwenden sein. Dies sind die Mittel, denen ich bis jetzt in allen derartigen Fällen ganz befriedigende Erfolge zu verdanken hatte, doch dürften sich auch Fälle ergeben, in denen namentlich *Hepar sulfuris* ganz wesentliche Dienste leisten müsste und zwar, wo bei starker Schleimabsonderung die bedeutend angeschwellten Augenlider wie vom Rothlauf befallen erscheinen. —

Der Schnupfen der Säuglinge.

Der Beginn dieses Uebels gibt sich durch Niessen zu erkennen und bald nachher gewahrt man das Ausfliessen einer anfangs mehr wässrigen, später aber consistenter werdenden, schleimigen Flüssigkeit von gelblicher Farbe. Durch die alsbaldige Anschwellung der Schleimhaut der Nasenkanäle tritt öfters gänzliche Verstopfung derselben ein, und so wird das Kind in Folge des höchst unbefriedigenden Resultates seiner steten Saugversuche zum Jammern und Schreien veranlasst. Aber auch dem Schlafe geschieht ein beträchtlicher Abbruch, da das Kind mit offenem Munde zu schlafen genöthigt ist und sobald dieser während des Schlafes sich schliesst, erwacht das Kind der Athemnoth halber mit Unruhe und Schreien.

Ursachen.

Die gewöhnlichste Veranlassung des Schnupfens ist eine Erkältung, jedoch die mehr oder minder bedeutende Hartnäckigkeit desselben hängt von der Ausserachtlassung des dabei erforderlichen Verhaltens, von der nicht ganz zweckmässigen Wahl der dagegen angewandten Mittel, aber auch von der konstitutionellen Anlage des Kindes ab.

Heilverfahren.

So geringfügig dieses Leiden auch scheint, so gebietet doch die Vorsicht, dass es gehörig beachtet werde, da bei mangelnder Fürsorge sehr leicht hartnäckige Recidive vorkommen und dadurch selbst der Grund zu chronischem Schnupfen gelegt wird, und dies um so mehr, wo schon eine gewisse Disposition dazu dem neugeborenen Kinde innewohnt. Ist der in Folge einer Erkältung entstandene Schnupfen in seinem ersten Beginne, so pflegt gewöhnlich *Nux vomica* rasch Hilfe zu bringen oder mindestens dem heftigeren Auftreten desselben vorzubeugen und ihn binnen wenigen Tagen zu Ende zu bringen. Zwei Kügelchen der 12. Verdünnung des Abends gereicht und nöthigenfalls noch ein oder zweimal in 24stündigen Zwischenräumen wiederholt, dürften in der Regel vollkommen genügen. Findet man bei dem Schnupfen die Stirne des Kindes auffallend wärmer ohne dass eigentlich Fieber vorhanden wäre, so müsste die Wahl auf *Belladonna* fallen, die nicht wie *Nux vomica* ausschliesslich zur Abends- oder Nachtszeit, sondern wann immer, jedoch nur einmal binnen 24 Stunden gereicht werde, bis die Kopfhitze vollkommen gewichen. Sollte sich gleich beim Beginne des Schnupfens eine auffallende Weinerlichkeit und Unruhe des Kindes bemerkbar machen und gleichzeitig die Nase mehr fliessen, so dürfte *Chamomilla* sich besser eignen und wären früh und Abends 2 Kügelchen der 6. Verdünnung zu verabreichen. Wenn die Schleimabsonderung gelblich und ziemlich konsistent ist, die Nasenlöcher etwas geröthet erscheinen, dann reiche man *Pulsatilla* jeden Morgen 2 Kügelchen der 12. Verdünnung. — Eben diese Arznei wird übrigens auch da ganz erwünscht wirken, wo die bereits vorhanden gewesene Schleimabsonderung wieder ins Stocken gerieth und eben dadurch die Athmungshindernisse verstärkt auftreten. Eine Gabe dieser Arznei wird hinreichen, um die stockende Absonderung wieder zur Lösung zu bringen. Findet man, dass der ausfliessende Schleim durch seine eigenthümliche Schärfe die Nasenlöcher röthet und wund macht, die Nase selbst auch etwas angelaufen ist, dann wäre *Mercurius solubilis*, eine Gabe von 2 Kügelchen der 12. Verdünnung einmal des Tags gereicht jeder anderen Arznei vorzuziehen. Dies wären die Arzneien durch deren Anwendung die raschere Beseitigung dieses Uebels zu ermöglichen ist, doch kann man dieses Erfolges dann erst um so sicherer sein, wenn das übrige Verhalten dem zu erstrebenden Zwecke gleichzeitig förderlich ist. Zu diesem Behufe wäre unter Anderm darauf Acht zu haben, dass die Zimmertemperatur nicht über 15 Grad R. steige, denn die zu bedeutende Wärme der einzuathmenden Luft wirkt als Reiz auf die ohnedies gereizte Schleimhaut. Ferner müsste das Baden des Kindes während der kurzen Zeit dieses Unwohlseins gänzlich unterbleiben und behufs der Reinhaltung des Körpers würden nur gelinde Abreibungen mit einem feuchten Flanelllappen täglich vorzunehmen sein. Selbstverständlich würde bei der noch so grossen Empfindlichkeit des neugeborenen Kindes die nähere Berührung mit Leuten, die eben aus der kalten Luft ins Zimmer treten, auch gemieden werden müssen.

Die Schwämmchen der Säuglinge.

Dieses Leiden der Mundschleimhaut erscheint in der Form weisser oder graulicher Punkte oder vielmehr Bläschen von der

Grösse des kleinsten Stecknadelköpfchens bis zu der einer kleinen Linse, die sich in ganz oberflächliche Geschwürchen verwandeln und alsdann einen etwas dickeren, schwammigen Beleg dieser Schleimhaut bilden. Stehen die Schwämmchen gedrängt nebeneinander, so fliessen sie gewöhnlich auch ineinander und so kommt alsdann ein förmlich pelzartiger Ueberzug zu Stande, der die Zunge, die Innseite der Wangen und der Lippen, das Zahnfleisch und den harten und weichen Gaumen bedeckt und sich mitunter selbst nach rückwärts gegen den Schlund und Kehlkopf zu, ja selbst bis in den Magen und Darmkanal ausbreitet. Dabei ist die Mundhöhle gewöhnlich etwas heiss und trocken, die Absonderung des Speichels in der Regel vermehrt. Je mehr die Schwämmchen die Neigung zusammenzufliessen kundgeben, desto mehr sind sie auch zur weiteren Ausbreitung geneigt und dann spricht die vorhandene Schlingbeschwerde für das Ergriffensein der Rachentheile, der heisere Ton der Stimme für die Betheiligung der Schleimhaut des Kehlkopfes. Dass bei diesem Mundleiden das Erfassen der Brustwarze, um so mehr noch das Saugen mit Schmerzen verbunden sein müsse, lässt sich aus dem eben skizzirten Krankheitsbilde leicht entnehmen.

Ursachen.

Arme Kinder! Wie gross musste euer Krankheitsregister werden durch das thörichte Handeln derer, denen ihr zur Pflege und Obhut übergeben seid. Und so finden wir auch hier abermals eine Krankheitsform die fast ausschliesslich nur in der minder gebildeten Klasse aufzutreten pflegt und faktisch dem unzweckmässigen Zuwerkegehen der Mütter und Kindespflegerinnen einzig und allein ihr Entstehen zn verdanken hat. Die Reinlichkeit hat, wie bekannt, eine der wichtigsten Rollen bei der körperlichen Pflege des Kindes zu spielen, und was gegen diese anstösst, das muss nachtheilige Folgen mit sich bringen, wenn man jedoch eben diese Reinlichkeit an einem oder dem anderen Körpertheile vorzugsweise verabsäumt, ihr sogar ganz zuwiderhandolt, dann können die traurigen Folgen unmöglich ausbleiben und auf diese Weise werden muthwillig Krankheiten geschaffen. Bei dem Umstande, dass die Nahrung des Säuglings, die Muttermilch namentlich es ist, welche die ganz besondere Eigenthümlichkeit hat, dass sie unter gewissen Bedingungen sehr leicht sich zersetzt und gerinnt, gibt es wohl der gesunde Menschenverstand, dass die Falten der Mundhöhle, namentlich beim Einschlafen des Kindes an der Mutterbrust sehr viel Gelegenheit bieten, um kleine Milchquantitäten daselbst zurückzubehalten, denen während des fast ununterbrochenen Schlafes der Kinder Zeit genug gegönnt ist in einen Gerinnungsprozess zu gerathen. Werden nun diese käsigen Stoffe nicht mehrmal des Tags durch sorgfältige Reinigung der Mundhöhle entfernt, so versetzen sie die Schleimhaut in einen Reizungszustand und geben zur Bildung dieser, unter der Form der Schwämmchen auftretenden Schleimhautentzündung hinreichend Veranlassung. Einen grösseren, ja bedeutend grösseren Nachtheil noch als dies brachte die widersinnige Erfindung der Sauglappen oder Zulpe, die durch ihr längeres Verbleiben im Munde, durch die Versäuerung die wichtigste und allergewöhnlichste Veranlassung zur Bildung der Schwämmchen geben. Nicht minder nachtheilig wirken die Saugläser, namentlich bei nicht sorgfältiger Reinhaltung derselben oder bei dem so fehlerhaften Verfahren, dass man oft halbe Tage lang, ohne zu wechseln, dieselbe in dem Saugglase enthaltene milchhaltige Flüssigkeit zur zeitweiligen Benutzung verwendet. Uebrigens können auch unreines Verhalten im Allgemeinen und unreine Luft theils das Erscheinen der Schwämmchen begünstigen, theils zu intensiverem Auftreten derselben ganz wesentlich beitragen.

Heilverfahren.

Wer Lust verspürt sich für einige Minuten dem bitteren Gefühle des Grolles hinzugeben, der trete nur in manche Kinderstube, die, es ist fast lächerlich aber doch wahr, die förmlich als ein Schauplatz von Greuelthaten erscheinen muss, und betrachte nur wie die angeblich gewiegte und mit ihrer Routine sich aufblähende Geburtsfrau mit dem hakenförmig gekrümmten Zeigefinger, über den ein zufällig noch ziemlich rein gebliebener Zipfel der groben Leinenwindel gezogen wird, in dem so höchst empfindlichen, mit Schwämmchen besäeten Munde des armen Kindes mit unerbittlicher Schonungslosigkeit herumwühlt. Hat es doch förmlich den Anschein als beabsichtige sie dem Kinde die Zunge zu entwurzeln und — was nimmt sie da vor? Sie entfernt mittelst gröblich gestossenen Zuckers die Schwämmchen von der Schleimhaut der Mundhöhle, während es vollkommen genügen würde, ein feines Mousselineläppchen über den Finger zu nehmen, diesen zu wiederholten Malen in einen Kaffeebecher Wasser zu tauchen, in welchem etwa 10 bis 15 Kügelchen der 6. Verdünnung des *Borax* gelöst sind, und auf diese Weise dreimal des Tags den Mund ganz sachte und behutsam zu reinigen. Die die Haut röthende und wundmachende Beschaffenheit des Harns und dessen eigenthümlicher, übler Geruch würden um so deutlicher für die Anwendung des *Borax* sprechen. Ich pflege übrigens auch der Mutter oder Amme einige Gaben *Borax* zu verabreichen, da diese Arznei selbst wegen der etwa zu leichten Gerinnbarkeit der Milch vollkommen angezeigt ist. Auf solche Weise wird jedenfalls die Heilung viel rascher und sanfter zu Stande gebracht, als mittelst jenes barbarischen Verfahrens dem in der Regel noch Einpinslungen mit einem Säftchen aus einer ganz überflüssigen Menge von *Borax* und Rosenhonig zu folgen pflegen, worauf gewöhnlich zur grösseren Erheiterung des kleinen Patienten noch etwas Bauchkneipen und Diarrhöe sich hinzugesellen. — Findet man nach 2—3 Tagen bei der äusserlichen Anwendung des *Borax* den Zustand der Mundschleimhaut nicht wesentlich zum Vortheile geändert, so wählt man das *Acidum sulfuricum*, welches in derselben Dosis und ganz auf dieselbe Weise wie der *Borax* benutzt wird. — Mit dem äusseren Gebrauche der einen oder anderen Arznei auch gleichzeitig den inneren verbinden zu wollen ist namentlich in diesem Falle aus leicht erklärlichem Grunde vollkommen überflüssig.

Blähungsbeschwerden der Säuglinge.

Die krankhaften Erscheinungen, welche bei Kindern mit ziemlicher Sicherheit auf das Vorhandensein einer stärkeren Gasentwicklung im Unterleibe schliessen lassen, gestalten sich im Allgemeinen folgendermassen: Der Schlaf des Kindes ist unruhig, durch häufiges Weinen unterbrochen und während desselben gewahrt man mitunter selbst widernatürliches Verdrehen der Augen, auf Schmerz deutendes Verziehen der Gesichtsmuskeln. Anfallsweise beginnen die Kinder jämmerlich zu schreien, ziehen dabei die Schenkel nach aufwärts, stossen sie wieder herab, so dass man öfters Mühe hat das vor Schmerz sich windende Kind auf den Armen zu erhalten. Der Leib ist aufgetrieben, namentlich unterhalb der Rippen, das Athmen ist beschleunigt, ängstlich, mitunter erscheint ein lautes Aufstossen oder etwas Blähungsabgang nach abwärts, worauf zeitweilig einige Ruhe einzutreten pflegt. Während des heftigen Schmerzes ist das Kind durch nichts zu besänftigen, will weder die Brust fassen und schreit mit solcher Heftigkeit, dass das Gesicht förmlich blauroth wird und die Stirne vom Schweisse trieft. Die Stuhlausleerungen sind grossentheils mehr oder weniger grün, säuerlich riechend.

Ursachen.

In der bedeutenden Mehrzahl der Fälle sind Störungen der Verdauung die Veranlassung dieser abnormen Gasentwicklung im Darmkanale und hängen diese bei Kindern, die blos aus der Mutter- oder Ammenbrust ihre Nahrung holen, entweder von der zu dicken Beschaffenheit der Milch, oder von dem so oft vorkommenden Uebelstande, dass dem Kinde zu häufig, namentlich des Nachts, die Brust gereicht wird, endlich auch davon ab, dass man das Kind an der Brust einschlafen lässt, wo es dann im Halbschlafe mit kleinen Unterbrechungen fast fortwährend zu saugen pflegt. Auf solche Weise müssen einerseits durch die rastlose, unausgesetzte Inanspruchsnahme des Verdauungsapparates, andererseits durch das stete Zusammentreffen von noch unverdauter mit halb und fast ganz verdauter Milch normwidrige Hergänge im Verdauungsprozesse stattfinden, in Folge deren krankhafte Gasentwicklung und ihre Folgen heraufbeschworen werden. Aber auch auf andere Weise noch kann die Mutter- oder Ammenmilch als Veranlassung der gestörten Verdauung und der Blähbeschwerden betrachtet werden, und zwar wenn in Folge mannigfacher Gemüthsaffekte der das Kind Säugenden die Qualität der Milch normwidrig verändert wird, wie wir dies so häufig bei Zornausbrüchen und bei dem Einflusse von Gram und Kummer zu beobachten Gelegenheit haben. Endlich dürfen wir auch unter den Ursachen die Erkältung nicht übersehen.

Heilverfahren.

In stetem Rückblicke auf die jeweilige Ursache haben wir bei Blähungsbeschwerden, die von zu fetter, zu nahrhafter Milch herrühren vorzugsweise von *Pulsatilla* den besten Erfolg zu erwarten, und pflege ich in solchen Fällen nach Heftigkeit der vorhandenen Beschwerden 2—3stündig 2 Kügelchen der 12. Verdünnung zu reichen und nebenbei wird hin und wieder ein warmes Tuch auf den Unterleib gelegt und auf das Bedeckthalten der Füsse gehörig Rücksicht genommen. Ueberdies müsste unser besonderes Augenmerk auf die Diät und das Verhalten der Mutter oder Amme gerichtet werden. Vereinfachung der Nahrung, strenges Vermeiden der schwereren Mehlkost und des Bieres, der dafür zu empfehlende häufige Genuss des frischen Trinkwassers und recht viel Bewegung, namentlich in freier Luft, dies wären die wichtigeren Momente die zur Verdünnung der Milch wesentlich beitragen werden. Bemerkt man bei dem kranken Kinde eine hochgradige nervöse Erregtheit, ein gewisses Aussersichsein während des Schmerzanfalles, dann ist es räthlich von einem sehr leichten Kaffeeaufguss $^1/_4$—$^1/_2$stündig wenige Tropfen zu reichen, wodurch rasch eine bedeutende Beruhigung bezweckt wird. Die Verabreichung dieser Arznei in diesem Falle als Verdünnung bringt, meiner Erfahrung zufolge, nicht so schnell den gewünschten Erfolg zu Stande. In jenen Fällen wo das so fehlerhafte, zu häufige, ungeregelte Anlegen des Kindes an die Brust als Veranlassung zu betrachten ist, hätte man vor Allem auf eine gewisse, genau einzuhaltende Ordnung in dem Säuggeschäfte Rücksicht zu nehmen und dem Kinde, nach Massgabe der vorhandenen grösseren oder geringeren Beschwerden, 2—3stündig 2 Kügelchen *Chamomilla* 6 zu reichen, und für den Fall, dass bereits etwa Kamille als Thee oder Lavement ohne Erfolg angewandt worden, dann pflege ich *Ignatia* oder *Nux vomica* zu wählen. Die Erstere besonders dann, wenn bei steter, peinlicher Unruhe des Kindes in Folge der überaus heftigen Schmerzen Verdrehen der Augen, Zuckungen der Gesichtsmuskeln und überhaupt krampfhafte Beschwerden mit öfterem Strecken der Glieder, Rückwärtsbeugen des Kopfes sich hinzu gesellen. Von dieser Arznei, so wie von *Nux vomica*, die ich bei gleichzeitig vorhandener Stuhlverhaltung mehr angezeigt finde, pflege ich unter solchen Umständen gewöhnlich 2—3stündig 2 Kügelchen zu reichen. Haben aufregende Gemüthsaffekte als Zorn, Aerger, auf die Mutter- oder Ammenmilch nachtheilig eingewirkt und wurde eben dadurch das Kind in diesen krankhaften Zustand versetzt, dann kämen abermals *Chamomilla* und *Ignatia* an die Reihe, aber auch *Bryonia* und *Coloquinte*. Die Anzeigen für die ersteren beiden Arzneien sind bereits gegeben, doch in Betreff der *Bryonia* ist zu erinnern, dass ihre Verabreichung vorzugsweise dann von bestem Erfolge wäre, wenn bei den Kolikschmerzen bedeutende Auftreibung des Unterleibes mit Kollern und Poltern in demselben und gleichzeitig ängstliches, beklommenes Athmen von aufsteigenden Blähungen vorhanden sind. *Coloquinte*, eines der souverainsten Mittel bei den Krampfkoliken der Kinder, namentlich wenn innerer Groll und Erbitterung auf Mutter oder Amme eingewirkt haben, wird sich vorzugsweise dann bewähren, wenn im Gegensatze mit der Anzeige für *Ignatia* das Kind auffallenden Drang sich ganz zusammenzukrümmen und die Schenkel stets blos nach aufwärts zu ziehen kundgibt, überdies öfters auf Blähungsabgang plötzlich ein nicht lange andauernder Nachlass der Kolikschmerzen eintritt und meist grünliche, diarrhöeartige Stuhlgänge von säuerlich modrigem Geruche sich einfinden. Die von Hartmann empfohlene *Staphisagria* dürfte bei derartigen Fällen gewiss auch mitunter sich wirksam zeigen, namentlich wo bei Abwesenheit anderer Krampfzufälle vorzugsweise reichlicher Abgang von Blähungen das Leibweh begleiten, doch war mir bis jetzt noch nicht Gelegenheit zu Theil, mich von der Wirksamkeit dieser Arznei überzeugen zu können. — Haben Kummer und Kränkungen auf die das Kind Säugende eingewirkt und ein derartiges Erkranken des Kindes herbeigeführt, dann wird abermals in den meisten Fällen *Ignatia* die helfende Arznei sein, doch bei minderem Schreien des Kindes und doch auffallender Unruhe und wo Stuhlverhaltung, heftiges Poltern und Knurren im Leibe die Blähungsqualen begleiten, da wird *Acidum phosphoricum* 12 in 3—4stündigen Zwischenräumen zu 2 Kügelchen gereicht, ganz wohlthätig wirken. Unerlässlich bleibt es in allen den Fällen, wo Gemüthstürme auf die Säugende eingewirkt haben, dass von derselben Arznei, die als passend für das Kind befunden wurde, auch der betreffenden Mutter oder Amme einige etwas stärkere Gaben verabreicht werden, so wie es nebenbei nicht zu verabsäumen wäre, dass durch eine zweckmässige, psychische Einflussnahme das afficirte Gemüth beruhigt und die den Affect veranlassende Ursache wo möglich beseitigt werde. — Wo eine vorausgegangene, nachweisbare Erkältung des Kindes die Schuld dieses Erkrankens trägt, da ist wieder *Chamomilla* oder *Coloquinte* am Platze, durch welche, je nachdem die früher erwähnten Symptome mehr für die Anwendung der einen oder der anderen Arznei sprechen bald der gewünschte Erfolg herbeigeführt wird, doch finden wir auch in der *Dulcamara* eine ganz wirksame Arznei und namentlich, wo in Folge einer Erkältung nebst Blähungsanhäufung und Leibweh auch schleimig wässerige Diarrhöe vorhanden. Bei einem Säuglinge, der nebst der Mutter- oder Ammenmilch auch schon andere Nahrung erhält, wolle man die in dem diätetischen Theile gegebenen Winke sorgsam benutzen.

Die Nabel- und Leistenbrüche der Säuglinge.

Ein Uebel, das leider häufig genug schon im zartesten Kindesalter sich bemerkbar macht, sind die Brüche, doch hat man wenigstens darin seinen Trost zu finden, dass vielfältiger Erfahrung zu Folge dieses Gebrechen durch ein zweckmässiges Verhalten mit vollster

Sicherheit zu verhüten, und wo das Uebel schon vorhanden, eben so sicher ganz zu beseitigen ist. Der Nabelbruch gibt sich durch eine weiche, mehr oder minder grosse Geschwulst in der betreffenden Gegend zu erkennen. Diese Geschwulst hat öfters nur die Grösse einer Haselnuss mitunter aber auch die eines mässig grossen Apfels. Bei wagerechter Lage des nicht eben schreienden Kindes lässt sich diese Geschwulst oder vielmehr die in ihr enthaltenen Theile sehr leicht zurückdrängen, und fühlt man bei Vornahme dieser geringfügigen Operation die Oeffnung des Nabelringes, aus der bei wiederholtem Schreien des Kindes die Geschwulst wieder von Neuem hervortritt. Ebenso verhält es sich mit dem Leistenbruche, wo durch den erweiterten Leistenring ein kleiner Theil des Inhaltes der Bauchhöhle in Form einer mehr oder minder grossen Geschwulst in der Leistengegend hervortritt, die übrigens bei ganz ruhigem Verhalten des Kindes in der Rückenlage, bei etwas gehobenem Schenkel sehr leicht wieder zum Verschwinden gebracht wird. Eben durch dieses verstärkte Hervortreten der Geschwulst nach anstrengenderem Schreien, so wie durch das leichte Zurückbringen derselben in zweckmässiger, ruhiger Lage erlangt man die vollste Ueberzeugung, dass man es mit diesem und keinem anderen Uebel zu thun habe.

Ursachen.

Von sehr grossem Belange ist bei diesem Gebrechen die Erforschung der Ursachen, kennt man diese und beseitigt sie, so muss auch das Uebel verschwinden. Zur gründlicheren Beleuchtung dieses höchst wichtigen Gegenstandes wird es vor Allem nöthig einige, sich hieher beziehende Aufschlüsse über den Bau des Organismus zu geben. Die Unterleibshöhle beherbergt eine ziemliche Anzahl von Organen, deren jedes an dem ihm zukommenden Orte genau fixirt ist, blos der Darmkanal in seinem allergrössten Theile befindet sich bei seinen so mannigfachen Krümmungen in einem Zustande viel freierer Beweglichkeit, um bei seinen wechselnden Ausdehnungsverhältnissen den ihm erforderlichen Spielraum zu haben. Die Bauchhöhle ist an ihrer Rückseite mit einer festeren, minder nachgiebigen Wand versehen, während die vordere Bauchwand einer grösseren Ausdehnung fähig ist, um den öfters durch stärkere Anhäufung von Gasen oder anderen Ausscheidungsstoffen beträchtlich ausgedehnten Darmkanale mehr Raum gestatten zu können. Doch diese Ausdehnbarkeit der vorderen Bauchwand hat eine gewisse

Grenze, wird diese überschritten, so sind es vorzugsweise drei kleine Stellen, an denen die Bauchwand am dünnsten und hiemit am wenigsten widerstandsfähig ist, welche Gelegenheit zur Entstehung der Brüche bieten. Diese drei Stellen sind: Der Nabelring und die beiden in der Schenkelbeuge sich befindenden Leistenringe. Wird der Unterleib öfters gar zu übermässig ausgedehnt, so werden eben dadurch auch die erwähnten drei kleinen Stellen einer stärkeren Ausdehnung preisgegeben, wodurch sie an Widerstandsfähigkeit noch mehr verlieren müssen und so kommt es, dass vorzugsweise diese drei Punkte den, im Zustande übermässiger Ausdehnung mit aller Kraft andrängenden Darmkanalsparthien und dem dazu gehörigen Netze als Austrittsstellen dienen und die erwähnten Unterleibsbrüche veranlassen. Hiemit sind es insbesondere zwei Ursachen, welche die Entstehung der Unterleibsbrüche begünstigen, und zwar einerseits der über die Maassen ausgedehnte und aus der Unterleibshöhle sich hervordrängende Darmkanal und andererseits die normwidrig geschwächte Widerstandsfähigkeit der vorderen Bauchwand in Folge widernatürlicher Erschlaffung der sie bildenden muskelfasrigen und sehnigen Gebilde.

Heilverfahren.

Bei dem Streben die diesem Gebrechen zu Grunde liegenden Ursachen zu entfernen, ist vor Allem darauf zu achten, dass in dem noch so zarten Verdauungsapparate nicht etwa durch Einverleibung unzweckmässiger Nahrung oder relativ zu grosser Quantitäten derselben Störungen herbeigeführt würden, die unter anderen auch zur stärkeren Gasentwicklung, zu Blähungsbeschwerden und Auftreibung des Unterleibes Veranlassung geben. Somit darf die Mutter- oder Ammenmilch nicht zu dick, zu schwer sein, und wenn dies der Fall wäre, so müsste die Nahrung der das Kind Säugenden zweckmässig geändert werden und müsste namentlich durch sparsamere Darreichung oder selbst gänzliche Vermeidung schwerer, mehliger Kost, durch theilweise oder gänzliche Entziehung des Bieres und durch den häufigeren Genuss des frischen Quellwassers dazu beigetragen werden; doch wäre auch sehr darauf zu sehen, dass die erforderliche Körperbewegung und der Genuss der freien Luft von Seiten der Mutter oder Amme nicht verabsäumt werden. Ueberdies dürfte dem noch gar zu jungen Säuglinge durchaus keine andere Nahrung, als die er sich aus der ihm zugewiesenen Brust holt, gereicht werden, und wenn er bereits mehrere Monate alt ist, dann könnten unter diesen Umständen nebenbei blos kleine Quantitäten dünner Fleischbrühe zu gestatten sein. Wenn gleich durch diese Anordnungen schon Manches zum Nutzen und Frommen des mit einem derartigen Uebel behafteten Kindes geleistet wird, so ist dies keineswegs schon Alles, denn die anzustrebende Steigerung der allgemeinen Muskelkraft des Kindes durch das sehr häufige Gestatten freierer Bewegungen bei Ablegen der Bauchbinde und blos lockerem Wickeln des Kindes, so wie durch Abschaffung des Missbrauches der zu warmen, erschlaffenden Bäder, muss stets auch im Auge behalten werden. Verfährt man auf diese Weise, so kann man sich getrost der Hoffnung hingeben, dass das Uebel nach Maassgabe seiner längeren oder kürzeren Dauer, seiner mehr oder weniger vorgeschrittenen Entwicklung, allmählig in kürzerer oder etwas längerer Zeit zur vollen Heilung gelangen werde. Dabei müssen alle Bandagen, mögen sie noch so zart und kunstvoll angefertigt sein, entfernt werden, denn ihr Vortheil ist ein nur scheinbarer, palliativer, ihr Nachtheil ein unläugbarer. Wäre ich nicht bereits gar häufig in der Lage gewesen, Fälle dieser Art bei ganz jungen und selbst schon älteren Kindern zu beobachten, wo ich nach rascher Beseitigung jeder Bandage blos durch zweckmässige Regulirung der Diät und des Verhaltens in kurzer Zeit den erwünschten Erfolg herbeigeführt habe, ich würde mich nicht unterfangen mit solcher Bestimmtheit gegen dieses mechanische Verfahren zu eifern. — Auch von Seiten der Homöopathie sind mehrere specifisch wirkende Mittel ganz besonders empfohlen, unter denen das *Acidum sulfuricum* und die *Nux vomica* in erster Reihe erscheinen, doch habe ich mich bis jetzt noch nie veranlasst gefunden, bei zarten Kindern in solchen Fällen zu einer arzneilichen Nachhilfe meine Zuflucht nehmen zu müssen, doch kann ich die Wirksamkeit dieser Arzneien bei älteren Individuen in dergleichen Fällen aufs Beste bestätigen.

Erbrechen der Säuglinge.

In der Regel pflegen Säuglinge häufig zu erbrechen und doch sind sie gesund dabei, aber streng genommen wird diese Erscheinung im Allgemeinen falsch bezeichnet, da sie grossentheils nur in einem Aufschwulken der zu hastig und zu copios genommenen Milch besteht, die in ganz unverändertem Zustande schubweise und ohne alle Anstrengung durch den Mund herausbefördert wird, jedoch nur zum Theile, denn der Magen entledigt sich blos des Ueberschusses. Anders muss der Zustand beurtheilt werden, wo der Fall eintritt, dass die Quantität der genommenen Milch mit der der wieder herausbeförderten ziemlich gleich ist, da auf solche Weise das Kind ohne Nahrung verbleibt. Uebrigens muss auch die Beschaffenheit der erbrochenen Milch gehörig berücksichtigt werden, da sie oft geronnen, mehr oder weniger sauer, häufig mit Schleim und Galle gemengt ist. Selbstverständlich kommt hier nur jene Art des Erbrechens zur Sprache, die als selbstständiges Symptom und nicht als obligater Begleiter irgend einer anderen Krankheitsform erscheint.

Ursachen.

Interessant ist die Beobachtung, wie der Mensch als noch so kleines Wesen dem Laster der Unmässigkeit schon zu fröhnen beginnt. Mit rothen Wangen erwacht das Kind aus seinem erquickenden Schlafe, ruft seine Mutter herbei und trinkt mit vollen und immer volleren Zügen, bis ihm die Milch schon zu den Mundwinkeln herausquillt und halb duselnd trinkt es noch immer fort, dann entgleitet ihm im Schlafe die Brustwarze und bald darauf sieht man eine Fluth von Milch seinem kleinen Munde entströmen und nun erst schläft es recht fest ein und schläft einige Stunden hintereinander fort um — dann mit noch gerötheteren und volleren Wangen zu erwachen. Diesen Zustand kann man doch wahrlich nicht als krankhaft bezeichnen. Das zu hastige Saugen gibt die Veranlassung zur Ueberfüllung des Magens, welcher den, das normale Quantum überschreitenden Milchüberschuss, durch eine Art stärkeren Aufschwulkens nach aufwärts entleert. Anders verhält es sich mit jenem eigentlich krankhaften Erbrechen, das durch zu schwer verdauliche Milch veranlasst wurde, oder wo selbe in Folge mannigfacher Gemüthsaffekte eine Qualitätsveränderung erleidet, die dem Kindermagen durchaus nicht zusagen will, oder wo andere unzweckmässige Nahrungsmittel das Erbrechen des Kindes verursachen.

Heilverfahren.

Es wäre lächerlich einem prosperirenden Kinde wegen des etwas zu hastigen und übermässigen Saugens und des darauf erfolgenden Milcherbrechens Arznei verabreichen zu wollen; jedoch eine andere Bewandtniss hat es mit jenem Erbrechen, dem ein qualitativer Fehler der Milch zu Grunde liegt. So würde bei zu dicker, zu schwerer Milch vor Allem jene Aenderung in der Diät und dem Verhalten der Mutter oder Amme zu treffen sein, wie selbe bereits früher bei den „Blähungsbeschwerden der Säuglinge“ umständlich erörtert wurde, und rücksichtlich der arzneilichen Hilfe wäre hauptsächlich auf *Pulsatilla* und *Nux vomica* hinzuweisen, von welchen die erstere Arznei bei schleimigem oder gallicht schleimigem Erbrechen mit Neigung zu Diarrhöe, die letztere bei ähnlichem Erbrechen mit Anlage zu Hartleibigkeit anzuwenden wäre. Wo Gemüthsaffekte die Milch nachtheilig verändert haben, da muss einerseits möglichst beruhigend auf das Gemüth gewirkt, und andererseits eine Arznei gewählt werden, welche der Veranlassung der Nervenverstimmung zumeist entspricht und hiemit wären nach Zorn und Aerger *Chamomilla*, *Ignatia*, *Bryonia* nach Umständen ein- bis zweimal des Tags zu verabreichen. Das Erbrechen des Kindes durch eine in Folge von Kummer und Kränkung veranlasste üble Beschaffenheit der Milch erfordert die Anwendung der *Belladonna* um so mehr, wenn Kopfhitze gleichzeitig vorhanden, und übrigens ist selbst auch *Ignatia* bei den Folgen dieses Gemüthsaffektes angezeigt, da selbe im Allgemeinen eine nervenberuhigende Wirkung zeigt. Hat die säugende Mutter oder Amme sich einen Diätfehler, namentlich durch den Genuss zu fetter Speisen zu Schulden kommen lassen, so ist gegen das darauf erfolgte Erbrechen des Kindes *Ipecacuanha* 12, zu 2 Kügelchen das verlässlichste Mittel und nur für den Fall, dass nach wenigen Stunden das Erbrechen nicht gehoben wäre, müsste *Pulsatilla* gereicht werden. — Scheint dem Erbrechen ein entzündlicher Zustand des Magens, durch sichtbare Empfindlichkeit beim Druck auf die Magengegend und gleichzeitige Fieberaufregung erkennbar, zu Grunde zu liegen, dann ist unbedingt vorerst *Aconit* in stündigen Zwischenräumen angezeigt und wenn binnen 24 Stunden keine augenfällige Besserung bemerkt wird, im Gegentheile das Kind sichtbar erschöpft darniederliegt, dann haben wir von *Arsenicum* 30, in 12—24 stündigen Zeitraume gereicht, noch immer guten Erfolg zu erwarten. Uebrigens habe ich zwei Fälle bereits beobachtet, wo das Erbrechen der 6 und 7 Monate alten Kinder nicht eher gänzlich zum Schweigen gebracht werden konnte, als bis die säugende Mutter auf mein Anrathen das Kind entwöhnt hatte, — denn sie war in gesegneten Umständen.

Die Stuhlverhaltung der Säuglinge.

Häufig pflegt schon im frühesten Kindesalter eine gewisse, mehr oder minder bedeutende Trägheit in den Functionen des Darmkanals sich kund zu geben, die schon der mannigfachen sie begleitenden Beschwerden halber, die zumeist auf gleichzeitig vorhandene Blähungskoliken hindeuten, einer Nachhilfe von Seiten der Kunst bedarf. Namentlich ist es um die Zeit des Zahndurchbruches, wo dieser normwidrigen Erscheinung mehr Aufmerksamkeit zugewendet werden muss, wenn man nicht Gefahr laufen will, durch Verabsäumung der nöthigen Hilfe ein ernsteres Erkranken herbeizurufen, da bei dem, um diese Altersperiode ohnedies gewöhnlich statthabenden stärkeren Säfteandrange zum Kopfe, leicht entzündliche Gehirnaffektionen und Convulsionen sich herausbilden könnten.

Ursachen.

Die unmittelbar nach der Geburt eintretende Stuhlverhaltung, wodurch die so unerlässliche Entleerung des Kindspeches zurückgehalten wird, hängt fast durchgehends von dem Umstande ab, dass die Mutter nicht immer in der Lage ist dem Kinde die eigene Brust reichen zu können, und sich genöthigt sieht das Säuggeschäft auf eine andere Person, die Amme, zu übertragen, die gewöhnlich schon mehrere Wochen oder mindestens Tage zuvor den Entbindungsakt überstanden und deren Milch daher in der Regel nicht mehr jene molkenartige, die Stuhlausleerung befördernde Eigenschaft besitzt. Späterhin pflegt auch die zu consistente, zu nahrhafte Beschaffenheit der Milch eine Veranlassung zur Stuhlverhaltung abzugeben, nicht minder die den Prinzipien einer zweckmässigen Körpererziehung zuwiderlaufende Beeinträchtigung der freien Beweglichkeit des Kindeskörpers und seiner Gliedmassen. Uebrigens ist es eine durch die Erfahrung häufig bestätigte Thatsache, dass der Fehler der Hartleibigkeit von Müttern oder Ammen auch auf die Kinder übertragen wird. Endlich hätte ich noch die Bemerkung beizufügen, dass wir gar häufig bei solchen Kindern die Neigung zur Stuhlverhaltung gewahren, denen bei früherem Unwohlsein öfters Purgirsäftchen gereicht wurden, als deren Nachwirkung dann gewöhnlich Trägheit und Unthätigkeit im Darmkanale bemerkt zu werden pflegen.

Heilverfahren.

Es wird uns von Seiten der Allopathie vielfach der Vorwurf gemacht, dass die Homöopathie keine Arzneimittel besitzt um bei einer eingetretenen Stuhlverhaltung rasch Hilfe bringen zu können. Einerseits können wir diesen Vorwurf getrost zurückweisen, da wir, wo es die Nothwendigkeit erheischt schnell eine Stuhlentleerung zu Wege zu bringen auf ganz einfache und — unschädliche Weise diesen Zweck zu erreichen wissen, ohne dabei einen Schatten von Irrationalität auf unser Verfahren fallen zu lassen. Der Homöopath ist kein Freund von Scheineffekten, weil er die beabsichtigte Gründlichkeit der Heilung nie aus dem Auge verliert. Einen Stuhlgang zu Wege bringen das trifft jedes alte Mütterchen, aber um eine Stuhlverstopfung gründlich zu heilen, dazu gehört schon ein rationelles Prinzip und diesem zufolge haben wir bei vorhandener Stuhlverhaltung vorerst die Ursachen, die Gründe dieser normwidrigen Erscheinung zu erspähen und sind diese so viel thunlich beseitigt, dann wird durch die Anwendung specifischer Arzneireize die Funktionsstörung allmählig aber andauernd gehoben. In den Fällen, wo die ersten, das Kindspech entfernenden Darmentleerungen zurückbleiben, da dem der Amme übergebenen Kinde der, den Stuhl befördernde Reiz der ganz jungen Muttermilch abgeht, da müsste jedenfalls durch die Anwendung eines Wasserlavements die Beseitigung des Kindspeches zu Stande gebracht werden, und ist dies geschehen, ist übrigens die Milch der Amme eine in allen Stücken entsprechende, dann regeln sich die Stuhlentleerungen von selbst. — Stellt sich als Grund der bei einem Säuglinge vorkommenden Stuhlverhaltung die zu dicke Beschaffenheit der Mutter- oder Ammenmilch heraus, dann ist vor Allem jene Aenderung in der Diät und dem Verhalten der Säugenden einzuleiten, wie selbe bereits bei den „Blähungsbeschwerden der Säuglinge“ erörtert wurde, und sollte dem ungeachtet, sei es durch eine von der Mutter oder der Amme auf das Kind übertragene Anlage oder ohne allen nachweisbaren Grund, die Stuhlverhaltung fortbestehen, dann wird uns grossentheils die durch einige Zeit fortgesetzte Anwendung der *Nux vomica*, jeden Abend zwei Kügelchen, die erwünschten Dienste leisten, doch spricht auch meine Erfahrung dafür, dass mittlerweile, bis zur vollständigen Reglung des Stuhlganges durch den inneren Arzneigebrauch, täglich, wenn nach 24 Stunden keine Entleerung erfolgt wäre, durch die Anwendung eines, auf die unterste Darmparthie als mechanischer Reiz wirkenden Mittels der Natur auf ganz unschädliche Weise nachgeholfen werde. Ich pflege zu diesem Behufe ein etwa 2 Zoll langes Stück des dünneren Endes einer jungen gelben Rübe (Karotte) zu verwenden. Dieser Theil der Rübe wird zuvor durch Abschaben von seiner Oberhaut befreit, dann an seinem etwas dickeren Ende mit zwei Fingern gefasst und nachdem das Kind in die gehörige

Lage gebracht worden, der spitzere Theil der Rübe etwa einen Zoll tief in den After gesenkt und damit werden nun rasch hintereinander folgende heraus- und hineinstrebende Bewegungen vorgenommen, die alsbald den erwünschten Erfolg zu Stande bringen. Zur Verstärkung des Effektes kann allenfalls der in den After zu versenkende Theil der Rübe unmittelbar vor seiner Benutzung in ein gesättigtes Zuckerwasser getaucht werden. Wer die Applikation eines Wasserlavements vorzieht, der verwende nur wenig und ganz laues Wasser ohne allen Zusatz. — Zeigt sich bei dem Kinde gleichzeitig eine Neigung zur Anhäufung von Blähungen, die zeitweilig nach auf- und abwärts abgehen, dann wäre es räthlich, hin und wieder *Bryonia* 12, zu 2 Kügelchen zu reichen. Würde dieses Verfahren durch einige Tage fortgesetzt, ohne die erwünschten Dienste geleistet zu haben, dann nehme ich gewöhnlich zum *Schwefel* meine Zuflucht, jedoch in keiner niedereren als der 30. Verdünnung und von dieser nur zu 2 Kügelchen. Darauf müssen mindestens 8 Tage abgewartet werden. Gewöhnlich um den 3—6. Tag pflegt sich die Wirkung dieser Arznei kundzugeben, indem eine, mitunter auch mehrere etwas aufgelöste Entleerungen erscheinen, und ist dies der Fall, dann wartet man getrost noch durch einige Tage die fernere Wirkung dieser Arznei ab, und sollte sich diese als noch nicht vollkommen befriedigend herausstellen, so wird noch eine ähnliche Gabe desselben Mittels gereicht, worauf in der Regel die andauernde Heilung erfolgt. Kommt diese Neigung zur Stuhlverhaltung bei Kindern vor, die im Allgemeinen in der Ernährung etwas zurückgeblieben, oder deren Urin, wie aus den rothumränderten Stellen der getrockneten Windeln zu ersehen, einen rothen Satz bildet und eine scharfe, die Haut wundmachende Beschaffenheit hat, leidet überdies das Kind viel an Blähungssperre, da ziehe ich dem Schwefel unbedingt das *Lycopodium* vor; jedoch auch von dieser Arznei würde ich aufs Nachdrücklichste blos die 30. Verdünnung empfehlen können, nach deren einmaliger Darreichung mindestens ein Zeitraum von 6—8 Tagen abgewartet werden muss, bevor, wenn es nöthig wäre, die zweite und letzte Gabe verabreicht würde. Bereits nach den ersten Tagen gibt sich die wohlthätige Wirkung dieser Arznei schon dadurch zu erkennen, dass eine freiere Beweglichkeit in den im Unterleibe angehäuften Gasen eintritt, und sowohl nach auf- als abwärts Blähungen entweichen, was immerhin auf das Erwachen einer regeren Thätigkeit im Unterleibe deutet, und im Ganzen dürfte alsdann ein Zeitraum von 14 Tagen hinreichen, um zu der Ueberzeugung zu gelangen, dass das Uebel gründlich gehoben sei. Zu anderen Mitteln meine Zuflucht nehmen zu müssen, habe ich mich bis jetzt noch nicht veranlasst gefunden, und glaube ich, dass die eben erwähnten in den allermeisten Fällen vollkommen genügen werden. Sollte dem bereits mehrere Wochen oder Monate alten Säugling nebstbei auch schon andere Nahrung gereicht werden, so wolle man die in dem diätetischen Theile dieser Schrift auf die anderweitige Nahrung der Säuglinge sich beziehenden Andeutungen benutzen.

Die Diarrhoe der Säuglinge.

Der Verdauungsapparat der Säuglinge, stets an eine ganz einfache, monotone Kost, die Mutter- oder Ammenmilch gewöhnt, oder vielmehr eben dadurch verwöhnt, muss auf solche Weise einen höheren Grad von Empfindlichkeit und Reizbarkeit erlangen, in Folge deren die leiseste Veränderung in der Nahrung, sowie jede anderweitige Störung des Allgemeinbefindens ihren Hauptreflex stets auf dieses Organ ausüben und mannigfache Funktionsstörungen in demselben herbeiführen. Und so sehen wir auch hinsichtlich der Stuhlentleerungen der Säuglinge gar häufig gewisse qualitative und quantitative Veränderungen zum Vorschein kommen, die im Allgemeinen mit dem Ausdrucke „Diarrhoe“ bezeichnet werden. Was die Quantität der Stuhlentleerungen anbelangt, pflegt wohl diese nicht selten eine ziemlich beunruhigende Höhe zu erreichen, jedoch ist es im Allgemeinen mehr die so mannigfach von der Norm abweichende Qualität der Stuhlentleerung die gar häufig zu bedeutenden Besorgnissen Veranlassung gibt. Bei dem so ungemein complicirten Hergange des Verdauungs- und Ausscheidungsprozesses, wobei so mannigfache Organe mitbetheiligt sind, bedarf es oft nur, namentlich bei einem noch so zarten Geschöpfe, des leisesten, nur eines der betreffenden Organe in seiner besonderen Funktion störenden Einflusses, um die auffallendsten, krankhaften Veränderungen in den Darmausscheidungen herbeizuführen. Nebst den häufig wechselnden Consistenz-Verschiedenheiten der Darmentleerungen sind es namentlich die so höchst mannigfachen Farbennüancirungen, denen wir bei dieser Krankheitsform vorzugsweise unsere Aufmerksamkeit zuzuwenden haben. Vom schönsten Hellgelb bis zum dunkelsten Orange, vom zartesten Blassgrün und Blaugrün bis zur dunkeln Spinatfarbe, vom lichtesten Braun bis zum dunkeln Schwarzbraun, von der röthlichen Spur bis zum wahren Blutroth, alle diese Farbenverschiedenheiten in ihren so zahlreichen Abstufungen sind als leitende Krankheitszeichen von hohem Belange zu betrachten, die uns einerseits in vielen Fällen mindestens approximativ Aufschluss über die Art und den Sitz des Leidens geben und andererseits zur Richtschnur bei der Wahl der specifischen Arznei dienen. Wo uns, wie dies bei kleinen und namentlich so kleinen Kindern der Fall, so wenig Symptome zu Gebote stehen, da müssen wir auf die sichtbaren Krankheitszeichen mit um so mehr Sorgfalt unser Augenmerk richten. Die Farbe der Stuhlentleerungen muss uns sagen, woher sie kommt, sie muss uns aber auch sagen, was sie will, d. h. welche Arznei sie verlangt. So wird z. B. die safrangelbe Farbe der Stuhlentleerungen auf *Acidum sulfuricum, Coloquinte* u. s. w., die citronengelbe auf *Ipecacuanha,* die hellgraue auf *Acidum phosphoricum,* die weisse auf *Aconit, Belladonna, Cina, China, Spigelia,* die grüne auf *Mercur, Nux vomica, Chamomilla, Pulsatilla* u. s. w. hindeuten, aber — nur hindeuten, denn so wichtig diese, ich möchte sagen Farbensprache des kranken Unterleibes auch ist, so darf die übrige Beschaffenheit, die schleimigen, wässerigen, gallertartigen Entleerungen, der saure, der aashafte, der Geruch nach faulen Eiern durchaus nicht unberücksichtigt bleiben, eben so ist der Umstand zu würdigen, ob die Entleerungen mit oder ohne Schmerz und ob sie zu einer gewissen Tags- oder Nachtszeit u. d. m. zu erfolgen pflegen.

Ursachen.

Die Diarrhoeen der Säuglinge stammen grossentheils, sowie ihre sämmtlichen, wie immer sich gestaltenden, normwidrigen Erscheinungen im Unterleibe, theils aus unzweckmässiger Beschaffenheit der Nahrung, theils werden sie durch Verkältungen veranlasst. Was die Nahrung anbelangt, wird selbe, wie bereits erwähnt, entweder durch die fehlerhafte Beschaffenheit der Mutter- oder Ammenmilch zur krankeiterregenden Ursache oder ist es die unzweckmässige Wahl der nebstbei verabreichten Nahrungsmittel, welche die Unregelmässigkeit der Unterleibsfunktionen veranlasst. Endlich bringt auch der Zahnentwicklungsprozess häufig Diarrhoeen oder mindestens die Neigung dazu mit sich.

Heilverfahren.

Wo ein gegründeter Verdacht vorhanden, dass die Diarrhoe des Säuglings der mangelhaften Beschaffenheit der Milch ihr Entstehen verdanke, da muss vorerst ermittelt werden, ob ein Fehler in der Diät oder im sonstigen Verhalten die Schuld trage, oder ob in der, zum Säuggeschäfte überhaupt durchaus nicht geeigneten, Constitution der Grund liege. In ersterer Beziehung müsste der Säugenden eine kräftige, nicht blähende Kost gereicht werden, wobei auf strenges Vermeiden des Obstes, der sauren Speisen vorzugsweise Rücksicht zu nehmen wäre, und was das übrige erforderliche Verhalten betrifft, so wären die im diätetischen Theile gegebenen Vorschriften genau zu beachten. Da unter den Gemüthsbewegungen es vorzugsweise der Zorn ist, der auf die Beschaffenheit der Milch einen derartigen Einfluss zu üben pflegt, dass sie förmlich purgirend wirkt, so müsste eine zu Zornausbrüchen geneigte Mutter schon ihres Kindes halber sich stets zu beherrschen bemüht sein, und findet man die Amme zu eben diesem Gemüthsaffekte disponirt, so wäre es das Gerathenste sie zu entfernen, um das Kind nicht krank und — nicht boshaft zu machen. Wenn wir auch durch die veranlasste Entfernung aller Ursachen und durch die Angabe eines den Umständen entsprechendes Verhalten Wesentliches geleistet haben, so wird doch in der Mehrzahl der Fälle es erforderlich sein, auch einige Arzneien zu Hilfe zu nehmen. Unter diesen gehört vor anderen die *Chamomilla*, die bei mit Schmerz verbundenen Durchfällen der Kinder und namentlich, wenn die Entleerungen wässericht grünlich sind oder auch wie faule Eier riechen, in der Regel schnelle Hilfe zu bringen pflegt, um so mehr, wenn als veranlassende Ursachen vorausgegangene Zornausbrüche aber auch Verkältungen und endlich selbst der Zahndurchbruch erscheinen. Nach Maassgabe der Heftigkeit der Diarrhoe müsste die Arznei in der bekannten, oft erwähnten Dosis, selbst in 2—3 stündigen Zwischenräumen gereicht werden. — Bei schmerzhaften, schleimigen, säurigen, grünen oder bläulichgrünen Entleerungen mit etwas Stuhlzwang ist *Rheum* eines der wirksamsten Mittel, und würde, wie dies bei Diarrhoeen überhaupt am räthlichsten ist, die öftere oder seltenere Wiederholung der Arznei von dem Erfolge derselben abhängen. — Wenn grünschleimige, sauerriechende, den After roth und wund machende Entleerungen vorhanden, die mit Leibweh und sichtbarem Stuhlzwange verbunden sind, auch wenn selbe vorzugsweise Nachts einzutreten pflegen, dann ist *Mercurius solubilis* 12, in 4—8—12 stündigen Zwischenräumen zu 2 Kügelchen zu reichen. — Erkältungsdiarrhoeen bei Säuglingen, wo die Entleerungen wässericht flockig sind, oder auch das Ansehen von gehackten Eiern haben, bei denen nur wenig Schmerz vorhanden, verlangen den Gebrauch der *Nux moschata*. — Schleimstühle mit Knurren und Schmerz im Leibe von gelber oder auch röthlicher Farbe weichen gewöhnlich der Anwendung des *Borax* 12. — Mit den heftigsten Kolikschmerzen auftretende Stuhlentleerungen von säuerlich moderigem Geruche, die anfangs gallig, schleimig, zu Ende blutig sich zeigen, werden durch *Coloquinte* 12, in mehrstündigen Zwischenräumen zu 2 Kügelchen verabreicht, beseitigt. — Bei sehr geringen aber häufigen, auch grünen, mit blutigem Schleime gemischten Entleerungen, die stets unter Jammern des Säuglings abgehen, wird *Hepar sulfuris* 6, vorzugsweise entsprechen. — Sind die grasgrünen, schleimigen und hefenartig aussehenden Entleerungen bei gespanntem Leibe mit etwas Kolik verbunden, so möge die Wahl auf *Ipecacuanha* fallen. — Bei gelben oder grünen Erkältungsdurchfällen mit Leibweh, namentlich zur Sommerszeit, bewährt sich *Dulcamara*. — Wenn sehr kopiose, schleimigkothige Stuhlentleerungen mit Leibweh und sichtbarem Stuhlzwange schon durch längere Zeit bestehen, und nach jedem Stuhlgange eine auffallende Erschöpfung sich kundgibt, dann wäre *Arsen* 30 ein- und höchstens zweimal des Tages zu reichen. Die Diarrhoeen der Säuglinge während des Zahndurchbruches verlangen *Chamomilla, Ipecacuanha, Mercur*, nach den oben angegebenen Anzeigen, aber auch *Coffea*, wenn sich dabei eine bedeutende, nervöse Aufgeregtheit bemerkbar macht, und endlich *Calcarea acetica* 6, bei gelblichen, schäumigen, sauerriechenden Stuhlgängen. Ich würde im Allgemeinen bei Behandlung der Diarrhoeen in Betreff der Wiederholung der Arzneigaben den Rath geben, nach jedem 2. oder 3. Stuhlgange eine Dosis nehmen zu lassen, mit Ausnahme jener Fälle, wo metallische Mittel oder Arzneien in der 30. Verdünnung verabreicht werden, und selbst da lasse ich gern zwischen einer Gabe und der anderen mindestens 6—12 und wenn möglich 24 Stunden abwarten.

Harnverhaltung der Säuglinge.

Es ist keine seltene Erscheinung, dass bei einem Kinde öfters 24—36 und mehrere Stunden noch nach ihrer Geburt verstreichen, ohne dass Harnabgang sich einfindet. Jedenfalls ist dieser normwidrige Zustand höchst beachtenswerth und verlangt baldige Abhilfe, widrigenfalls sich Symptome hinzugesellen, welche deutlich genug die drohende Gefahr anzeigen. Stete Unruhe des Kindes, selbst fieberhafte, Schlaflosigkeit, Empfindlichkeit bei Druck in der sichtlich aufgetriebenen Blasengegend, dies sind die Anzeichen der Harnverhaltung, die stets reinen, trockenen Windeln der sichere Beweis. Jedenfalls verlangt es die Vorsicht, dass man bei jedem neugeborenen Kinde ein wachsames Auge darauf habe, ob die Function des Harnens gehörig von Statten gehe, und namentlich bei eingetretenem Unwohlsein des Kindes. Ausser dieser kompleten Harnverhaltung ist es aber auch öfters eine incomplete, die den kleinen Patienten befällt und ihm mannigfache Qualen bereitet, da bei diesem Zustande nur sehr wenig rothen, beim Abgange schmerzenden Urins unter Weinen und Schreien des Kindes entleert wird. Gewöhnlich pflegt bei dieser Harnstrenge der Säuglinge eine vorwaltende Neigung zur Säurebildung sich kundzugeben und deuten sowohl der Geruch des Athems, als das Aufstossen und das mitunter sich hinzugesellende Erbrechen unverkennbar darauf hin.

Ursachen.

Hat ein neugeborenes Kind nach Verlauf von 12—20 Stunden noch nicht Urin gelassen und beginnt es sehr unruhig zu werden, so verabsäume man nicht die Harnröhre zu untersuchen, da die Verwachsung ihrer Mündung und selbst eines grösseren Theiles der Harnröhre oft ein angeborener Fehler ist, dem baldmöglichst abgeholfen werden muss. — Eine nicht gar seltene Ursache der Harnverhaltung ist die Entzündung der Harnröhre oder ihrer Blasenmündung, — eben so könnte die noch nicht begonnene Thätigkeit der den Harn absondernden Nieren, als Veranlassung erscheinen. Ueberdies wird namentlich die incomplete aber höchst schmerzhafte Harnverhaltung häufig dadurch herbeigeführt, dass neugeborenen Kindern und Säuglingen unzweckmässige Nahrungsmittel verabreicht werden, welche die Säurebildung begünstigen und in Folge der normwidrig veränderten Qualität des Urins dergleichen Reizungs- und Krampfzufälle in den harnentleerenden Organen hervorrufen. Endlich kommt auch die Erkältung sehr häufig als veranlassende Ursache vor, indem dadurch in den harnentleerenden Organen ebenfalls ein, diese Functionen hemmender Krampfzustand geweckt wird.

Heilverfahren.

Wo eine angeborene Missbildung, Verwachsung der Harnröhre die Urinverhaltung bedingt, da muss die geübte Hand eines tüchtigen Chirurgen Hilfe zu schaffen trachten. — Stellt sich bei einem neugeborenen Kinde 12—20 Stunden nach der Geburt kein Urin ein, ist das Kind dabei aber vollkommen ruhig, die Blasengegend nicht angeschwellt, beim Drucke nicht empfindlich, dann müsste nur ein spätes Eintreten der Harnbereitung als Ursache betrachtet werden, ein Zustand der in der Regel bald von selbst verschwindet und namentlich, wenn das Kind seine erste Milchnahrung erhält. Bemerken wir bei dem Kinde eine sehr bedeutsame Unruhe, den Leib auffallend heiss, die Lippen trocken, eine auffallende Empfindlichkeit der untersten Bauchgegend, als der Stelle, wo die Harnblase sich befindet, da können wir mit Sicherheit auf das Vorhandensein eines entzündlichen Zustandes schliessen, dem wir bei noch nicht langer Dauer desselben gewöhnlich mit erwünschtem Erfolge mit einigen kleinen Gaben *Aconit* in 2—3 stündigen Zwischenräumen begegnen. Wenn nach einigen Stunden noch keine Besserung eingetreten, dann ist *Pulsatilla* 15 die Arznei auf deren vortreffliche Wirkung wir bauen können, und reichen gewöhnlich sehr wenige und sehr selten gereichte Gaben hin, um den Reizungszustand und mit ihm die Harnverhaltung zu heben. — Wo in Folge einer Erkältung Krampf eingetreten, der die Harnverhaltung bedingt, wobei zwar die Unterleibshitze, die trockenen Lippen, die auffallende Schmerzhaftigkeit der Blasengegend nicht vorhanden; jedoch Kälte der Hände und Füsse, ängstlich beschleunigtes Athmen, Augenverdrehen, häufiges Strecken und Einwärtsdrehen der unteren Gliedmassen die Qualen des Kindes bezeichnen, da ist es gewöhnlich wieder die *Pulsatilla* 15, die mit 1—2 Gaben dieses für den Patienten sowohl als für die Umgebung höchst peinigende Krankheitsbild zu beseitigen im Stande ist. In den Fällen, wo unzweckmässige, säureerzeugende Nahrungsmittel die Harnbeschwerden verursachen, habe ich bei entsprechender Aenderung der Diät das *Natrum carbonicum* 15 zu 2 Kügelchen mit Erfolg angewandt. — Bei jenem hochgradigen Zustande von Harnstrenge, wo unter den heftigsten Schmerzen, bei Eiskälte der Hände und Füsse nur tropfenweise etwas mehr oder weniger rother Urin entleert wird, da haben wir von der Darreichung einer Gabe *Canthariden* 15, den besten Erfolg zu erwarten und gewöhnlich schon nach 1 höchstens 2 Stunden zeigen sich die ersten Anzeichen der Besserung, worauf bei ruhigem Abwarten allmählig das Leiden verschwindet.

Im ersten Beginne sowohl der completen als incompleten Harnverhaltung und namentlich wenn selbe durch Erkältung entstanden, pflegt ein lauwarmes Milchbad, ein laues Wasserlavement, ganz gelinde Einreibungen von einem unarzneilichen Oele in die Blasengegend die Anwendung der Arzneien hin und wieder überflüssig zu machen, wesshalb es jedenfalls räthlich, vorerst diese ganz einfachen, äusseren Mittel zu versuchen. Noch muss ich eines anderen, äusseren Mittels Erwähnung machen, das mir bei krampfhafter, completer Harnverhaltung der neugeborenen Kinder bereits zu wiederholten Malen schnelle Hilfe gebracht hat, und dies besteht darin, dass man bei Knaben um den untersten Theil des kindlichen Gliedes ein beiläufig $^1/_4$ Zoll breites, in kaltes Wasser getauchtes Leinwandbändchen anlegt, während bei Mädchen ein silbergroschengrosses doppeltes Leinwandläppchen ebenfalls in kaltes Wasser getaucht an das Mittelfleisch, d. h. jene Stelle, welche zwischen dem After und den Geschlechtstheilen eine Brücke bildet für einige Minuten applicirt. Der Effekt dieses Verfahrens muss sich schon binnen 1—2 Minuten zeigen, und nutzt die erste Applikation nicht, so wäre auch von der Wiederholung derselben nichts zu erwarten.

Der Rothlauf der Säuglinge.

Diese nicht unbedenkliche Krankheit, welcher Kinder binnen der ersten Wochen nach der Geburt unterworfen sind, pflegt ihre Vorläufer zu haben, indem schon einige Tage zuvor unruhiger Schlaf, Neigung zur Stuhlverhaltung, mitunter Erbrechen gewahrt werden. Bald darauf bemerkt man, meist an der Bauchhaut oder an den Geschlechtstheilen, selten an den unteren Gliedmassen eine intensiv rothe, heisser anzufühlende Stelle, die anfangs kaum einen Zoll im Durchmesser hat, und beim Fingerdrucke erblasst. Später wird diese Röthe stets intensiver, dunkelpurpurroth, mitunter selbst ins Bläuliche spielend, in ihrem Umkreise ist die Röthe etwas heller und ins Gelbliche spielend. Diese lokale, rohlaufartige Entzündung, auf der nicht selten auch wasserhelle Blasen erscheinen, hat das Eigenthümliche, dass sie nicht lange an einer und derselben Stelle verharrt, sondern allmählig von einer Stelle nach der anderen, doch grossentheils nur am Unterleibe herumwandert. Dazu gesellt sich gewöhnlich mehr oder minder bedeutendes Fieber mit allgemeiner Hitze und Trockenheit der Haut, der Lippen und der Mundhöhle bei sehr erregtem Pulse. Unter stetem Wimmern sind die Kinder schlaflos, höchst unruhig, verschmähen die Brust und verfallen sichtlich in ihrem Aussehen, um so mehr, wenn, was mitunter der Fall ist, auch Diarrhoe damit verbunden wäre.

Ursachen.

Es dürfte der Fall sein, dass man von der Ansicht ausgeht, dass der Rothlauf der Säuglinge in verwandtschaftlicher Beziehung zu dem Scharlach stehe, da einige Autoren sein Entstehen mit einem Miasma in Verbindung setzen wollen, doch dünkt mich als würden die Ursachen dieses Erkrankens näher liegen und handgreiflicher sein. Das zu warme Baden der neugeborenen Kinder, das leider ein so häufig vorkommender Uebelstand ist, macht das Hautorgan zu Erkältungen im Allgemeinen geneigter, die alsdann ihren krankmachenden Einfluss mitunter direct auf dem Hautorgane zur Geltung bringen. Ein anderer Grund wäre auch in der lokalen Vernachlässigung der erforderlichen Reinlichkeit zu finden, indem die Kindespflegerin es öfters verabsäumt, das Kind stets nach Erforderniss trocken zu legen, wodurch nicht selten der Fall eintritt, dass die Kinder durch längere Zeit in den unreinen, vom Urin durchnässten Windeln liegend verbleiben. Endlich wolle man nicht übersehen, dass vielfältigen Erfahrungen zu Folge diese begrenzte Rothlaufentzündung des äusseren Hautorganes gar oft mit mannigfachen Störungen in dem Verdauungsapparate in ursächlichem Zusammenhange stehe, und wo die Diät der Säugenden eine unzweckmässige ist, oder das neugeborene Kind an die Brust einer schon älteren Amme gelegt wird, da fehlt es auch nicht an Veranlassung zu mehr oder minder bedeutenden Digestionsbeschwerden.

Heilverfahren.

Dass bei dieser, so wie bei allen anderen Krankheiten, vorerst die sich muthmaasslich darauf beziehenden Ursachen beseitigt werden müssen, bedarf wohl nicht erst einer Erinnerung, und haben wir diese Aufgabe nach Thunlichkeit gelöst, dann lässt sich mit um so mehr Sicherheit auch bei dieser, allgemein als höchst bedenklich erkannten Krankheit, von der Einwirkung der specifischen Arzneien das beste Resultat erhoffen. Drei Arzneistoffe sind es, zu denen ich auf vieljährige Erfahrungen gestützt, mein grösstes Vertrauen habe, und diese sind: *Belladonna*, *Hepar* und *Arsen.* Vorzugsweise war es stets die Beschaffenheit oder der Sitz des Rothlaufes, die mich bei der Wahl des einen oder des anderen dieser Mittel leiteten. *Belladonna* entsprach in jenen Fällen, wo bei sehr intensiver Röthe die ergriffene Hautstelle sich ganz glatt zeigt, während *Hepar* sich besonders da bewährte, wo gleichzeitig Eruption von kleinen oder grösseren Blasen stattfand. Von der ersteren Arznei reiche man die 30. Verdünnung, von der letzteren die 15. früh und Abends zu 2 Kügelchen. In zwei äusserst schweren Fällen, wo bei Knaben der Rothlauf seinen Sitz an den Geschlechtstheilen hatte, die sehr dunkellivide Röthe bereits über den unteren Theil der Bauchhaut sich zu verbreiten begann, das Fieber und die Unruhe sehr heftig waren, in dem einen Falle auch grünschleimiger Durchfall sich dazu gesellt hatte und der bedeutende Verfall der Kräfte, so wie das bleiche, eingefallene und förmlich kleiner gewordene Gesicht ernste Besorgniss einflössten, hat *Arsen* 30 in einer einzigen Gabe von 2 Kügelchen binnen 3 Tagen jede Spur der Gefahr beseitigt und wenige Tage später konnten beide Kinder als vollkommen geheilt erklärt werden. In allen von mir behandelten Fällen von Rothlauf der Neugeborenen habe ich es bis jetzt nie unterlassen nebenbei zur wesentlichen Erleichterung des kleinen Patienten einfache Leinwandläppchen, die in kühles Wasser (18—20 Grad R.) getaucht und dann etwas ausgedrückt waren, auf die vom Rothlauf befallene Stelle zu legen und halbstündig sie erneuern zu lassen, und dies gewöhnlich durch 4—6 Tage bis die Röthe vollkommen verschwunden und die Gefahr gänzlich beseitigt war.

Das Anschwellen und der Rothlauf der Brüste der Säuglinge.

Bei neugeborenen Kindern beiderlei Geschlechtes pflegen sich öfters schmerzlose Geschwülste in den Brüsten zu zeigen, die mitunter die Grösse eines Taubeneies und darüber erreichen, auch häufig hart erscheinen und in Folge höchst unzweckmässigen Zuwerkegehens schmerzhaft, roth werden, in Entzündung und selbst in Eiterung übergehen.

Ursachen.

Es liesse sich wohl mit einiger Wahrscheinlichkeit annehmen, dass ein mechanischer Druck auf die Brustdrüsenparthie während des öfters nicht wenig erschwerten Durchganges des Brustkorbes durch das Becken als Veranlassung zu betrachten sei, und in jenen Fällen wo selbst rothlaufartige und noch tiefer gehende Entzündung und Eiterung eintreten, trägt das thörichte Handeln minder aufgeklärter Geburtsfrauen die Schuld, da sie in dem Wahne, dass

Milch in diesen Drüschen angesammelt sei, selbe auszudrücken sich bemühen.

Heilverfahren.

In vielen Fällen verschwindet diese Geschwulst ohne alles ärztliche Dazuthun, doch pflege ich ein doppeltes Leinwandläppchen von der Grösse eines kleinen Silberthalers mit der gewässerten lauen *Arnica-Tinctur* (ein Tropfen auf 4 Esslöffel Wasser) befeuchtet, auf die Geschwulst zu appliciren und dann mit feiner Baumwolle zu bedecken. Die Läppchen werden 3—4 stündig gewechselt. Binnen 3—4 Tagen ist dann gewöhnlich die Zertheilung bewerkstelligt und sollte dies nicht vollkommen gelungen sein, so kann ich dringend den innerlichen Gebrauch des *Conium maculatum* empfehlen, von dem ich nur einmal 2 mit der 12. Verdünnung befeuchtete Kügelchen dem Kinde reiche und mehr bedarf es nicht, denn binnen wenigen Tagen ist die Geschwulst vollkommen beseitigt. Jene Fälle, wo in Folge des höchst widersinnigen Ausdrückens der Brustdrüsen eine rothlaufartige Entzündung veranlasst wird, erheischen den inneren und äusseren Gebrauch der *Arnica*. Bei hinzutretendem Fieber jedoch pflege ich des Morgens *Arnica*, des Abends *Aconit* zu reichen. Bei sehr intensiver Rothlaufröthe ist *Belladonna* angezeigt. Wäre bereits Eiterung im Beginne, so wird *Mercurius solubilis* 12, mit Nutzen angewendet, so wie bei stärkerer Eiterung *Hepar sulfuris* 12, beide zu 2 Kügelchen jeden Morgen, während die eiternde Stelle mit einem Leinwandläppchen, das mit etwas *Spermacet*-Salbe dünn bestrichen ist, belegt wird. — Bei längerer Dauer der Eiterung wäre *Silicea* angezeigt, 1 Kügelchen der 30. Verdünnung.

Die Gelbsucht der Säuglinge.

Die meisten der Neugeborenen, ob schwächlich oder kräftig, werden in den ersten Tagen nach der Geburt von einer gelblichen Färbung der Haut befallen, welche an der ganzen Oberfläche des Körpers, besonders aber im Gesichte bemerkt wird. Je nachdem die Gelbsucht in einem höheren oder niederen Grade auftritt, ist auch die Hautfärbung eine dunklere oder hellere. Bei übrigens vollkommenem Wohlbefinden des Kindes macht sich bei Manchen der bedeutende Ueberschuss der Galle auch in den Darmentleerungen bemerkbar, die eine mehr oder weniger dunkelgrüne Färbung annehmen, und dürfte allenfalls auch auf diese Weise doch einige Unterleibsbeschwerde des Kindes veranlasst werden, da sie während des Schlafes aufzuschreien pflegen, als würde irgend ein Schmerzgefühl sie in der Ruhe stören. Die Gelbsucht der Neugeborenen ist in der Regel eine so gefahr- und bedeutungslose Erscheinung, dass selbe auch ohne alles ärztliche Zuthun binnen 5—6 Tagen gewöhnlich von selbst wieder zu verschwinden pflegt.

Ursachen.

Berücksichtigt man die so wichtigen Veränderungen, die von dem Momente der Geburt in der Leber, als einer der wichtigsten Quellen der Ernährung des kindlichen Organismus vor sich gehen, so kann es nicht befremden, wenn bei einem so überaus zarten Geschöpfe, das plötzlich in ganz neue Ernährungsverhältnisse getreten, so geringfügige Anomalien, die auf eine überrege Thätigkeit der Leber hindeuten, erscheinen. Eine vorübergehende Ueberfülle von Galle ist es, die sich, wie wir dies aus den grünen Entleerungen und der gelben Hautfarbe entnehmen, nach der Inn- und Aussenseite des Körpers entladet. Dass dieses Leiden der Neugeborenen von dem längeren Verbleiben des Kindspeches in den Gedärmen des Kindes abhängen solle, namentlich wo die Mutter nicht selbst ihr Kind nährt, stösst an dem Umstande auf einen wesentlichen Widerspruch, als zu jener Zeit, wo es noch allgemeiner Gebrauch war den Kindern unmittelbar nach der Geburt ein Purgirsäftchen zu reichen, die Gelbsucht der Neugeborenen noch häufiger als jetzt vorkam. Dass übrigens Erkältungen sehr häufig das Erscheinen der Gelbsucht der Kinder begünstigen, ist unläugbare Thatsache, die darin ihre Erklärung findet, dass die im normalen Zustande auf unmerkliche Weise durch die Hautporen herausbeförderte überschüssige Galle bei stattgehabter Erkältung in Folge der Sperrung der Poren unter der Hautdecke abgelagert wird.

Heilverfahren.

Wo nicht in Bezug auf das diätetische und sonstige Verhalten besondere Missgriffe statthaben, bedarf es bei dieser vorübergehenden anomalen Hautfärbung durchaus keiner arzneilichen Nachhilfe, da bei einem mässig warmen Verhalten des Kindes und bei strenger Beachtung der Vorschrift, dem Kinde keine andere Nahrung als die Mutter- oder Ammenbrust zu reichen, sowie bei gehöriger Fürsorge für das geregelte Vonstattengehen der Stuhlentleerungen, binnen eines Zeitraumes von 4—6 Tagen die gelbe Färbung der Haut wieder gänzlich verschwindet. Blos der Hintansetzung dieser Verhaltungsregeln hat man es zuzuschreiben, wenn bei manchen Kindern die gelbe Hautfärbung länger besteht, und da in der Mehrzahl der Fälle neue Erkältungen die Veranlassung dazu abgeben, so können wir von der Verabreichung der *Chamomilla* und *Nux vomica* die gewünschte Hilfe erwarten, und würde die erstere Arznei bei gleichzeitigem Vorhandensein durchfälliger Entleerungen, die letztere bei Neigung zur Stuhlverhaltung in 12—24 stündiger Wiederholung Anwendung finden.

Allgemeine Krampfzufälle der Säuglinge.

Bei der so hochgradigen Empfindlichkeit des Nervensystems der Säuglinge kann es uns nicht befremden, wenn wir selbe auf geringfügige Veranlassungen von mannigfachen krampfhaften Zufällen befallen sehen, als deren Vorläufer man öfters einen höchst unruhigen Schlaf bemerkt, aus dem sie durch ein zuckendes Zusammenfahren plötzlich mit weitgeöffneten Augen zu erwachen pflegen. Schlummern sie dann wieder ein, so werden die Augen nicht ganz geschlossen und man gewahrt ein stetes Rollen oder Aufwärtsdrehen der Augäpfel. Dabei ändern sie häufig die Gesichtsfarbe und zeigt sich bald eine auffallende Blässe, bald eine begrenzte Röthe an den Wangen. In den allermeisten Fällen gelingt es durch Anordnung einer entsprechenden Diät und eines zweckmässigen Verhaltens, sowie durch Verabreichung gewisser specifischer, nervenberuhigender Arzneien diese Symptome zu beseitigen, wo jedoch mannigfache, nicht rasch genug zu beseitigende Ursachen, den Nervenreiz unterhalten, da pflegen die in ihrem Vorschreiten begriffenen Nervenzufälle sich ernster zu gestalten, und jenachdem dieser die Nerven erregende Reiz mehr das Gehirn der das Rückenmark oder beide zugleich betrifft, zeigt sich auch in den äussern Erscheinungen in den krampfhaften, unwillkührlichen Muskelbewegungen eine wesentliche Verschiedenheit. Nach kürzerer oder längerer Dauer dieser Zufälle pflegt dann für einige Zeit Ruhe einzutreten, wobei das Kind wie erschöpft in Schlaf verfällt, um unter ungünstigen Umständen bald wieder in denselben Krampfzustand zu verfallen.

Ursachen.

Bei Aufzählung der mannigfachen, diesen Krampfzuständen zu Grunde liegenden Ursachen müssen wir die so häufig vorkommenden Störungen im Verdauungsapparate mit ganz besonderem Nachdrucke betonen. Schon das längere Verbleiben des Kindspeches im Darmkanale kann Veranlassung zu mannigfachen Krampfzufällen geben, und nun erst die durch den erregenden Einfluss der Gemüthsbewegungen veränderte Qualität der Milch, der Genuss anderer unzweckmässiger Nahrungsmittel, alles dies vermag einen bedeutend nachtheiligen Reflex auf das so empfindliche Nervensystem des kindlichen Organismus auszuüben. Ueberdies veranlasst häufig das zu starke Warmhalten des Kindes und namentlich die übermässige Stubenhitze einen vermehrten Säfteandrang zum Kopfe, wodurch dergleichen nervöse Zufälle leicht erregt werden. Wenn übrigens bei einem ganz gesunden und zweckmässig gepflegten Kinde der Zahndurchbruch in der Regel ohne alle Beschwerden zu verlaufen pflegt, so dürfen wir doch nicht übersehen, dass während der Zeit der Zahnbildung jedenfalls eine erhöhte Reizbarkeit in den Centralorganen des Nervensystems und namentlich im Gehirne vorhanden sei, und das eben dadurch der leiseste fremdartige Reiz krankhafte Zustände in jenen Nerven, die ihre Thätigkeit der Muskelbewegung zuzuwenden haben, herbeizuführen vermag. Dass besonders unter solchen Umständen auch Erkältungen einen krampferregenden Einfluss ausüben können, dürfte wohl keinem Zweifel unterliegen.

Heilverfahren.

Sind sämmtliche veranlassende Ursachen nach Möglichkeit entfernt, dann ist es unsere Aufgabe den eben vorhandenen Krampfzufällen mit stetem Rückblick auf die Veranlassung durch die sie geweckt wurden, die entsprechenden Arzneien entgegen zu setzen, die mit Umsicht gewählt, bald die krankhaften Aeusserungen der Bewegungsnerven verscheuchen. — Wo gastrische Erscheinungen den Krampfzufällen vorausgingen oder sie begleiten, da hätten wir entweder *Chamomilla* oder *Ipecacuanha* oder *Nux vomica* zu wählen. In der *Chamomilla* finden wir ein Heilmittel, das namentlich in der Kinderpraxis eine bedeutende Rolle spielt und vorzugsweise schon aus dem Grunde, da sie auch zum Nervensysteme in besonders naher Beziehung steht und seine krankhaften Aeusserungen sowohl in der Muskelbewegungs- als Gefühlssphäre zu beschwichtigen vermag. Das nächtliche Wimmern und Weinen, das Aufschrecken und Zusammenfahren im Schlafe, die krampfhaften Bewegungen und Zuckungen der Glieder, das Verziehen der Gesichtsmuskeln, das Verdrehen der Augen mit wechselndem stieren Blicke, der gleichzeitig säuerliche Geruch aus dem Munde, das etwa vorhandene, säuerlich riechende Erbrechen, dies wären die Symptome, die insbesondere für die Anwendung der *Chamomilla* sprechen, und würde nach Umständen in 4—6 stündigen Zwischenräumen eine Gabe von 2 Kügelchen der 6. Verdünnung zu reichen sein. — Bei dem Krankheitsbilde, welches mehr der *Ipecacuanha* entspricht, finden wir wohl auch Rucke und Zuckungen in den Gliedern, krampfhaftes Verzerren der Gesichtsmuskeln, doch wird die Rückwärtsbeugung des Kopfes, das steife Ausstrecken des ganzen Körpers, das öftere gallichtschleimige Erbrechen, die mitunter sich dazu gesellenden eben so beschaffenen Stuhlentleerungen uns für die Wahl dieser Arznei bestimmen. Wo ganz ähnliche krampfhafte Zufälle vorhanden, doch eine schon von früher her auffallende Neigung zur Stuhlverhaltung sich zeigt, da wäre namentlich bei sehr lebhaften Knaben der beste Erfolg von *Nux vomica* 15 zu erhoffen und würde bei ihrer Darreichung so wie bei der der *Ipecacuanha* gerathen sein von einer Gabe zur anderen wenigstens 6 Stunden abzuwarten, und falls sich eine auffallende Besserung bemerkbar macht, so müsste eine noch viel längere Pause beobachtet werden. Haben stürmische Zornausbrüche der Mutter oder Amme zu den Krampfanfällen des Kindes Veranlassung gegeben, so würde ich jedenfalls vorerst eine Gabe *Aconit* reichen, und wenn nach Verlauf von wenigen Stunden nicht eine wesentliche Besserung eingetreten, so können wir mit voller Sicherheit auf die stets verlässliche Wirkung der *Ignatia* rechnen, die auf ähnliche Weise, wie die früher genannten Arzneien anzuwenden ist. — Wenn heftiger Säfteandrang zum Kopfe um die Zeit der ersten Zahnentwicklung die Nervenzufälle bedingt, die zur Abends- und Nachtszeit nach kurzem Schlafe plötzlich und unter den oben angegebenen Erscheinungen eintreten, die davon heimgesuchten Kinder ohnedies vollsäftig sind, dann wird *Belladonna* in hoher Verdünnung gute Dienste leisten, doch bei leichteren Anfällen dieser Art wird auch *Aconit* genügen, oder kann wenigstens eine Gabe davon vorausgeschickt werden, und beide Mittel werden auch da zweckmässig zu wählen sein, wo gleichzeitig eine Erkältung mit im Spiele ist. Uebrigens würden Erkältungszufälle dieser Art auch durch *Chamomilla* zu heben sein, so wie wir bei den krampfhaften Zuständen während des Zahngeschäftes überdies auch an *Ignatia* und *Calcarea* nicht vergessen dürften. Die Anzeigen für *Ignatia* sind bereits angeführt worden, und was die *Calcarea* anbelangt, ist selbe bei nicht hochgradigen, krampfhaften Erscheinungen, die sich öfters und besonders nach Erkältungen leicht wiederholen, und bei lymphatischen Constitutionen mit aufgedunsenem, bleichem Gesichte, Neigung zum Wundwerden der Haut besonders angezeigt. Noch habe ich eines Falles Erwähnung zu machen, wo *Causticum* 30, Wesentliches geleistet hat, und zwar waren die Krampfzufälle mit äusserst heftigem Schnupfen und stets wechselnder Hitze und Eiskälte des Körpers verbunden und hatte ich zuvor in Berücksichtigung der vorausgegangenen Erkältung einige Gaben *Aconit*, jedoch fruchtlos gegeben.

Kehlkopf- und Brustkrämpfe der Säuglinge.

Um die Zeit des ersten Zahndurchbruches, wo die Nerven des Kindes im Allgemeinen in einem Zustande gesteigerter Reizbarkeit und Empfindlichkeit sich befinden, pflegen auch gewisse krampfhafte Zufälle der Athmungsorgane mehr oder weniger stürmisch aufzutreten. Jenachdem mehr die eine oder die andere der, den Athmungsorganen zuständigen und ihren Functionen vorstehenden Nervenparthien ergriffen ist, wird auch in den äusseren Erscheinungen ein auffallender Unterschied bemerkt, sowie überdies die verschiedenen Abstufungen der Heftigkeit des Krampfes auf die Gestaltung des Krankheitsbildes von wesentlichem Einflusse sind. So finden wir in dem sogenannten „Sich Verkeuchen, Ausbleiben, Wegfallen" die deutliche Form des Kehldeckel- und Stimmritzenkrampfes, wobei gewöhnlich die durch das Versagen eines Wunsches erzürnten Kinder plötzlich athemlos werden, mitunter auch förmlich blau im Gesichte, und den Oberkörper zu strecken oder nach rückwärts zu beugen pflegen, welcher Zustand 1—2 Minuten andauert, worauf die Kinder mit einem unartikulirten Schrei wieder zu sich kommen. Während dieses Anfalles bemerkt man auch, dass die Zunge verkürzt und nach rückwärts gezogen, ihre obere Fläche fest an den Gaumen angedrückt wird. — Bei einem höheren Grade dieses Uebels erwacht das Kind plötzlich aus dem Schlafe in grösster Beängstigung und Unruhe, versucht mehrmals mit weit aufgezogenen Nasenflügeln Athem zu holen, bis es ihm endlich gelingt mit einem schrillenden Tone eine tiefe Einathmung vorzunehmen. Diese Anfälle pflegen mitunter sich während der Nacht zu wiederholen, setzen auch öfters mehrere Nächte ganz aus. — Anders erscheint das Krankheitsbild, wo bei dem höchsten Grade der nervösen Affektion die Athmungsorgane in ihrer ganzen Ausdehnung vom Krampfe befallen werden. Nachdem das Kind des Abends anscheinend vollkommen gesund zu Bett gelegt wurde, fährt es plötzlich schreiend mit hochgradiger Athmungsbeschwerde aus dem Schlafe auf. Von Sekunde zu Sekunde wird der Athem kürzer, die Erstickungsangst bedeutender, das Einathmen erschwerter, wobei der Brustkasten mit grösster Anstrengung in die Höhe gehoben wird. Das Gesicht des kleinen Patienten röthet sich, die oberflächlichen Blutadern schwellen an, die Haut ist trocken und während des Anfalls geht unwillkührlich der Urin ab. Nach diesem ersten Anfalle tritt in der Regel eine Pause von mehreren, selbst 24 Stunden ein, doch pflegen die späteren Anfälle, wenn ihnen nicht bald Schranken gesetzt werden, in stets kürzeren Zwischenräumen und mit zunehmender Heftigkeit aufzutreten. Noch muss ich bei dieser Gelegenheit eines oft plötzlich und gewöhnlich durch Blähungsbeschwerden veranlassten Unwohlseins Erwähnung machen, von dem Säuglinge nicht selten befallen werden und welches unter dem Namen „das Verfangen“ bekannt ist und nicht mit den obenerwähnten Krampfzufällen der Athmungsorgane zu verwechseln wäre. Die dieses Leiden begleitenden Symptome sind: Kurzathmigkeit, Aengstlichkeit mit Schreien, wobei sich die Kinder immerwährend umherwerfen ohne Ruhe finden zu können. Dabei bemerkt man eine auffallende Anschwellung der Herzgrubengegend und ebenso unterhalb der Rippen.

Ursachen.

Sehr häufig ist es der Zahnentwicklungsprozess, der besonders bei empfindlichen und reizbaren Kindern, die sehr leicht zu erschrecken pflegen, diese Krampfzufälle veranlasst. Ueberdies liegt dem Leiden mitunter die Vergrösserung einer im vorderen, oberen Brustraume befindlichen Drüse zu Grunde, und endlich muss als eine der häufigsten Ursachen die Erkältung erkannt werden.

Heilverfahren.

Auffallend und rasch ist die Wirksamkeit der homöopathischen Arzneien bei den Krampfzufällen der Athmungsorgane, namentlich wenn selbe nicht vernachlässigt oder bereits durch einige Zeit unzweckmässig behandelt wurden. Häufig hatte ich Gelegenheit mich von der Heilkraft der *Chamomilla*, 4—6stündig 2 Kügelchen — bei den Verkeuchen der Kinder zu überzeugen und gewöhnlich leistete sie die schnellsten Dienste, wenn die betreffenden Kinder eine ungemeine Reizbarkeit und Aergerlichkeit zeigten. Der *Chamomilla* zunächst steht die *Ipecacuanha* und vorzüglich dann, wenn die Kinder dabei steif und im Gesichte blau werden. — Bei dem höheren Grade dieses Uebels, wo ohne alle Veranlassung zur Nachtszeit und in grösserer In- und Extensität die Krampfzufälle auftreten, ist wohl die *Ipecacuanha* auch noch von grosser Wirksamkeit, doch habe ich bereits zu wiederholten Malen von *Sambucus* 3—4stündig zu 2 Kügelchen — und einmal, in Ermanglung der Arznei in homöopathischer Zubereitung, als Thee kaffeelöffelweise angewandt, den besten Erfolg beobachtet. Bei den hochgradigen Anfällen wird man ohnedies nicht verabsäumen rasch einen Arzt herbeizurufen, doch könnten jedenfalls mittlerweile einige Gaben *Sambucus* verabreicht werden.

Der Gesichtsansprung der Säuglinge.

Der bei Säuglingen überhaupt und namentlich während des Zahndurchbruches häufig erscheinende Gesichtsansprung (Milchborke, Gesichtsekzem) bildet sich ursprünglich aus kleinen, gelben Bläschen, die anfangs einzeln stehen, später zusammenfliessen, nach 2—3 Tagen bersten und eine gelbliche, klebrichte Flüssigkeit ergiessen, die an der Luft zu dicken, auf rothem Grunde sitzenden Borken vertrocknet. Diese Borken werden beim Abfallen bald durch neue ersetzt, und breitet sich der Ausschlag öfters von den Wangen nach abwärts gegen das Kinn, nach aufwärts gegen die Stirne und selbst gegen den behaarten Kopftheil zu aus, und mitunter zeigen sich gleichzeitig ähnliche Eruptionen auch an den Gliedmassen. Ein peinigendes Symptom dieses Ausschlages ist das so ungemein heftige Jucken, welches die Kinder oft veranlasst sich ganz wund zu reiben.

Ursachen.

Wenn wir fragen, wieso dieses so unliebsame Uebel entsteht, so erfahren wir leider abermals, dass in der Mehrzahl der Fälle die unzweckmässige Diät der Mutter oder Amme, oder die unzweckmässige Wahl der letzteren, und wenn das Kind schon nebenbei andere Nahrung bekommt, die qualitativ oder quantitativ fehlerhafte Beschaffenheit derselben die Schuld tragen. Auch Vernachlässigung der für Kinder so höchst erforderlichen Reinlichkeit einerseits, und das Waschen des Gesichtes mit warmem Wasser andererseits, sowie nicht selten die feuchte Stubenluft, erscheinen gar häufig als Ursachen dieses Gesichtsausschlages.

Heilverfahren.

Vor Allem muss die Diät der das Kind säugenden Mutter oder Amme, ebenso die des Kindes, falls es schon nebstbei andere Nahrung bekäme, aufs Sorgfältigste, nach den im diätetischen Theile ausführlich angegebenen Vorschriften, geregelt werden. Sollte die Amme schon etwas älter sein, oder etwa ein anderes Kind unmittelbar zuvor bereits gesäugt haben, so müsste bald möglichst ein zweckmässiger Wechsel vorgenommen werden. Hat man überdies für die Entfernung aller anderen, oben bezeichneten, nachtheiligen Einflüsse Sorge getragen, dann schreite man sogleich zur Anwendung des *Rhus toxicodendron*, eine Arznei die selten im Stiche lässt und wenn sie der Constitution des Kindes übrigens entspricht, binnen wenigen Wochen die gänzliche Heilung bewerkstelligt. Ich pflege die 15. Verdünnung dieser Arznei jeden 2. Morgen zu 2 Kügelchen und nach 14 Tagen eine ähnliche Gabe *Sulfur* 30, zu reichen, worauf ich alsdann gewöhnlich 5—6 Tage abwarte, bevor ich zur wiederholten Anwendung des *Rhus* schreite. Auch *Viola tricolcr* 3, zu 2 Kügelchen Früh und Abends, habe ich bereits in mehreren Fällen mit ganz befriedigendem Erfolge angewandt und kann man mit um so mehr Verlässlichkeit auf die wohlthätige Wirkung dieser Arznei rechnen, wenn der Urin des Kindes stets sich trüb und molkig zeigt. Auch *Mezereum* soll sich in dieser Krankheitsform bewähren, doch habe ich bis jetzt keine Veranlassung gefunden die Hilfe auch dieser Arznei in Anspruch nehmen zu müssen. — Was das äussere Verfahren bei Behandlung dieses Hautübels betrifft, warne ich vor der Anwendung selbst unarzneilicher, fettiger, öliger Substanzen, denn im günstigsten Falle sperren sie die Hautporen und hemmen die Eruption, was übrigens nichts weniger als wünschenswerth wäre. Um so dringender empfehle ich das mehrmals des Tags vorzunehmende Reinigen der kranken Hautstellen mit kühlem Wasser und das nachherige, sanfte Abtrocknen derselben mittelst eines dünnen Leinwandlappens. Wo heftiges Jucken vorhanden, da kann zur grossen Erleichterung des kleinen Patienten hin und wieder ein, in kühles Wasser getauchtes Leinenläppchen für nur wenige Minuten überschlagen werden. — In ganz vernachlässigten und früher unzweckmässig behandelten Fällen dieser Art, pflege ich das entsprechende, spezifische Mittel auch äusserlich in etwas stärkerer Gabe mit entschiedenem Nutzen anzuwenden.

Die fressende Borke der Säuglinge. (Ohrenekzem.)

Dieser Ausschlag, der häufig Säuglinge befällt, erscheint in kleinen, zusammengedrängt stehenden Bläschen von etwas dunkler Farbe, welche bald eine sehr scharfe, ätzende Feuchtigkeit ergiessen, wodurch das Uebel, welches meistens hinter dem Ohre oder in der Nähe desselben beginnt, durch das stete Aussickern der die Haut aufätzenden Flüssigkeit sich allmählig weiter ausbreitet und oft einen grösseren Theil des Gesichtes einnimmt. Das dabei stets vorhandene Jucken nöthigt zum häufigen Kratzen und Reiben der davon befallenen Theile, auf denen sich dünne, schuppichte Borken bilden, welche, da sie aus dem vertrockneten Sekret, welches mit Blut gemengt ist, entstanden, dunkel gefärbt erscheinen. Dieser Ausschlag unterscheidet sich von dem Ansprunge wesentlich dadurch, dass er eine ätzende, scharfe Feuchtigkeit ausscheidet und nur ganz dünne, schuppenartige Borken erzeugt.

Ursachen.

Die ursächlichen Momente, welche diesem Leiden zu Grunde liegen, sind ganz dieselben, wie sie beim Ansprunge erwähnt wurden, doch wäre überdies zu bemerken, dass in manchen bösartigen Fällen in Folge einer allgemeinen, eigenthümlichen, krankhaften Säftemischung von Seiten der Mutter oder Amme, oder selbst auch von väterlicher Seite her, der Keim zu diesem Uebel auf das Kind übertragen zu sein scheint.

Heilverfahren.

Auch bei dieser Ausschlagsform ist, sowie beim Ansprunge die Anwendung des *Rhus* und des *Schwefels* vollkommen entsprechend, doch dürften die bösartigeren und hartnäckigeren Fälle stets den Gebrauch der *Sassaparilla* 6, für sich in Anspruch nehmen, so wie bei gleichzeitiger, auffallender Abmagerung des Kindes auch *Arsen* 30, in Anwendung kommen müsste, welcher Arznei jedoch eine längere Wirkungszeit einzuräumen wäre.

Die Schälblasen und der Friesel der Säuglinge.

Zwei Ausschlagsformen, die von so geringer Bedeutenheit sind, dass ich deren blos Erwähnung mache, um keine Lücke bei Aufzählung der fieberlosen Ausschläge der Kinder zu lassen. Bei dem ersteren Ausschlage kommen gewöhnlich nur an einzelnen Körperstellen erbsen- bis haselnussgrosse Blasen vor, die mit einer gelblichen Feuchtigkeit gefüllt und hin und wieder im Umkreise geröthet erscheinen. Während an einzelnen Stellen diese Blasen abtrocknen, Schorfe bilden, die beim späteren Abfallen bläulichrothe, bald verschwindende Flecke auf der Haut hinterlassen, sieht man an anderen Stellen neue hervorbrechen, so dass die Dauer dieses Ausschlages dadurch mehr in die Tage gezogen wird. Bei mehr sparsamem Erscheinen der Blasen bleibt das Allgemeinbefinden des Kindes ganz unverändert, und ist es nur der seltener vorkommende Ausbruch sehr zahlreicher und grosser Blasen, der leicht vorübergehende Fiebererscheinungen zu veranlassen pflegt. — Bei dem Frieselausschlage der Säuglinge, den man auch Schweissfriesel zu nennen pflegt, erscheinen auf rothen Punkten kleine, anfangs eine hellere, dann eiterige Flüssigkeit enthaltende Bläschen, die übrigens dem Kinde gar keine Beschwerde verursachen, und nach 3—5 Tagen mit fast unmerklicher Abschuppung der Haut sich verlieren.

Ursachen.

Die eine wie die andere Ausschlagsform wird unbedingt vorzugsweise durch zu warme Behandlung der Haut, sei es durch zu warmes und zu langes Baden, zu hohe Zimmertemperatur, oder durch zu warmes Einhüllen der Kinder hervorgerufen.

Heilverfahren.

Die Behandlung dieser beiden Ausschlagsformen verlangt nur ein vernünftiges Zuwerkegehen rücksichtlich des Verhaltens, jedoch arzneiliche Hilfe ist vollkommen überflüssig. Man beseitige allmählig die veranlassenden Ursachen, und die Aufgabe ist gelöst; doch wäre allenfalls die Bemerkung beizufügen, dass man die Blasen bei dem erstgenannten Ausschlage nie öffne, indem die Erfahrung lehrt, dass durch das Nichtöffnen der Verlauf beschleunigt, die normale Beschaffenheit der Haut um so rascher wieder erlangt wird.

Das Wundsein und die Mitesser an der Haut der Säuglinge.

Das Wundsein findet sich bei Säuglingen entweder blos in den Hautfalten vor, oder dehnt sich selbes auch über grössere Hautparthien aus. Im ersteren Falle ist es als Folge des in den Falten länger verbleibenden Schweisses, sowie der Reibung der Haut zu betrachten, während im letzteren Falle die Einwirkung des scharfen Urines diese mit einem nässenden Bläschenausschlage verbundene Entzündung der Haut hervorruft. Einen dem Wundsein ähnlichen Zustand bemerkt man öfters in der Falte hinter dem Ohre des Kindes und pflegt man ihn mit einem anderen Ausdrucke, und zwar „das Nässen der Haut" zu bezeichnen. Meines Erachtens ist dieses Uebel mit dem früheren als ganz gleichbedeutend zu betrachten und der der äusseren Erscheinung nach bemerkbare Unterschied scheint nur davon abzuhängen, dass hier die wundgewordene Haut mit der äusseren Luft in freierem Contact sich befindet. Ein anderes Hautleiden der Säuglinge bilden die Mitesser (*Comedones*), wobei man am häufigsten auf dem Rücken und Nacken der Kinder kleine schwärzliche, etwas erhabene Pünktchen bemerkt, aus denen sich durch Drücken der angehäufte, stockende Hauttalg in Form eines kleinen Würmchens mit einem schwarzen Köpfchen, dass eigentlich nur angesammelter Schmutz ist, herauspressen lässt.

Ursachen.

Das eine wie das andere Hautübel hat sein Entstehen in der Regel der vernachlässigten Pflege und Reinhaltung der Haut, sowie einer unzweckmässigen Nahrung zu verdanken, doch kann man nicht in Abrede stellen, dass bei manchen Kindern eine eigenthümliche Disposition zu diesem Hautleiden vorhanden sei, so dass selbst bei sorgfältigster Beachtung der Reinlichkeit die normale Beschaffenheit der Haut nicht eher zu erlangen ist, als bis eine entsprechende arzneiliche Nachhilfe stattgefunden.

Heilverfahren.

Hat man bei dem Wundsein der Haut Alles aufgeboten, um der so unerlässlichen Reinlichkeit vollkommen Genüge zu leisten, lässt man das Kind täglich in lauem Kleienwasser baden, und zum Einstreuen feines Weizenstärkepulver verwenden, und will das Hautleiden dennoch nicht weichen, so reiche ich gewöhnlich einige Gaben

Chamomilla oder bei sehr zarten Kindern *Pulsatilla*, und wo diese Mittel nicht ausreichen, da kann man sicher darauf zählen, dass eine einzige Gabe *Lycopodium* 30, die man einige Tage wirken lässt, den erwünschten Erfolg bringen werde.

In Betreff der Mitesser wird man bei gehöriger Sorge für Reinlichkeit und zweckmässig geregelte Diät durch folgendes Verfahren am schnellsten zum Ziele gelangen: Man bereite aus 2 Theilen Weizenmehl, 2 Theilen Bierhefe und 1 Theil Honig einen dünnen Teig, den man etwa 1—2 Stunden gähren lässt, und mit diesem etwas lauen Teige reibe man recht sanft die kranke Haut des Kindes, und nachdem man dies durch wenige Minuten gemacht, wäscht man das Kind mittelst eines Flanelllappens und einer linden Seife in mässig lauem Bade recht sorgfältig ab, und wiederhole dieses Verfahren zweimal die Woche bis die Haut wieder vollkommen normal erscheint, sollte dies jedoch binnen 8—14 Tagen noch nicht der Fall sein, dann reiche man eine Gabe *Calcarea carbonica* 30, durch welche der Disposition zu diesem Hautübel entgegengewirkt wird.

Krankheiten des Kindes

vom Durchbruche der ersten Zähne bis zum Zahnwechsel.

Die Gehirnentzündung.

Eine Krankheit, die im Kindesalter vom ersten Lebensjahre angefangen nicht selten vorzukommen pflegt, ist die Gehirnentzündung, die man auch mit dem Namen „Hirnhöhlenwassersucht" gewöhnlich zu bezeichnen pflegt, doch will es mir nicht recht einleuchten, warum zur Bezeichnung dieser Krankheit im Allgemeinen ein Ausdruck gewählt werden soll, der eigentlich nur einem ihrer höchsten Stadien zukommt. Will man sich keine Inkonsequenz zu Schulden kommen lassen, so müsste man dem zufolge die Lungenentzündung, Lungenhepatisation nennen, da auch die entzündete Lunge nicht minder die Neigung hat in den Zustand der Hepatisation (krankhafte Verdichtung der Lungensubstanz durch stattgehabte Ausschwitzung) überzugehen, als das von der Entzündung befallene Gehirn sich geneigt zeigt eine Wasserausschwitzung zu Stande zu bringen. Ueberdies finde ich es dem Zwecke der vorliegenden Schrift entsprechend, die Vorgänge und die daraus resultirenden Symptome dieses entzündlichen Hirnleidens nicht bis in die letzten Stadien zu verfolgen, oder selbe wenigstens nicht mit der Umständlichkeit zu erörtern, wie ich dies bei den früheren Stadien zu thun bemüht sein werde, da ich der festen Ueberzeugung bin, dass Eltern schon bei den Vorläufern einer Krankheit, die so leicht und so rasch gefahrdrohend werden kann, nicht verabsäumen werden sich um die Hülfe eines erfahrenen Arztes zu kümmern. Und eben aus diesem Grunde mögen die früheren Anfänge dieser Krankheit mit besonderer Genauigkeit gezeichnet werden, damit Eltern selbige ja nicht übersehen und sich den Vorwurf einer Vernachlässigung machen könnten.

Die Krankheit durchläuft ihren Cyclus in 4 bestimmten Abschnitten oder Stadien, deren jedes sich mehr oder weniger durch die Verschiedenheit der Symptome kennzeichnet. Im ersten oder Vorläuferstadium ist es der allmählig sich vermehrende und anhaltende Säfteandrang zum Kopfe, der ein Krankheitsbild eigener Art vor Augen führt, im zweiten Stadium ist es schon die eigentliche Blutstockung oder Entzündung, im dritten Stadium die dadurch veranlasste Exsudatbildung oder Ausschwitzung einer wässerigen Feuchtigkeit, und im vierten Stadium endlich der durch den Druck der ausgeschwitzten Flüssigkeit auf das Gehirn veranlasste, mehr oder weniger ausgedehnte Lähmungszustand, wodurch die einzelnen Symptomengruppen in ihrer äusseren Gestaltung sich ganz wesentlich von einander unterscheiden.

Ein Symptom, das bei den ersten Anfängen dieser Krankheit, somit im Stadium des Säfteandranges zum Kopfe nicht genug gewürdigt werden kann, ist die Metamorphose der Gemüthsstimmung, indem selbst früher sanfte und gutmüthige Kinder reizbar, übellaunig werden, sie verlieren ihre frühere Munterkeit, werden schwerfällig, finden an ihren gewohnten Spielen und Lieblingsgegenständen kein Gefallen mehr, scheinen sehr schläfrig, schlafen auch, aber äusserst unruhig und scheinen viel zu träumen, schrecken oft zusammen, stöhnen, ächzen im Schlafe, aus dem sie stets verdriesslicher und matter erwachen. Bringt man sie aus der horizontalen Lage in die sitzende oder stellt sie auf die Beine, so merkt man deutlich, dass sie wie betäubt sind und schwindlig werden, was ältere Kinder auch selbst angeben, die überdies über Kopfweh und Schmerz im Nacken, mitunter auch in den Armen und Füssen klagen. Ihr Gang ist unsicher, wankend, und pflegen sie beim Gehen auf ebenem Boden die Füsse höher als nöthig zu heben. Die Esslust fehlt, die Zunge ist weiss, die blühende Gesichtsfarbe schwindet, ebenso die Fülle der Wangen, welche zeitweilig, aber nur zeitweilig übernatürlich geröthet erscheinen. Die Haut ist trocken, der Stuhlgang träge, der Harnabgang spärlich, meist trüb und molkenartig. Seltener erscheint um diese Zeit ein feiner, röthlicher Ausschlag an den Oberarmen, den Wangen, mitunter auch an den Lippen. — Dies wäre das Symptomenbild, das den Eltern schon ziemlich deutliche Winke gibt, dass ein gefahrdrohendes Leiden im Anzuge sei, und nun erst, wo der verstärkte Säfteandrang nach dem Gehirne allmählig, öfters aber schon nach ganz kurzer Zeit in Entzündung übergeht, da gestaltet sich die Symptomengruppe bedeutend ernster. Ein Fieberanfall pflegt den Eintritt dieses Stadiums zu bezeichnen, dem häufige Schauder vorangehen, die sich bald in allgemeine Hitze umwandeln, wobei die Beschaffenheit des Pulses stets wechselnd, und selber ungleich, öfters auch aussetzend erscheint, und starkes Pulsiren an den Halsschlagadern bemerkt wird. Die kleinen Patienten werfen sich stets unruhig im Bette umher, nehmen mitunter gerne die Bauchlage an, drücken die Stirne gegen das Kopfkissen. Kleinere Kinder langen oft wimmernd mit der Hand nach der Stirne, als wollten sie etwas von da entfernen, während grössere Kinder über heftigen Stirnkopfschmerz klagen. Beabsichtigt man sie in eine andere Lage zu bringen, so werden sie höchst unwillig und sträuben sich dagegen. Bei auffallend verengerter Pupille und etwas geröthetem Augenweiss zeigt das Auge überdies einen wesentlich veränderten Ausdruck, indem es scheu umhersieht oder, in seine Höhle zurückgezogen, sich grösstentheils nach aufwärts wendet. Kopf und Stirne sind heiss aber nicht roth, auch die Wangen meist blass. In der trockenen Nase pflegen die Kinder viel mit den Fingern zu bohren, trachten auch mit dem ganzen Händchen in den Mund zu gelangen, mit dem sie häufig Kaubewegungen vornehmen, die mit Zungenschnalzen abwechseln. Die Kinder vermögen nicht den Kopf aufrecht zu halten, lassen ihn stets auf die eine oder die andere Seite hin sinken, und öfters tritt bei jeder vorgenommenen Bewegung Erbrechen ein, wobei Speisen, Schleim, zuweilen auch fauligriechende, gallichte Stoffe herausbefördert werden. Der Stuhlgang ist meistens hartnäckig verhalten und der Unterleib eingezogen. Die Dauer dieses Stadiums ist verschieden und erstreckt sich selbe bei sehr stürmischem Auftreten der Krankheit oft nur auf wenige Stunden, während es bei ruhigerem Verlaufe mehrere Tage lang währt, bevor es in das Ausschwitzungsstadium übergeht, in welchem der Symptomencharakter wesentlich verändert erscheint. Der Patient beobachtet jetzt grösstentheils die ganz ruhige Rückenlage, wobei der Kopf mehr nach rückwärts gezogen und das Hinterhaupt in das Kopfpolster hineingepresst wird. Sehr häufig findet man jetzt, dass die Kinder mit dem Kopfe fast ununterbrochen dieselben Bewegungen nach rechts und links vornehmen, und in Folge der dabei statthabenden Reibung des Hinterhauptes am Kopfkissen, werden die Haare daselbst ganz abgerieben, so dass eine förmlich kahle Stelle bemerkt wird. Die Kinder befinden sich jetzt mehr in einem Zustande von gänzlicher Apathie, beantworten wohl die an sie gestellten Fragen, jedoch sehr langsam und häufig unverständlich. Die Augen sind in ihre Höhlen zurückgezogen, die Pupille erweitert, für Lichtreiz unempfindlich, der Blick häufig schielend. Grossentheils ist in diesem Stadium auch das Gehör bedeutend gemindert, sehr selten krankhaft erhöht. Ganz auffallend sind die automatischen Bewegungen der Hände mit denen sie in den Haaren zu wühlen pflegen, sie bohren in der Nase, sie bohren im Ohr und haschen oft schnell nach dem Auge, als wollten sie eine daselbst sitzende Fliege verscheuchen, kurz durchgehends Bewegungen, durch die sie sich von einer im Kopfe gefühlten Beschwerde befreien wollen. Allmählig stellt sich etwas Kälte an den Extremitäten ein. Bei dem so häufig vorkommenden Tiefathmen verbreitet die ausgeathmete Luft einen höchst unangenehmen, fauligen Geruch. Die Kräfte schwinden, der Körper magert ab, der Puls verlangsamt sich, der Urin beginnt schon unwillkührlich abzugehen, die Stuhlentleerung bleibt zurück.

Der Eintritt des vierten und letzten Stadiums wird durch das Hinzukommen der Convulsionen bezeichnet, welchen sich, gewöhnlich eine abermalige Fieberaufregung, wie das letzte Auflodern einer verlöschenwollenden Flamme beigesellt, und nun erst treten die eigentlichen completen Lähmungszustände ein, die grossentheils die rechte Körperseite treffen. Der Zeitraum den der ganze Verlauf dieser Krankheit für sich in Anspruch nimmt, wechselt ungemein, indem er manchmal äusserst kurz ist, manchmal jedoch sich bedeutend in die Tage zieht. Den kürzesten Verlauf hat der sogenannte Wasserschlag der Kinder, der oft binnen einer Stunde schon den Tod herbeiführt, etwas länger währt die durch den Sonnenstich herbeigeführte Hirnentzündung, die oft binnen 3, ja selbst binnen 2 Tagen tödtlich endet. Erfolgt die Heilung dieser Krankheit, bevor sie noch das Stadium der Ausschwitzung erreicht hat, so ist in der Regel die Gesundheit und die volle Integrität des körperlichen Wohlbefindens wieder ganz hergestellt, jedoch, wo bereits schon die Ausschwitzung stattgehabt und die Rettung des Patienten dennoch gelingt, da bleiben gerne Taubheit, Blindheit und einseitige Lähmungen zurück, und sind die Fälle nicht selten, wo epileptische Anfälle und chronischer Wasserkopf als Nachkrankheiten erscheinen. Doch habe ich bereits drei Fälle zu beobachten Gelegenheit gehabt, wo die vorhandenen Symptome aufs Deutlichste für die schon erfolgte Ausschwitzung sprachen, und dennoch gelang es die gänzliche Heilung der Patienten zu Stande zu bringen, und ein anderer Fall wird nie aus meinem Gedächtnisse verschwinden, wo bei einem siebenjährigen Knaben in Folge der stattgehabten Ausschwitzung bereits die Sprach- und Schlingorgane, so wie die ganze rechte Körperseite gelähmt waren, und auch da selbst gelang noch zu meiner eigenen und der Angehörigen höchsten Verwunderung die gänzliche Hebung aller Lähmungen und die vollkommene Herstellung des Patienten, der jetzt wo seit dieser Zeit 19 Jahre verstrichen, zum kräftigen, starken Manne herangewachsen ist.

Ursachen.

Ausser der, in manchen Familien eigenthümlichen Disposition zu dieser Krankheit, wobei oft der geringste Anlass sie hervorzurufen im Stande ist, sind es gewöhnlich folgende Ursachen, die das Erscheinen der Gehirnentzündung veranlassen: Mechanische Einwirkungen, die entweder während des Aktes der Geburt stattgefunden haben, oder Fall, Stoss, Schlag, eine heftige Erschütterung des Gehirns. Ueberdies tritt häufig eine nachweisbare Erkältung des Kopfes, oder selbst eine allgemeine Erkältung, bei vorhandener Neigung zu verstärktem Blutandrange zum Kopfe, als Veranlassung auf. Auch die übermässige und zu frühzeitige Anstrengung der Geisteskräfte, der Genuss geistiger, dem Kindesalter höchst nachtheiliger Getränke, das rasche Vertreiben des Kopfausschlages oder anderer chronischen Hautkrankheiten durch die Anwendung unzweckmässiger, äusserer Mittel, der Gebrauch betäubender Arzneien, — all diese Momente können als hinreichende Ursachen dieser gefahrdrohenden Gehirnaffection betrachtet werden, jedoch eine Ursache, welche dieses Hirnleiden in seinem stürmischesten und gefahrdrohendsten Verlaufe förmlich herzuzaubern vermag, ist der Sonnenstich.

Heilverfahren.

Es bedarf wohl kaum noch einer Erwähnung, dass sorgsame Eltern sogleich beim Eintritte des ersten Stadiums dieser Krankheit ärztliche Hilfe zu suchen haben, da es jedenfalls höchst gewagt wäre, bei einem so schweren, entzündlichen Leiden Versuche zu machen, bei einem Leiden, wo ein versäumter oder nicht gehörig zum Nutzen des Kranken benutzter Tag leicht die drohende Gefahr zur wirklichen umgestalten könnte. Und wenn ich denn doch hier einige im ersten Stadium anzuwendende Mittel anrathe, so geschieht dies lediglich aus dem Grunde, um für den Fall, dass der Besuch des Arztes nicht so rasch zu ermöglichen wäre, wie dies während des Aufenthaltes auf dem Lande öfters sich zu ereignen pflegt, vorläufig ein oder das andere Mittel anwenden zu lassen, wodurch ganz gewiss kein Nachtheil, viel eher ein Vortheil gebracht werden kann. Ich pflege bei den oben angegebenen Symptomen des ersten Stadiums gewöhnlich mit *Aconit* zu beginnen, und kann man bei Kindern die bereits das zweite Jahr erreicht haben 3—4 Tropfen der 15. Verdünnung des *Aconit* mit einem halben Glase Trinkwassers mischen, und jenachdem die Symptome mehr oder minder lebhaft auftreten, 1—3stündig 2 Löffelchen reichen, falls jedoch eine mechanische Ursache, als Fall, Stoss, Schlag, eingewirkt hat, so finde ich es jedenfalls für gerathener erst ein oder zwei Gaben *Arnica* 15, vorauszuschicken, und wenn nach mehreren Stunden nicht wenigstens eine Spur von Besserung sich zeigt, so müsste ungesäumt zur Anwendung des *Aconit* geschritten werden. Sollte ein Zeitraum von 24 Stunden verstrichen sein, ohne dass man ärztliche Hilfe erlangt hätte, und würde trotz des einen oder des anderen angewandten Mittels keine Besserung sich bemerkbar machen, klagen die Kinder im Gegentheile bedeutend über Schmerz im Nacken, oder selbst in den Armen und Füssen, bemerkt man das Schwindligwerden bei Bewegung des Kopfes, ist der unruhige Schlaf mit Stöhnen, Aechzen, Auffahren verbunden, drückt das Kind im Schlafe den Hinterkopf recht fest ins Kissen hinein, so dass es schon den Anschein hat, als beginne es mit dem

Kopfe ins Kissen zu bohren, wechselt bei trockener Haut Frösteln mit Hitze ab, und zeigt sich endlich seine Gesichtsfarbe auffallend blässer, dann reiche man *Bryonia* 15, und zwar ebenfalls in wässriger Mischung, und lasse nach Umständen 2—3—4 stündig 2 Löffelchen davon nehmen. — Dies wäre die erste arzneiliche Hülfe, die sich gar häufig schon vollkommen bewährt hat, jedoch weitere arzneiliche Vorschriften zu ertheilen, halte ich für zu gewagt, da es der eigenen Anschauung des erfahrenen Arztes und seiner umsichtigen Beurtheilung bedarf, um bei solcher Sachlage unter den mannigfachen Arzneien eine vollkommen entsprechende Wahl zu treffen. — Ueberdies wäre noch zu erwähnen, dass dem kleinen Patienten die gehörige Ruhe gegönnt sei, und dass man ihm blos etwas leichte Milch und ganz dünne, schwache Fleischbrühe gestatte.

Der Kopfausschlag.

Dieses höchst lästige, den behaarten Theil des Kopfes einnehmende Uebel tritt in einer mehr oder minder bösartigen Form auf. Bei der gutartigen Form (Kopfraude) hat der Ausschlag seinen Sitz mehr am Hinterkopfe und verbreitet sich von da auf den Nacken, wobei auch die Hals- und Nackendrüsen geschwellt und mehr oder weniger schmerzhaft erscheinen. Auf der entzündlich gerötheten und etwas verdickten Kopfhaut gewahrt man kleine, runde Eiterblüthchen, die eine gelbliche, dickklebrige Feuchtigkeit enthalten, welche, wenn sie bersten, das Zusammenkleben der Haare und die Borkenbildung veranlassen, dabei auch einen dumpfigen, üblen Geruch verbreiten und dem Entstehen von Ungeziefer förderlich sind. Die bösartigere Form (böser Grind) befällt in der Regel mehr den vorderen Theil des Kopfes und erscheinen die Eiterblüthen grösser, gedrängter, und beim Platzen entleeren sie eine höchst übelriechende, gelblichgrüne Feuchtigkeit, die zu honigwabenartigen, ausgedehnten Krusten vertrocknet, unter welchen sich gewöhnlich auch Ungeziefer zu erzeugen pflegt. Die hier entleerte Feuchtigkeit zeigt eine viel ätzendere Beschaffenheit, indem sie den Haarboden zerstört und fressende Geschwüre bildet.

Ursachen.

Gewöhnlich liegt diesem Leiden eine normwidrige Säftemischung zu Grunde, die wir mit dem Namen „skrophulöse“ bezeichnen, welche grösstentheils einer, dem kindlichen Alter nicht entsprechenden Lebensweise, sowie vorzugsweise der vernachlässigten Hautpflege ihr Entstehen zu verdanken hat. Wollte man nur, bei Vorhandensein irgend eines skrophulösen Leidens eines Kindes überhaupt, die in der früheren Abtheilung umständlich und genau erörterten Vorschriften für eine natur- und zweckgemässe körperliche Erziehung einer aufmerksamen Durchsicht, und sein eigenes Vorgehen einer streng vergleichenden Prüfung unterziehen, so wird man gar leicht die mannigfachen Mängel und Fehler herausfinden, denen man die Schuld dieser von der Norm abweichenden Säftemischung beizumessen hat. Wenn überdies bei bereits vorhandener skrophulöser Disposition noch eine lokale Vernachlässigung der erforderlichen Reinlichkeit hinzutritt, dann kommt dieses Uebel um so sicherer und rascher zum Vorschein.

Heilverfahren.

Sowohl bei den leichteren als schwereren Fällen dieser Krankheitsform beginne ich gewöhnlich die Behandlung mit der Darreichung des *Rhus toxicodendron*, wovon ich den grösseren Kindern 2 Löffelchen einer Mischung aus 2—3 Tropfen der 15. Verdünnung in einem halben Glase Wasser in 3—4stündigen Zeiträumen nehmen lasse. Alsdann verabreiche ich eine Gabe *Sulphur* 30, der ich eine 5—6tägige Wirkungszeit einräume und dann abermals die frühere Arznei. Auf diese Weise mit diesen beiden Arzneien regelmässig wechselnd, ist es mir schon gar häufig gelungen die leichteren Kopfausschläge binnen einigen Wochen zur gründlichen Heilung zu bringen, während ich in selbst schwierigen Fällen, wo die bereits genannten Arzneien nicht ausreichten, von der Morgens und Abends verabreichten *Calcarea carbonica* 12, zu 6 Kügelchen ganz befriedigende Resultate erfahren habe. Auch von *Graphit* 30, habe ich bei nässenden, schorfigen, übelriechenden Kopfausschlägen gute Erfolge gesehen, doch wurde diese Arznei stets nur in 6—8 tägigen Zwischenräumen wiederholt. Liegt dem Kopfausschlage des Kindes eine von dem einen oder anderen Theile der Eltern oder von der Amme ererbte, spezifische Anlage zu Grunde, da bewährt sich die täglich zweimalige Anwendung des *Acidum nitricum* 6, und bei sehr hartnäckigen Kopfausschlägen habe ich mit dem inneren Gebrauche dieser Arznei auch gleichzeitig den äusseren verbunden, indem ich einen Tropfen der conzentrirten Säure mit einem halben

Glase Wassers vermischte und damit früh und Abends den Kopf waschen und wieder sachte abtrocknen liess.

Die scrophulösen Augenleiden.

Wenn Kinder öfters von Augenleiden überhaupt, in geringerem oder höherem Grade, entweder stets in einer und derselben oder auch in wechselnder Form befallen werden, so kann man mindestens schon annehmen, dass eine lymphatische Konstitution, eine Hinneigung zum skrophulösen Charakter vorhanden sei, jedoch wenn wir mit Bestimmtheit erklären sollen, dass das vorhandene Augenübel in skrophulösem Boden wurzle, dann müsste das Krankheitsbild dem eben zu entwerfenden gleichen, wobei noch zu bemerken kommt, dass die so verschiedenen Formen der skrophulösen Augenleiden selten nur vereinzelt vorkommen und meistens mehr, weniger entzündlicher Art sind. — In steter Rücksichtsnahme auf das doch enger begränzte, anatomische Wissen des Laien, musste ich es möglichst meiden jede einzelne Form des skrophulösen Augenleidens zur Sprache zu bringen, und soll auch die Bezeichnung der Symptome stets eine derartige sein, dass sie auch dem Nichtarzte leicht fassbar und verständlich wird. Ich glaube übrigens meine kleinen ärztlichen Rathschläge mit um so mehr Beruhigung ertheilen zu können, als es ohnedies nicht der Fall sein dürfte, dass Eltern ein leicht bedeutend werdendes Augenleiden längere Zeit blos der eigenen Behandlung unterziehen werden. — Im Allgemeinen erscheint die Symptomengruppe der gewöhnlichen, skrophulösen Augenentzündungen derartig, dass zumeist die innere Fläche der Augenlider geröthet und entzündet sich zeigt, wobei die Patienten, wenn sie sich schon auszudrücken vermögen, über ein mit Brennen abwechselndes Jucken klagen, welches später in anhaltendes Brennen mit Trockenheitsgefühl übergeht. Von der inneren Augenlidfläche und ihren daselbst befindlichen, kleinen Drüschen breitet sich alsdann die Entzündung auch auf die den Augapfel überziehende Schleimhaut aus. Vermöge des Gesetzes, dass die benachbarten gleichartigen Gebilde leicht in Mitleidenschaft gezogen werden, pflanzt sich nun die Entzündung mehr oder weniger auch auf die, im inneren Winkel des Auges gelegene Thränendrüse fort und veranlasst in ihr eine gewöhnlich bedeutend gesteigerte Absonderung heisser, scharfer Thränen, deren Ausfliessen für kurze Zeit den

Schmerz etwas mindert. Auch die, die Augenlider und dem Augapfel überziehende Schleimhaut, sowie die kleinen Augenliddrüschen beginnen einen dünnen, ätzenden, gerinnbaren Schleim abzusondern, der, wenn er nicht bald beseitigt wird, die Wimpern büschelförmig zusammenklebt und zu feinen, harten Krusten erhärtet. Diejenigen Stellen, welche mit der copiös abgesonderten, scharfen Flüssigkeit in Contact gerathen, als, die Ränder der Augenlider, die Nasenschleimhaut, die Oberlippe schwellen an, werden roth und glänzend. Bei hochgradiger Entzündung erscheint sowohl an der inneren Augenlidfläche als am Augapfel eine dunkle Röthe. Mit diesen mehr oder weniger entwickelten Symptomen verbindet sich gleich anfangs eine sehr bedeutende Empfindlichkeit für Lichtreiz, die mit dem zu Anfang noch geringem Entzündungszustande in keinem Verhältnisse steht und als krampfhafte Zusammenziehung der Augenlider meist zu betrachten ist. Will man die durch den Krampf festgeschlossenen Augenlider öffnen, was übrigens aufs Nachdrücklichste widerrathen werden muss, so schlagen sich die Augenlidränder nach aussen um, und man kann weder den Augapfel bei dieser Manipulation gehörig betrachten, da er sich krampfhaft nach oben bewegt. Eine die scrophulöse Augenentzündung gewöhnlich begleitende Erscheinung ist die Bildung von Bläschen und Geschwürchen auf der vorderen, durchsichtigen Hornhaut, wodurch sehr leicht Narben, sowie durch die Ausschwitzung während der Entzündung Verdunklungen und Flecken an der Hornhaut sich zu bilden pflegen. Gewöhnlich treten des Morgens die Verschlimmerungen ein, die am Tage sich stets steigern, bis sie am Abende bei eintretender Dunkelheit wieder wesentlich nachlassen. Noch gibt es gewisse Formen von scrophulösen Augenleiden, wo vorzugsweise nur einzelne Theile des Auges von der Entzündung ergriffen werden, so z. B. die Augenwinkel, die Thränendrüse, der Thränkensack, doch eine am häufigsten vorkommende Form ist das sogenannte „Gerstenkorn", das eine kleine, genau begrenzte rundliche Entzündungsgeschwulst bildet, die ein Augenliddrüschen betrifft und gewöhnlich die Grösse eines Gerstenkornes, mitunter auch selbst die einer Erbse erreicht, und am Rande des Augenlides, zumeist des oberen ihren Sitz zu haben pflegt. Wenn auch das Gerstenkorn an und für sich, sowohl in seinem schnelleren als langsameren Verlaufe als ganz gefahrlos zu betrachten ist, so dürfte doch die besondere Neigung desselben öfters wiederzukehren besonders hervorzuheben sein, da eben dieser Umstand den Arzt bestimmen muss enie gründlichere Heilung anzustreben.

Ursachen.

Eine Augentzündung im Allgemeinen kann sehr leicht veranlasst werden durch eine Erkältung, durch den mechanischen Reiz eines zufällig an das Auge gelangten fremden Körpers, durch zu angestrengte Beschäftigung der Augen, durch zu starke Stuben- oder Sonnenhitze, um dass sie aber das Gepräge des scrophulösen Charakters an sich trage, muss sie einen Organismus treffen, dessen Säftemischungsverhältnisse ganz eigenthümlich normwidrig sind. Hat der Arzt eine Augenentzündung bei einem übrigens vollkommen gesunden Kinde zu behandeln, er gibt, jenachdem die Beschwerden des Patienten lauten, jenachdem die sichtbaren Erscheinungen am kranken Auge es erheischen *Aconit, Belladonna* oder *Euphrasia*, und siehe da binnen wenigen Tagen ist das Leiden gehoben, wo jedoch jene missliebige scrophulöse Anlage das ganze Krankheitsbild in einem anderen Lichte erscheinen lässt, da reichen diese Mittel keineswegs aus und es muss bei der Wahl der Arzneien stets die scrophulöse Grundlage im Auge behalten werden. Somit ist die scrophulöse Anlage die Ursache, dass die auf irgend eine der gewöhnlichen Veranlassungen entstandene Augenentzündung eben diesen und keinen anderen Charakter annehmen muss. Entweder ist es die den ganzen Körper von aussen umkleidende Hautdecke, oder die seine Innseite überziehende Schleimhaut, oder endlich das mit diesen beiden häutigen Ausbreitungen so nahe verwandte Drüsensystem, woselbst die scrophulöse Säftemischung ihre krankhaften Aeusserungen kundgibt. Hat ein Kind mit scrophulöser Anlage eine Schnitt- oder Brandwunde erlitten, so kann man sicher darauf rechnen, dass die Heilung nicht so ganz rasch vor sich gehen werde. Tritt bei einem scrophulösen Individuum in Folge einer Erkältung eine Entzündung der Mandeln auf, so kann man im Vorhinein überzeugt sein, dass die Entzündung langsam verlaufen und überdies nach gänzlich gehobener Entzündung durch lange Zeit eine Verdickung, Anschwellung der Schleimhaut, eine Vergrösserung der Mandeln zurückbleiben werde, und sowie sich bei diesen erwähnten Krankheitszuständen es zeigt, dass das ergriffen gewesene Organ nur mühselig und zumeist unvollkommen seine Integrität wiedererlangen könne, so ist dies eben auch bei der Augenentzündung eines scrophulösen Kindes der Fall. — Hat das Scrophelleiden auf der äusseren Haut, an welchem Theile immer, sei es in dieser oder jener Ausschlagsform sein krankhaftes Produkt abgelagert, und es wäre dann leider gelungen durch Anwendung äusserer, unzweckmässiger Mittel, als mannigfacher Salben und Wässer diesen Hautausschlag zum Abtrocknen und endlich zum Verschwinden zu bringen, so ist es eine durch vielfältige Erfahrungen constatirte Thatsache, dass der von der Hautdecke gebannte Krankheitsprocess gewöhnlich auf die Schleimhaut übertragen wird, und in den Fällen namentlich, wo die krankhafte Eruption früher auf der äusseren Haut der oberen Körpertheile, als des Kopfes, des Ohres, des Gesichtes ihren Sitz gehabt, ist es gewöhnlich die Schleimhaut des Auges, die eben dadurch dem Erkranken preisgegeben wird.

Heilverfahren.

Ich habe bereits oben erwähnt, dass eine Augenentzündung mit scrophulösem Charakter durch die Anwendung des *Aconit* und der *Belladonna*, sowie der *Euphrasia* sehr wenig oder gar keine Besserung erfährt. Es ist dies eine Erfahrungssache, von deren Wahrheit ich mich sehr häufig zu überzeugen Gelegenheit hatte. Entspricht das Wesen der Arznei nicht auch der hier vorhandenen, scrophulösen Grundlage, so ist auf ihre Wirkung und namentlich auf eine anhaltendere durchaus nicht zu zählen, und eben darum kann es uns auch nicht befremden, dass bei Heilung der scrophulösen Augenleiden die aus dem Pflanzenreiche entnommenen Arzneistoffe nicht genügen, wir müssen Mittel haben, die tiefer in das vegetative Leben eingreifen und da wären es vorzugsweise vier die sich in solchen Krankheitsfällen aufs Trefflichste bewähren und zwar: *Antimonium crudum*, *Hepar sulphuris*, *Mercurius corrosius* und *Natrum muriaticum.* Im ersten Beginne des Augenleidens, wo nur bei leichter Röthe der inneren Fläche der Augenlider etwas vermehrte Schleimabsonderung mit nächtlichem Verkleben der Augen und etwas Lichtscheu vorhanden, da rathe ich zu *Antimon crudum*, in der 3. Verreibung Zuflucht zu nehmen, und früh und Abends eine halblinsengrosse Dosis zu reichen. In höheren Graden der scrophulösen Augenentzündung, wo man das oben bezeichnete Krankheitsbild wiederfindet, da gebe ich vorerst gewöhnlich *Hepar* 3, früh und Abends halblinsengross, und wenn nach wenigen Tagen nicht auffallende Besserung, namentlich in Bezug auf die Schmerzgefühle und auf die so ungemein heftige Lichtscheu sich zeigt, so gehe ich unverzüglich zur Darreichung des *Mercurius corrosisus* 3, über, von dem ich in schweren Fällen 3 Mal des Tages eine Dosis, abermals von der Grösse einer halben Linse nehmen lasse. Wenn die scrophulöse Augenentzündung nach 2—3 Tagen wesentlich gebessert erscheint, die Schmerzen sowohl als die Lichtscheu beinahe vollkommen gewichen sind, jedoch das vorhandene Symptomenbild noch derartig erscheint, dass es noch immer deutlich genug an die vorhergegangene heftige Entzündung der Schleimhaut mit bedeutend erhöhter Nervosität erinnert, indem einerseits bei geminderter Röthe sowohl die Thränen- als Schleimabsonderung in ziemlichem Grade fortbesteht, und andererseits bei wesentlich verringerter Lichtscheu doch noch häufig genug mancherlei krampfhafte Erscheinungen, namentlich an den Augenlidern als Fippern, Zittern, etwas Zusammenziehen zum Vorschein kommen, dann kenne ich eigentlich nur ein Mittel, das durch seine specifische Heilkraft sich ganz besonders auszeichnet, und dies ist das *Natrum muriaticum*, wovon ich 3 Mal des Tages zu 6 der grösseren Kügelchen der 12. Verdünnung reichen und überdies jeden Morgen den ganzen Körper mit einer ziemlich starken Salzlösung (ein gehäufter Kaffeelöffel auf ein Glas Wasser) ganz tüchtig abreiben lasse. Anstatt des gewöhnlichen Küchensalzes pflege ich häufig das Meersalz zu verwenden und glaube mich nicht zu täuschen, wenn ich diesem eine etwas grössere Wirksamkeit zuschreibe. — Doch alle diese Mittel, so heilkräftig sie auch erscheinen, werden durchaus keinen andauernden Heileffekt zu Stande bringen, wenn sie nicht in einer zweckmässigen Diät und in einem naturgemäss geregelten Verhalten eine kräftige Unterstützung finden. Dass man während des Zeitraumes, wo die Entzündung auf ihrem Höhepunkte sich befindet, nur eine leichte Suppendiät gestatten könne, und übrigens den Genuss des Kaffees und des Bieres streng zu untersagen habe, dürfte wohl nicht erst einer Erwähnung bedürfen, und hätte ich nur noch zu bemerken, dass sogleich bei eintretender Besserung auch die Nahrung allmählig eine kräftigere, ausgiebigere sein könne, und wolle man übrigens in dieser Beziehung im vorangehenden diätetischen Theile dieser Schrift sich Rath erholen. Noch hätte ich in Betreff der Behandlung des Gerstenkornes mein, von dem anderer Aerzte vielleicht etwas differirendes Verfahren mitzutheilen, zu dessen Gunsten jedoch eine so bedeutende Anzahl von günstigen Erfolgen spricht, dass ich es unbedingt aufs Nachdrücklichste empfehlen kann. Selbstverständlich muss vor Allem auf die Darreichung specifischer Arzneien, die der scrophulösen Grundlage dieses Leidens kräftig entgegenwirken und dessen öftere Wiederkehr verhüten, ganz besonderes Gewicht gelegt werden, und nenne ich hier vorzugsweise die *Pulsatilla* 15 und *Calcarea carbonica* 15, die gewöhnlich in dergleichen Fällen die erwünschten Dienste leisten, und zwar pflege ich während des Vorhandenseins dieser kleinen Drüsenentzündung 2—3 Tropfen der *Pulsatilla* mit einem halben Glase Wasser zu mischen und 3—4stündig zu 2 Kaffeelöffeln zu reichen. Nach gehobener Entzündung wird durch einen Zeitraum von 3—4 Wochen mit kleinen Unterbrechungen die *Calcarea* früh und Abends zu 6 grösseren Kügelchen gereicht. Für den Fall, dass man nur ein kleines Drüsenknötchen bemerkt, das nur sehr wenig oder gar keine Tendenz in Eiterung übergehen zu wollen zeigt, wende ich in der Regel die *Staphisagria* an, von der ich Morgens und Abends 6 Kügelchen der 15. Verdünnung verabreichen lasse, und in allen Fällen nehme ich nebstbei zu kleinen, nasskalten, erregenden Umschlägen, die stets gut bedeckt sein müssen, um gehörig erwärmt zu werden, meine Zuflucht, und müssen selbe, jenachdem die mehr oder minder lebhafte Entzündung es erheischt, in halb- bis zweistündigen Zwischenräumen erneuert werden, und dass auf solche Weise die bevorstehende Eiterung ungemein beschleunigt und in den selten sich ergebenden Fällen der zu ermöglichenden Zertheilung oder Aufsaugung selbe viel rascher bewerkstelligt wird dürfte man in einem vorkommenden Falle sich hinreichend zu überzeugen Gelegenheit finden.

Das Schielen der Kinder.

Das Schielen besteht in einer fehlerhaften Stellung der Augen, wo bei Betrachtung irgend eines Gegenstandes selbe nicht gleichförmig nach einem und demselben Punkte gerichtet sind. Gewöhnlich ist es nur ein Auge, welches diese normwidrige Richtung anzunehmen pflegt; jedoch im ersten Beginne dieses Uebelstandes wird man häufig bemerken, dass die Kinder bald mit dem einen, bald mit dem anderen Auge zu schielen scheinen. So lange die Kinder in Folge einer ernsteren Ermahnung die Augen wieder in die vollkommen normale Richtung zu bringen im Stande sind, kann man sich ganz getrost der Hoffnung hingeben, dass bei zweckmässigem Verfahren dieser Uebelstand bald gehoben sein werde, doch wo nach monatlanger Vernachlässigung das Kind nicht mehr ganz regelrecht die Augen zu richten vermag, da müsste man sich allerdings zufrieden stellen, wenn es nach Monaten erst gelingt das Uebel wieder vollkommen zu beseitigen.

Ursachen.

Ich werde nicht in Abrede stellen, dass unter dem Einflusse gewisser Aussenverhältnisse das Schielen oder mindestens die Anlage dazu leicht veranlasst werden könne und namentlich gilt dies von ganz kleinen Kindern, deren Bettchen insofern unzweckmässig gestellt sind, dass das, stets von der einen Seite einfallende Tages- oder Kerzenlicht sie geneigt macht nach dieser Richtung hin das eine Auge zu wenden, doch würde ich meiner Erfahrung zufolge, und namentlich bei etwas grösseren Kindern ein ganz besonderes Gewicht auf das Vorhandensein einer anderen, auf normwidrige, innere Zustände beruhenden Ursache legen. Vom zweiten Lebensjahre angefangen erscheinen nicht selten bei Kindern und namentlich bei solchen, die mit Würmern oder scrophulöser Disposition behaftet sind, gewisse unwillkührliche Muskelbewegungen, die den einen oder den anderen Theil des Körpers befallen, und nach Verschiedenheit des Sitzes eben durch verschiedene Symptome sich kundgeben. Das Schielen, das Blinken mit den Augenlidern, das Stottern, das nächtliche Bettpissen, die mehr oder minder heftigen unfreiwilligen Bewegungen der am Veitstanze Erkrankten, sämmtlich Aeusserungen unwillkührlicher Muskelaktion. Und somit wolle man auch bei schielenden Kindern die ursächlichen Beziehungen einer Anlage zur Wurmbildung und Scrophelleiden nie übersehen.

Heilverfahren.

Um bei ganz kleinen Kindern schon die Neigung zum Schielen zu verhüten und die bereits etwa vorhandene Anlage zu heben, muss das Bettchen so gestellt werden, dass nicht die stärkeren Lichtstrahlen stets von einer und derselben Seite auf dasselbe fallen, auch dürfen hellglänzende, zu ihrer Seite befindliche Gegenstände sie nicht veranlassen im Wachliegen stets nach der einen Seite zu blicken, da sie wegen der geringeren, freien Beweglichkeit des Kopfes leicht gewöhnt werden das eine Auge mehr seitwärts zu wenden. In Betreff des beginnenden Schielens der etwas grösseren Kinder, das mir stets zu beseitigen gelang, kann ich nachdrücklichst den Gebrauch der *Pulsatilla* und falls diese nicht ausreicht die *Cina* empfehlen. Man reicht jeden Morgen 4—6 Kügelchen der 15. Verdünnung der ersteren Arznei und wenn binnen 8 Tagen keine wesentliche Besserung zu bemerken wäre, so wolle man Morgens und Abends einen Tropfen der 1. Verdünnung der *Cina* in einen Esslöffel Wasser nehmen lassen, und dabei die Diät derartig regeln, dass die mehlige Kost möglichst gemieden werde, und rücksichtlich des übrigen Verhaltens möge selbes genau den im diätetischen Theile gegebenen Vorschriften entsprechen. Aber nicht nur das Schielen, sondern auch das bei Kindern öfters vorkommende Blinken mit den Augen, das man blos als üble Gewohnheit zu betrachten pflegt, sowie das beginnende Stottern werden durch dasselbe Verfahren bald und sicher beseitigt.

Die Ohrenentzündung.

Auch das Gehörorgan, sowohl dessen äusserer, sichtbarer Theil, als das innere Ohr selbst pflegt häufig der Sitz mancher krankhaften Erscheinungen zu sein, von denen namentlich die entzündliche Affektion desselben mit bedeutenden Schmerzgefühlen verbunden auftritt, deren Intensität um so bedeutender erscheint, je mehr die Entzündung in der Tiefe des Ohres ihren Sitz hat, und ist dies der Fall, so wird die Krankheit auch eine höchst gefahrdrohende. Je jünger die von diesem Leiden befallenen Kinder sind, desto schwieriger ist das Erkennen dieser Krankheit, und doch hängt sehr viel davon ab, dass der Sitz des Leidens so rasch als möglich erkannt werde, um einerseits das von ungemein heftigem Schmerze gepeinigte Kind baldmöglichst davon befreien zu können, und andererseits durch die rasche Anwendung der entsprechenden arzneilichen Hilfe das Fortschreiten der Entzündung verhindern und die damit verbundene, drohende Gefahr abwenden zu können. Wenn ein noch kleines Kind, dem noch die Gabe fehlt, den Sitz eines Leidens anzugeben durch äusserst heftiges Schreien ein hochgradiges Schmerzgefühl ausdrückt, und nicht etwa die Anwesenheit anderer Symptome mit Bestimmtheit auf das Vorhandensein eines anderen Leidens schliessen lässt, da möge man ja nicht verabsäumen an die Möglichkeit eines etwa vorhandenen Ohrleidens zu denken, wodurch man alsdann zur genauen Besichtigung des äusseren und inneren Ohres veranlasst wird, die uns in den meisten Fällen den gewünschten Aufschluss zu geben vermag. Ich sage mit Absicht „in den meisten Fällen“, da bei Kindern auch ein schmerzhaftes Ohrleiden vorzukommen pflegt, wobei weder die äussere noch die innere Untersuchung des Ohres etwas Normwidriges zeigt, und dies ist das nicht selten vorkommende Ohrenstechen, wobei jedoch die Kinder plötzlich stark aufzuschreien pflegen und nach einiger Zeit sich wieder beruhigen, was z. B. bei Kolikschmerzen nicht der Fall ist, indem die Kinder den allmählig eintretenden Schmerz erst durch Verziehen des Gesichtes und endlich bei dessen starker Zunahme durch heftiges Schreien kundgeben. Die äussere Ohrenentzündung wird durch die Untersuchung wohl leicht ermittelt, sie ist an der mehr oder minder auffallenden Röthe vorzugsweise der freien Ohrseite zu erkennen, wobei gewöhnlich auch die kleinen Ohrdrüschen mit afficirt werden und den Ausfluss einer dünneren oder dickeren, schleimigen, eiterartigen, mitunter etwas röthlichen Feuchtigkeit von üblem Geruche veranlassen. Auch bemerkt man öfters gegen den Eingang des Ohres kleine durchsichtige oder eitrige Bläschen, welche letztere hin und wieder von grösserem Umfange erscheinen und kleine Ohrabcesse bilden. Die äussere Ohrentzündung ist in der Regel nicht mit so ungemein heftigen Schmerzen verbunden, es müsste denn der Fall sein, dass sie sich auch in die Tiefe des Ohres verbreitet, wo gewöhnlich etwas Fieber gleichzeitig aufzutreten pflegt. — Die innere Ohrentzündung gibt sich namentlich durch auffallende Schmerzäusserungen zu erkennen. Die Kinder schlafen sehr unruhig, fahren oft mit einem durchdringenden Schrei aus dem Schlafe auf, weinen dann ganz kläglich, werden durch Schaukeln in den Armen nicht besänftigt, scheinen für Geräusch höchst empfindlich und werden eben dadurch stets von Neuem zum Weinen und Schreien veranlasst. Sind die Kinder bereits mehrere Monate alt, so drücken sie im Liegen die kranke Kopfseite in das Kissen hinein. Zeigt man die Absicht das leidende Ohr zu untersuchen, so weinen sie bitterlich. Sie sind grossentheils, falls sie noch aus der Brust ihre Nahrung nehmen, im Saugen sehr gestört, da jeder Saugversuch den Schmerz bedeutend steigert, so dass sie sogleich die Warze wieder fahren lassen, und durch heftiges Schreien und Umsichschlagen den erneuten Schmerz zu erkennen geben. Im Verlaufe dieser Entzündung pflegt sich gewöhnlich auch ein mitunter bedeutender Ohrausfluss einzufinden. Mit diesem Zustande ist stets auch mehr oder weniger Fieber verbunden. Je älter die Kinder sind, desto leichter wird das Erkennen dieser Krankheit und desto genaueren Aufschluss kann man auch in Betreff der Art der Schmerzen erlangen.

Ursachen.

Die häufigste Veranlassung zur Entstehung der Ohrenentzündung im Allgemeinen gibt die Erkältung ab, obwohl man behaupten will, dass bei neugeborenen Kindern, die von innerer Ohrenentzündung befallen werden, die im Ohre angesammelte käsige Masse, wie sich selbe auch bei manchen besonders stark auf der äusseren Haut zeigt, durch ihr längeres Verbleiben daselbst verdirbt, und als fremdartiger Reiz die Entzündung der Schleimhaut hervorruft. Nicht selten rührt die Entzündung von zufällig ins Ohr gelangten Insekten her, sowie bei älteren Kindern auch fremde Körper im Ohre, als Bohnen, Erbsen u. s. w. die Entzündung verursachen können. Ueberdies wäre noch zu erinnern, dass das, durch unzweckmässige äussere Mittel rasch zur Abtrocknung gebrachte Wundsein oder Nässen hinter dem Ohre häufig die intensivsten Reizungs- und Entzündungszustände im Inneren des Gehörorganes veranlasse. Endlich ist es öfters auch der Zahnentwicklungsprozess, sowie mannigfache fieberhafte Hautausschläge, die zur Entstehung dieses Leidens Gelegenheit bieten.

Heilverfahren.

Gegen das gewöhnlich in Folge einer Erkältung erscheinende Ohrenstechen und Reissen der Kinder gebe ich gewöhnlich mit bestem Erfolge *Dulcamara* 6 in Zwischenräumen von 2—3 Stunden, den kleinen Kindern zu 2 Kügelchen, den grösseren zu einem Kaffeelöffel von einer Mischung von 2 Tropfen *Dulcamara* auf einen Kaffeebecher Wasser. Sollte wider Vermuthen diese Arznei ihre Dienste versagen, so gebe ich *Spigelia* oder *Pulsatilla* auf dieselbe Weise wie die früher genannte Arznei. Namentlich finde ich *Spigelia* dann passend, wenn das Kind während des Schlafes blos, plötzlich des heftigen Stiches halber aufschreit. — Wo zu muthmassen wäre, dass ein Insekt ins Ohr gelangt ist, wobei der Schmerz gleichförmig fortbesteht, und grössere Kinder anzugeben vermögen, dass sie fühlen, es bewege sich etwas im Ohre, da wäre es nöthig 1—2 Tropfen reines Mandelöl ins Ohr zu träufeln, worauf das Insekt sogleich abstirbt, und nach gehobenem Schmerze durch öfteres, sanftes Einspritzen wenig lauen Wassers entfernt wird. Wo andere fremde Körper im Ohre den Reizungszustand unterhalten, da muss ein vernünftiges, chirurgisches Verfahren dieselben sanft zu entfernen bemüht sein. Ist eine äussere oder innere Ohrenentzündung vorhanden und sind die Ursachen möglichst beseitigt, dann kann ich meiner Erfahrung zufolge die *Pulsatilla* als das wirksamste und selbst für jene Fälle passendste Mittel empfehlen, wo auch die benachbarten Drüsen bedeutend in Mitleidenschaft gezogen sind, und gleichzeitig ein ätzender, eiterartiger Ausfluss aus dem Ohre statthat. Ich pflege gewöhnlich 2—3 Tropfen der 15. Verdünnung dieser Arznei mit einem halben Glase Wasser zu mischen und davon nach Umständen in 3—4 stündigen Zwischenräumen zu 2 Kaffeelöffeln zu reichen, worauf alsbald ein bedeutender Nachlass der mitunter höchst schmerzhaften Entzündungssymptome gewahrt wird, und ist dieser zu Stande gebracht, so wird auch die Arznei in längeren Zwischenräumen zu verabreichen sein. Sollte das sich zeigende Symptomenbild durch gleichzeitig vorhandene, heftige Congestionen zum Kopfe, durch Delirien auf das Mitergriffensein des Gehirns hindeuten, da würde ich jedenfalls *Belladonna* 30, vorziehen und selbe 2—3 Mal des Tags zu 2 Kaffeelöffeln der wässerigen Mischung anwenden. Zeigt sich dabei das Innere des Ohres in Folge der ätzenden Beschaffenheit des Ausflusses wund und förmlich hautlos, dann reiche ich *Belladonna* und *Mercurius solubilis* 3 in 2—3 stündigem Wechsel, letzteres zu einer halblinsengrossen Gabe. Die Heftigkeit der Lokalentzündung, das Mitergriffensein benachbarter Organe, eine gleichzeitig vorhandene, mehr oder minder auffallende Fiebererregung gebieten vor Eintritt einer deutlich bemerkbaren Besserung, selbst bei grösseren Kindern die Diät blos auf dünne Suppe und Milch zu beschränken.

Die innere Nasenentzündung.

Ein krankhafter Zustand der im kindlichen Alter nicht selten aufzutreten pflegt und gewöhnlich einen etwas längeren Verlauf zeigt, ist die Entzündung der das Innere der Nase umkleidenden Schleimhaut, wobei zumeist auch die skrophulöse Disposition mit im Spiele sein dürfte, zumal, wo das Leiden sich hartnäckiger zeigt. Im ersten Beginne anscheinend als Schnupfen auftretend entwickelt sich allmählig erst der eigentliche Charakter des Uebels, indem mit dem Anschwellen der inneren Nasenschleimhaut auch gleichzeitig die äussere Nase mehr oder weniger anschwillt, woran allmählig auch die Oberlippe theilnimmt. Die Nasenlöcher sind blass geröthet und wund, ein Aehnliches bemerkt man im Inneren der Nase mit gleichzeitiger Bildung von kleinen Eiterbläschen, die sich zu Schorfen umgestalten, wodurch das Reinigen der Nase ungemein schmerzhaft wird. Je höher hinauf gegen die Wurzel der Nase dieser innere Entzündungsprozess sich erstreckt, desto kopiöser erscheint der Ausfluss eines dünneren oder dickeren, oft eiterartigen Schleimes, der mitunter einen höchst unangenehmen Geruch verbreitet. Ein diesen Zustand der inneren Nase öfters begleitendes Symptom ist eine Auflockerung der Nasenknochen, in Folge deren das Nasengerüste etwas schärfer markirt erscheint.

Ursachen.

Die veranlassende Ursache dieses Nasenleidens ist in der Regel wohl eine Erkältung, durch welche ein katarrhalischer Reizungszustand, ein Schnupfen zu Stande gebracht wird, der jedoch unter dem Einflusse einer skrophulösen Disposition tiefer greift, und das eben bezeichnete Symptomenbild erscheinen lässt.

Heilverfahren.

So wie ich im Allgemeinen beim ersten Entstehen eines Schnupfens zur *Nux vomica* meine Zuflucht zu nehmen gewohnt bin, so pflege ich dies auch in diesem Falle zu thun, jedoch wo in früherer Zeit schon die skrophulöse Anlage sich bemerkbar machte, da ziehe ich es vor täglich eine Gabe *Mercurius solubilis* 3, zu reichen und falls der mehrtägige Gebrauch dieser Arznei nicht wenigstens einen Beginn der Besserung erkennen lässt, so wolle man von *Hepar sulphuris* 3, früh und Abends eine halblinsengrosse Gabe nehmen lassen, worauf alsbald eine vortheilhafte Aenderung eintreten wird. In sehr bösen Fällen, wo stets ein übler Geruch aus der Nase vorhanden, die Nasenlöcher geschwürig, das Innere der Nase mit Schorfen besetzt ist, und unter Schmerzgefühl blutiger, eiterartiger Schleim herausbefördert wird, da leistet *Acidum nitricum* 6, 2—3 Tropfen in einem halben Glase Wasser, 3—4 stündig 2 Löffelchen davon, die erwünschten Dienste, und pflege ich nach mehreren Tagen bei begonnener Besserung nebenbei auch äusserlich dieselbe Arznei anzuwenden, indem ich einen Tropfen der reinen Salpetersäure (*Acidum nitricum*) mit einem halben Glase Wasser mische und Morgens und Abends mittelst eines Charpiepinsels das Innere der Nase damit befeuchten lasse. Man könnte auch diese Mischung aus irgend einer Apotheke nehmen, indem man einen Tropfen mit 6 Unzen Wasser mischen lässt.

Die Rachen- und Mandelentzündung.

Wenn Kinder bei übrigens gutem Befinden über Schmerz beim Schlingen klagen und bei ihren Schlingversuchen das Gesicht stets schmerzhaft verziehen, so kann man aus diesen Symptomen schon mit Sicherheit schliessen, dass eine entzündliche Affektion im Rachen vorhanden sei. Mehr Schwierigkeiten bietet öfters die genaue Ermittlung, ob die Entzündung im Gaumenvorhange oder blos im Zäpfchen oder vorzugsweise an den Mandeln ihren Sitz habe, da man bei der Untersuchung des Halses bei Kindern mitunter auf bedeutende Schwierigkeiten stösst; jedoch vermag der aufmerksam beobachtende Arzt selbst ohne Besichtigung dieser kranken Theile aus der eigenthümlichen Gestaltung der Symptome mit grösster Wahrscheinlichkeit die Stelle anzugeben, die von der Entzündung vorzugsweise ergriffen sein möge. Ist der Gaumenvorhang entzündet, so pflegen die Kinder beim Schlingen selbst beim Leerschlingen den Mund etwas breit zu ziehen, und den Kopf etwas vorzuneigen, jedoch ist die Stimme wenig oder gar nicht verändert, während bei der Mandelentzündung die Schlingbeschwerden wohl fast dieselben zu sein scheinen, doch der Ton der Stimme deutet auffallend auf ein Vollsein, auf eine Geschwulst im Halse hin. — Ist blos das Zäpfchen geschwollen und gleichzeitig etwa verlängert, so werden öfters Schlingversuche gemacht, die eben nicht sehr schmerzhaft sind, doch scheint es ihnen immer als müssten sie einen fremden Körper hinabdrücken oder hinabschlingen. Eine andere Art der Halsentzündung bei Kindern ist die, wo der Schmerz nicht bedeutend, die Untersuchung daher auch leichter vorzunehmen ist, wobei man die Schleimhaut nur leicht geröthet und auf derselben öfters 1—2 linsengrosse weise Flecke bemerkt, die als ganz oberflächliche Geschwürschen erkannt werden. Im Allgemeinen ist selten Fieber damit verbunden, und wenn dies hin und wieder der Fall, so erreicht es in der Regel fast nie einen hohen Grad, wenn die Halsaffektion nicht etwa als Symptom eines akuten Ausschlagsleidens auftritt.

Ursachen.

Die Halsentzündung der Kinder, wenn sie nicht als Symptom einer anderen Krankheit erscheint, wird gewöhnlich durch eine Erkältung erzeugt, was namentlich dann um so sicherer und häufiger der Fall ist, wenn zur Winterszeit durch zu starke Stubenhitze, durch zu warme Bedeckung des Halses selber für den Einfluss der rauhen Witterung zu empfindlich gemacht wird.. Ueberdies pflegen Kinder, die mit skrophulöser Anlage behaftet sind auch diesem Uebel um so häufiger unterworfen zu sein.

Heilverfahren.

Zu Anfange jeder Halsentzündung pflege ich in der Regel *Aconit* 15, zu reichen, und zwar in wässeriger Verdünnung 1—2stündig zu 2 Löffelchen, und da gewöhnlich, mindestens im Beginne des Leidens, sehr wenig oder gar kein Fieber damit verbunden, so begnüge ich mich damit die Kinder blos im gleichförmig temperirten Zimmer verhalten zu lassen, um die, die äussere Haut zu grösserer Thätigkeit anregende Wirkung des *Aconit* nicht zu stören, lasse die Diät etwas spärlicher einrichten und den Fleischgenuss sowie Kaffee und Bier meiden. Wäre der Zustand nach Verlauf von 24 Stunden ganz unverändert geblieben, so nehme ich nebstbei unbedingt zur Anwendung nasskalter, erregender Umschläge meine Zuflucht, da durch die in Folge ihrer Nachwirkung merkbar erhöhte, lokale Hautthätigkeit die Heilung wesentlich unterstützt, die Entzündung um so eher gebrochen wird. Ich lasse zu diesem Behufe ein in mässig kaltes Wasser getauchtes leinenes Kindertaschentuch auf 2 Finger Breite zusammenlegen und an die oberste, vordere Halsparthie von einem Ohre bis zum anderen appliziren, und ein anderes grösseres Taschentuch, das in Form eines gewöhnlichen Herrnhalstuches auf mindestens 3 Finger Breite zusammengelegt ist, darüber binden, so zwar, dass die nasse Compresse, sowohl nach auf- als abwärts ganz gehörig bedeckt ist. Dieses Verfahren wird nach Maassgabe der langsameren oder rascheren Erwärmung des kalten Umschlages in $^1/_2$ oder $^3/_4$ stündigen Zeiträumen erneuert und damit ununterbrochen, ausgenommen zur Nachtszeit, wo die Erneuerung nur bei gestörter Nachtruhe statthat, fortgefahren, bis die Entzündung vollkommen gehoben ist. Wird die innere Behandlung durch die Anwendung dieses äusseren Mittels zeitig genug unterstützt, so gelingt die Heilung gewöhnlich binnen 24—48 Stunden und selbst bei Vorhandensein einer tiefer gehenden Mandelentzündung wird selbe so leicht nicht ihren Ausgang in Eiterung nehmen. Rücksichtlich der Wahl der innerlich zu verabreichenden Arzneien hätte man bei jeder, heftig auftretenden Halsentzündung, möge selbe blos den Gaumenvorhang oder auch die Mandeln, oder blos diese allein betreffen und namentlich wenn die Schlingbeschwerde sehr bedeutend, das Wenden des Kopfes, das Befühlen des Halses den Schmerz steigert stets *Belladonna* 15, in wässeriger Mischung 2—3 Tropfen auf $^1/_2$ Glas Wasser, nach Heftigkeit der Beschwerden in 3—5 stündigen Zwischenräumen zu 2 Kaffeelöffeln zu reichen. — Gleichzeitig vorhandenes Fieber dürfte uns bestimmen mit *Belladonna* und *Aconit* 2 stündig zu wechseln, und jedenfalls müsste der kleine Patient wie bei jeder fieberhaften Aufregung im Bette verbleiben. In jenen Fällen, wo bei minderer Heftigkeit der Schmerzen, die Besichtigung des Rachens gelingt, wobei die erwähnten oberflächlichen Geschwürchen zumeist an einer oder selbst beiden Mandeln, bei nicht bedeutender Röthe und Geschwulst derselben, bemerkt werden, überdies gewöhnlich gleichzeitig auch häufiger Zusammenfluss zähen Speichels vorhanden ist, der zum steten Schlingen und Ausspucken nöthigt, reiche man *Mercurius solubilis* 3, dreimal des Tags eine halblinsengrosse Gabe und sollte diese Arznei ihre Dienste versagen, so wähle man das *Acidum nitricum* 6, in wässeriger Mischung, 2—3 Tropfen auf $^1/_2$ Glas Wasser, und lasse 2—3 mal des Tags 2 Kaffeelöffel voll nehmen. Auch *Ignatia* habe ich einmal in einem ähnlichen Falle mit auffallendem Nutzen angewandt. Es betraf dieser Fall ein äusserst zart gebautes, 5 jähriges Mädchen, bei dem beide Mandeln entzündet waren, doch weder die Röthe noch die Geschwulst zeigten sich in bedeutenderem Grade und auf jeder Seite war ein mehr als linsengrosses Geschwürchen zu bemerken. Auffallend war die Erscheinung, dass trotz des nicht hohen Entzündungsgrades die Schlingbeschwerde doch sehr hochgradig war, und eben dieses Symptom bestimmte mich vorzugsweise *Ignatia* 15, in 3—4 stündigen Zwischenräumen zu mehreren Kügelchen zu reichen und bis zum nächsten Tage war die so heftige Schlingbeschwerde vollkommen beseitigt, und 2 Tage später waren auch die Geschwürchen verschwunden. Ergibt die Untersuchung des Halses, wo selbe ausführbar, dass die Entzündung sich auf das Zäpfchen konzentrirt habe, ist selbes roth, geschwellt, verlängert, und hat bereits der Gebrauch der *Belladonna* keine Besserung gebracht, zeigt sich überdies bei dem betreffenden Kinde eine ausgesprochene skrophulöse Anlage, so wende man die *Calcarea carbonica* an und der Erfolg wird gewiss ein befriedigender sein. Ich pflege zu diesem Behufe die 15. Verdünnung dieser Arznei, zu 2—3 Tropfen mit einem halben Glase Wasser gemischt, 2 Mal des Tags zu 2 Löffelchen zu reichen. Wo bei skrophulösen Kindern nach überstandener Mandelentzündung eine mehr oder minder bedeutende Vergrösserung der Mandeln zurückbleibt, da erweist sich ebenfalls der länger fortgesetzte Gebrauch der *Calcarea* 15, jeden Morgen eine Gabe von einigen Kügelchen als sehr wirksam und in den seltenen Fällen, wo die Verkleinerung dieser Drüsen durch *Calcarea* nicht gelingt, da ist *Phosphor* 12, auf dieselbe Weise gereicht von entschiedenem Nutzen.

Das Zahnweh.

Auch das Kindesalter ist von der peinlichen Plage des Zahnwehes nicht verschont, und somit dürfte es für Eltern gewiss auch von Wichtigkeit sein, in Betreff dieses Leidens, seiner Ursachen, und seiner Behandlung einige Auskünfte zu erhalten. — Das Zahnweh der Kinder tritt ebenso wie das der Erwachsenen mit mannigfachen Symptomen auf, und wenn wir diese Symptome nicht gehörig würdigen und sie zu deuten verstehen, so werden wir veranlasst in Ermanglung sicherer Anhaltspunkte bald dieses, bald jenes äussere oder innere Mittel zu versuchen, ohne dem kleinen Patienten die so sehnlich erwünschte Hülfe bringen zu können. Zahnweh ist eigentlich die Klage, die Aeusserung des Zahnes, dass er sich nicht wohl befinde, denn auch der kranke Zahn, so wie jedes unserer Organe hat seine eigenthümliche Ausdrucksweise, seine eigene Sprache, die namentlich der Arzt genau verstehen soll, wenn er einige Sicherheit in der Wahl des, dem speziellen Falle entsprechenden Heilmittels haben soll. — So wird sich der congestive oder entzündliche Zahnschmerz durch eine andere Symptomensprache zu erkennen geben, als der rheumatische; ebenso wird das nervöse Zahnweh auf andere Weise sich äussern, als jenes, wo durch theilweise, brandige Zerstörung des Zahnes sein Nerve blosgelegt ist.

Der vom Blutandrang oder von Entzündung herrührende Zahnschmerz tritt in der Regel anfangs als ein stumpfer, vorzugsweise die Zahnwurzel betreffender, mit der Empfindung einer Verlängerung des Zahnes, oder mit wirklicher Zahnvordrängung verbundener Schmerz auf, der später die ganze Seite in Mitleidenschaft zieht, und mit einem mehr oder minder heftigen Klopfen, Pulsiren, mit allgemeiner Röthe des Zahnfleisches derselben Seite und Hitze der Mundhöhle vereint zu sein pflegt, wozu sich nicht selten eine schmerzhafte Wangengeschwulst zugesellt, und wobei die Kälte erleichternd, die Wärme verschlimmernd einwirkt.

Der rheumatische Zahnschmerz nimmt oft die ganze Kinnlade ein, ist wandernd, mehr reissend oder nagend, periodisch nachlassend, oder selbst aussetzend, verschlimmert sich daher zur Abends- oder Nachtszeit, wird durch Anwendung der Kälte momentan verschlimmert, während er durch Wärme für kurze Zeit gebessert erscheint.

Der nervöse Zahnschmerz tritt gewöhnlich förmlich anfallsweise, ganz plötzlich ein, und verschwindet wieder zeitweilig ebenso rasch. Er gibt sich durch ein äusserst heftiges, tobendes Schmerzgefühl zu erkennen, ohne Spuren eines sichtbaren Leidens an den Zähnen oder dem Zahnfleische. Ueberdies ist er in der Regel von einer unbeschreiblichen Unruhe begleitet, die den Patienten an keinem Orte verbleiben lässt. Starker Druck auf den Zahn hebt momentan den Schmerz.

Der Zahnschmerz durch Entblössung des Zahnnerven befällt blos Zähne, die durch Zahnbrand mehr oder weniger zerstört erscheinen. Die Berührung mit dem Finger, das Hineingelangen von Speisenkrümchen, die unmittelbare örtliche Einwirkung der Kälte oder der Wärme, süsser oder scharfer Substanzen, rufen den Schmerz hervor, oder steigern den bereits vorhandenen, ebenso das Kauen, das Berühren mit der Zunge, die Anwendung einer Zahnbürste.

Ursachen.

Der congestive oder entzündliche Zahnschmerz wird bei Kindern vorzugsweise durch die üble Gewohnheit des Heissessens, durch zu starke Stubenhitze, durch zu warme Bekleidung des Halses und des Kopfes hervorgerufen, und da im ganzen Verlaufe dieser Altersstufe der Zahnbildungsprozess ohnedies zu verstärktem Blutandrange Veranlassung gibt, so sind Kinder um so mehr zum congestiven und entzündlichen Zahnweh disponirt.

Der rheumatische Zahnschmerz verdankt vorzugsweise einer Erkältung sein Entstehen, und wird sowohl durch allgemeine als rein örtliche Einwirkung geweckt. Zu starke Stubenhitze während der Winterszeit, zu warmes Bekleiden, der häufige Gebrauch warmer Bäder, aber auch das Kalttrinken während des Essens der warmen Suppe oder einer warmen Speise sind vorzüglich als veranlassende Ursachen zu betrachten. Ueberdies ist es auch der unverkennbare Einfluss der Nord-, der Ost- sowie der Nordostwinde, wodurch rheumatische Zahnschmerzen grossentheils hervorgerufen werden.

Der nervöse Zahnschmerz pflegt gewöhnlich zarte, blondhaarige, blutarme Kinder, bei denen das Nervensystem im Allgemeinen eine prävalirende Rolle spielt, zu befallen. Bei der ungemeinen Empfindlichkeit ihrer Nerven reicht oft eine ganz geringfügige Ursache, der Genuss einer gewürzten Speise, die leiseste Erkältung u. s. w. hin, um den Schmerz hervorzurufen.

Der Schmerz in cariösen Zähnen rührt gewöhnlich von dem Blossgelegtsein des Nerven her, jedoch bedarf es nicht erst dessen, indem jedes schadhaft gewordene Organ, und ebenso der vom Brande ergriffene Zahn vermöge seiner grösseren Empfindlichkeit und Reizbarkeit allen nachtheiligen Einflüssen viel weniger Trotz zu bieten im Stande ist. Eine andere Frage ist, was die Veranlassung des Cariöswerdens der Zähne sein dürfte, und da ergibt sich, dass theils örtliche, theils allgemeine Ursachen diesen Zerstörungsprozess des Zahnes herbeiführen. Vor Allem ist es die vernachlässigte Reinhaltung der Zähne, wodurch zwischen selben kleine Speisentheilchen zurückbleiben, die daselbst in Fäulniss übergehen, und auf den Zahnschmelz einen zerstörenden Einfluss üben; aber auch der zu schnelle und zu bedeutende Temperaturswechsel, wie dies so häufig vorkommt, wenn Kinder die üble Gewohnheit haben heiss zu essen, und während des Essens wieder kalt zu trinken, wirkt auf den Zahnschmelz nachtheilig ein, er bekommt Risse, Sprünge, in die sich die Speisenreste einklemmen, und die eben zum Brandigwerden des Zahnes das Wesentlichste beitragen. Ueberdies haben vielfache Versuche dargethan, dass eine hinreichend gesättigte Zuckerlösung, deren Einwirkung man einen ganz gesunden Zahn durch mehrere Wochen aussetzt, den Zahnknochen und, obwohl langsamer, auch den Zahnschmelz aufzulösen und in eine gallertartige Masse zu verwandeln vermag, und somit wäre daraus ersichtlich, dass auch durch den häufigen Genuss mannigfacher Süssigkeiten die Zahnverderbniss herbeigeführt werde, und wenngleich den Mittheilungen westindischer Aerzte zufolge die dortigen Neger in den Zuckerpflanzungen, die förmlich blos vom Zucker leben, die schönsten Zähne besitzen, so dürfen wir andererseits nicht übersehen, dass die ungemein kernige und feste Knochensubstanz des Negers mit der mehr zarten, aufgelockerten unserer Stadtkinder in keine Parallele zu stellen sei, und darf es daher nicht

Wunder nehmen, wenn jene Zähne selbst anerkannt nachtheiligen Einflüssen kräftigeren Widerstand zu leisten im Stande sind. Uebrigens ist es eine vielfach bestätigte Thatsache, dass die Zähne der Kinder mit skrophulöser Anlage, bei denen sowohl die festen, als die flüssigen organischen Theile nicht zu jener vollkommenen und kräftigen Ausbildung gelangen, um so eher vom Brande befallen werden.

Heilverfahren.

Bei dem congestiven und entzündlichen Zahnschmerze hätte ich vorzugsweise auf *Aconit*, *Belladonna* und *Sulphur* besonders aufmerksam zu machen, und wäre namentlich *Aconit* in jenen Fällen zu empfehlen, wo der Zahnschmerz mit heftigem Klopfen und starker Wangenröthe nach geringer Erhitzung auftritt. — Wo bei dem Zahnweh nebst den Symptomen des Blutandranges der Zahn wie verlängert, das Zahnfleisch geröthet und angeschwellt erscheint, und die Schmerzen unmittelbar nach dem Essen oder nach Kaffeegenuss, auch des Nachts wesentlich verschlimmert erscheinen, da wolle man *Belladonna* reichen. Die erstere wie die letztere Arznei werden in wässriger Mischung 2—3—4 stündig zu 2 Kaffeelöffelchen angewandt. Zahnschmerzen, die besonders bei Vollsäftigen Abends oder Nachts sich verschlimmern, durch Wärme gesteigert werden, mit Klopfen in den Zähnen und Lockerheitsgefühl verbunden, pflegt eine Gabe *Sulphur* 30, binnen wenigen Stunden zu beseitigen.

Bei den rheumatischen Zahnschmerzen, wo es jedenfalls räthlich erscheint die, in Folge einer Erkältung gestörte Hautthätigkeit wieder kräftig anzuregen, verfährt man am zweckmässigsten, wenn zu diesem Behufe durch 24 Stunden bei ruhigem Verhalten in der gleichförmig temperirten Stube *Aconit* in der Mischung mit Wasser, und davon 1—2 stündig zu 2 Kaffeelöffeln gereicht wird. Ueberdies ist hier auch *Chamomilla* eine höchst schätzenswerthe Arznei, auf die die Wahl um so sicherer zu fallen hat, wenn gleichzeitig einseitige Wangengeschwulst, schmerzhaftes Anschwellen des Zahnfleisches oder der Unterkieferdrüsen vorhanden, und wenn namentlich die Nachtszeit die Schmerzen aufs Unerträglichste steigert und der Zahn verlängert erscheint. Wenn das rheumatische Zahnleiden besonders die, die Zahnwurzel überziehende Beinhaut befällt, wobei öfters die Gränze des Zahnfleisches mit einem dunkelrothen Rändchen bezeichnet ist, da genügt dieses Symptom allein um sich für den Gebrauch des *Mercurius solubilis* zu bestimmen, den ich in der dritten Verreibung an der betreffenden Stelle des Zahnfleisches 1—2 stündig einreiben lasse. Rheumatisches Zahnleiden, welches Kinder heimsucht, die mit Würmern behaftet sind und bei blassem, gedunsenem Aussehen und gelbumränderten Augen, namentlich in hohlen Zähnen sich meldet, und von kaltem Wasser stets verschlimmert wird, findet in der *Spigelia* 6, ein höchst wirksames Heilmittel, und lasse ich gewöhnlich 2—3 Tropfen mit einem halben Glase Wasser mischen und 1—2—3 stündig, jenachdem es die Heftigkeit des Schmerzes verlangt, zu 2 Kaffeelöffeln reichen.

Bei dem nervösen Zahnschmerze empfindlicher, reizbarer Kinder, der gewöhnlich nach dem Essen erscheint, wobei auch über Lockerheit der Zähne geklagt wird, wolle man vorerst einige Gaben *Ignatia* 15, in 4—5 stündigen Zwischenräumen verabreichen. Zeigt sich bei dem Schmerze eine ganz besondere allgemeine Aufregung der Nerven, die sich durch Unruhe und durch ein gewisses Aussersichsein kundgibt, dann wähle man *Coffea* 6, und lasse 2—3 stündig eine kleine Dosis nehmen. Auch *Belladonna* und *Pulsatilla* sind bei derartigem Zahnweh öfters von Nutzen, und namentlich *Belladonna* 15, — 3—4 stündig eine Gabe — wenn der Schmerz nach genossenem Kaffee sich einzustellen pflegt, des Nachts sich wesentlich verschlimmert, ebenso durch die leiseste Berührung, durch Essen, durch Luftzutritt. — *Pulsatilla* eignet sich mehr für zarte, blasse, blutarme, nervenschwache Kinder, wo der Schmerz zeitweilig mit ungemeiner Heftigkeit auftritt, ebenso plötzlich aber wieder aufhört, die freie Luft bessert ihn, ebenso kaltes Wasser durch längere Zeit im Munde gehalten. Eine höchst wirksame Arznei ist übrigens auch *Veratrum*, die sowohl dem nervösen als rheumatischen Charakter entsprechen wird.

Bei Zahnweh in kariösen Zähnen ist *Staphisagria* 15, eines der vorzüglichsten Mittel, doch spricht meine Erfahrung dafür, dass diese Arznei nur selten wiederholt werden dürfe. Häufig pflegt bald nach der ersten Gabe eine wesentliche Verschlimmerung der Schmerzen einzutreten, doch währt sie nicht lange und tritt dann bleibende Besserung ein, und sobald diese eingetreten, stehe man von der ferneren Darreichung dieser Arznei ab. Das Symptomenbild der *Staphisagria* stimmt übrigens ganz mit dem überein, wie dies bei dem Zahnweh durch Blossgelegtsein des Nerven angegeben wurde. Eine andere Arznei, die bei dieser Art Zahnweh sich bewährt, ist der *Phosphor*. Die ungemeine Empfindlichkeit des Zahnes, der weder die leiseste Berührung, weder Wärme noch Kälte verträgt, die zuckenden Schmerzen, welche durch Speisentheilchen, die in die Höhle des Zahnes gelangten, aufs Heftigste erhöht werden, alle diese Symptome sprechen deutlich für die Anwendung des *Phosphor*, der in 6. Verdünnung 3—4 stündig zu 6 damit befeuchteten Kügelchen gereicht wird. Aber auch die *Belladonna* pflegt hier öfters sehr wohlthätig zu wirken, und namentlich, wenn die leiseste Veranlassung zu Congestionen nach dem Kopfe den Schmerz sehr verschlimmert oder von Neuem hervorruft.

Noch hätte ich der Zahnfleischentzündung und der Zahngeschwürbildung Erwähnung zu machen. Bei ersterer lasse ich stündlich mit einer linsengrossen Gabe des *Mercurius solubilis* 3, die entzündete Stelle leicht einreiben, und kommt es zur Bildung eines Zahngeschwüres, so ist *Hepar sulphuris* 3, auf dieselbe Weise angewandt, unstreitig das verlässlichste Mittel, um binnen 24—36 Stunden den Krankheitsprozess zu beenden.

Die häutige Bräune (Croup.)

Es gibt wohl kaum eine Krankheit, die den Eltern mehr Furcht und Angst einzuflössen vermag, als eben die häutige Bräune, und in der That, es ist schwer zu entscheiden, ob die Qualen des von der Krankheit befallenen Kindes oder die seiner nächsten Umgebung grösser sind. — Diese Krankheit, die entweder, wie dies gewöhnlich der Fall ist, in der Schleimhaut des Kehlkopfes oder in ihrer tieferen Ausbreitung, dem Schleimhautüberzuge der Luftröhre ihren Sitz hat, pflegt wohl gar häufig plötzlich zur Nachtszeit einzutreten, doch sind die Fälle gar nicht selten, wo sie mit heuchelnder Gefahrlosigkeit als einfaches, katarrhalisches Leiden einhergeschlichen kommt und erst nach mehreren Tagen in ihrer wahren, schreckerregenden Gestalt sich zu erkennen gibt. Aber auch bei ihrem plötzlichen Auftreten zur Nachtszeit pflegt sie die armen, geängstigten Eltern gar oft in bittere Täuschung zu versetzen, indem sie bei ihrem ersten nächtlichen Anfalle sich scheinbar beruhigen und beschwichtigen lässt, so dass man sich schon der sicheren Hoffnung hingibt den höchst missliebigen Feind bereits überwunden zu haben, jedoch unvermuthet tritt sie die nächste Nacht mit mehr als verdoppelter Heftigkeit und Hartnäckigkeit auf, und gewöhnlich von diesem Momente an pflegt der hitzige Kampf zu beginnen, von dem die Krankheit nicht eher absteht, als bis sie entweder die angestrengtesten Bemühungen des Arztes und der verzweifelnden Mutter verhöhnend, sich als Sieger mit dem schwarzen Lorbeer bekränzt, oder zum grössten Jubel der Umgebung besiegt und überwunden die Krankenstube des Kindes verlässt. — Beginnt die Krankheit unter der Form eines einfachen Katarrhs, so stellen sich gewöhnlich bei höchst verdriesslicher Gemüthsstimmung Schnupfen, Husten mitunter auch ganz leichte Fieberbewegungen ein, die 1—2 und selbst mehrere Tage anzudauern pflegen, bis das Kind beim Husten einen lebhaften Schmerz in der Gegend des Kehlkopfes anzeigt, was übrigens auch aus dem Bemühen des Kindes den Husten zurückzuhalten zu entnehmen ist; nun wird auch der Kehlkopf, selbst bei Berührung empfindlich, das Einathmen gewissermaassen heiser, zischend, erschwert und kurz, das Kind vermeidet möglichst das Sprechen, da dies den Kehlkopfschmerz und Husten hervorruft, die Stimme ist sehr heiser, öfters in Fistelton überschlagend, der Husten, klingt heiser, bellend. Allmählig steigert sich die Angst des Kindes, es schläft unterbrochen und eben während des zeitweiligen Schlafes kann man am Deutlichsten den heiser zischenden und sägenden Einathmungston bemerken. Mit der stets zunehmenden Athmungsbeschwerde wächst auch die Unruhe des Kindes, das sich stets umherwirft, bald getragen, bald niedergelegt sein will, öfters auch um sich schlägt und den Kopf stets nach rückwärts zieht. Bei stets steigender Athemnoth färben sich die Lippen bläulich, das Gesicht röthet sich, wird öfters livid, die Nasenflügel werden weit aufgezogen, kalter Schweiss bedeckt das aufgedunsene Gesicht, der Kehlkopf erscheint bedeutend nach aufwärts gezogen. Bei höchst beschleunigtem, kleinem und fast unzählbarem Pulse ist der Herzschlag und die Pulsation der Halsschlagadern stürmisch, die Erstickungsgefahr nimmt von Stunde zu Stunde zu, und endlich — —

Dies wären die Symptome der ächten Halsbräune, doch kommt bei Kindern auch sehr häufig eine unächte Bräune vor, wobei die Kinder, die des Abends noch vollkommen wohl zu Bette gingen, plötzlich des Nachts von einem trockenen, rauhen, bellenden Husten befallen werden, wobei das Athmen, namentlich während des Hustenanfalles ungemein beengt und beklommen erscheint, wobei das Gesicht bleich oder auffallend roth wird und vom Schweisse trieft. Ein solcher Anfall pflegt eine halbe Stunde, selten etwas länger anzudauern, wiederholt sich auch nach einiger Ruhe allenfalls ein- oder zweimal während derselben Nacht, worauf alsdann das Kind wieder in Schlaf verfällt und des Morgens mit katarrhalischen Symptomen, Heiserkeit, lockerem Husten und etwas fieberhafter Aufregung erwacht. Die nächste Nacht pflegt die Scene, wenn auch gewöhnlich in leichterem Grade wiederzukehren, doch wird sie, da gewöhnlich Austrocknung des Halses die Veranlassung ist, rasch durch etwas laues Getränk beschwichtigt. Um sich die feste Ueberzeugung zu verschaffen, dass man es blos mit dem unächten Croup zu thun habe, horche man nach überstandenem Anfalle auf das Athmen des schlafenden Kindes, welches die ganz normalen Töne kundgibt und nur bei schon weiter gediehener Entwicklung des Schnupfens derartig verändert erscheint, dass man dabei den Mangel des freien Durchganges der Luft durch die Nase gewahrt, wodurch auch das Athmen gewöhnlich etwas beschleunigt ist. Doch wäre ja nicht zu übersehen, dass bei Nichtbeachtung dieses minder gefährlichen Leidens, bei Verabsäumung der erforderlichen Schonung und Pflege sehr leicht der unächte Croup in den ächten übergehen könne.

Ursachen.

Die häutige Bräune befällt am häufigsten Kinder, die zwischen dem 2. und 7. Lebensjahre stehen, doch kommen hin und wieder auch Fälle vor, wo selbst ältere Kinder, ja sogar Erwachsene von dieser Krankheit heimgesucht werden. Dass in manchen Familien ein oder mehrere Kinder vorzugsweise dazu disponirt sein können, wird durch die Erfahrung hinreichend bestätigt, jedoch ist es in der Regel wenigstens eine gewisse Hinneigung zum skrophulösen Charakter, die den Ausbruch dieser Krankheit um so mehr begünstigt. — Knaben zeigen grossentheils viel mehr Geneigtheit vom Croup befallen zu werden als Mädchen, und Kinder, die mit Kopf- oder Gesichtsausschlägen behaftet sind, bleiben von dieser Krankheit verschont. Im Allgemeinen erscheint die Bräune viel häufiger in nördlicher gelegenen, rauhen Gegenden und die feuchte Luft, wie selbe an den Ufern der Flüsse, an Seen und Meeresküsten zu finden, pflegt sie an dergleichen Orte nicht selten zu fesseln. Auch die Richtung der Winde zeigt einen nicht unwesentlichen Einfluss auf das Entstehen dieser Krankheit, und sind es vorzugsweise die Nord- und Ostwinde, welche sie um so häufiger erscheinen lassen.

Ueberdies ist die Erkältung des Halses oder der Füsse eine der gewöhnlichsten Ursachen, so wie auch z. B. das Abschneiden der Haare bei rauher, kalter Luft öfters schon als Veranlassung beobachtet wurde. Gewöhnt man die Kinder den Hals stets recht gut verwahrt zu haben, so sind sie zu Erkältungen dieses Theiles um so geneigter, gewöhnt man sie um die rauhere Jahreszeit fast ununterbrochen Gummischuhe zu tragen, so hat dies in der Regel eine viel grössere Empfindlichkeit, eine vorherrschende Neigung zur Erkältung der Füsse zur Folge. Fernere Ursachen sind öfters das Wohnen in frisch-getünchten oder neugemalten Zimmern, der allzureichliche Genuss der Fleischkost, das Vorurtheil Kinder durch öfteren Genuss geistiger Getränke stärken und kräftigen zu wollen.

Heilverfahren.

Wollen Eltern sich vor manchen überflüssigen Sorgen schützen, so mögen sie nur den Rath beherzigen und jeder eingetretenen Heiserkeit eines Kindes ihre vollste Aufmerksamkeit zuwenden und vorzugsweise um die rauhere Jahreszeit. Gar häufig genügt der 1—2tägige Aufenthalt in der mässig und gleichförmig temperirten Zimmerluft und allenfalls die Anwendung einiger, in 3—4 stündigen Zeiträumen zu reichenden Gaben *Chamomilla*, um die Heiserkeit vollkommen zu beseitigen, sowie dieses Verfahren überhaupt bei jeder beginnenden, katarrhalischen Affektion eines noch zarten Kindes, bei Husten mit oder ohne Heiserkeit unbedingt zu empfehlen wäre, und dieses Opfer ist doch in der That ein geringes. Statt dessen lässt man gar häufig, in vermeintlich guter Absicht die Kinder nicht verweichlichen zu wollen, sie trotz der eingetretenen Heiserkeit ihre gewöhnten Promenaden machen, gibt ihnen allenfalls ein noch wärmeres Tuch um den Hals und scheint zu vergessen, dass durch dieses Tuch wohl der Hals, aber nicht die einzuathmende Luft erwärmt wird, und eben dadurch eher Nach- als Vortheil erwächst, indem der mehr als erforderlich warm gehaltene Hals für die Kälte der bei der Einathmung durchstreichenden Luft um so empfindlicher gemacht wird. Tritt das katarrhalische Leiden stärker auf, klingt der Husten etwas rauh, sind die Händchen dabei kälter anzufühlen, dann ist es jedenfalls räthlicher, wenn das Kind bei stetem Aufenthalte im gleichförmig temperirten Zimmer als Arznei *Aconit* 15, in der öfters erwähnten wässerigen Mischung 1—2stündig zu 2 Kaffeelöffeln erhält. Dabei beachte man auch die Diät des Kindes, beschränke den Fleischgenuss, lasse die Suppe oder die Milch u. s. w. ja nicht zu warm reichen, und wenn der Husten stark und häufig ist, so meide man auch den Genuss des rohen oder gekochten Obstes, da die Obstsäure auf die Schleimhäute reizend einwirkt. Es ist ein Vorurtheil mancher Eltern oder Kindespflegerinnen den hustenden Kindern gerne gebratenes Obst, namentlich Aepfel zu reichen, indem man glaubt, dass der Husten dadurch gelöster, lockerer werde. Ich zweifle nicht daran, dass auf solche Weise mehr Schleim erzeugt werde, dass aber der Husten dadurch verlängert und nicht verkürzt wird, das ist Erfahrungssache. — Hat man auf die oben angegebene Weise verfahren, und es wäre dennoch binnen der nächsten 24 Stunden keine Besserung eingetreten, ja im Gegentheile es hätte sich während der Nachtszeit heftiger, trockener, heiser bellender Husten und das so zu fürchtende, zischend heisere, sägende Einathmen eingefunden, dann reiche man ungesäumt *Aconit* in selbst $^1/_4$ stündiger Wiederholung zu 2 Löffelchen und nach 3—4 Gaben dieser Arznei ein mit einem Tropfen *Spongia* 6, befeuchtetes Milchzuckerpulver, und auf diese Weise wechsle man stets mit diesen beiden Mitteln, doch wolle man nach Darreichung der *Spongia* mindestens eine halbe Stunde abwarten. Ich habe im Allgemeinen viel häufiger evidenten Nutzen von der Verabreichung der *Spongia* als von der des *Jod* gesehen, obgleich diese Mittel sehr nahe verwandt sind, und dennoch gibt es Fälle deren Krankheitsbild unbedingt mehr für *Jod* spricht und in welchen es sich auch vollkommen bewährte. Man findet dabei ziemlich starke Athembeschwerden, ohne dass es jedoch zu förmlichen Erstickungsanfällen käme, bei denen der Kopf nach rückwärts geworfen würde. Beim Einathmen vernimmt man ein heiseres Pfeifen, der Husten klingt eher rauh als bellend und bei den einzelnen Anfällen pflegt auch Brechneigung sich einzustellen. Nur unter solchen Umständen reiche ich *Jod* 6, ebenfalls in wässeriger Mischung so wie *Aconit* und mit diesen beiden Arzneien wird 1—2 stündig gewechselt. Auch selbst wenn der Husten zeitweilig etwas locker zu werden scheint, und das Kind die festsitzende, zähe Masse loszuhusten nicht im Stande ist, auch da ist der Gebrauch des *Jod* noch immer gerechtfertigt, jedoch wenn nicht binnen wenigen Stunden die begonnene Lösung Fortschritte macht, so müsste anstatt des *Jod*, *Hepar sulphuris* gewählt werden, welche Arznei ich in stetem Wechsel mit *Aconit* reiche, und zwar nach 3—4 Gaben *Aconit* zu 2 Kaffeelöffeln, eine kaum halblinsengrosse Gabe von *Hepar* 3. Bei eintretender Besserung werden die Arzneien auch allmählig immer seltener und seltener gereicht. — Dies wäre die arzneiliche Hilfe mit der man in den allermeisten Fällen auskommen dürfte, und wo ein oder der andere Fall in seinem Verlaufe sich etwas stürmischer oder hartnäckiger zeigen sollte, da wird man gewiss nicht verabsäumen baldmöglichst einen Arzt herbeizuholen, der durch vielfältige Erfahrung geleitet, für eine von den bereits erwähnten oder für eine andere Arznei sich entscheiden wird. — Der bei der allopathischen Behandlung so häufig in Anwendung kommende Brechweinstein, der sich dadurch namentlich einen Ruf erworben, da man ihn bei jedem bellenden oder etwas rauh klingenden Husten anzuwenden pflegt, wird bei dem homöopathischen Verfahren nur selten benutzt, und wenn dies der Fall ist, so muss seine Gabe selbstverständlich eine viel kleinere sein und überdies wäre er nur dann angezeigt, wenn viel Rasseln in den Luftwegen und gleichzeitig Brechneigung vorhanden. Ich will nicht in Abrede stellen, dass bei dem allopathischen Verfahren die Darreichung eines Brechmittels sich hin und wieder allenfalls nutzbringend erweist, jedoch ist die darauf folgende Besserung nur der Effekt des so intensiven, ableitenden Reizes, der auf die Magenschleimhaut ausgeübt wird. Uebrigens haben sich meines Wissens der Fälle gar viele ergeben, wo dieses so beliebte Mittel im Stiche liess, und wenn dies auch nicht der Fall wäre, so würde ich doch immer ein Verfahren vorzuziehen für gut finden, bei dem man durch die Anwendung einfacher, spezifischer Arzneireize mindestens — ich sage mindestens — dieselben, wenn nicht viel bessere Resultate erlangt. — Noch eines äusseren Mittels muss ich hier Erwähnung machen, das mir bereits zu wiederholten Malen in manchen verzweifelten Fällen ganz vortreffliche Dienste geleistet hat, in Fällen, wo die Entzündung und die sie begleitende Ausschwitzung so stürmisch und mit solcher Heftigkeit auftraten, dass der Organismns förmlich keine Empfänglichkeit mehr für die inneren Arzneien zeigte, und dieses Mittel bestand in der Anwendung eines intensiven Hautreizes auf die äussere Kehlkopfgegend. Zu diesem Zwecke lasse ich in solchen Fällen reines *Euphorbium-Harz*, durch Wärme zum Schmelzen gebracht, auf ein etwas mehr als taubeneigrosses Stückchen Wachstaffet streichen, welches alsdann äusserlich am Kehlkopfe applizirt wird, und wenn, nach Verlauf einer Stunde spätestens, die kräftig ableitende Wirkung dieses äusseren Hautreizes durch Abnahme der Erstickungszufälle sich zu erkennen gibt, dann kann man wieder mit voller Zuversicht auf die Wirksamkeit der innerlich gereichten spezifischen Arzneien rechnen, dann erst wird man, den Zeitraum des Stillstandes, des gehemmten Vorschreitens der Entzündung und der Ausschwitzung benutzend, die geeigneten inneren Arzneien zum Behufe der Lösung der ausgeschwitzten Massen mit entschiedenem Nutzen anwenden.

Die Ohrspeicheldrüsenentzündung.

Bei der Entzündung der Ohrspeicheldrüse, die ich selbst schon bei kaum einjährigen Kindern zu beobachten Gelegenheit hatte, zeigt sich beiläufig in dem unterhalb des Ohrläppchens befindlichen Raume eine Drüsengeschwulst, die nicht selten die Grösse eines Hühnereies und darüber erreicht, bisweilen sehr schmerzhaft, geröthet und heiss, mitunter mehr schmerzlos, an einer, oder was seltener der Fall ist, an beiden Seiten zugleich erscheint. Wo sie mit deutlich ausgesprochenem entzündlichen Charakter auftritt, da pflegen gewöhnlich auch die Unterkieferdrüsen derselben Seite, mitunter auch die Mandel ziemlich angeschwellt zu sein. Das Wenden des Kopfes, das Oeffnen des Mundes, das Kauen, selbst auch das Schlingen sind erschwert, und wird der Schmerz dadurch bedeutend erhöht. Die Zertheilung oder die Eiterung sind die wünschenswerthen Ausgänge dieser Entzündung.

Ursachen.

Grösstentheils tritt diese Krankheit epidemisch auf, theils für sich allein, theils in Gesellschaft mit anderen epidemischen Krankheiten. So sehen wir sie unter Anderen auch gleichzeitig beim Scharlach, bei Masern, selbst bei Blattern erscheinen. Das Frühjahr und der Spätherbst sind die Jahreszeiten, zu denen dieses Leiden am gewöhnlichsten vorzukommen pflegt, indem die feuchte, rauhe Luft und die dabei um so eher stattfindende Erkältung ihr Vorkommen besonders begünstigen, aber auch die lymphatische Constitution, die skrophulöse Anlage scheinen eine besondere Anziehungskraft für diese Drüsenentzündung zu haben.

eilverfahren.

Tritt die Ohrspeicheldrüsenentzündung gleich im ersten Beginne sehr heftig und schmerzhaft auf, zeigt sie eine oberflächliche Röthe, und Empfindlichkeit bei der Berührung, dann wolle man jedenfalls *Belladonna* als die, diesem Leiden entsprechendste Arznei wählen, und aus 2—3 Tropfen der 15. Verdünnung mit einem halben Glase Wasser eine Mischung bereiten, und 3—4 stündig 2 Kaffeelöffel voll davon reichen. Bei diesem Verfahren sah ich häufig binnen der ersten 24—36 Stunden die Entzündung sich auffallend mindern, die Röthe verlor sich, ebenso die bedeutende Empfindlichkeit, und nach 5—6 Tagen war die vollkommene Zertheilung, die Aufsaugung zu Stande gebracht. Diese Fälle sind die leichteren und kommen selbe gewöhnlich, derartig verlaufend, bei übrigens ganz gesunden und kräftigen Kindern vor, und würde ich ihnen noch jene Fälle anreihen, wo unter steter Zunahme der Beschwerden die übrigens wenig geröthete, aber um so schmerzhaftere Geschwulst an Grösse täglich gewinnt, und endlich eine kleine, auffallend geröthetere Stelle zu zeigen pflegt, die auch glänzender und glatter erscheint, manchmal ins Bläuliche spielt, und genau den Punkt zu erkennen gibt, wo die bereits in der Geschwulst gebildete und dem nur leichtbefühlenden Finger durch grössere Spannung und auffallendere Elastizität erkennbare Eiteransammlung, sich ihren Weg nach aussen bahnen wird, wobei oft eine sehr bedeutende Menge dicken, gelbgrünen Eiters entleert wird. Das voreilige Oeffnen der Geschwulst halte ich durchaus nicht für zweckmässig, um so weniger, als gewöhnlich eher eine auffallendere Narbe zurückbleibt. Je mehr überdies die künstliche Entfernung des Eiters verfrüht wurde, desto hässlicher erscheint dann die zurückbleibende Narbe. Wo nach 24stündiger Anwendung der *Belladonna* die vorgenommene Untersuchung für die Zunahme der Entzündung spricht, da pflege ich gewöhnlich, den Uebergang in Eiterung vermuthend, zum ***Mercurius solubilis*** meine Zuflucht zu nehmen und 4—5 stündig eine ganz kleine, kaum halblinsengrosse Gabe der 3. Verreibung zu verabreichen. Dass unter dem Einflusse dieser Arznei eine bevorstehende Eiterung um so rascher ihren Prozess zu Ende bringt, ist unläugbare Thatsache, eben so wie *Hepar* auf den eigentlichen Moment des Durchbruches unverkennbar beschleunigend einzuwirken vermag, und eben darum möge man bei zögerndem Durchbruche in 3—4 stündigen Zeiträumen eine kleine Gabe der 3. Verreibung von *Hepar* 3, reichen. Wenn während der beginnenden Eiterung der Schmerz seinen Culminationspunkt erreicht, die äussere Empfindlichkeit eine sehr bedeutende wird, die Geschwulst auffallend zunimmt, da lasse ich aus einem Theile weissen Wachs und 8 Theilen Mandelöl eine Art Pomade anfertigen, womit ein dünnes Leinwandläppchen bestrichen, und 2—3 Mal des Tags zur sichtbaren Erleichterung des Patienten erneuert wird. — Die schwierigeren Fälle sind unbestritten jene, wo die Zertheilung nicht so leicht gelingen, aber auch die Eiterung nicht zu Stande kommen will. Unter solchen Umständen sind es namentlich 2 Mittel, durch deren Anwendung es mir stets gelang die, mitunter selbst einige Wochen in Anspruch nehmende Zertheilung der Geschwulst zu bewirken. Vorerst hätte ich *Rhus toxicodendron* zu nennen, ein Mittel das bei harter, träger Geschwulst der Ohrspeicheldrüse, wobei das Schlingen wohl etwas erschwert, die äussere Berührung aber nicht schmerzhaft ist, durch 14 Tage bis 3 Wochen ununterbrochen zu 4 Kügelchen der 15. Verdünnung früh und Abends angewandt, häufig Hilfe zu bringen pflegt, indem die Geschwulst allmählig sich verkleinert und endlich spurlos verschwindet. Zeigt sich bei dem Gebrauche dieser Arznei binnen der ersten 8 Tage eine Abnahme der Geschwulst, die jedoch in den späteren Tagen einen sichtbaren Stillstand bemerken lässt, dann reiche man eine einzige Gabe *Sulphur* 30, warte darauf mindestens 5—6 Tage ab, und gehe alsdann wieder abermals zur Darreichung des *Rhus* über, und gewöhnlich pflegt auf solche Weise das Fortschreiten der Zertheilung wesentlich gefördert zu werden, und wo dies nicht der Fall, da reiche man *Calcarea* 15, jeden Morgen und Abend 4 Kügelchen, und binnen 2—3 Wochen, bei weniger umfangreicher Geschwulst sogar binnen 8—10 Tagen ist die Zertheilung vollkommen gelungen.

Kleinere Drüsengeschwülste am Nacken, zur Seite des Halses oder unterhalb des Unterkiefers.

Gar häufig pflegen bei Kindern mit skrophulöser Anlage vom 2. Lebensjahre angefangen kleine, begränzte Drüsengeschwülste von der Grösse einer Erbse, einer Mandel bis zu der einer Wallnuss und darüber an der äusseren Seite des Halses, am Nacken, unterhalb des Unterkiefers oder auch vor dem Ohrläppchen an der äusseren Seite des Unterkiefergelenkes zu erscheinen, die in der Regel nicht schmerzhaft, weder geröthet, aber sehr leicht verschiebbar sind. Kinder die von diesen Drüsenleiden befallen werden, sind fast durchgehends blondhaarig, haben lichte Augen und eine zarte, feine Haut, pflegen auch sehr häufig mit Wurmleiden behaftet zu sein.

Ursachen.

Wenn mehrere Drüsengeschwülste, wie plötzlich unterhalb des Unterkiefers zum Vorschein kommen, die mitunter auch etwas empfindlich sind, so pflegen sie gewöhnlich in Folge einer Erkältung entstanden zu sein, während die einzeln erscheinenden und sich allmählig an dieser oder jener der früher benannten Stellen entwickelnden der skrophulösen Säftemischung ihr Entstehen verdanken, und müssen daher auch alle jene Ursachen, welche die Skrophelbildung begünstigen, in Betracht gezogen werden. Zu diesen zählen wir die unzweckmässige, ungeregelte, von der im diätetischen Theile vorgeschriebenen, in gar manchen Stücken abweichende Diät, der zu kärgliche Genuss der freien Luft, der höchst nachtheilige Abbruch an der erforderlichen Körperbewegung, der Aufenthalt in feuchten Wohnungen, die Vernachlässigung der Hautpflege und Reinlichkeit, die zu zeitige geistige Anstrengung, wodurch die normale Säftebereitung bedeutend beeinträchtigt wird, kurz alle Abweichungen von einer natur- und zweckgemässen Lebensweise.

Heilverfahren.

Wo in Folge einer Erkältung die Drüsen unterhalb des Unterkiefers angeschwellt, förmlich aneinander gereiht erscheinen, dabei eine leichte Empfindlichkeit bei der Berührung bemerkt wird, da wende ich gewöhnlich *Dulcamara* 6, in wässeriger Mischung, 2—3 Tropfen auf ½ Glas Wasser, in 4 stündiger Verabreichung zu 2 Kaffeelöffeln an. Wenn binnen der nächsten 2 Tage keine augenfällige, vortheilhafte Veränderung bemerkt wird, was wohl selten der Fall ist, so schreite ich zum Gebrauche der *Staphisagria*, die ich anfangs auf ähnliche Weise anwende, und nur bei eintretender Besserung gewöhnlich etwas seltener verabreiche. So lange die geringste Schmerzhaftigkeit beim Drucke sich zeigt, thut man immer besser die kleinen Patienten im Zimmer und zu leichter Kost zu verhalten. In einem Falle, wo gleichzeitig mit den kleinen Unterkieferdrüsengeschwülsten, die von dem einen Kieferwinkel angefangen bis zum anderen sich erstreckten, und dabei heftiger, besonders nächtlicher Schmerz in einem hohlen Zahne vorhanden war, der sowohl das Ohr als das Auge in Mitleidenschaft gezogen hatte, leistete *Clematis* 6, ganz vorzügliche Dienste, die Schmerzen waren bis zum anderen Tage vollkommen gewichen und auch die Drüsengeschwülste verloren sich allmählig beim Fortgebrauche dieser Arznei, die ich anfangs 2stündig und bei vorschreitender Besserung nur 3 Mal des Tags zu 2 Kaffeelöffeln der wässerigen Mischung nehmen liess. — Bei den anderen, grossentheils vereinzelt auftretenden Drüsengeschwülsten ist *Calcarea carbonica* unbestritten die hilfreichste Arznei, auf deren Wirkung man sich in den allermeisten Fällen vollkommen verlassen kann. Ich wende auf mannigfache Versuche, und auf die daraus erlangten Erfahrungen gestützt, diese Arznei stets in der 15. Verdünnung, nie in solchen Fällen in der Verreibung an, und reiche nur jeden 2. Morgen ein mit dieser Verdünnung befeuchtetes Milchzuckerpulver. Wenn auch mitunter 14 Tage verstreichen, bevor man eine Abnahme der Drüsengeschwulst bemerkt, so wolle man doch immerhin sicher auf die Wirksamkeit dieser Arznei zählen. — Die kleinen, erbsengrossen Drüsengeschwülste verschwinden bei übrigens zweckmässigem Verhalten, wenn sie des Morgens mit nüchternem Speichel bestrichen werden, wobei wohl die Wirkung des Salzgehaltes des Speichels das Wesentlichste beiträgt.

Der dicke Hals.

Die Geschwulst der vorderen Halsparthie ist bei Kindern eine nicht gar seltene Erscheinung, und wenn es auch im Kindesalter so leicht nicht zur eigentlichen Kropfbildung kommt, so muss diese Geschwulst doch immerhin als Anlage dazu betrachtet und daher auch bei Zeiten durch zweckmässige Mittel beseitigt werden. Grossentheils ist diese Geschwulst an der Vorderseite des Halses gleichförmig vertheilt, doch pflegt hin und wieder entweder nur der mittlere Theil oder beide Seitentheile oder, was sehr selten vorkommt, nur ein Seitentheil der Schilddrüse angeschwellt zu erscheinen. Die Geschwulst fühlt sich gewöhnlich sehr weich an, so dass man namentlich in den Fällen, wo sie die ganze vordere Halsseite einnimmt, bei der genauen Untersuchung gewissermassen nur eine ganz schmerzlose Auflockerung aber durchaus keine eigentliche Drüsengeschwulst findet.

Ursachen.

Auch diese normwidrige Erscheinung deutet auf das Vorhandensein einer lymphatischen oder skrophulösen Disposition hin, welche durch die bereits öfters erwähnten Ursachen geweckt und durch eine, nach den zu Anfang dieser Schrift gegebenen Vorschriften, geregelte Lebensweise wieder vollkommen gehoben wird. Ueberdies dürfte es wohl kaum einem Zweifel unterliegen, dass die Gewohnheit den Hals übermässig warm zu bedecken, durch den auf solche Weise vermehrten Säfteandrang zur Schilddrüse, gar leicht ein dieses Uebel anregendes Moment abgeben könne. Als häufige Ursache des dicken Halses will man auch das Schreien der Kinder erkannt haben. So hat Rivét vor einigen Jahren der medizinischen Societät zu Paris eine Abhandlung: „Ueber das Schreien und Weinen kleiner Kinder als Ursache von Kropfgeschwülsten" mitgetheilt, worin er angibt, dass seit der Zeit — wo die französischen Behörden darauf drangen, dass die Mütter statt ihre Kinder des Morgens mit Nahrung vollzustopfen, und sie dann den ganzen übrigen Tag im Schmutze liegen und schreien zu lassen, nun ihre Kinder aufs Feld zu nehmen haben, — in Folge dieser Aenderung eine auffallende Abnahme der Zahl der dickhälsigen Kinder stattgefunden habe. — Ob bei diesem Sachverhalte nicht etwa einerseits das Vollstopfen der Kinder, die vernachlässigte Reinlichkeit, der stete Aufenthalt in der Stubenluft zur Entstehung dieses Uebels, und andererseits die freie Luft und die Ermöglichung einer geregelteren Nahrungsdarreichung zur Beseitigung desselben mehr beigetragen haben, würde ich um so eher zu glauben geneigt sein, als ich junge Leute kenne, die als Kinder ganz tüchtige Schreihälse waren und bei denen sich weder dazumal, noch in der Folgezeit eine Spur von einer Kropfgeschwulst gezeigt hat; jedoch gebe ich zu, dass bei schon vorhandener skrophulöser Disposition das anhaltende Schreien wohl die Entwicklung dieser Drüsenanschwellung begünstigen könnte. — Ein Umstand endlich, der nicht minder Berücksichtigung verdient, ist die erbliche Anlage.

Heilverfahren.

Es ist mir bereits öfters gelungen durch einen, mehrere Wochen lang mit nur kleinen absichtlichen Unterbrechungen, fortgesetzten Gebrauch der *Calcarea carb.* jeden 2. Morgen eine Gabe auf etwas Milchzucker getropft diese Halsanschwellung zum Weichen zu bringen, doch ergaben sich auch Fälle, wo, aus mir unbekannten Ursachen diese Arznei nicht die erwünschten Dienste leisten wollte, weshalb ich mich alsdann genöthigt fand zu einem anderen hilfreicheren Mittel meine Zuflucht zu nehmen, und dieses fand ich in dem *Natrum muriaticum*, welches ich in der 15. Verdünnung früh und

Abends zu mehreren damit befeuchteten Kügelchen oder zu einem kleinen Tropfen auf etwas Milchzucker verabreichen liess. Nach einem 3—4 wöchentlichen Gebrauche dieser Arznei war an dem etwas mehr als 2 Finger breiten und ziemlich festen Papierstreifen, den ich beim Beginn der Behandlung zum Messen des Halsumfanges verwendet hatte, bereits eine merkliche Abnahme der Geschwulst zu gewahren, und so schritt allmählig bei übrigens gehörig geregelter, antiscrophulöser Diät die Besserung sichtbar vor, und doch bedurfte es öfters eines Zeitraumes von mehreren Monaten, bevor die Halsdrüsengeschwulst gänzlich beseitigt war. Seitdem ich in den letzten Jahren nebstbei auch ein äusseres Mittel anwende, bedarf es kaum der halben Zeit um dasselbe günstige Resultat zu Stande zu bringen. Ich lasse nämlich jeden Abend vor dem Zubettegehen ein etwa 3 Finger breites Säckchen von feinem Mousselin, das blos die Vorderseite des Halses bedeckt und nach rückwärts mittelst einiger Bändchen befestigt wird, messerrückendick mit Meersalz füllen und vor Applikation desselben die dem Halse zugewendete Seite des Säckchens mit etwas Wasser bespritzen. Diese lokale Anwendung unterstützt den Vorgang der Heilung sehr wesentlich, und lasse ich gewöhnlich, stets blos zur Nachtszeit, damit so lange fortsetzen, bis eine leichte Röthe oder die Eruption einiger kleinen Bläschen am äusseren Halse sich zeigt, wo ich alsdann durch 2—3 Tage pausire, es aber dann wieder von Neuem anwende, und auf diese Weise gelingt es jedenfalls viel rascher das Ziel der Heilung zu erreichen. So sehr sich auch dieses äussere Mittel bei derartigen, nicht begränzten Drüsenanschwellungen und Auflockerungen bewährt, so erscheint es doch bei den begränzten Drüsengeschwülsten durchaus nicht von solcher Wirksamkeit und eben dasselbe kann ich auch von der Wirkung des innerlich gereichten *Natrum muriaticum* sagen. Aus diesem Grunde pflege ich in jenen selteneren Fällen, wo die Halsdrüsengeschwulst doch etwas markirter auftritt zur *Spongia* und zum *Jod* meine Zuflucht zu nehmen. Erstere lasse ich früh und Abends in einer halblinsengrossen Gabe der 3. Verreibung nehmen, während ich die letztere Arznei in der höchst wirksamen Form eines jodhaltigen Mineralwassers anzuwenden pflege, wovon Morgens und Abends ein Esslöffel voll gereicht wird. Ich benutze in der Regel das *Hall'er Jodwasser* (aus Oberösterreich) und finde es auch ganz empfehlenswerth, zweifle aber nicht, dass andere jodhaltige Wässer denselben Nutzen bringen werden.

Der Husten als Symptom des Kehlkopf- und Luftröhrenkatarrhes.

Die Schleimhaut des Kehlkopfes sowie der Luftröhre ist bei Kindern häufig Reizungszuständen unterworfen, die mitunter auch von einigen Fiebererscheinungen begleitet, aufzutreten pflegen. Nach vorhergegangenem Frösteln pflegt etwas Hitze sich einzustellen, dabei auch Mattigkeit und Gemüthsverstimmung, worauf sich alsbald Reiz, Kitzel- oder Wundheitsgefühl im Halse oder auf der Brust, dann Husten, Heiserkeit dazugesellen. Gewöhnlich ist auch die Schleimhaut der Nase, selbst die der Augen mehr oder minder mitergriffen, daher einerseits das öftere Niesen, die Verstopfung und das Fliessen der Nase, andererseits das häufige Thränen. Der Husten ist rauh und trocken, mitunter auch etwas bellend, wird binnen 2—3 Tagen lockerer, wobei ein anfangs klarer, durchsichtiger, später ein gelblicher Schleim losgehustet wird. Mangel an Appetit, weissbelegte Zunge, anfangs rother, dann trüber und endlich einen leichten Bodensatz bildender Urin, sind die nicht ungewöhnlichen Begleiter dieses Zustandes.

Ursachen.

Erkältung ist grösstentheils die gewöhnliche Veranlassung des so häufig vorkommenden Kehlkopf- und Luftröhrenkatarrhes, und eben aus diesem Grunde dürfte es um so nöthiger sein, zu erforschen, auf welche Weise diese Erkältungen zu Stande kommen. Vor Allem erwähne ich nochmals mit Nachdruck, dass die Verwöhnung der äusseren Halsparthieen durch zu starkes Warmhalten derselben, durch Umhüllung mit wollenen Tüchern, mitunter selbst Pelzwerk eben das herbeiführt, was man zu verhüten bemüht ist. Ein anderer wichtiger Uebelstand, namentlich zur Winterszeit ist das zu viele Heizen in der Kinderstube, wodurch die Empfindlichkeit der Luftwege normwidrig gesteigert wird, so dass jedes rauhe Lüftchen krankheiterregend einwirkt. Kalttrinken bei erhitztem Körper, anstrengendes Laufen um die kalte Jahreszeit, das Laufen dem Winde entgegen, sind sämmtlich gar häufig Veranlassungen zum Erkranken der Schleimhäute der Luftwege.

Heilverfahren.

So wie wir im Allgemeinen bei den meisten Erkältungsleiden, in der Absicht die gestörte Hautfunction zu einer lebhafteren Thätigkeit anzuregen, vom *Aconit* Gebrauch machen, so ist dies auch hier der Fall, um so mehr, wenn fieberhafte Erscheinungen sich beigesellen und der Patient schon deshalb im Bette zu verbleiben hat. Die ein- bis zweistündige Verabreichung des *Aconit* mit Wasser gemischt wird unseren Zwecken vollkommen entsprechen, und gar häufig wird diese Arznei für sich allein schon hinreichen, um in kürzester Zeit sowohl die Krisen der äusseren Haut, als die der Schleimhaut herbeizuführen, und das Verkältungsübel rasch zu Ende zu bringen. Ist durch den Gebrauch des *Aconit* die fieberhafte Aufregung vollkommen beseitigt, der katarrhalische Zustand jedoch nicht geändert, oder tritt der Katarrh gleich anfangs ohne Fiebersymptome auf und ist der trockene, mit Heiserkeit begleitete Husten, der besonders zur Nachtszeit am quälendsten ist, durch einen Kitzel im Halsgrübchen oder unter dem Brustbeine veranlasst, etwa auch beim Athmen eine Art von Pfeifen in der Luftröhre mit gewissermassen oberflächlichem, kleinblasigem Schleimrasseln verbunden, wobei keineswegs der Auswurf schon gehörig gelockert erscheint, dann wende ich in der Regel *Chamomilla* an, und lasse ich von der 6. Verdünnung eine wässerige Mischung bereiten und 2—3 stündig 2 Löffelchen nehmen. Dass übrigens ein aus der Blüthe der kleinen Kamille ganz schwach zubereiteter Thee, wovon 1—2—3 stündig einige Tropfen gereicht werden, im Nothfalle dieselben Dienste leiste, davon mich zu überzeugen, hatte ich schon gar häufig Gelegenheit. — Wenn der Katarrh seinen Sitz mehr in der Luftröhre, als im Kehlkopfe hat, und mit drückenden, beklemmenden, auch stechenden Brustbeschwerden auftritt, durch Tiefathmen erregt wird, allenfalls auch schon mit etwas Auswurf verbunden ist, dann wäre *Dulcamara* 6, angezeigt, die in wässeriger Mischung 2—3 stündig gereicht wird. — Wo der Hustenreiz sowohl im Kehlkopfe als in der Luftröhre und ihren Verzweigungen verspürt und durch Tiefathmen erneuert wird, anfallsweise sehr anstrengend und besonders zur Nachtszeit verschlimmert erscheint, dabei mitunter Würgen, selbst Erbrechen vorhanden ist, und überhaupt der Katarrh sich etwas krampfhaft zeigt, da reiche man *Ipecacuanha* 15, auf dieselbe Weise wie die früher genannte Arznei. Als eines der wichtigsten anticatarrhalischen Mittel und namentlich während der Zeit, wo der Husten noch rauh und trocken und nicht von eigentlichem Fieber, aber von etwas Frösteln, Schnupfen, Heiserkeit, Stimmlosigkeit, starken Trockenheitsgefühle auf der Brust begleitet ist, und namentlich Nachts sich verschlimmert, ist *Mercurius so-*

lubilis zu nennen, den ich gewöhnlich in der 3. Verreibung 4—5 stündig in halblinsengrosser Gabe nehmen lasse. — Zeigt der Husten schon etwas Neigung ins Lösungsstadium überzugehen, ist aber doch mitunter Kratzen und Wundheitsschmerz im Halse, auch Heiserkeit zugegen, verschlimmert er sich beim Liegen im Bette, gesellt sich auch Würgen und Brecherlichkeit dazu, löst sich der zähe Schleimauswurf mit Anstrengung, dann reiche man *Pulsatilla* 15, wie oben. — Gewahrt man stärkeres Schleimrasseln auf der Brust, und wird auch häufig Schleim ausgeworfen, wenngleich der Husten mitunter noch etwas trocken klingt, so wähle man *Squilla* 15, die eben so verabreicht wird wie die früher genannten Arzneien. — In Betreff des diätetischen Verhaltens wäre nur zu bemerken, dass rohes Obst, sowie das gekochte oder gebratene, beim Husten nicht gute Dienste leistet, indem der Husten dadurch wohl scheinbar gelockert, in der Wirklichkeit aber in seinem Verlaufe verlängert wird. Uebrigens verlangt das zartere Kindesalter bei jedem Husten gehörige Schonung und namentlich um die feuchtere und rauhere Jahreszeit.

Der Keuchhusten.

Der Keuchhusten ist eine epidemisch auftretende Kinderkrankheit, welche bei ihrer höheren Entwicklung in periodisch wiederkehrenden, äusserst heftigen Hustenanfällen besteht. Die vollkommen hustenfreien Zeiträume zwischen den einzelnen, stärkeren Anfällen bilden zum Theil das Charakteristische der in ihrer intensiveren Ausbildung bereits begriffenen Krankheit. Der Keuchhusten durchläuft drei, durch ihre Symptomengestaltung deutlich unterscheidbare Stadien, von denen das erste den Beginn, das zweite die Höhe und das dritte die Abnahme bezeichnet. Während diese Krankheit in ihrem Beginne und ihrer Abnahme als ein gewöhnlicher, mehr oder minder heftiger Katarrh erscheint, tritt sie im Stadium ihrer Höhe mit deutlich ausgesprochenem, krampthaftem, nervösem Charakter auf. Der Ansicht mancher Aerzte, dass jeder einfache Katarrh der Kinder durch Verabsäumung der erforderlichen Pflege und Schonung in Keuchhusten übergehen könne, wäre ich um so weniger beizupflichten geneigt, als ich zu wiederholten Malen Fälle zu beobachten Gelegenheit hatte, wo schon dem beginnenden Katarrhe die grösste Aufmerksamkeit zugewendet wurde, indem die betreffenden Kinder das Zimmer nicht verlassen durften, vor jeder neuen Erkältung aufs Sorgfältigste geschützt waren, und dennoch wollte es nicht gelingen den Uebergang in Keuchhusten zu verhüten. Nicht jeder Kinderkatarrh hat die Tendenz in Keuchhusten überzugehen, und bei Vorhandensein eines Katarrhes bereits in den ersten Tagen bestimmen zu wollen, ob es zur Entwicklung eines Keuchhustens kommen werde, ist selbst für den routinirten Arzt eine höchst riskante Aufgabe, es wäre denn, dass die eben herrschende Keuchhustenepidemie und die skrophulöse Disposition des Kindes diese Vorhersage begründen würden. Tritt bei einem Kinde ein trockener Katarrh mit ziemlicher Heftigkeit auf, wird er bei dem Gebrauche der früher beim einfachen Brustkatarrh erwähnten Arzneien, nicht binnen wenigen Tagen zur Lockerung und Lösung gebracht, so ist man eher schon zur Annahme berechtigt, dass ein Keuchhusten bevorstehe, und dies um so mehr, wenn gleichzeitig epidemische Einflüsse obwalten und skrophulöse Anlage im Hintergrunde bemerkt wird. Es pflegen im ersten, katarrhalischen Stadium wohl öfters auch andere Erscheinungen hinzuzutreten, als, heftige Heiserkeit, Schlingbeschwerden, Reizungszustände der Augenschleimhaut, geminderte Esslust, unruhiger Schlaf, mitunter auch etwas Fieberaufregung, doch sind diese Symptome durchaus nicht charakterisirend, da sie bei jedem intensiver auftretenden Brustkatarrh sich einzufinden pflegen. Bei manchen Kindern geht das erste Stadium nach einer Dauer von durchschnittlich 8 Tagen, bei anderen aber viel später in das zweite, das Krampfstadium über, dessen Symptomenbild so bezeichnend, so charakteristisch ist, dass nicht so leicht eine Verwechselung mit einer anderen Krankheitsform stattfinden kann. Jeder einzelne der Krampfhustenanfälle beginnt mit einem ängstlichen Vorgefühle, mit einem Gefühle von Kitzel im Halse oder in der Brust, auch öfters mit einem eigenthümlichen Druck unterhalb des Brustbeines, so dass erwachsenere Kinder diese Stelle öfters als diejenige bezeichnen, von welcher der Hustenreiz ausgeht. Kurz vor dem Anfalle stellt sich eine auffallende Unruhe ein. Befindet sich das Kind eben in der Rückenlage, so setzt es sich rasch auf, erfasst gerne irgend einen feststehenden Gegenstand, und ist das Kind ausser dem Bette, so sieht es sich ängstlich um und sucht einen Stützpunkt, eine nebenstehende Person, ein Meublesstück, woran es sich mit etwas vorgeneigtem Oberkörper anklammert und nun beginnt der eigentliche Anfall. Das Kind hustet stossweise mehrmals hintereinander mit heftiger

Anstrengung ohne vollkommenes Einathmen, und dann erst zieht es die Luft in einem langen Zuge, mit einem eigenthümlich heiser pfeifenden Tone ein, und darauf erfolgen wieder mehrere Hustenstösse und wieder ein langgedehntes heiseres Lufteinziehen, und endlich hört man ein, durch heftiges Luftausstossen zu Stande gebrachtes, eigenthümliches, trockenes Racksen, und der Anfall ist zu Ende. So lange dieses racksende Geräusch nicht vernommen wird, wiederholen sich stets die Hustenstösse, denn nur dieses bildet den Schluss des Anfalles. Nach Maassgabe der Heftigkeit eines solchen Anfalles, der im Durchschnitte 5—8 Minuten und darüber anzudauern pflegt, wird das Gesicht roth, selbst bläulichroth, die Augen thränen, werden geröthet, die Zunge erscheint mehr oder weniger blau, die Halsadern schwellen an, und bei den höchstgradigen Anfällen kommt selbst Blut durch den Mund, durch die Nase, durch die Augen, ja selbst durch die Ohren zum Vorschein, während die Stirne von kaltem Schweisse feucht ist. Das Racksen ist öfters auch mit Erbrechen verbunden, durch welches häufig eine Menge zähen, durchsichtigen, mitunter auch etwas der kurz zuvor genossenen Speisen entleert wird und hat der Krampfhusten bereits eine gewisse Reife erlangt, so werden gewöhnlich gelbliche Schleimmassen ausgeworfen, mitunter förmlich herausgeschleudert. Bei kleineren Kindern, die nicht die Fähigkeit besitzen, diesen Schleim auszuwerfen, sieht man ihn häufig in Stücken auf der Zunge liegen, von wo er leicht mittelst des Fingers entfernt wird, gar oft jedoch hört man ihn deutlich hinabschlucken. Nach überstandenem Anfalle tritt eine momentane Erschöpfung ein, das Athmen ist beschleunigt, das Kind zittert am ganzen Körper und verfällt dann gewöhnlich in Schlaf. Die Nacht über pflegen die Anfälle am häufigsten sich einzufinden und binnen 24 Stunden erscheinen öfters 12—30 Anfälle und darüber. Durch Schreien, Lachen, Weinen, überhaupt durch Gemüthsbewegungen, und ebenso durch vieles, erhitzendes Herumlaufen werden in der Regel die Anfälle erneuert. Bei allmählig eintretender Besserung bemerkt man einen deutlichen Nachlass in der Heftigkeit und Häufigkeit der Hustenanfälle, die krampfhaften Erscheinungen verschwinden nach und nach, der Husten nimmt wieder den Charakter eines gewöhnlichen, mit Auswurf verbundenen Katarrhes an, der in selteneren Fällen durch einige Zeit noch von einem bellenden Tone begleitet zu sein pflegt. Die Dauer des Keuchhustens, von seinem ersten Beginne bis zu seinem Verschwinden, hängt theils von der Schonung und Pflege, theils von der Art der Behandlung ab, und kann selber im günstigen Falle binnen 5 Wochen beendet sein, während er unter ungünstigen Verhältnissen öfters viele Monate und selbst über 1 Jahr dauert.

Ursachen.

Das Kindesalter ist es hauptsächlich, vom 1—7. Lebensjahre, welches zu dieser Krankheit, von der man glücklicherweise nur einmal im Leben heimgesucht wird, disponirt macht, doch sind die Fälle nicht selten, wo auch erwachsenere Individuen vom Keuchhusten befallen werden. Das Vorkommen dieser Krankheit ist grösstentheils durch epidemische Einflüsse bedingt, und diese erscheinen gewöhnlich entweder gleichzeitig mit, oder nach Masern- und Blatternepidemien. — Mit skrophulöser Anlage behaftete Kinder sind gewöhnlich als Kandidaten des Keuchhustens zu bezeichnen. — Hat das Kind schon einmal ein entzündliches Brustleiden überstanden, so bringt es die zurückbleibende, erhöhte Reizbarkeit und Empfindlichkeit dieser Organe mit sich, dass es um so eher vom epidemischen Keuchhusten befallen wird. Ueberdies unterliegt es keinem Zweifel, dass durch das viele und nähere Beisammensein mit einem derartig erkrankten Kinde, auch eine Ansteckung erfolgen könne.

Heilverfahren.

Es bedarf nur einer unbefangenen Beobachtung, um deutlich zu gewahren, dass das homöopathische Heilverfahren in dieser Krankheitsform sich aufs Vortheilhafteste bewähre. Ein Keuchhusten, der mit Umsicht homöopathisch behandelt wird, kann nie ein hochgradiger werden und binnen 5 Wochen muss er beendet sein. Allerdings wird unter solchen Umständen das Verdienst und die Leistung des Arztes sehr leicht verkannt und bedeutend geschmälert. Man setzt es in Zweifel, ob es in der That ein Keuchhusten war, als müsste es immer erst dazu kommen, dass das Blut durch Mund, Nase, Ohren und Augen hervorquillt, bevor man diese Krankheit als Keuchhusten bezeichnet. Wohl sind mir schon gar häufig Fälle dieser Art vorgekommen, die ich aus anderen Händen zu übernehmen hatte, und auch da war in der Regel binnen einigen Tagen eine derartige, wohlthätige Veränderung zu Stande gebracht, dass man sich abermals veranlasst gefunden hätte zu bezweifeln, ob es doch ein Keuchhusten sei. Die Wirkung der Arzneien, die im ersten, katarrhalischen Stadium des Keuchhustens angewandt werden, beschränkt sich grossentheils oder fast lediglich darauf, dass der Uebergang des katarrhalischen Hustens in den krampfhaften beschleunigt werde, und eben darum darf es nicht befremden, wenn man bei dem Gebrauche dieser Arzneien anfangs eher eine Zu- als eine Abnahme des Hustens bemerkt. So dürfte z. B. im ersten Beginne des Katarrhs, wo dem deutlich erkennbaren Reizungszustande der Schleimhäute der Luftwege auch einige fieberhafte Erscheinungen sich hinzugesellen, *Aconit* 15, in wässeriger Mischung 2—3 stündig zu 2 Kaffeelöffeln zu reichen sein. Ist die Fieberaufregung durch diese Arznei gehoben oder wenigstens bedeutend gemindert, scheint der Husten sich etwas lösen zu wollen, tritt allenfalls auch schleimiges Erbrechen und schleimige Diarrhöe hinzu, herrscht überdies gleichzeitig eine Masernepidemie, dann lässt sich von der unter solchen Umständen besonders angezeigten *Pulsatilla* sogar erwarten, dass sie den Ausbruch des eigentlichen Keuchhustens zu verhüten im Stande sein werde. Das gleichzeitige Vorhandensein einer Masernepidemie spricht namentlich aus dem Grunde vorzugsweise für die Darreichung der *Pulsatilla*, da der um diese Zeit herrschende Krankheitscharakter mit dem Krankheitsbilde, welches die *Pulsatilla* hervorzurufen im Stande ist vollkommen übereinstimmt, daher eben bewährt sich auch *Pulsatilla* ganz vortrefflich als Masernpräservativ. Die Darreichung der *Pulsatilla* 15, im katarrhalischen Stadium findet in der gewöhnlichen wässerigen Mischung statt, und genügt es 3—4 stündig 2 Kaffeelöffel voll zu reichen. Ueberdies könnten sich im katarrhalischen Stadium auch Anzeigen für andere Mittel ergeben, und um bereits Erwähntes nicht wiederholen zu müssen, wolle man in dem angegebenen Heilverfahren bei dem einfachen Brustkatarrh sich Rath erholen. — Wir kommen nun zu der Behandlung des krampfhaften Stadiums des Keuchhustens, welches in der Regel nicht plötzlich, sondern allmählig oder nur zeitweilig sich als solches zu erkennen gibt. Die Mittel, die mir bis jetzt die besten Dienste geleistet haben, sind: *Drosera*, *Cina*, *Veratrum*. Ich pflege in den meisten Fällen schon bei den ersten krampfhaften Anzeichen *Drosera* zu reichen, da es hin und wieder selbst da noch gelingt dem Fortschreiten des Uebels Einhalt zu thun, doch soll diese Arznei Hilfe bringen, so ist dies nur der Fall, wenn sie fürs Erste in einer höheren Verdünnung, und fürs Zweite, in seltener Wiederholung verabreicht wird. Im Allgemeinen wende ich gewöhnlich eine Gabe der 24—30. Verdünnung der *Drosera* zu einigen Kügelchen an, und ohne mich durch irgend etwas so leicht irre machen zu lassen, warte ich darauf mindestens 5—6 Tage ab. Erfolgt binnen dieser Zeit gar keine Besserung, dann kann man sich auch von der Darreichung einer zweiten Gabe keinen günstigeren Erfolg versprechen, und wird man jedenfalls besser thun, eine andere Arznei zu wählen; zeigt sich jedoch eine augenfällige, vortheilhafte Veränderung, dann thut man sicher am besten nach Maassgabe der Besserung entweder noch einige Tage Wirkungszeit einzuräumen, oder bei nicht weiter vorschreitender Abnahme der Heftigkeit und Häufigkeit der Anfälle die Darreichung der *Drosera* zu wiederholen. Auch die *Cina* ist eine höchst wirksame Arznei im Keuchhusten, doch ist das ihr entsprechende Symptomenbild eigenartig gestaltet, und zwar, müssten die Hustenanfälle namentlich zur Morgenszeit besonders heftig auftreten, wobei gewöhnlich viel Schleimanhäufung in den Luftwegen sich zeigt, ferner pflegt dem Husten ein gewisses, an allgemeinen Krampf erinnerndes Starrwerden des Körpers voran zu gehen, ebenso ist bei diesem Husten ein eigenthümliches, ängstliches Schnappen nach Luft zu bemerken, wobei auch ein gluckerndes Geräusch in der Luftröhre vernommen wird, und endlich sind es zumeist mit deutlich ausgesprochenem Wurmleiden behaftete Kinder, denen diese Arznei am besten zusagt. Ich wähle in der Regel nur eine höhere Verdünnung und reiche selbe in nicht häufigerer als 4—5stündiger Wiederholung. — Eine Arznei von der ich unbestritten in diesem Stadium des Keuchhustens in der grössten Anzahl der Fälle die vortrefflichsten Wirkungen gesehen habe, ist das *Veratrum album* in der 6—12. Verdünnung. Die besonders vorstechenden Erscheinungen, die zur Wahl dieser Arznei bestimmen, sind: Beim Husten ein den Athem benehmendes Zusammenschnüren in der Kehle, wobei die Augen ängstlich hervortreten. Würgendes, brecherliches Aufstossen und selbst Erbrechen begleiten den Husten, dessen Reiz in der untersten Brustbeingegend gefühlt wird. Während des Hustens färbt sich das Gesicht oft bläulichroth und tritt mitunter auch unwillkürliches Harnen ein. Ich pflege diese Arznei, die durch längere Zeit ununterbrochen fortgesetzt werden muss, in Streuzuckerkügelchen 4—6 für die einzelne Gabe 4stündig zu verabreichen, und nur in äusserst seltenen Fällen mache ich bei Vorhandensein der Symptome eines heftigen Blutandranges nach dem Kopfe inzwischen von *Belladonna*, bei äusserst heftigen, allgemeinen Krampfzufällen von *Cuprum metallicum* Gebrauch; jedoch jede dieser Arzneien reiche ich in der 30. Verdünnung und nur einmal, warte darauf mindestens 24—48 Stunden ab, und kehre dann wieder zum *Veratrum* zurück. Um zu einer genauen und vergleichenden Uebersicht in Betreff der öfteren oder selteneren Wiederkehr, der grösseren oder geringeren Heftigkeit der Hustenanfälle gelangen zu können, lasse ich bei allen meinen mit Keuchhusten befallenen Patienten einige Blätter linirtes Papier benutzen. Zu Anfang jeder Linie wird das Datum angegeben, und auf der Linie selbst werden durch senkrecht gestellte Strichelchen, die nach Massgabe der Heftigkeit der Anfälle länger oder kürzer sind, die einzelnen Hustenanfälle notirt, und um die Taganfälle von den zur Nachtszeit auftretenden unterscheiden zu können, wird zwischen beiden ein kleines Rädchen gezeichnet. Sind Hustenanfälle von Erbrechen begleitet, so gibt man dies durch ein kleines am senkrechten Strichelchen angebrachtes Häkchen zu erkennen. Auf solche Weise erlangt man eine ganz klare Uebersicht in Betreff des Verlaufes der Krankheit, was den betreffenden Eltern stets Befriedigung, dem Arzte untrügliche Anhaltspunkte gewährt, und endlich werden durch diese ganz einfache Protokollirung, und die eben dadurch ermöglichte Vergleichung alle Zweifel in Betreff der Beurtheilung des Zustandes behoben. — Ein Umstand der bei Behandlung des Keuchhustens ganz besonders gewürdigt werden muss, ist das diätetische und anderweitige Verhalten, welches ich vieljährigen Erfahrungen zu Folge als das zweckmässigste dringend empfehlen kann. Erscheint der Keuchhusten zu einer anderen Zeit als um die Monate Juni, Juli, August, so muss der kleine Patient durch die ganze Zeit von 5 Wochen im Zimmer verbleiben, und dürfte nur an warmen trockenen Tagen um die Mittagszeit die Zimmerlüftung, und diese nur durch Oeffnen der oberen Fensterflügel vorgenommen werden. Bei nur etwas rauherer Witterung ist blos die indirekte Lufterneuerung gestattet, die derartig vorzunehmen wäre, dass in dem angränzenden Zimmer bei geschlossener Thüre der Krankenstube eine Stunde lang durch Oeffnen des Fensters gelüftet, und erst, wenn dies wieder geschlossen, die Krankenstubenthüre allmählig geöffnet wird. An Tagen, wo die Luft nicht trocken, warm und windstill ist, muss auch selbst während der Monate Juni, Juli, August das Zimmer gehütet werden. — Für die Pflege der Haut kann durch Abreibung des Körpers mittelst eines in kühles Wasser getauchten und halbfeuchten Flanelllappens gesorgt werden, und was die Diät anbelangt, ist vor Allem der Genuss des rohen, sowie des gekochten oder gebratenen Obstes, wie überhaupt jede

Obstsäure aufs Sorgfältigste zu meiden, und müsste auch selbst schon wegen des Mangels an der gewohnten Körperbewegung eine einfache und leichtere Kost gewählt werden. — Ich lasse gewöhnlich zum Frühstück eine Tasse Milch oder Kakaoschalenabkochung oder sonst ein zweckmässiges Kaffeesurrogat nehmen, wozu etwas einfaches, gut ausgebackenes Weissbrod, dessen Krume ich gerne entfernen lasse, oder etwas Zwieback ohne Gewürz und ohne Mandeln gestattet ist. Zu Mittag: Suppe, einerlei und wenig Fleisch — nur nicht Gänse-, Schwein- oder Kalbsbraten, und dann etwas grünes Gemüse abwechselnd mit Reis, Nudeln, Grütze, die ich der leichteren Verdaulichkeit halber lieber in der Suppe, als im Wasser abkochen lasse. — Drei bis vier Stunden nach dem Mittagmahle kann wieder Aehnliches, wie zum Frühstücke bestimmt war, und zum Abendessen eine Fleischsuppe gereicht werden. Anders verhält sich die Sache bei Säuglingen, die, wenn sie schon nebenbei an andere Nahrung gewöhnt waren, selbe aber beim Husten erbrechen, während des ganzen Verlaufes des Keuchhustens, lediglich nur auf die Mutter- oder Ammenbrust angewiesen sind.

Die Lungenentzündung.

Sowohl bei ganz kleinen als grösseren Kindern pflegt diese Krankheit häufig bald mehr bald minder heftig aufzutreten, erscheint manchmal selbstständig, sehr oft aber als Begleiterin anderer Krankheiten, als des Keuchhustens, der Masern u. d. m. Sie entwickelt sich gewöhnlich aus einem katharrhalischen Zustande, den man nicht gehörig beachtet hat, wobei man den davon heimgesuchten Kindern nicht die erforderliche Schonung nnd Pflege angedeihen liess, sie im Gegentheil neuen Erkältungen aussetzte. Der Husten, die Athmungsbeschwerde und das Fieber sind es, durch deren eigenthümliche Gestaltung die eingetretene Lungenentzündung sich vorzugsweise zu erkennen gibt. Der Husten ist grösstentheils, wenigstens anfangs trocken und anstrengend, kommt anfallsweise, ist selten mit Heiserkeit verbunden und hat bei ganz kleinen Kindern einen eigenthümlichen krächzenden Ton, wobei späterhin sich öfters auch Erbrechen einzustellen pflegt, mittelst dessen zähe Schleimmassen herausbefördert werden. Das Athmen ist ungleich und höchst beschleunigt, wobei der Unterleib mehr thätig, der Brustkasten jedoch ruhig sich verhält und auffallend gewölbter erscheint.

Während bei gesunden, neugeborenen Kindern im Durchschnitte 45 Athmenzüge binnen einer Minute, bei einem Kinde von 1—6 Jahren 26 gezählt werden, steigt hier die Zahl der Einathmungen auf 60 und darüber und bei jenen selbst auf 80 binnen eines Zeitraumes von einer Minute. Diese oberflächlichen Einathmungen sind von einem etwas rasselnd knisterndem Geräusche begleitet und pflegen die Kinder dabei einen ganz eigenthümlichen Angstausdruck im Gesichte zu zeigen. Das Fieber ist heftig, der Puls hart, anfangs voller, später klein, und accelerirt bis auf 150 Schläge während der Minute. Bei sehr gesteigerter Hitze der Haut, namentlich an Stirne und Händen, bei heftigem Durste bemerkt man das Gesicht auffallend bleich und nur während des stärkeren Hustens etwas flüchtig geröthet. Kleinere Kinder wollen nicht im Bette bleiben, meist am Schoosse liegen oder herumgetragen werden, wobei sie durch ihre steten Bewegungen eine gewisse innere Unruhe kundgeben.

Ursachen.

Die Lungenentzündung kommt meistens im Winter und mit dem Eintritte des Frühjahrs vor. Sehr kalte Luft, oder feuchte, nasskalte Witterungsbeschaffenheit begünstigen ihr Entstehen, da eben dadurch Erkältungen sehr leicht veranlasst werden, obgleich man bemerkt, dass sie selbst bei stetem Aufenthalt in der mässig temperirten Stube vor diesem nachtheiligen Einflusse der Witterung dennoch nicht geschützt werden. Auch angestrengtes Laufen bei sehr kalter Luft, oder dem Winde entgegen, ebenso das Kalttrinken bei erhitztem Körper können sehr leicht eine Lungenentzündung herbeiführen. Bei dem Keuchhusten und bei fieberhaften Hautausschlägen bildet sie häufig eine höchst unwillkommene Complication.

Heilverfahren.

Bei dem nicht zu übersehenden Umstande, dass die Lungenentzündung der Kinder eine höchst gefährliche Krankheit sei, muss ich nachdrücklichst darauf aufmerksam machen, dass man ja nicht lange zögere und einen erfahrenen Arzt zu Rathe ziehe, und wenn ich hier dennoch einige Winke in Bezug auf die Behandlung dieser Krankheit gebe, so geschieht dies lediglich aus dem Grunde, um, vor der Ermöglichung eines ärztlichen Besuches, doch ein oder das andere der zu bezeichnenden Mittel anwenden zu können, wodurch jedenfalls eher eine Besserung, nie aber eine Verschlimmerung des Zustandes herbeigeführt werden kann. — Eines der wichtigsten

Mittel beim ersten Beginne der Lungenentzündung ist unter allen Umständen das *Aconit*, um so mehr, wenn bei gleichzeitig vorhandener fieberhafter Aufregung eine eigenthümliche Unruhe des Kindes und eine sichtbare Verschlimmerung der Beschwerden besonders zur Nachtszeit bemerkt wird, und würde eine Mischung aus 2 Tropfen der 6. Verdünnung dieser Arznei mit einem halben Glase Wasser zu bereiten und nach Heftigkeit der Beschwerden 1—2—3 stündig eine Gabe von 1—2 Kaffeelöffeln zu reichen sein. — Wo bei stets sich steigernder Fieberaufregung, bei Zunahme des ganz trocknen und besonders Nachts sich verschlimmernden Husten heftiger Blutandrang nach dem Kopfe sich zeigt, was aus dem lebhaft gerötheten Gesichte, den glänzenden Augen, dem sichtbaren Pulsiren der Schläfen- und Halsarterien zu erkennen ist, da wähle man *Belladonna* 15, und lasse, jenachdem das mehr oder minder stürmische Auftreten der Krankheitserscheinungen es erheischt, 2—3—4 stündig zu 2 Kaffeelöffeln von der, nach dem oben erwähnten Mischungsverhältnisse zubereiteten Arznei verabreichen. — Falls das eine oder das andere Mittel nicht den gehörigen Erfolg bringen sollte, ja im Gegentheil die sich steigernde Athembeschwerde, der sich vermehrende trockene, mitunter etwas lockerklingende, jedenfalls aber schmerzhafte Husten eine Verschlimmerung anzeigen würde, da schreite man zur Anwendung des *Phosphor* 6, den ich meiner Erfahrung zufolge wirksamer finde, wenn er auf Milchzucker zu einem kleinen Theile eines Tropfens in 2—3 stündigen Zwischenräumen gereicht wird. — Oefters ergibt sich der Fall, dass nach vorausgegangener Darreichung des *Aconit* die Wahl auf *Bryonia* fällt und zwar wenn durch *Aconit* bereits die Schweisskrisen eingetreten sind, der Puls etwas beruhigter erscheint und dennoch das Vorhandensein eines öfter unterlaufenen Fröstelns daran zu erkennen ist, dass der kleine Patient sich zeitweilig sorgfältiger zuzudecken bemüht ist, und überdies bei dem heftigen, grösstentheils noch trockenem Husten Schmerz gefühlt wird, der sich theils durch die Geberden des Kindes, theils durch das sichtbare Bestreben den Husten zu unterdrücken zu verrathen pflegt. Dabei bemerkt man mitunter, dass die eine vordere Brusthälfte bei jeder Einathmung etwas gehoben wird, während die andere Hälfte sich ganz ruhig verhält, wodurch eine eigenthümliche schiefe Bewegung des Brustkastens beim Athmen bewerkstelligt wird, die auf das Vorhandensein von Seitenstechen schliessen lässt. Auch die *Bryonia* reiche ich zu 2 bis 3 Tropfen in $^1/_2$ Glase Wasser, wovon der Patient jede 2. Stunde

2 Kaffelöffel voll erhält. Ist der Husten sehr gelöst, so dass starkes, lockeres Schleimrasseln fast immerwährend vorhanden, und überdies auch von Schmerz begleitet, sind die Athmungsbeschwerden und etwas Fieberaufregung noch immer bemerkbar, dann reiche man *Squilla* 6, auf dieselbe Weise wie *Bryonia*. Zeigt sich bei dem Schleimrasseln auch Brechneigung oder wirkliches Schleimerbrechen, dann wäre jedenfalls *Tartarus emeticus* 15, angezeigter, den ich ebenso wie die früher genannten Mittel anzuwenden pflege.

Der fieberhafte Magenkatarrh.

Ich führe hier eine Krankheitsform an, die bei Kindern zwischen dem 2. und 7. Lebensjahre ungemein häufig vorkommt, doch sehr häufig auch verkannt und mit ganz anderen Namen bezeichnet wird, und eben darum finde ich es für nöthig, den oft plötzlichen Beginn und den ferneren Verlauf dieses fieberhaften Uebels etwas genauer gezeichnet vorzulegen, da bei dieser, oft unter den schreckerregendsten Symptomen auftretenden Krankheit den Eltern viel Sorge und überflüssige Angst erspart wird, wenn sie dieses so ernst sich geberdende Leiden genau erkennen, was namentlich in diesem Falle in Bezug auf die Behandlung von grösster Wichtigkeit ist. Bei Kindern, wo die Ausbeute der Symptomenerforschung eine viel begränztere ist, da ihnen gewöhnlich noch das Vermögen abgeht, ihre Beschwerden durch Worte gehörig zu bezeichnen, müssen wir auf jede der geringfügigsten, wahrnehmbaren Erscheinungen ein ganz besonderes Gewicht legen, um den eigentlichen Sitz und Charakter des Uebels genau zu erkennen. Gewöhnlich trägt bloss die mangelhafte Erforschung und Deutung der Symptome die Schuld, wenn ein dergleichen Kranksein als ein typhöses Fieber, als eine beginnende Hirnhöhlenwassersucht, als ein Wurmfieber bezeichnet wird, welches mit seinem richtigeren und wahren Namen benannt ein fieberhafter Magenkatarrh ist. — Und was ist denn eigentlich ein Magenkatarrh? Eine Art entzündlichen Leidens der Schleimhaut, die den inneren Magenraum umkleidet, ein normwidriger Zustand, wie er beim Schnupfen an der Nasenschleimhaut, wie er beim gewöhnlichen Brustkatarrh an der Schleimhaut der betreffenden Luftwege sich vorfindet. Oefters pflegen dem Magenkatarrhe Symptome sich beizugesellen, die ihn als fieberhaft erkennen lassen, und dies ist eben die Krankheitsform, deren Erscheinungen ich hier näher zu bezeichnen beabsichtige. Gar häufig pflegen die Kinder vor dem Eintritte der Krankheit über Halsweh zu klagen, doch lässt die genaue Besichtigung des Halses weder eine Spur von Röthe und Geschwulst bemerken, sie werden verdriesslich, klagen über Kopfweh, zumeist in der Stirngegend, ihre Zunge zeigt einen weissen Anflug, sie verlieren den Appetit und sind mehr zum Liegen als zum Herumgehen geneigt. Die darauffolgende Nacht verläuft unruhig; die Haut wird heiss und trocken, sie fiebern, der Schlaf ähnelt mehr einer Schlummerbetäubung, aus der sie auch den Tag über selten erwachen, und die öfter selbst mehrere Tage anzudauern pflegt. Werden sie aus dieser Betäubung durch Ansprechen geweckt, so zeigen sie wohl auf Verlangen die Zunge, nehmen allenfalls etwas gereichtes Getränk, weniger die Suppen, beantworten die an sie gestellten Fragen sehr kurz und unvollständig und — schlafen wieder ein. Dabei findet man die Fieberhitze in der Zunahme, der Kopf ist brennend heiss, das Gesicht lebhaft geröthet. Man kann während dieses betäubten Schlafes das Augenlid in die Höhe heben, der Augapfel erscheint glänzend, weicht dem Lichte nicht aus, und das Kind wird durch die Vornahme dieses Versuches nicht geweckt. Bei der Untersuchung der Mundhöhle findet man die Zunge nur sehr leicht belegt, aber glanzlos, auf der die Zungenwärzchen häufig wie kleine, röthliche Punkte erscheinen, dabei gewahrt man einen eigenthümlichen, säuerlichen Geruch aus dem Munde, der merkwürdigerweise eben so bei dem übrigens ganz lichten Urine des Kindes zu bemerken ist. Die Stuhlentleerung mangelt, der Puls ist bedeutend beschleunigt. Ein Symptom, das namentlich bei älteren Kindern unter anderen aufzutreten pflegt, ist die sehr vermehrte Speichelabsonderung, so dass die vorhandene Schlafneigung durch das so häufige Ausspucken eines zähen Speichels öfters Störung erleidet.

Ursachen.

Gar häufig wird der fieberhafte Magenkatarrh durch Erkältung, namentlich bei dem Einflusse einer feuchtkalten Luft veranlasst, doch kamen mir auch Fälle vor, wo durch Kalttrinken bei erhitztem Körper die Magenerkältung herbeigeführt wurde. Ueberdies sind es nebstbei die so mannigfachen quantitativen und qualitativen Diätfehler, der Genuss zu vielen oder unreifen Obstes, der verschiedenen Backwerke und Leckereien, das Ungeregelte der Mahlzeiten, sowie das zu hastige Essen, wodurch Magenkatarrhe zu Stande gebracht werden, die bei Kindern häufig fieberhaft zu verlaufen pflegen. Hieher gehört auch die vorhandene Neigung zur Wurmbildung, die ohnedies schon eine krankhaft gesteigerte Schleimerzeugung voraussetzt, und eben daher um so eher zum Magenkatarrh disponirt.

Heilverfahren.

In steter Berücksichtigung der veranlassenden Ursachen wäre bei dem fieberhaften Magenkatarrh, der einer Erkältung sein Entstehen verdankt, jedenfalls vorerst *Aconit* anzuwenden, um, wenn möglich eine Hautkrise zu befördern und hiedurch eine Mässigung des Fiebers zu bewerkstelligen. — Man ist gewöhnt auf diese Weise stets zu verfahren, und bei den meisten fieberhaft auftretenden Erkältungsbeschwerden im Allgemeinen vor Allem *Aconit* zu verabreichen; jedoch bei dieser Krankheitsform pflegte es mich sehr häufig im Stiche zu lassen, so dass ich vor mehreren Jahren bereits in einem Falle ähnlicher Art, wobei der zeitweilig eintretende Schweiss auch jenen auffallend säuerlichen Geruch zeigte, und überdies nicht unbedeutende Schlingbeschwerden vorhanden waren, ohne dass sich die leiseste Spur von Röthe oder Geschwulst im Halse gezeigt hätte, zur *Sepia* meine Zuflucht nahm. Der Erfolg war überraschend. Binnen 24 Stunden war eine Aenderung eingetreten, die sowohl meine, als die Erwartung der Umgebung weit übertraf, und seit dieser Zeit eben wende ich mit besonderer Vorliebe, die durch die so häufigen günstigen Erfolge gerechtfertigt erscheint, in allen Fällen des fieberhaften Magenkatarrhs und namentlich wo der säuerliche Mund- und Harngeruch bemerkt wird, die *Sepia* an, von der ich gewöhnlich 2—3 Tropfen der 6. Verdünnung mit ½ Glase Wasser mische und zweistündig 2 Löffelchen reichen lasse. — Wird eine Magenüberladung als Ursache dieser Erkrankung angegeben, da pflege ich anfangs in kurzen Zwischenräumen 2—3 Mal einige Tropfen schwarzen Kaffees nehmen zu lassen, worauf gewöhnlich die Uebelkeit sich zu verlieren oder Erbrechen der genossenen Speisen einzutreten pflegt. Versagt dieses Mittel seine Dienste, so gehe ich gewöhnlich zur *Bryonia* über, die ich in der wässerigen Mischung 3—4stündig zu 2 Löffelchen reichen lasse. Wo zu fette oder zu schwer verdauliche Speisen den fieberhaften Magenkatarrh veranlasst haben, da dürfte man auch nicht die *Pulsatilla* vergessen und in jenen Fällen, wo der zu häufige Obstgenuss die Veranlassung abgab, da kann man auch mit um so mehr Zuversicht auf die Wirkung der *Sepia* rechnen. Wo während des Verlaufes des fieberhaften Magenkatarrhs das häufige Ausspucken eines zähen Speichels bemerkt wird, da kann man sich von der Wirkung der *Ignatia* unbedingt viel versprechen. Dass die Diät während der ganzen Zeit des fieberhaften Krankseins blos in ganz leichter, klarer Fleischbrühe zu bestehen habe, bedarf wohl nicht erst einer Erwähnung.

Der fieberlose Magenkatarrh.

Die Symptome, die bei Kindern auf die Anwesenheit eines Reizungszustandes der Schleimhaut des Magens deutlich hinweisen, sind äusserst mannigfach. Der Appetitmangel mit mehr oder minder belegter Zunge, die Brechübelkeit, das Wasserzusammenlaufen im Munde, das Erbrechen, die verschiedenen andersartigen Beschwerden und Schmerzgefühle im Magen, die Auftreibung der Magengegend, alle diese Erscheinungen sprechen für das Vorhandensein eines gereizten Zustandes der Magenschleimhaut, der, wenn er das Blutgefässsystem nicht gleichzeitig mit in Aufregung versetzt, als fieberloser Magenkatarrh zu bezeichnen ist. Der Appetitmangel ist gewöhnlich mit einem weisslichen oder gelblichen Zungenbelege verbunden und nicht selten findet man stellenweise die Zunge wie abgeschält, der Geschmack verschiedenartig verändert, ebenso der Mundgeruch, öfters ist ein entschiedener Widerwille gegen diese oder jene Speise, oder ein ganz besonderes Verlangen nach einem, gewöhnlich höchst unzweckmässigen Nahrungsmittel oder nach diesem oder jenem Getränke vorhanden. Die Brechübelkeit tritt häufig mit oder ohne Wasserzusammenlaufen im Munde auf, wird öfters durch Speisegenuss von Neuem wieder hervorgerufen. Das Erbrechen entleert öfters die genossenen Speisen oder eine mehr wässerige, schleimige, gallichte Flüssigkeit von saurem oder bitterem Geschmacke; mitunter werden selbst Würmer dabei herausbefördert. Die schmerzhaften Gefühle des Magens werden von älteren Kindern zumeist als Drücken oder als öftere Stiche, mitunter auch als Brennen bezeichnet, wobei sich öfters eine Empfindlichkeit des Magens beim Druck bemerkbar macht. Die häufig vorkommende, fast halbkugelartige Auftreibung der Magengegend pflegt gewöhnlich mit einigen der erwähnten und selbst auch ohne alle Nebenbeschwerden aufzutreten.

Ursachen.

Bei Kindern und namentlich solchen, die zu Magenkatarrhen disponirt sind, macht oft eine vorausgegangene Erkältung ihren Reflex auf den Magen, doch sind es grossentheils die genossenen Nahrungsmittel, die entweder durch unzweckmässige Beschaffenheit oder durch Uebermass diese Magenerkrankung veranlassen. Auch die so üble Angewöhnung des zu raschen, zu hastigen Essens, sowie selbst das Heissessen pflegt die Neigung zu dergleichen Magenaffektionen zu wecken. Endlich haben Kinder, die mit Würmern behaftet sind selbstverständlich auch eine entschiedene Disposition zu Magenkatarrhen, da eben die gewöhnlich damit verbundene, krankhaft gesteigerte Schleimerzeugung die Bildung der Würmer begünstigt.

Heilverfahren.

Wenn bei Kindern in Folge einer Magenüberladung Verdauungsstörungen mit Appetitmangel eintreten, dabei die Zunge weiss oder gelblich belegt, der Magen für Druck empfindlich ist, auch öfters Uebelkeiten sich einstellen, so verordne ich gewöhnlich *Antimonium crudum* 15, und lasse zweimal des Tags ein mit einem kleinen Tropfen dieser Arznei befeuchtetes Milchzuckerpulver reichen. — Waren es besonders fette Nahrungsmittel oder schwerere Mehlspeisen, übermässiger Obstgenuss, welche die mannigfachen Verdauungsbeschwerden herbeiführten, so wähle man *Pulsatilla* 15, und lasse von der öfter erwähnten wässerigen Mischung 2—3 stündig 2 Kaffeelöffel voll nehmen, aber auch *Ipecacuanha* 15, wäre angezeigt, wenn sehr häufiges, leeres Brechwürgen vorhanden ist, oder das Erbrechen von Schleim und Galle beim Gebrauche der *Pulsatilla* nicht nachgelassen hätte. Ist nebst anderen gastrischen Beschwerden besonders heftiges, leeres Aufstossen und Aufschwulken der genossenen Speisen zu bemerken, ist die Magengegend beim Drucke empfindlich, dann wähle man *Bryonia* und reiche sie ebenso wie die letztgenannten Arzneien. — Bemerkt man aus den Geberden des Kindes, dass es ein unangenehmes, scharfes Aufschwulken habe, wird öfters sauer und scharf schmeckender Schleim erbrochen, ist die sehr empfindliche Magengegend aufgetrieben, wird über Magendrücken geklagt, und ist Neigung zur Stuhlverhaltung vorhanden, dann wird *Nux vomica* 15, gute Dienste leisten und kann zweimal des Tags eine Gabe gereicht werden, doch des Morgens bei leerem Magen wird diese Arznei nicht gut vertragen, ebenso wie *Pulsatilla* nie vor dem Zubettegehen genommen werde, da sie namentlich bei reizbaren Kindern und selbst auch bei empfindlicheren Erwachsenen das Einschlafen vor Mitternacht zu verhindern und überhaupt die Beschwerden für einige Zeit zu erhöhen pflegt. Gegen die starke Auftreibung und Geschwulst in der Magengegend ohne anderweitige Nebenbeschwerden wende ich gewöhnlich *Nux moschata* 6, zweimal des Tags eine kleine Gabe an und falls binnen 2—3 Tagen keine Besserung erfolgt, so reiche ich *Calcarea* 15, jeden Morgen, und bei eintretender wohlthätiger Wirkung nur jeden 2. oder 3. Morgen zu einem kleinen Tropfen auf etwas Milchzucker oder zu einigen mit dieser Arznei befeuchteten Streuzuckerkügelchen. — Wo Wurmleiden mit im Spiele, da sind eben auch die oben angeführten Mittel in Anwendung zu bringen und namentlich *Ipecacuanha*, *Pulsatilla*, *Nux vomica*; aber auch *Cina*, die vorzugsweise dann zu wählen wäre, wenn bei übrigens gutem Appetite, mitunter sogar bei auffallender Gefrässigkeit und reiner Zunge, öfters bittersaueres Aufschwulken und Erbrechen von Schleim, mitunter selbst von Spulwürmern bemerkt wird. — Ich finde die *Cina* in der 3—6. Verdünnung am passendsten und reiche ich selbe gewöhnlich zweimal des Tags zu einem Tropfen mit einem Esslöffel Wasser oder auf einem Milchzuckerpulver. — Rücksichtlich der Diät muss selbe den schwachen Verdauungskräften entsprechend sehr leicht und einfach sein.

Der fieberhafte Darmkatarrh.

Ich führe unter diesem Namen eine Krankheitsform vor, die man in früherer Zeit mit dem Namen Schleimfieber und bei gleichzeitig nachweisbarem Vorhandensein von Würmern auch Wurmfieber zu nennen gewohnt war. Der Sitz der Krankheit ist die den inneren Raum des Darmkanales überziehende Schleimhaut, die bei ihrem hochgradigeren und ausgedehnteren Ergriffensein, namentlich bei reizbaren Kindern häufig mit Fieber verbunden auftritt, und dies um so mehr, wenn der Reizungszustand der Darmschleimhaut sich auch mehr nach aufwärts gegen den Magen und die Athmungswege ausbreitet. Man ist heut zu Tage gewöhnt Darmkatarrh und Diarrhöe als synonyme Begriffe zu betrachten. Dem ist aber nicht so. Es kann ein Darmkatarrh d. h. ein gereizter, entzündlicher Zustand der Darmschleimhaut vorhanden sein, ohne dass sich dabei ein Durchfall zeigt. Sehen wir es doch auch bei dem Magenkatarrh, wo die Schleimerzeugung nicht immer so copiös erscheint, dass es zum Schleimerbrechen kommen müsse. Ueberhaupt pflegen die mit Fieber auftretenden Reizungszustände der Schleimhäute, gewöhnlich anfangs, sogar mit verminderter Schleimabsonderung aufzutreten und erst im späteren Verlaufe tritt selbe mehr oder weniger vermehrt auf. —

Der Eintritt eines fieberhaften Darmkatarrhes kündigt sich grossentheils unter Mattigkeits- und Abgeschlagenheitsgefühl, bei höchst verdriesslicher Gemüthsstimmung der Kinder, durch öfteres, gelindes Frösteln mit nachfolgender, anfangs nur geringer Hitze an, wobei sich völliger Mangel an Esslust, Ekel oder wohl auch fauliger Geschmack, Absonderung eines zähen Speichels, starker Schleimüberzug der Zunge, des Zahnfleisches und der Zähne, Auftreibung des Unterleibes und namentlich der obersten Bauchgegend, mitunter Blähungsbeschwerden und zeitweilig auch Kolikschmerzen, sowie im späteren Verlaufe schleimige Stuhlgänge bemerken lassen. Die Verschlimmerungen treten gewöhnlich des Abends ein und sind von vermehrter Hitze mit trockener Haut, härtlichem, beschleunigtem Pulse und etwas Kopfweh begleitet, der Urin ist blass und zeigt bei eintretender Besserung gewöhnlich einen reichlichen Schleimsatz. Wo Würmer in grösserer Anzahl vorhanden, da üben selbe auch auf das Nervensystem einen bedeutenden Reflex aus, so dass das Krankheitsbild in manchen Stücken durch Zuwachs einiger Symptome nicht unwesentlich verändert, und viel trüber erscheint. So finden wir eine vorherrschende Schlafbetäubung, wobei der kleine Patient sich viel im Bette herumwirft, die Augen verdreht, mit den Händen um sich schlägt, oft auch zeitweilig von Krampfzufällen heimgesucht ist, ängstlich zu träumen scheint und mitunter auch viel aus dem Schlafe spricht, und selbst während des Schlafes sehr häufig mit den Fingern in der Nase herumbohrt.

Ursachen.

Sind Kinder lymphatischer Konstitution, was sich gewöhnlich durch Aufgedunsensein des Gesichtes oder nur der Nase, der Lippen kundgibt, sind sie dabei mehr blass, haben mitunter auch blaue Ringe um die Augen, dann kann man überzeugt sein, dass sie im Allgemeinen zu Krankheiten der Schleimhäute und gewöhnlich zur Wurmbildung disponirt sind. Hiemit müssen alle jene Ursachen, welche der Entwicklung einer lymphatischen, scrophulösen Körperkonstitution förderlich, auch als Veranlassungen zu dem fieberhaften Darmkatarrh betrachtet werden, der, wenn er faktisch als Wurmfieber auftritt; häufiger dem Vorhandensein jener dickeren und längeren Gattung der Würmer, die man Spulwürmer nennt, sein Entstehen zu verdanken hat. Uebrigens kann ausser den so mannigfachen quantitativen und qualitativen Diätfehlern, zu welchen letzteren wir vorzugsweise den vorwiegenden Genuss grober, mehliger Kost, der Kartoffeln, der Mehlklöse, des Butterbrodes, aber auch die mannigfachen süssen und fetten Leckereien zählen, auch die Erkältung, namentlich bei zu Schleimhautleiden Geneigten Veranlassung werden.

Heilverfahren.

Bei den mit dem Darmkatarrhe gleichzeitig auftretenden Fiebererscheinungen muss um so eher mit der Darreichung des *Aconit* begonnen werden, als diese Arznei auch zu dem mit dieser Krankheit gewöhnlich vergesellschafteten Wurmleiden in naher Heilbeziehung steht. Je stärker die Fieberaufregung, desto häufiger kann die Wiederholung der einzelnen Arzneigaben stattfinden, so dass in 2- ja selbst 1stündigen Zwischenräumen diese Arznei gereicht werden kann. — Macht sich bei der Fieberaufregung ein heftiger Andrang des Blutes nach dem Kopfe bemerkbar, so muss hin und wieder auch eine Gabe *Belladonna* angewandt werden, und wenn darauf binnen 12—24 Stunden keine Besserung erfolgt, so pflege ich diese letztere Arznei in 1—2stündigem Wechsel mit *Mercurius solubilis* in ganz kleiner Gabe zu verabreichen. Ich wähle in diesem Falle mehrfacher Erfahrung zu Folge lieber die 6. Verdünnung des *Mercurius solubilis* und ebenso wende ich mit entschieden gutem Erfolge die Abkochung des reinen metallischen Quecksilbers an, zu welchem Behufe ich eine Unze davon mit einem Seidel Wasser eine Stunde lang kochen lasse, und von dieser ganz verkühlten Abkochung wird 2—3stündig zu 2 Kaffeelöffeln gereicht. Zeigt sich bei der Fieberhitze der Schlaf sehr unruhig, durch Aufschrecken und Zusammenfahren gestört, stellt sich während des Schlafes auch krampfhaftes, schleimiges oder gallichtes Erbrechen ein, wird öfters über Schmerz im aufgetriebenen Unterleibe mit stetem Kollern und Poltern daselbst bemerkt, finden sich auch öfters weisslichgraue, dünnbreiige, schleimige Stuhlentleerungen ein, gewahrt man überdies eine auffallende Verlangsamung des Pulses, dann leistet *Digitalis* die besten Dienste, und pflege ich von der 15. Verdünnung 2 Tropfen mit $^1/_2$ Glase Wasser zu mischen und 3—4stündig 2 Kaffeelöffel voll nehmen zu lassen. — Bei auffallend häufigem Bohren in der Nase, allenfalls auch öfterem Niesen, stetem Wechsel von Gesichtsröthe und Blässe, öfterem Klagen über heftiges Leibweh, ganz lichten, durchfälligen Stuhlentleerungen, die mitunter auch unbewusst erfolgen, häufigen Zuckungen und Verdrehungen der Glieder im Schlafe und öfterem kalten Schweisse an Stirne und Händen, da wird *Cina* 6, sicher entsprechen, doch halte ich es für zweckmässig, diese Arznei nicht in öfterer als 4—5stündiger Wiederholung anzuwenden. — In Betreff der Diät wolle man jedenfalls den kleinen Patienten blos einfache, klare Fleischbrühe und allenfalls leichte Milch oder etwas Kaffeesurrogat gestatten und wenn auch kein Verlangen vorhanden wäre, so müssten denn doch wenigstens von Zeit zu Zeit einige Löffel klarer Fleischbrühe gereicht werden. Meldet sich der Appetit, so dürfte, wenn das Fieber vollkommen gewichen, allenfalls eine Gries-, Reis- oder Nudelsuppe u. d. m. zu erlauben sein, doch müsste man mit der Nahrungsdarreichung immer noch recht vorsichtig zu Werke gehen, um nicht Gefahr zu laufen, dass das Leiden recidivire.

Der fieberlose Darmkatarrh.

Die Verschiedenartigkeit der Krankheitserscheinungen, welche auf das Vorhandensein einer Schleimhautreizung des Darmkanales hinweisen, hängen vorzugsweise von der geringeren oder grösseren Ausdehnung und Itensität des krankhaften Zustandes der Schleimhaut ab. Wenn gleich der Darmkatarrh in der Regel von Diarrhoe begleitet ist, so kann er doch immerhin auch ohne dieselbe bestehen. Häufig erzeugt dieses Leiden der Darmschleimhaut eine gewisse Unthätigkeit im Unterleibe, eine Verlangsamung seiner Funktionen, wodurch eine stärkere Gasentwicklung mit Auftreibung desselben, und häufig selbst Neigung zur Stuhlverhaltung veranlasst wird. Man findet nicht selten bei Kindern, die nachweisbar mit Würmern behaftet sind, und hiemit den unleugbaren Beweis liefern, dass ihr Darmkanal in einem Zustande normwidriger Schleimerzeugung sich befinde, auffallende Trägheit der Stuhlentleerungen. Da übrigens Darmkatarrh und Wurmleiden der Kinder zwei sehr nahe verwandte Krankheitsformen sind, so finde ich hier den geeigneten Ort, das Vorkommen der gewöhnlichsten Eingeweidewürmer bei Kindern zu besprechen. Der Fadenwurm und der Spulwurm sind in der Regel die ungebetenen Gäste der Kinder. Die Ersteren, die Fadenwürmer sind weiss, dünn und kurz, so dass sie einem, in kleine Stückchen zerschnittenen Faden ähneln, sie kommen besonders häufig im Mastdarme der Kinder vor, wo sie öfters knäuelartig zusammengehäuft sich vorfinden, und erst wenn sie durch die Stuhlentleerung zu Tage gefördert werden, sich rege auseinanderwirren. Oefters verlassen sie einzeln ihren gewöhnlichen Wohnsitz und gelangen in die Harnröhre oder auch in die Mutterscheide der Kinder, woselbst sie heftiges Jucken verursachen, auch nicht gar selten Reizungszustände der betreffenden Schleimhäute, und selbst Schleimflüsse veranlassen. Sie erregen nebst dem heftigen Jucken im Mastdarme häufig Schmerz und Zwang, auch Schleimabsonderung aus dem After, wobei sich öfters Blut beigemengt zeigt. Des Abends in der Bettwärme scheinen diese Thierchen sich am behaglichsten zu fühlen, sie bewegen sich lebhafter uud pflegen eben dadurch um diese Zeit am meisten zu belästigen. — Der Spulwurm ist weisslich roth oder rothbraun, hat öfters die Stärke eines Gänsekieles und nicht selten eine Länge von 10—15 Zoll und darüber. Er hat seinen Sitz im oberen Theile des Darmkanals, in dem Dünndarme, woselbst er jedenfalls auch mehr Nahrung findet und unter Umständen, die für ihn günstig sind, ganz vortrefflich prosperirt. Auch der Spulwurm liebt es öfters kleine Wanderungen vorzunehmen und so geschieht es, dass er manchmal selbst bis in den Magen gelangt, von wo er dann durch Erbrechen herausbefördert wird. Ausserdem kann man aus dem Vorhandensein folgender Symptome auf die Anwesenheit der Würmer schliessen: Höchst veränderliche Temperatur der Haut, auch veränderlicher Puls, der bald krampfhaft und klein, bald wieder frei entwickelt erscheint. Auch die Gemüthsstimmung ist demselben Wechsel unterworfen, so dass dergleichen Kinder stundenlang ungemein verdriesslich und mürrisch, dann wieder übernatürlich lebhaft und lustig sind. Die Gesichtsfarbe der mit Würmern behafteten Kinder wechselt ebenfalls sehr häufig, bald sind ihre Wangen geröthet, bald bleich, die Augen pflegen blau umrändert zu sein, erscheinen zumeist matt, die Pupillen bedeutend erweitert. Bei Abwesenheit aller Erscheinungen, die auf eine Affektion des Gehirnes schliessen lassen, tritt häufig eine auffallende Schlafsucht ein mit Zusammenfahren und Zucken, öfterem lebhaftem Sprechen im Schlafe. Das Jucken in der Nase und das eben dadurch veranlasste Bohren in derselben spielt bei an Würmern Leidenden eine grosse Rolle, nicht minder das Jucken am After, öfters tritt auch Nasenbluten ein und über Kopfweh und Ohrensausen wird nicht selten geklagt. Der Athem ist gar oft übelriechend, dabei namentlich des Morgens bei nüchternem Magen viel Speichelanhäufung im Munde und stetes Ausspucken. Höchst ungleicher, bald gänzlich mangelnder, bald übermässiger Appetit, öftere Uebelkeiten mit Wasserzusammenlaufen, auch selbst wirkliches Erbrechen, unregelmässiger Stuhlgang, bald Neigung zu Diarrhoe, bald auffallende Verstopfung, Leibschmerzen, namentlich in der Nabelgegend, starke Aufblähung des Unterleibes und oft sehr heftiger Durst Der Urin ist gewöhnlich trüb, milchweiss, öfters auffallend blass und wässerig. — Dies sind in der Regel die sichersten Anzeichen, dass Würmer im Unterleibe der Kinder vorhanden sind; jedoch welche Art von Würmern es sei, lässt sich nur mit einiger Wahrscheinlichkeit bestimmen, indem bei den Madenwürmern das unerträgliche, besonders Abends zunehmende Jucken am After oft mit Abgang von Blut und Schleim sich einzustellen pflegt, während bei Vorhandensein der Spulwürmer die verschiedenen, normwidrigen Erscheinungen am häufigsten vorkommen. Abgesehen von dem Wurmleiden, welches grösstentheils mit dem Darmkatarrhe sowohl in ursächlicher als konsekutiver Beziehung steht, tritt letzterer nicht selten, namentlich unter der Form mehr oder minder heftiger Diarrhoe, mit oder ohne Leibweh auf, wobei die entleerten Stoffe, jenachdem diese oder jene Umstände zu ihrem Entstehen mitwirkten, eine verschiedenartige Beschaffenheit kundgeben. So erscheinen die Stuhlentleerungen bald mehr oder minder breiartig, flockig, wässrig, schleimig, gallertartig, gallicht, mit Würmern gemengt, bald sauer, bald faulriechend, und endlich mit den mannigfachsten Farbennüancirungen.

Ursachen.

Der als Diarrhoe sich kundgebende Darmkatarrh wird sehr häufig durch Erkältungen des Unterleibes oder der Füsse veranlasst, nicht minder durch mannigfache Diätfehler, durch den Genuss von gährenden Speisen und Getränken, durch Obst, besonders unreifes, ebenso durch Melonen, Gurken, die für die Verdauungsorgane der Kinder nicht geeignet sind, endlich auch durch den häufigen Genuss von verschiedenartigem Naschwerk, und überdies ist das, aus dem Darmkatarrhe eigentlich hervorgehende Wurmleiden selbst, als Ursache der Diarrhoe häufig zu erkennen. — Noch hätte ich in Betreff der Wurmbildung einige hiehergehörige Bemerkungen zu machen. Es ist unbestritten eine bei weitem leichtere Aufgabe bei einem gesunden Kinde Würmer zu erzeugen, als selbe bei einem damit behafteten zur Gänze auszurotten. Die erstere Aufgabe werde ich hier, wo es sich um die Aufgabe der ursächlichen Momente der Wurmerzeugung handelt, bestmöglichst zu lösen bemüht sein, während ich bei dem später zu besprechenden Heilverfahren die Mittel angeben werde, die erfahrungsgemäss dem Zwecke der Beseitigung der Würmer am besten dienen. Man braucht nur ein Kind bei Mangel an Fleischnahrung mit schwerer, fetter Mehlkost, mit Hefenbäckereien, mit allerhand Naschwerk oder selbst mit gar zu vielen und fetten Fleischspeisen zu füttern, und überdies noch zur ungeregelten Zeit diese Nahrungsmittel zu reichen, man braucht dem Kinde nur eine feuchte Wohnung einzuräumen, in die übrigens nie ein Sonnenstrahl dringt, die entweder gar nicht oder sehr kümmerlich gelüftet wird, man braucht ihm nur die so höchst erforderliche, tägliche Körperbewegung in freier, gesunder Luft zu entziehen, die Hautpflege ganz zu vernachlässigen, den Geist recht frühzeitig und übermässig anzustrengen, und unsere Aufgabe ist glänzend gelöst. Auf solche Weise wird und muss der Unterleib zur üppigen Pflanzschule der Würmer umgeschaffen werden, und dass eben diese Würmer in ihrer so gedeihlichen Entwicklung auch als Herolde der Scrophelkrankheit aufzutreten pflegen, hat tausendfältige Erfahrung bereits zur Genüge bewiesen.

Mit dem Entstehen einer normwidrigen Schleimerzeugung im Darmkanale ist schon der Grund zur Wurmbildung gelegt und von der eigenthümlichen Beschaffenheit dieser Schleimausscheidung hängt es auch einzig und allein ab, welche Art von Würmern daraus erstehen kann, und aus eben diesem Grunde finden wir z. B. die Madenwürmer im unteren Endtheile des Darmes, die Spulwürmer in dem bei weitem längeren Dünndarme, in einem anderen Theile des Darmkanales, dem Blinddarme hält sich bei Erwachsenen der Peitschenwurm auf und so hat jedes dieser Thierchen seinen bestimmten Aufenthaltsort, wo es aus den eben daselbst befindlichen, eigenartig beschaffenen Säften sich herausbildet, sich selbst erzeugt, oder vielmehr erzeugen muss, da die Bedingungen zu seiner freien Zeugung gegeben sind. Ich will es eben nicht in Abrede stellen, dass mannigfache parasitische Infusorien, Insekten und Würmer auch von aussen zu dem Organismus gelangen können und entweder mehr an seiner Oberfläche, oder selbst im Darmkanale sich festsetzen und unter günstigen Umständen auch ungemein sich vervielfältigen können, aber dass im Allgemeinen die freiwillige Zeugung bei dergleichen Parasiten die Hauptrolle spiele, ist unleugbare Thatsache. Wie käme denn jener kleine Saugwurm in die krankhaft veränderte Kristalllinse hinein, da selbe doch in einer Kapsel eingeschlossen ist? — Wie kämen denn die verschiedenen Infusorien und Würmchen in die Harnblase, wie gelangt der Pallisadenwurm in die Niere, und warum findet man im Darmkanale nie jenen Saugwurm, den Leberegel, und in der Leber nie den Madenwurm, den Peitschenwurm nie in der Niere u. s. w.? Ich glaube diese Thatsachen haben Beweiskraft genug für die Richtigkeit der Ansicht, dass aus den krankhaft veränderten Ausscheidungsstoffen der einzelnen Organe nur gewisse Arten von Thierchen sich eben daselbst herausbilden können. Wenn es also unbestritten der Fall ist, dass aus sich zersetzenden oder in Fäulniss gerathenen, oder wie immer krankhaft veränderten organischen Säften mannigfache Parasiten durch Selbstzeugung entstehen, warum soll nicht auch durch die krankhaften und normwidrigen Aeusserungen des äusseren Hautorganes, auf demselben ein Ausschlag zu Stande gebracht werden können, der Blüthen oder Pusteln bildet, aus deren eigenartig eiterähnlichem Inhalte auch eine Krätzmilbe durch freie Zeugung sich bilden könne? Einmal gebildet ist sie im Stande sich bedeutend zu vervielfältigen und sich auf einen anderen, dazu geeigneten Organismus zu übertragen, auch daselbst zu haften, und sich weiter zu verbreiten. Man liebt es heut zu Tage einer längst veralteten Behauptung, dass jedes Thierchen aus einem Eie sich nur entwickeln könne (omne animal ex ovo) wieder zu Ehren verhelfen zu wollen. — Möge man mir diese kleine, scheinbare Abschweifung von der Tendenz dieser Schrift vergeben; jedoch ist diese Abschweifung nur scheinbar, und findet sie namentlich darin ihre Rechtfertigung, dass der Beweis zu liefern war, dass die Bedingungen zur Erzeugung dieser parasitischen Thierchen viel mehr innerhalb, als ausserhalb des Organismus liegen, und dass bei einer natur- und vernunftgemässen Lebensweise die organischen Säfte in jener stets zu erstrebenden normalen Beschaffenheit erzeugt werden, die keine Gelegenheit, keine Bedingungen zur Selbsterzeugung dieser Parasiten bietet.

Heilverfahren.

In jenen Fällen, wo bei Kindern eine bereits länger bestehende, durch zu häufige Blähungserzeugung bedingte Auftreibung des Unterleibes mit Stuhlverhaltung als Symptom des krankhaften Zustandes der Darmschleimhaut, mit oder ohne gleichzeitiges Vorhandensein von Würmern auftritt, da habe ich von der Darreichung des *Natrum muriaticum*, der *Calcarea* und der *Carbo vegetabilis* die besten Wirkungen erfahren. Namentlich bewährte sich *Natrum muriaticum*, wenn die Kinder häufig des Morgens über Leibweh klagen, und nach Abgang von Blähungen Erleichterung fühlen, während ich *Calcarea* wirksamer fand, wo der aufgetriebene Leib sich härter anfühlt, bei tieferem Drucke empfindlich erscheint und somit der Verdacht vorhanden ist, dass auch die Gekrösdrüsen in Mitleidenschaft gezogen sind, überdies über viel Kriebeln und Jucken im Mastdarme geklagt und der harte Stuhlgang stets nur in kleinen Parthien, öfters auch mit Schleim überzogen, entleert wird. Charakteristische Symptome, die für die Darreichung der *Carbo vegetabilis* sprechen, sind: der ungemein häufige Blähungsabgang, der öftere, vergebliche Drang zum Stuhle, wobei anstatt der Stuhlentleerung nur Blähungen abgehen und der namentlich um den Nabel herum sich stets kundgebende Leibschmerz. — Rücksichtlich der Verabreichung dieser Arzneien pflege ich gewöhnlich *Natrum muriaticum* 15, und *Calcarea* 15, zu 1—2 Gaben des Tags auf Milchzucker zu einem kleinen Theile eines Tropfens, und nur bei *Carbo vegetabilis* 30, finde ich es gerathener jeden zweiten oder dritten Morgen eine dergleichen Gabe zu reichen. — Was die Behandlung der Diarrhöen anbelangt, sind bereits in den vorhergehenden Blättern bei Besprechung der Krankheiten der ersten Altersperiode, die Anzeigen für einige der wichtigeren Arzneien in den gewöhnlichen Fällen von Diarrhöe angegeben worden und wäre nur zu bemerken, dass für Kinder der zweiten Altersperiode stets etwas grössere Arzneigaben sich eignen. Doch dürften noch einige Mittel nahmhaft zu machen sein, die bei Kindern dieses Alters nicht selten Anwendung finden. In Fällen, wo durch Magenüberladung oder durch den Genuss zu fetter Nahrungsmittel die Diarrhöe veranlasst wurde, ist *Pulsatilla* eine höchst wirksame Arznei, ebenso *Antimonium crudum*, doch wird erstere Arznei jedenfalls angezeigter sein, wenn den Stuhlgängen stets viel Schleim beigemengt ist, oder wenn sie blos aus bräunlich- oder gelblichweissem Schleime bestehen. — Wenn durch den schleimig wässrichten Durchfall unverdaute Nahrungsmittel oder auch Madenwürmer entleert werden, und wenig oder gar kein Schmerz dabei sich zeigt, so reiche ich gewöhnlich mit bestem Erfolge *Phosphor* 6, und lasse nach jedem 2. oder 3. Stuhl ein mit dieser Arznei befeuchtetes Milchzuckerpulver nehmen. Bei Diarrhöe, die ausschliesslich zur Nachtszeit vorkommt, wobei nebst dem sehr aufgelösten Kothe mitunter auch unverdaute Speisen abgehen, gleichzeitig Leibweh und nachher öfters Stuhlzwang vorhanden ist, hat sich *Sulphur*, in der unverdünnten Tinktur zu einem Tropfen auf Milchzucker vor dem Zubettegehen genommen, häufig sehr hilfreich bewiesen. — Bei sauerriechenden, lehmartigen Stuhlgängen, bei denen sich auch öfters Blutspuren und Madenwürmer zeigen, wolle man nie verabsäumen *Calcarea* zu reichen, von der ich gewöhnlich nach jedem 2. oder 3. Stuhlgange einige mit der 15. Verdünnung befeuchtete Kügelchen oder einen kleinen Tropfen auf Milchzucker nehmen lasse. — Wo öfters, selbst unwillkührlich, hellgelbe, blutig schleimige Stuhlentleerungen mit Leibweh erfolgen, und heftiges Jucken im After, auch beim Stuhlgange mitunter ein mehr oder weniger bedeutender Mastdarmvorfall sich einstellt, da wähle man *Ignatia* und verabreiche von der wässerigen Mischung 3—4 stündig 2 Löffelchen. — Breiige, kothige, gallichte Stuhlgänge mit heftigem Kneipen um den Nabel herum oder in der oberen Bauchgegend werden durch *Cina* 3—6, beseitigt, um so sicherer, wenn das Kind nachweisbar mit Spulwürmern behaftet ist, doch reiche man diese Arznei nur 3—4 Mal binnen 24 Stunden. — Bei Kindern die eine augenfällige, skrophulöse Anlage haben und nicht selten mit Diarrhöe behaftet sind, wobei gewöhnlich schleimige, breiige Stuhlentleerungen von hellerer Farbe, öfters auch wie mit Darmabschabsel gemengt entleert werden, und übrigens früher schon mitunter Würmer zum Vorschein kamen, da pflege ich hin und wieder einmal, auch bei gutem Befinden des Kindes, eine Gabe *Silicea* 30, zu verabreichen. — Wenn Kinder mehr zu wässrichten Durchfällen disponirt sind, wobei in den Entleerungen stets die Spuren genossenen Wurzelgemüses, als Kartoffeln, Rüben, bemerkt werden, pflege ich durch einige Tage jeden Morgen nüchtern ein kleines Gläschen etwa 6—8 Esslöffel eines eisenhaltigen Mineralwassers nehmen zu lassen. — Die Diät bei dem fieberlosen Darmkatarrhe müsste vorzugsweise den Genuss der Grünspeisen, des Obstes und aller sauer zubereiteten Nahrungsmittel, ebenso Mehlspeisen im Allgemeinen, und namentlich fette und gröbere Mehlkost vollkommen ausschliessen, und wären leichte Fleischspeisen, gute, kräftige Suppen mit Grütze, Reis u. s. w. besonders zu empfehlen. — Bei ganz heftiger Diarrhöe lasse ich gewöhnlich die Fleischnahrung ganz bei

Seite, und beschränke die Diät blos auf die erwähnte, ziemlich konsistente Suppe.

Die Ruhr.

Diese oft epidemisch auftretende Krankheit besteht in einer, mitunter bedeutend ausgebreiteten, mehr oder minder heftigen Entzündung der Schleimhautausbreitung des dickeren Theiles des Darmkanales, des sogenannten Dickdarmes, wobei unter heftigen Schmerzen normwidrige Stoffe daselbst abgesondert und ausgeleert werden, während der Darmkoth in den dünnen Därmen zurückgehalten wird. Häufig hat die Ruhr ihre Vorläufer, die in einem allgemeinen Mattigkeitsgefühle, höchst verdriesslicher Stimmung, öfterem Frösteln, Appetitlosigkeit und häufigem Leibweh bestehen und allmählig, mitunter auch rasch, tritt dann das eigentliche Krankheitsbild hervor. Die Kolikschmerzen steigern sich, erreichen oft eine sehr bedeutende Höhe, es erfolgen Stuhlgänge, die anfangs noch etwas Kothspuren enthalten, später aber unter heftigem, höchst schmerzhaftem Drängen und Zwängen blos etwas bräunlichen, mitunter auch farblosen Schleim entleeren. Tritt die Krankheit hochgradig auf, so sind die Intervallen zwischen den einzelnen Stuhlgängen sehr gering, und in Folge des übergrossen Schmerzes sah ich öfters Harnsperre, Erbrechen, auch Krampfzufälle sich hinzugesellen, welche Symptome stets auf eine weiter ausgebreitete Entzündung hindeuten. Sowie bei allen heftigen Unterleibsschmerzen werden auch hier die Extremitäten öfters kalt, und pflegt das eigentliche Fieber sich gewöhnlich erst nach Beschwichtigung des ersten Sturmes einzustellen, wobei die Haut sehr heiss, der Durst bedeutend, der Puls namentlich zur Abendszeit aufgeregt erscheint. Wird übrigens sogleich bei dem Eintritte der Krankheit zweckmässig entgegengewirkt, so erreicht sie höchst selten diese schreckerregende Höhe.

Ursachen.

Grossentheils erscheint die Ruhr als epidemische Krankheit, nicht selten ist ihr Auftreten durch gewisse nachtheilige Ortsverhältnisse bedingt, doch kommt sie auch öfters vereinzelt vor, wo sie durch Erkältungen, durch Sitzen auf kalten Bänken, in feuchtem Grase, gewöhnlich bei plötzlich eingetretener kühler Witterung um die wärmere Jahreszeit hervorgerufen wird; aber auch der Genuss gährender, säureerzeugender Nahrungsmittel, als unreifes Obst, Gurken, Melonen, begünstigen häufig ihr Entstehen, um so mehr, wenn schon früher eine Neigung zum Erkranken der Schleimhäute vorhanden, oder wo ohnedies in den Unterleibsfunktionen durch längere Zeit schon mannigfache Störungen unterliefen.

Heilverfahren.

Die Behandlung der Ruhr verlangt ein rasches und ernstes Einwirken, und namentlich schon beim ersten Beginne, um einerseits die Steigerung der Krankheit und ihre damit verbundene Gefahr zu verhüten und andererseits um den kleinen Patienten die so bedeutenden Qualen nach Möglichkeit zu ersparen oder mindestens abzukürzen. — Werde ich zu einem Kinde gerufen und es wird mir mitgetheilt, dass selbes durchfällige Entleerungen habe, über Leibweh klage, so ist gewiss meine erste Frage, ob das Kind bei den einzelnen Entleerungen auf dem Gefässe lange sitzend verbleibe. Wird diese Frage bejaht, dann ist es auch nöthig, sich von der Beschaffenheit der Stuhlentleerungen zu überzeugen, und erscheinen diese ruhrartig, so wolle man ja nicht verabsäumen, den Patienten allsogleich zu Bette zu bringen, denn wenn manche Eltern in der übrigens lobenswerthen Absicht ihre Kinder nicht verweichlichen zu wollen, sich nicht sogleich geneigt finden diesem Rathe des Arztes Folge zu leisten, so kann man sicher darauf rechnen, dass sie es einen Tag später um so bereitwilliger thun werden. Der Aufenthalt im Bette und der sogleich bei den ersten Anfängen der Krankheit dringend zu empfehlende Gebrauch des *Aconit*, hat durch die rasche Bethätigung der Funktion der äusseren Haut schon manches Kind vor dem ernsteren Auftreten dieser höchst schmerzhaften und gleichzeitig gefahrdrohenden Krankheit geschützt; jedoch wenn trotz des ruhigen Verbleibens im Bette, trotz des stündlich gereichten *Aconit* binnen eines Zeitraumes von spätestens 24 Stunden keine auffallende Besserung bemerkt wird, und etwa im Gegentheile das Leibweh heftiger, der Stuhldrang häufiger, der so lästige Zwang viel schmerzhafter geworden ist, und die kleinen Stuhlentleerungen fast ausschliesslich nur aus etwas Schleim und Blut bestehen, dann wähle man unbedingt den *Mercurius corrosivus*, zu dem man in so gearteten Fällen sein vollstes Vertrauen haben kann. Man verwende eine halblinsengrosse Gabe der ersten Verreibung (1:100) dieser Arznei zur Auflösung in einem halben Seidel Wasser und lasse von dieser Lösung jede zweite Stunde 2 Kaffeelöffel voll nehmen. Diese Arznei bedarf auch nicht einer täglich frischen Zubereitung, da sie nie trübe wird, wie dies bei allen anderen Arzneien, die mit Wasser gemischt sind, stets schon nach 24 Stunden der Fall ist. — Der *Mercurius corrosivus* leistet in den Fällen, wo die oben angegebenen Symptome vorhanden, ganz ausgezeichnete Dienste, und werden gewöhnlich schon nach wenigen Stunden die ersten Anzeichen der Besserung bemerkt. — Bei minder heftig auftretenden Ruhrfällen, wo bei den kleinen, aus reinem Schleime oder auch aus blutigen Schleimtheilchen bestehenden Stuhlentleerungen sehr viel Zwang, aber weniger Leibweh vorhanden, der Leib jedoch von Blähungen stark aufgetrieben ist, da hat sich *Capsicum* 6, in wässeriger Mischung 2—3 Tropfen auf $1/2$ Glas Wasser, 2—3 stündig gereicht, bereits zu wiederholten Malen als höchst wirksam bewährt. — Wo bei fast beständigem Zwängen und etwas Leibweh röthlich-gelber, gallertartiger Schleim entleert wird, oder nur kleine bräunlich wässrige Entleerungen erfolgen, da kann man auf die Wirkung des *Rhus toxicodendron* mit Sicherheit rechnen und wird diese Arznei in der 15. Verdünnung, ebenso wie die frühere angewandt. — Wenn stets durch genommene Nahrung der Stuhldrang lebhaft erneuert wird, die Leibschmerzen und das Zwängen öfters so heftig auftreten, dass auch Erbrechen dabei erfolgt, der kleine Patient übrigens nach jedem Stuhlgange ganz ermattet und erschöpft ist, die Entleerungen auch überdies kothig und mit Blut gemischt erscheinen, dann ist *Arsen* 30, angezeigt, und dürften 2—3 mit dieser Arznei befeuchtete Kügelchen, 2 Mal des Tags gereicht, genügen, um bald eine vortheilhafte Aenderung zu Wege zu bringen. — Wenn der Stuhlzwang und die Leibschmerzen sich hartnäckig zeigen und der Unterleib links nach abwärts gegen die Leiste zu beim Drucke empfindlich ist, da pflege ich nebst der den übrigen Symptomen entsprechend gewählten Arznei hin und wieder ein mässig laues Lavement aus einer schleimigen Abkochung des Leinsamens zur grossen Erleichterung des Patienten appliziren zu lassen. — Die beginnende Besserung gibt sich bei dieser Krankheit im Allgemeinen dadurch deutlich zu erkennen, dass nebst der Abnahme der Leibschmerzen und des Zwanges, bereits Kothflocken den Stuhlentleerungen beigemengt erscheinen, worauf dann allmählig ganz kothige Entleerungen erfolgen. — Die Diät bestehe hauptsächlich nur in schleimhaltigen Suppen, aus gut verkochtem Reis, Gerste, Grütze u. s. w.

Das freiwillige Hinken.

Wie viel Unheil durch Vernachlässigung oder durch unzweckmässige Behandlung zu Stande gebracht werden kann, lehrt uns unter Anderen auch diese Krankheitsform. Wie viele jener armen, bedauernswerthen, jungen Geschöpfe, die mühselig ihre ganze Lebenszeit durch, an einer Krücke oder einem Stocke einherschreiten zu müssen verurtheilt sind, könnten sich ihres geraden Ganges erfreuen, wenn die betreffenden Eltern die Anfänge dieses Uebels gehörig beachtet und zweckmässige Hilfsmittel angewandt hätten. Ich werde aus einer ziemlichen Anzahl von Fällen, die ich binnen einer mehr als dreissigjährigen Praxis zu beobachten Gelegenheit hatte, einen hervorheben, seinen Beginn, seinen Verlauf mittheilen, und auf diese Weise bemüht sein, ein Krankheitsbild vor Augen zu führen, welches einerseits die Gränze der noch möglichen, vollkommenen Heilbarkeit bezeichnen soll und andererseits als belehrendes Beispiel dienen mag, wie leicht diese Krankheit von Eltern verkannt und übersehen werden kann. — Es dürften ungefähr 15 Jahre sein, als ich zu einem mir bis dahin unbekannt gewesenen Herrn gerufen wurde, der in Folge einer Indigestion die vergangene Nacht ganz schlaflos und überdies mit mannigfachen Ungemächlichkeiten zugebracht hatte. Nachdem ich dem Patienten meinen ärztlichen Rath ertheilt und ihm auch Hoffnung gegeben hatte, dass er binnen 1—2 Tagen wieder im Besitze seiner früheren Gesundheit sein werde, war ich eben im Begriffe mich zu entfernen, als ich von der Frau des Patienten ersucht wurde, ihr noch einige Augenblicke schenken zu wollen und als ich mich dazu bereit erklärte, begann sie folgendermassen: „Sie werden es vielleicht lächerlich finden, dass ich sie wegen einer offenbaren Unart eines meiner Kinder zu Rathe ziehe, aber — ich gestehe offenherzig, ich allein weiss mir nicht mehr zu rathen, ich habe es binnen der letzten 8 Tage wahrhaftig nicht an tüchtigen Verweisen und Strafen fehlen lassen, aber das Kind ist so eigensinnig, dass alle diese Dinge nicht ausreichen, und da fiel mir eben ein, ob nicht etwa ein Arzt mir irgend ein mechanisch wirkendes Mittel an die Hand geben könnte, das es gewissermassen zwingt, von seiner Unart abzulassen.“ Kaum hatte sie diese Ansprache beendet, als sie hastig hinauslief um die kleine Delinquentin zu holen. Bald öffnete sich die Thüre wieder, die Mutter trat ein und führte mir ihr 5jähriges, höchst liebenswürdiges Mädchen vor, das schüchtern und furchtsam mich kaum anzusehen wagte, da sie wahrscheinlich der Meinung war, in mir einen Zuchtmeister zu erblicken. Nun begann die redselige Mutter wieder von Neuem: „Sehen Sie, das ist das böse Kind. In der Stube da geht es noch ziemlich gut, aber wie sie auf die Strasse kommt, da hinkt sie und springt auf einem Fusse herum, dass ich mich wahrhaftig ihrer schämen muss.“ Ich liess die Kleine einigemal auf- und abgehen, und selbst dabei war ein ganz leichtes Hinken zu bemerken, doch ein Schmerzgefühl anzugeben, vermochte sie in diesem Augenblicke nicht, erklärte aber auf meine nachdrückliche Frage, dass sie beim Gehen auf der Strasse im linken Knie Schmerz empfinde. Mittlerweile schien das Kind zu mir mehr Vertrauen gefasst zu haben, ich hob es auf den Tisch, liess es die Rückenlage annehmen, Schuhe und Strümpfe wurden entfernt, und nun schritt ich zur genauen Untersuchung. Da ergab sich denn, dass bei ganz gerader Körperrichtung und vollkommen gestreckten, einander genäherten Beinen der linke, innere Fussknöchel um einen Zoll beinahe tiefer stand als der ihm gegenüberstehende des anderen Fusses. Ueberdies zeigte sich auch ein ähnlicher, ungleicher Stand bei den Knien, und endlich konnte man auch aus den Conturen der hohlen Räume, die sich in Folge der genau nebeneinander gelegten unteren Extremitäten zwischen diesen bilden, und zwar der oberen vom Knie bis zur Wade, und der unteren vom Ende der Wade bis zu den Fussknöcheln, das Ungleichförmige, das Verschobensein derselben bemerken. Alsdann wurde das Kind in die Bauchlage gebracht, wobei man die Falte unterhalb des linken Gesässtheiles auch tiefer stehend fand, als die der anderen Seite. Nun liess ich das Kind in ganz gerader Haltung mit flach aufgesetzten Fusssohlen und genau nebeneinander gestellten Füssen auf den Tisch stellen, wobei man das Knie des kranken Fusses bedeutend vor dem anderen vorstehend bemerkte und so hatte ich die feste Ueberzeugung erlangt, dass der linke Fuss verlängert sei. — „Doch woher kommt diese Verlängerung des Fusses?“ frug mich die ganz erstaunte Mutter. Darüber gab ich ihr folgenden Aufschluss: Wer öfters schon über Zahnweh zu klagen hatte oder klagen hörte, wird auch wohl mitunter die Empfindung gehabt oder die Aeusserung vernommen haben, es scheine, als wenn der kranke Zahn zu lang wäre und in der That steht selber auch mehr hervor, weil die Höhle, in der seine Wurzel sitzt, von einer Entzündung ergriffen und angeschwellt ist, wodurch der

Zahn gewaltsam etwas herausgedrängt wird. Bei dieser Kleinen ist das Hüftgelenk in einem Reizungszustande begriffen, sein innerer Raum angeschwellt, und somit wird das obere Endstück des Schenkelknochens aus seiner Hüftgelenkshöhle hervorgepresst und die Folge davon ist die Verlängerung des Fusses. — Ich untersuchte dann das Hüftgelenk, übte einen Druck auf dasselbe aus, wobei das Kind durch Geberde und Worte etwas Schmerz zu erkennen gab. — Was dann ferner veranlasst wurde, werde ich bei dem, in den späteren Zeilen anzugebenden Heilverfahren dieser Krankheit mittheilen. Hier hätte ich nur noch zu bemerken, dass in der That dieses Leiden bei seinem ersten Erscheinen sehr leicht übersehen werden kann, und namentlich wo die Unerfahrenheit der Umgebung einige wenige Klagen ganz unbeachtet lässt. Etwas grössere Kinder pflegen wohl mitunter über ein gewisses Gefühl von Spannung im Hüftgelenke bei Vornahme einer Bewegung sich zu beschweren, doch legen sie im Ganzen so wenig Gewicht darauf, dass man sich allerdings veranlasst finden könnte, das sich einstellende eigenthümliche Hinken mehr als eine Aeusserung ihres Muthwillens zu betrachten. Stellt sich einige Tage später auch etwas Knieschmerz, namentlich im Gehen ein, dann sollte wohl so ziemlich jede Mutter schon bemerken, dass irgend ein Leiden im Hintergrunde sei, jedoch der Umstand, dass das Kind bei ruhigem Verhalten oder beim Gehen in der Stube gar nicht darüber klagt, pflegt eben gar häufig irre zu führen. Grössere Kinder, welche die vorhandenen Beschwerden schon genau anzugeben vermögen, pflegen wohl gleich im ersten Beginne des Uebels über eine fremdartige Empfindung im Hüftgelenke, zumal des Morgens, zu klagen. Gleichzeitig stellt sich eine gewisse Unbehilflichkeit, ein Müdigkeitsgefühl in der leidenden Extremität ein. Allmählig erscheinen auch hin und wieder flüchtig stechende, später zuckende Schmerzen, welche letztere von der Hüfte bis zum Knie herab gefühlt werden. Die äussere Besichtigung der Hüfte lässt bis dahin noch gar nichts Normwidriges gewahren, und nur bei stärkerem Drucke auf das Hüftgelenk wird über Schmerz geklagt. Erst mehrere Wochen nachher kommt es häufig zu der erwähnten Verlängerung der leidenden Extremität, die durch die oben angegebene Untersuchungsweise genau ermittelt wird. — Ich finde es überflüssig hier die Symptome des weiteren Fortschreitens des Leidens, seines Ueberganges in Eiterung und Zerstörung des Hüftgelenkes anzugeben, da einerseits durch die gehörige Beachtung und Behandlung des beginnenden Leidens selbes immer im Keime erstickt wird, und andererseits werden Eltern ohnedies die Vorsicht gebrauchen bei zunehmendem Uebel bald einen Arzt beizuziehen.

Ursachen.

Die Disposition zu dieser Krankheit findet sich vorzugsweise im Kindesalter vor, und pflegen namentlich Kinder von lymphatischer oder skrophulöser Konstitution um so leichter davon befallen zu werden. Es bedarf alsdann nur einer Lokalerkältung z. B. durch Sitzen oder Liegen auf feuchtem Grase, oder einer mechanischen, direkt auf diesen Theil einwirkenden Ursache, als, eines Stosses, eines Falles, und der Impuls zur Bildung dieses Hüftübels ist gegeben. Ueberdies kann es als eine durch vielfältige Erfahrung bestätigte Thatsache erkannt werden, dass diese Hüftkrankheit auch durch unzweckmässige Behandlung chronischer Hautausschläge mittelst des alleinigen Gebrauches äusserer Mittel als verschiedener austrocknender Salben und Wässer, durch welche dergleichen Uebel nur von der Haut vertrieben, aber keineswegs geheilt werden, öfters hervorgerufen wird.

Heilverfahren.

Ich komme nun wieder zu der früher erwähnten kleinen Patientin zurück, die übrigens, gemäss der Angabe der Mutter, stets gesund, sich muthmasslich durch eine Erkältung das Hüftleiden zugezogen hatte. Sogleich nach vorgenommener Untersuchung liess ich die Kleine zu Bette legen und fügte gleichzeitig die Bemerkung hinzu, dass sie nicht eher das Bett wieder verlassen dürfe, als bis sowohl die Kniee als die Fussknöchel wieder vollkommen gleichgestellt erscheinen, und beim Druck auf das Hüftgelenk kein Schmerz mehr verspürt wird. In Betreff der Mittelwahl war ich bald mit mir einig, indem ich, auf mehrfache Erfahrungen gestützt, *Belladonna* und *Mercurius solubilis* in täglichem Wechsel zu reichen mich entschloss. Und so wurde denn den nächsten Morgen ein mit der 15. Verdünnung der *Belladonna* befeuchtetes Milchzuckerpulver und den darauf folgenden eine halblinsengrosse Gabe des *Mercurius solubilis* in der 3. Verreibung verabreicht, und bei Hinweglassung des gewöhnten Kaffees eine ganz einfache, leicht verdauliche Diät angeordnet, wobei Mittags etwas Fleisch gestattet war, da kein Symptom einer Fieberaufregung sich zeigte. In Betreff der Lagerstätte des Kindes hatte ich nichts zu ändern, da das

Kind ohnedies stets auf einer Rosshaarmatratze lag. Tags darauf besuchte ich die kleine Patientin wieder, ich fand sie recht munter, sogar im Bette sitzend, womit ich mich aber nicht einverstanden erklärte, da sie von mir die Weisung erhalten hatte, stets entweder auf dem Rücken oder auf der gesunden Seite zu liegen. Ich untersuchte blos die Hüfte und glaubte mich nicht zu täuschen, wenn mir selbe für den angebrachten Druck minder empfindlich schien. Der Arzneigebrauch wurde nach der früheren Angabe fortgesetzt, und als ich drei Tage später das Kind wieder besuchte und mir ihr Befinden ungemein gelobt wurde, nahm ich von Neuem die genaue Untersuchung vor. Es war in der That nicht Täuschung, denn die eigene Mutter des Kindes überzeugte sich gleichzeitig mit mir von der so rasch eingetretenen Besserung, wobei die beiden Fussknöchel beinahe in gleicher Höhe sich befanden, auch die erwähnten Conturen zeigten offenbar mehr Regelmässigkeit und an den Knieen konnten wir kaum irgend eine Ungleichförmigkeit rücksichtlich ihrer Stellung bemerken. Die Empfindlichkeit des Hüftgelenkes für einen äusseren Druck war beinahe verschwunden, und so schritt bei der Anwendung derselben Arzneien, die von nun an nur in 48 stündigen Zeiträumen gereicht wurden, die Besserung derartig vor, dass nach Verlauf von späteren 8 Tagen das Kind als gänzlich geheilt, erkannt werden konnte. Jetzt war auch die angebliche Unart des Kindes auf der Strasse zu hinken beseitigt, wenn gleich kein mechanisches Mittel, sondern arzneiliche Hilfe, diese Abgewöhnung zu Stande gebracht hatte. Unleugbar sind diese beiden Arzneien die wirksamsten in dieser Krankheitsform, doch kamen mir schon Fälle vor, wo es noch der Anwendung von *Rhus toxicodendron* bedurfte, um das Uebel gänzlich zu heben, und namentlich war dies bei zwei Kindern der Fall, wo die Merkmale der Verlängerung des Fusses schon vollkommen gewichen waren, und doch hatten die Kinder bei ihren Gehversuchen noch mit bedeutenden Schwierigkeiten zu kämpfen, indem der kranke Fuss stets mehr nachgeschleppt und mit sichtbarer Anstrengung wieder vorgesetzt wurde, so dass es den Anschein hatte, als wäre diese Extremität zu schwer und wie gelähmt. Ein mehrtägiger Gebrauch des *Rhus*, früh und Abend ein mit der 15. Verdünnung befeuchtetes Milchzuckerpülverchen reichte hin, um auch dieses Symptom zu beseitigen. — Bei deutlich ausgesprochener Skrophulose geht die Heilung nie so rasch von Statten und wird es hin und wieder nöthig durch einige Zeit *Calcarea* 15, jeden Morgen eine Gabe anzuwenden. — Wenn dieses Hüftleiden in Folge einer mechanisch wirkenden Ursache z. B. durch einen Fall, und die dabei stattgehabte heftige Erschütterung des Hüftgelenkes, oder durch einen Stoss veranlasst wurde, dann eignet sich am besten der innere und gleichzeitig äussere Gebrauch der *Arnica,* und zwar wird zweimal des Tags ein Tropfen der 15. Verdünnung dieser Arznei auf Milchzucker gereicht, und müssen nebstbei kalte Umschläge, die man vor ihrer Applikation mit einigen wenigen Tropfen der *Arnicatinktur* bespritzt, auf die leidende Hüfte angewandt werden. Wie oft die kalten Umschläge gewechselt werden sollen, hängt lediglich von der Heftigkeit des Schmerzes und der Entzündung ab, doch pflege ich in der Regel unmittelbar nach Einwirkung der mechanischen Ursache die Umschläge recht häufig, selbst halbstündig erneuern zu lassen, während ich bei eintretender Besserung die kalte Compresse nicht eher gewechselt wissen möchte, als bis selbe ganz gehörig durchwärmt ist. — So sehr ich übrigens mit den Resultaten des eben bezeichneten Heilverfahrens stets zufrieden zu sein Ursache hatte, so habe ich doch seit den letzten Jahren, namentlich in allen schwereren Fällen, nebst der inneren Behandlung ebenfalls zu einfachen Kaltwasserumschlägen, die stets trocken bedeckt wurden, meine Zuflucht genommen, und ich würde behaupten, dass selbe zur Unterstützung und Beschleunigung des Heilprozesses nicht unwesentlich beigetragen haben.

Die englische Krankheit. (Rhachitis.)

Es wurden in den vorhergehenden Blättern bereits die meisten der gewöhnlich vorkommenden Krankheitsformen des Skrophelleidens besprochen, und gleichzeitig das Wichtigste in Betreff der ursächlichen Verhältnisse, der darauf basirenden Vorbeugungsmittel und des Heilverfahrens mitgetheilt, so dass ich es für überflüssig finde bereits Erwähntes zu wiederholen und die so mannigfachen Formen dieser Krankheit, in einem besonderen Rahmen zusammengestellt, nochmals vorzuführen, jedoch einer anderen aus dem Skrophelleiden hervorgehenden, meist im 2. oder 3. Lebensjahre ernst hervortretenden Krankheit des gesammten Knochensystems wollen wir nun unsere Aufmerksamkeit zuwenden, da selbst diese zeitig genug erkannt und gewürdigt noch immer nicht die Möglichkeit einer vollständigen Heilung ausschliesst.

Im Jahre 1660 hat ein englischer Arzt Namens Francis Glisson seine eigenen sorgfältigen und zahlreichen Beobachtungen in Betreff dieser Knochenkrankheit des Kindesalters, deren Vorkommen in England so häufig ist, in einer besonderen höchst lehrreichen Schrift veröffentlicht, und eben seit dieser Zeit her datirt auch der Name „die englische Krankheit“, die man auch wegen der ihr eigenthümlichen Verbildung der Gelenkenden der Knochen, Doppelglieder oder Zweiwuchs zu nennen pflegt. — Der Beginn dieser Krankheit charakterisirt sich durch ein bleiches, grossentheils aufgedunsenes Aussehen des Kindes, bei dem schon das Zahngeschäft unordentlich und mit Beschwerden verbunden von Statten geht. Der Ausbruch der Milchzähne erfolgt nicht zur rechten Zeit, auch erscheinen die Zähne höchst unregelmässig, und kaum erschienen, nehmen sie bald eine schwärzliche Färbung an, werden kariös und fallen aus. Sowohl der Athem als der Schweiss und auch der trübe Harn verbreiten einen auffallend saueren Geruch, die Muskeln werden schlaff, der Gang wird wankend, das Gehen ermüdet und die geistige Entwicklung bleibt mitunter auf einer niedereren Stufe stehen, die nicht selten selbst an Stumpfsinn gränzt. Die Knochenverbildung bei der englischen Krankheit rührt von einer eigenthümlichen Erweichung der Knochenmasse her. Zuerst und gewöhnlich am auffallendsten zeigen sich die krankhaften Formveränderungen der Knochen am Vorderarme und am Unterschenkel, deren mit Knorpelmasse überzogene Endstücke dick, kolbig, angeschwellt erscheinen, und indem der Knochen selbst zu weich, zu biegsam wird, reicht schon die gewöhnliche Muskelzusammenziehung hin, um seine Verkrümmung zu Stande zu bringen. Am häufigsten und bemerkbarsten sind die Verkrümmungen der unteren Gliedmassen, die sogenannten X-Füsse, aber auch die Rippen- und die Schlüsselbeine verlieren ihre normale Form. Der vordere Theil des Brustkastens, in normalem Zustande leicht gewölbt, nimmt jetzt eine zusammengedrückte Gestalt an, die gewissermassen an die Form eines Daches erinnert, dessen obere Kante das Brustbein bildet, eine Deformation, die unter dem Namen „Hühnerbrust“ bekannt ist. Die Wirbelsäule sinkt zusammen, krümmt sich nach verschiedenen Richtungen, und an dieser Krümmung nimmt unter gewissen Umständen auch das Becken Theil, indem seine Knochen durch ihr Weichwerden um so mehr Verunstaltung erleiden, als sie den unteren Gliedmassen sowohl, als dem Rumpfe zum gemeinschaftlichen Stützpunkte zu dienen haben. Auch die Form des Kopfes erleidet gewisse Veränderungen, indem er häufig durch bedeutendere Grösse schon auffallend, gleichsam eine viereckige Gestalt annimmt, er sitzt tief zwischen den Schultern, die Fontanellen bleiben lange offen, die Nähte schliessen sich schwer, die im normalen Zustande mehr flach erscheinenden Schläfeknochen zeigen eine gewölbte Form, und die Stirne bildet oft der Länge nach in der Mitte einen Winkel, von wo sie etwas schräg nach abwärts gegen die Schläfe verläuft. Die Augen scheinen grösser und hervorgetrieben, der Mund ist lang, das ganze Antlitz hat etwas Greisenhaftes. Der Unterleib ist stark aufgetrieben, die Leber angeschwellt und eben dadurch das Athmen häufig beengt. Dazu gesellen sich allmählig mannigfache Störungen in den Verdauungsorganen, die Kinder haben zwar gute, oft grosse Esslust, die aber mehr der mehligen als der Fleischkost sich zuwendet. Stuhlverhaltung und Durchfälle wechseln öfters ab. — Der Verlauf dieser Krankheit ist höchst schleichend, und nur nach und nach gelangt sie zu ihren höheren Graden, wo bei allgemeiner Verbildung des Knochensystems hin und wieder selbst Knochenfrass sich einstellt, dem gar häufig Zehrleiden zu folgen pflegt. Die qualitative Umänderung der Knochenmasse bei bedeutender Höhe dieser Krankheit ist nicht selten eine derartige, dass der Knochen ohne viel Anstrengung gebogen, und selbst mit dem Messer geschnitten werden kann. Bei zweckmässiger Behandlung und Pflege hat man in der Regel, bei nicht hohem Grade der Krankheit, ganz günstige Resultate zu erwarten, indem in den meisten Fällen nach längerer oder kürzerer Zeit und bei gleichzeitiger Besserung des Allgemeinbefindens wieder die normale Absetzung der fehlenden, erdigen Bestandtheile in die erweichten und schwammig, porös gewordenen Knochen erfolgt, wodurch selbe wieder ihre normale Festigkeit erlangen, jedoch wenn in Folge der früheren Knochenerweichung bereits eine bedeutende Formveränderung stattgefunden, dann pflegt bei eintretender Heilung die Knochenmasse wohl zu erstarren und fest, ja oft fester als im normalen Zustande zu werden, doch ist es gar häufig der Fall, dass der Knochen in seiner bereits durch die Krankheit veränderten Form erhärtet, und ereignet sich dies z. B. bei den Brustknochen, so sind asthmatische Beschwerden, Brustwassersucht u. s. w. die Folge, während bei Verkrümmung der kompakten Knochen der Wirbelsäule und bei Verengerung des Beckens, zu lebenslanger Schwäche und Unbehilflichkeit der Gliedmassen, zur Verkrüpplung des Körpers der Grund gelegt wird.

Ursachen.

Diese Krankheit kommt ausschliesslich nur in einer bestimmten Lebensperiode vor, und die Fälle sind nicht selten, wo bereits im 7. oder 8. Monate nach der Geburt, also in der Periode des Zahnens, die ersten Anzeichen des Krankseins der Knochenmasse sich zu erkennen geben. Kinder, die von skrophulösen, gichtischen Eltern abstammen, haben grösstentheils mehr Disposition zu diesem Leiden und eben daher kommt es, dass in England und Holland, wo das wahre Podagra eigentlich seine Heimath hat, auch diese Knochenkrankheit des kindlichen Alters so häufig sich einfindet. — Alles, was die Lebenskraft im Körper auf eine niederere Stufe herabzudrängen vermag, gibt zur Entstehung sowohl der Skrophel- als der englischen Krankheit (Rhachitis) Veranlassung. So finden wir in Betreff der Nahrungsmittel, dass schwer verdauliche, zu nahrhafte, ja selbst eine übrigens gesunde Kost in unpassender Quantität dem Kindermagen einverleibt, eine krankhafte Säftebereitung herbeiführen müsse, indem die noch schwachen Verdauungskräfte des Kindes den ganzen, ihnen zugeführten Speisevorrath zu bewältigen und gleichförmig zu gesunden Säften zu verarbeiten nicht im Stande sind. Ebenso kann andererseits eine für das Alter und die Konstitution des Kiudes verhältnissmässig zu geringe Quantität von Nahrungsmitteln das skrophulöse sowohl als das rhachitische Leiden begründen. — Eine zu reizende Diät bewirkt bei Kindern anfangs eine normwidrige Erregung des Verdauungsapparates, die bald eine Abspannung, eine Erschlaffung zur Folge hat, wodurch der belebende Einfluss des Nervensystems auf die Verdauungsorgane bedeutend herabgestimmt wird. So sehen wir die mangelhafte Bereitung des Magensaftes und der Galle, und mit ihnen die fehlerhafte, die schwere Verdauung zu Stande kommen, und selbstverständlich muss unter so bewandten Umständen auch die Blutbereitung, die Hauptquelle der Organenbildung eine normwidrige, eine fehlerhafte werden. In dieser Hinsicht muss besonders vor dem zu frühzeitigen Gebrauche der Gewürze, der geistigen Getränke, und selbst auch vor dem übermässigen Genusse der zu kräftigen Fleischspeisen nachdrücklichst gewarnt werden. Aber auch der zu frühzeitige und zu kopiöse Genuss der Pflanzenspeisen führt zur Säfteverderbniss, indem diese Nahrungsmittel im Allgemeinen schwerer verdaulich als die Fleischkost, um so eher eine Erschlaffung der Verdauungskraft veranlassen. Hieher gehören alle Mehlspeisen, namentlich

Klöse und Pfannkuchen, das verschiedene fette Backwerk, Erbsen Linsen, Bohnen und vorzugsweise Kartoffeln. Reicht man kleinen Kindern schon viel Obst, grünes Gemüse, grössere Quantitäten warmer, erschlaffender Getränke, so wird eben dadurch auch eine Abspannung der Verdauungsorgane bewerkstelligt, deren unausbleibliche Folgen die falsche Säftebereitung, die minder kräftig ernährende Beschaffenheit des Blutes sind. — Bekömmt ein Kind schon etwa in den ersten Wochen seines Lebens noch andere Nahrung als die gesunde Mutter- oder Ammenmilch, so ernährt man es höchst unpassend, und ebenso schadet selbst später eine zu rasche Veränderung der Nahrung, und namentlich wenn man zu vorschnell zur Darreichung fester Nahrungsmittel übergeht. — Dass übrigens auch der Gebranch der Brech- und Purgirmittel, des Kalomels, der Opiate, die Verdauungskräfte so zu beeinträchtigen vermögen, dass auf solche Weise sehr leicht der Grund zu Skrophelleiden und der aus ihr gewissermassen hervorgehenden englischen Krankheit gelegt werde, ist eine leider allzubekannte Thatsache. — Dass unreine, feuchte, dumpfe, neblige Luft zur Erzeugung der in Rede stehenden Krankheit besonders beitrage, dürfte um so eher einleuchten, als man nur zu erwägen hat, dass bei solcher Beschaffenheit der Luft, der zur Erhaltung der Gesundheit und zur kräftigen Körperentwickelung so unumgänglich nöthige Verkehr mit dem belebenden Prinzipe des Sauerstoffes unendlichen Abbruch erleidet. So wird einerseits das Einathmen einer minder sauerstoffreichen Luft die normale Blutbereitung wesentlich verändern, und andererseits die Feuchtigkeit der Luft auf die Funktion der Haut, auf ihre so wichtigen Ausscheidungen unbrauchbarer Stoffe höchst störend einwirken, wodurch manch unbrauchbares Material zurückgehalten, und auf solche Weise die Mischung des Blutes eine anomale, eine krankhafte werden muss. — Ebenso wie das zu warme Bekleiden, das Liegen auf Federbetten, das zu warme Bedecken aus mehrmal bereits erwähnten Gründen der Gesundheit im Allgemeinen nachtheilig ist, ebenso ist dies auch der Fall rücksichtlich der höchst widersinnigen, forcirten Abhärtungsmethode, wobei die Kinder Morgens und Abends mit kaltem Wasser begossen werden, denn der exzessive Temperaturwechsel bringt bei Kindern viel mehr Nach- als Vortheil, sowie überhaupt der Uebergang aus einem heissen in ein kaltes Klima dem Kindeskörper nichts weniger als zuträglich ist, indem man häufig die Beobachtung gemacht hat, dass eben dadurch die Skrophelkrankheit geweckt wurde. — Dass die vernachlässigte Hautkultur die Ausscheidung unbrauchbarer Stoffe und die Aufnahme der für die Gesundheit erforderlichen verhindere, und eben dadurch eine normwidrige Blutbeschaffenheit herbeiführen müsse, und überdies zur Bildung von mannigfachen Hautkrankheiten Veranlassung gebe, dürfte wohl nicht zu bezweifeln sein. — Auch die verabsäumte, gehörige Körperbewegung in freier, gesunder Luft wirkt in hohem Grade störend auf die Säftebereitung ein, indem die Verdauung und die lebhafte Blutzirkulation dadurch zu Schaden kommen. — Zu frühzeitige Anstrengung der Geisteskräfte und deprimirende Gemüthsaffekte, durch eine tyrannische Erziehungsmethode veranlasst, machen der kräftigen Körperentwicklung einen nicht unbedeutenden Eintrag. — Endlich wäre noch besonders Rücksicht darauf zu nehmen, dass man ja nicht gesunde Kinder mit solchen, die mit Skrophelleiden oder mit der englischen Krankheit behaftet sind, in einem Bette zusammenschlafen lasse, denn wenn wir auch weder die eine noch die andere Krankheitsform als contagiös betrachten können, so ist es doch unleugbar, dass die Ausdünstung eines kranken Kindes zur Verderbniss der Säfte des gesunden beitragen könne.

Heilverfahren.

Wenn gleich vielfältige Erfahrung zu dem Ausspruche berechtigt, dass die Homöopathie Arzneien besitzt, die sowohl dem Skrophelleiden als der ihr so nahe verwandten englischen Krankheit mit evidentem Nutzen entgegengesetzt werden, so unterliegt es doch nicht dem leisesten Zweifel, dass der mehr oder minder günstige Erfolg hauptsächlich von der genauen Anordnung und Befolgung einer, diesen Krankheitszuständen vollkommen entsprechenden Diät und eines naturgemässen Verhaltens abhänge. Noch mehr. — Ich bin sogar der festen Ueberzeugung, dass bei sorgsamer Beachtung sämmtlicher auf die physische Erziehung Bezug habenden Naturgesetze auch die Verhütung dieser Krankheiten zu ermöglichen sei, und eben deshalb finde ich es für unerlässlich vor Allem die Bedingungen genau zu erörtern, unter denen einerseits die Heilung dieser etwa schon vorhandenen Krankheit um so leichter gelingen kann, und andererseits ihrem Entstehen möglichst vorgebeugt wird.

Schon in der Säuglingsperiode muss ein besonderes Augenmerk darauf gerichtet werden, dass die betreffende Mutter frei von jeder Spur einer skrophulösen Anlage sei, widrigenfalls das Säuggeschäft auf eine vollkommen gesunde, kräftige Amme übertragen werden müsste, und wäre es überdies räthlich, das Säugen des Kindes, bei dem eine ererbte Anlage zu befürchten, alsdann so lange fortsetzen zu lassen, bis das Kind die erste Periode des Zahnens überstanden hat. — Bis zum Alter von 6 Monaten sollte ein solches Kind ausschliesslich nur die Milch der vollkommen gesunden Amme als Nahrung erhalten und später müsste die nebstbei gereichte Nahrung von der leichtesten Art sein, und namentlich anfangs nur den kleinsten Theil der Nahrung bilden. Die Säugende selbst muss täglich Bewegung im Freien machen, die Diät der Amme darf von der, an die sie gewöhnt war nicht abweichen, und jede Aenderung in diesen Stücken muss nur ganz allmählig vorgenommen werden. Nach Massgabe der zarteren oder kräftigeren Konstitution des Kindes, nach Massgabe seiner Empfindlichkeit, und überdies der äusseren Temperatur vollkommen entsprechend, muss das Kind mehr oder weniger warm gehalten werden, und bei seiner Einhüllung in die Feder- oder Baumwolldecke darf die freiere Beweglichkeit seines Körpers nicht zu sehr beschränkt sein. — Ein um die späte Herbstzeit geborenes, zartes Kind soll in unseren Klimaten am zweckmässigsten erst im Frühjahre ins Freie getragen werden, doch müsste jedenfalls die geräumige Kinderstube täglich gehörig gelüftet werden, und in Bezug eben auf diese letztere, in der das Kind durch mehrere Monate zu verbleiben hat, um so sicherer darauf Rücksicht zu nehmen sein, dass selbe in jeder Beziehung vollkommen entspreche. Kinder mit skrophulöser Anlage müssen recht geräumige, sonnige, und am vortheilhaftesten gegen die Mittagsseite gelegene Stuben bewohnen, damit sie eine gesunde, trockene und reine Luft haben, die nicht durch mannigfache, ausdünstende oder übelriechende Gegenstände an ihrer erforderlichen, guten Beschaffenheit Schaden leide. Man gestatte ja nicht, dass die Ofenwärme zum Trocknen der durchnässten Wäsche oder des feuchten Holzes benutzt werde, man gestatte auch nicht das Plätten der Wäsche daselbst und alle Gattungen von Räucherungen, die doch wahrlich nicht zur Verbesserung der Zimmerluft beitragen können. Noch muss ich mit besonderem Nachdrucke erwähnen, dass man sich ja nicht verleiten lasse mit einem schwächlichen Kinde eine, kürzlich erst ganz neu hergerichtete Wohnung zu beziehen, oder selbe etwa in einem neugebauten Hause zu wählen, denn namentlich in Bezug auf das Letztere ist nicht zu übersehen, dass die Luft in neuen Gebäuden mindestens durch zwei Jahre einen nicht unbedeutenden Antheil von Kalktheilchen enthält, die sich sogleich beim Eintritte in die

Stube durch den eigenthümlichen Geruch zu erkennen geben, und eben diese Kalkluft ist es, die zur Erzeugung der skrophulösen Säfteverderbniss am meisten beitragen kann. — Während das Zimmer gefegt und gereinigt wird, muss der Säugling stets in eine angränzende, mässig erwärmte Stube gebracht werden, ebenso während der Vornahme des ja nicht zu verabsäumenden, täglichen Zimmerlüftens. Die Temperatur der Kinderstube darf nie 15 Grad R. übersteigen, und jedenfalls hat die Beheizung von innen den grossen Vortheil für sich, dass man es einerseits in seiner Macht hat den gehörigen Temperatursgrad gleichförmig zu erhalten, und andererseits wird durch den steten Zug des Ofens zur Verbesserung der Luft doch mindestens etwas beigetragen. — Ein anderer Gegenstand von ganz besonderer Wichtigkeit, und namentlich für Kinder, die mit einer dergleichen Krankheitsanlage behaftet sind, ist die gehörige Pflege des äusseren Hautorganes, und mögen die darauf Bezug habenden, im diätetischen Theile dieser Schrift bereits genau erörterten Vorschriften in vollstem Masse Anwendung finden.

Eine besondere Berücksichtigung verdient auch die Diät des Kindes, nachdem der Vorgang des Zahnens in seinen wichtigsten Momenten überstanden. Sie muss mild, sie muss leicht sein, damit sie der kränklichen Anlage des Kindes zusage. Ein ganz allmähliges Vorschreiten ist hier eine der wichtigsten Regeln, da die Verdauungsorgane solcher Kinder gewöhnlich sehr reizbar sind, und durch die leiseste Veranlassung die mannigfachsten Funktionsstörungen herbeigeführt werden. — Die zuerst neben der Mutter- oder Ammenmilch zu reichende Nahrung bestehe in etwas leichter, ganz dünner Fleischbrühe mit etwas gut verkochter Grütze oder Weissbrod, die in geringer, allmählig nur zunehmenden Quantität anfangs ein-, dann zweimal des Tags verabreicht werde. Der Genuss selbst der leichtesten Mehlspeisen oder des mit Mehl und Grütze zubereiteten Milchbreies ist durchaus nicht zu gestatten, und wenn die Verdauungskräfte des Kindes es erlauben, dürfte nach und nach die erwähnte Fleischbrühe etwas konsistenter sein. Die Darreichung dieser Nahrung müsste immer zu einer bestimmten Zeit statthaben, und eine Stunde früher und nachher dürfte das Kind nicht an die Brust gelegt werden; und sollte es nach der so wenig als möglich gesalzenen Suppe dennoch etwas Durst zeigen, so könnte ihm etwas reines Trinkwasser zu einigen Löffelchen gereicht werden. — Spricht sich das Gedeihen des Kindes durch sein frisches, munteres Aussehen, durch seine behagliche Ruhe, durch die Regelmässigkeit seiner Entleerungen aus, dann kann man auch darauf bedacht sein, die zweckmässigen Vorbereitungen zum Entwöhnen des Kindes zu treffen. Zu diesem Behufe reiche man dem Kinde anfangs nur des Morgens und später auch des Abends eine mittelgrosse Tasse einer Abkochung von frischen Cacaoschalen oder gebrannter Gerste mit leichter Kuhmilch gemischt, und möge etwas Zwieback oder Rinde von Weissbrod, in nur allmählig zu vermehrender Quantität, darin leicht aufgekocht werden. Auch diese Nahrung muss stets zur genau geregelten Zeit, nie kurz vor oder nach dem Säugen und ja nicht zu rasch und zu warm gereicht werden. — In dem Maasse, als dem Kinde nebst der Brust auch andere Nahrung gereicht wird, muss selbes auch stets seltener angelegt werden, und auf diese Weise wird das Entwöhnen ohne irgend eine Beschwerde ganz allmählig von Statten gehen. Ist der Zeitpunkt eingetreten, wo das Kind von der Brust gänzlich entfernt ist, dann wird die Speiseordnung am zweckmässigsten folgendermassen eingerichtet: Des Morgens eine Tasse Kaffeesurrogat mit Weissbrod oder Zwieback, 3 Stunden nachher eine Suppe mit etwas Grütze, feinen Nudeln, geriebenem und gut getrocknetem Teig u. s. w. Mittags eine konsistentere Suppe, 3 Stunden nachher wieder Kaffeesurrogat, wie zum Frühstücke, und zu Abend abermals eine Suppe. Somit erhält das Kind fünfmal des Tags, stets zur bestimmten Stunde Nahrung, und zum Getränke diene nur reines Quellwasser, welches auch des Nachts, falls Durst sich einstellen sollte, gereicht wird. Verfährt man genau nach dieser Vorschrift, befolgt übrigens gewissenhaft alle die Verhaltungsregeln, wie sie theils hier, theils in der vorhergehenden Kinderdiätetik angegeben sind, so wird das Kind bis zu Ende seines zweiten Lebensjahres bereits eine Constitution erlangt haben, die uns Vertrauen einflösst, und zu den schönsten Hoffnungen für das fernere Gedeihen und die kräftige Körperentwicklung des Kindes berechtigt, um so mehr, wenn den sich allenfalls noch kundgebenden skrophulösen Anzeichen mit den entsprechenden Arzneien kräftig entgegengewirkt wird. — Hat das Kind bereits das dritte Jahr erreicht, so können, bei übrigens gutem Befinden desselben, kleine Aenderungen in der Diät vorgenommen werden, die theils auf eine noch kräftigere Ernährung abzielen, und theils die Verdauungsorgane des Kindes an die Mannigfachheit der Nahrungsmittel gewöhnen sollen. Des Vormittags wird nun abwechselnd mit der Suppe ein weich gekochtes Ei und etwas Weissbrod gereicht, und Mittags können nebst der Suppe geringe

Quantitäten gebratenen, nicht ausgekochten Fleisches gestattet werden, dem späterhin zeitweilig etwas Gemüse beigefügt werden dürfte. Je älter das Kind, desto mehr Abwechslung in den Nahrungsmitteln müsste geboten werden, und könnte Nachmittags auch etwas Obst zu gestatten sein, und wenn nur im Allgemeinen Mehl- und Milchspeisen sehr selten, Hülsenfrüchte, namentlich mit den Hülsen, ebenso fettere Fleischgattungen gar nicht gereicht werden, die Zubereitung der Speisen ükerdies ganz einfach und gewürzlos ist, so braucht man in der Wahl derselben durchaus nicht zu ängstlich zu sein; doch bleibt es ein für allemal die wichtigste Regel, ausser den bestimmten Mahlzeiten nicht etwa noch etwas Brod, Nasch- oder Backwerk, was förmlich als Wurmfutter betrachtet werden kann, zu reichen. — Um das fünfte Jahr herum kann des Abends anstatt der gewohnten Suppe etwas leichtes Fleisch abwechselnd gestattet werden. —

In Betreff des arzneilichen Verfahrens beabsichtige ich hier nur einige der wichtigsten Mittel anzugeben, deren Wirkung gegen den beginnenden Rhachitismus (englische Krankheit) gerichtet ist, da in Bezug auf das Skrophelleiden, die am häufigsten vorkommenden Formen desselben bereits in den früheren Blättern besprochen und gleichzeitig die, den speziellen Fällen entsprechenden Arzneien angegeben wurden. — Unter den pflanzlichen Arzneistoffen ist es vorzugsweise die *Staphisagria* aber auch die *Asa foetida*, die bei dem ersten Beginne des rhachitischen Leidens besondere Beachtung verdienen, und namentlich bewährt sich die *Staphisagria* vorzugsweise, wenn die Kinder beim Stehen sowohl als beim Gehen über starke Müdigkeit klagen, die sie, ohne alle Nebenbeschwerden, mehr als gewöhnlich zum Sitzen und auch selbst zum Liegen veranlasst, sie werden sehr verdriesslich und ärgerlich, sie verlangen bei aufgetriebenem Leibe öfters stürmisch zu essen, die Zähne werden schwarz, brechen stückweise ab, und sind zumeist auch skrophulöse Symptome vorhanden als, öftere Gerstenkornbildung an den Augenlidern und Wundheit in der inneren Nase. Ich pflege in solchen Fällen die *Staphisagria* 12, in Kügelchen 2—3 Mal des Tags zu reichen. — Auch von der *Asa foetida* habe ich bereits in zwei Fällen, wo die deutlichen Anzeichen des sich entwickelnden rhachitischen Leidens bemerkbar wurden, mit entschiedenem Nutzen Gebrauch gemacht. In dem einen dieser Fälle, der einen 5jährigen Knaben betraf, war bereits seit mehreren Monaten ein eiterartiger, übelriechender Ausfluss aus der Nase und dem einen Ohre zum Vorschein gekommen, und seit 3 Wochen musste er nun grösstentheils sitzen oder liegen, da sich, ohne vorausgegangenen Schmerz, am Rücken des linken Fusses eine blass röthliche, begrenzte, nicht bedeutend erhabene Geschwulst von dem Umfange einer grossen Haselnuss gebildet hatte, die kalt und ziemlich fest anzufühlen war, und beim Drucke sehr wenig Schmerz verursachte. Seit den letzten Tagen war diese Geschwulst in der Mitte zum Aufbruch gekommen, und so fand sich denn bei meinem Besuche eine kleine, vertiefte Stelle von der Grösse eines starken Stecknadelkopfes, aus der eine dünne, eiterartige, übelriechende Flüssigkeit aussickerte, und bei Untersuchung der Wunde, wobei fast gar nicht über Schmerz geklagt wurde, konnte ich mit der Sonde bis auf den Knochen gelangen. Das übrige Befinden des Kindes war ziemlich gut, bis auf eine auffallende Trägheit in den Stuhlentleerungen und den penetranten, scharfen Geruch des stets trüben Urines. Ueberdies war auch der Ringfinger der linken Hand schmerzlos angeschwollen und blass geröthet, beim Drucke nicht empfindlich, die Knochen sichtbar verdickt. Mein Heilplan war bald festgestellt. Ich wollte erst *Asa* und falls diese nicht ausreichen sollte *Silicea* anwenden. Nach genau geregeltem diätetischen Verhalten, verabfolgte ich ein Fläschchen mit Streuzuckerkügelchen, die mit der 12. Verdünnung der *Asa* befeuchtet waren, wovon früh und Abends 6 Kügelchen genommen wurden. Nach 4 wöchentlichem Gebrauche dieser Arznei war das Kind vollkommen geheilt, bis auf den nur ganz unbedeutend noch angeschwellten Finger und den noch hin und wieder bemerkbaren Ohrausfluss. Auch diese beiden Uebel verschwanden nach mehreren Wochen bei dem Gebrauche der *Calcarea* 15, von der ich früh und Abends 4 Kügelchen nehmen liess. — Ausser diesen Pflanzenmitteln sind es noch zwei andere, auf die ich wegen ihrer besonderen Heilskraft bei rhachitischen Leiden aufmerksam machen muss, und zwar das *Acidum phosphoricum* und eben die *Calcarea*. Die erstere Arznei wird namentlich dann entsprechen, wenn die Krankheit in Folge eines normwidrig zu schnellen Wachsthums der Kinder zu entstehen scheint, wo die Natur, in der überaus raschen Knochenbildung begriffen, ein minder vollkommenes Produkt zu liefern scheint, wobei wir gleichzeitig bemerken, dass auf Kosten der übereilten Knochenbildung die übrige Ernährung des Körpers bedeutenden Schaden leidet. Bei dergleichen Kindern bemerkt man gewöhnlich eine auffallende Blässe des Gesichtes, blauumränderte, eingefallene Augen, bei allgemeiner Abmagerung des

Körpers. Auch das Gemüth erscheint mitafficirt, es tritt eine verdriessliche, mürrische Stimmung, eine Unaufgelegtheit zu den gewohnten Spielen oder sonstigen Beschäftigungen, eine gewisse geistige Müdigkeit ein, dabei vertritt ein Schlummer die Stelle des früheren gesunden Schlafes, und bald geben sich auch in den Verdauungsorganen mannigfache Störungen kund, wobei unter anderen die Disposition zur Weichleibigkeit mit hellfarbigen, schleimigen Stuhlentleerungen aufzutreten pflegt. In solchen Fällen leistet die *Phosphorsäure* ganz vortreffliche Dienste, doch pflege ich selbe, wie alle mineralischen Säuren in tieferer Verdünnung zu verabreichen, und lasse 2—3 Mal des Tags einige, mit der 6. Verdünnung befeuchtete Streuzuckerkügelchen nehmen. Zur Anwendung der *Calcarea* bestimmt mich in der Regel das vorstechend entwickelte skrophulöse Krankheitsbild, wobei besonders die äussere Haut und das Drüsensystem krankhaft ergriffen sind, und nun auch das beginnende Anschwellen der Endstücke der langen Knochen auf das Tiefergreifen des Krankheitsprozesses sichtbar hindeutet. — Noch muss ich hier eines Mittels Erwähnung machen, das mir im Allgemeinen bei skrophulöser und rhachitischer Anlage schon häufig Wesentliches geleistet hat, und dieses Mittel ist das *Jod*, doch habe ich aus mannigfachen Versuchen die Ueberzeugung geschöpft, dass diese Arznei, namentlich in dieser Krankheitsform die besten Dienste leistet, wenn sie in der fettigen Verdünnung des *Leberthrans* gereicht wird.

Die fehlerhafte Körperhaltung und der Schiefwuchs.

Es ist unleugbar eine höchst auffallende, aber leider vollkommen wahre Beobachtung, dass im übrigen gesammten organischen Naturreiche normwidrige Verbildungen und Formmängel durchaus nicht so häufig vorkommen, als dies eben bei dem edelsten Theile der Schöpfung, dem Menschengeschlechte, der Fall ist. Unter den Tausenden von Früchten, die mancher Baum alljährlich trägt, findet man verhältnissmässig nur selten solche, die regelwidrig gestaltet, missbildet sind. Dasselbe gewahren wir in der Thierwelt. Selbst bei unseren Hausthieren, die doch nicht im freien Naturzustande leben, begegnen wir nur äusserst selten auffallenden Verkrüpplungen und Missstaltungen ihres Körpers. Sollte die so gütige und weise Natur eben ihr kunstvollstes und höchstes Schöpfungswerk, den

Menschen, so stiefmütterlich behandelt haben, dass sie vorzugsweise ihn diesen Formfehlern und Gebrechen so häufig preisgibt, und die so edle und erhabene Menschengestalt zu einem deformen, bemitleidenswerthen Geschöpfe umbildet? — Nein, nicht die Natur, sondern der Mensch selbst ist es, der bei dem allergrössten Theile der so zahlreich vorkommenden Missstaltungen selbst die so schwere Schuld auf sich bürdet, er, dem der allgütige Schöpfer, vor allen anderen Geschöpfen ihn auszeichnend, das kostbare Geschenk die Vernunft verlieh, er selbst handelt, trotz der ihm geschenkten Vernunft, häufig so unvernünftig, dass er, die Gesetze der weisen Natur überschreitend, ihre so wohlmeinenden, warnenden Winke oft ganz unbeachtet lässt, und auf solche Weise ein Uebel erzeugt, dessen Grösse er mitunter dann erst zu erfassen beginnt, wo es leider schon die Gränze der Heilbarkeit überschritten hat. — Die fehlerhafte Körperhaltung ist ein Uebelstand, der leider ungemein häufig zur Schau getragen wird. Das eine Kind nimmt sich nicht die Mühe das Rückgrat gehörig zu strecken, und findet es bequemer mit gebeugtem Rücken zu stehen, zu sitzen, und zu gehen, ein anderes hält es nicht der Mühe werth die Schultern zurückzuziehen, wodurch dann die Brust nach vorne einfällt, sich abflacht und rückwärts die Schulterblätter flügelförmig auseinanderstehen. Einem dritten Kinde scheint es unbequem den Kopf gerade zu halten, es neigt ihn nach vorne, und tritt es ins Zimmer ein, so sieht man erst den Kopf — der übrige Körper kommt nach. — So machen es die Kinder. Und wie machen es manche Eltern? Sie lassen sie gehen, wie sie gehen, sie lassen sie sitzen, wie sie sitzen, sie lassen sie stehen, wie sie stehen. Und warum? Weil denen wieder das viele Ermahnen zu unbequem ist, und andererseits setzen sie sich über dergleichen Kleinigkeiten hinweg, halten es für zu wenig beachtenswerth, bis endlich einmal zufällig der Schneider kömmt, ein neues Kleidchen bringt, es anprobirt und ganz pflegmatisch die naive Bemerkung macht, dass er auf der einen Seite mit etwas Watte nachhelfen werde. Ja, dann wird nun allerdings rasch zum Arzte gelaufen und um Hilfe gebeten. Der Arzt untersucht und macht die höchst unangenehme Entdeckung, dass das Uebel bereits einen höheren Grad erreicht habe, einen Grad, wo man nicht mehr für gänzliche Heilung bürgen könne. Nun sieht man plötzlich aus vier Augen die Thränen fliessen. Die Mutter weint der Tochter halber, die Tochter weint ihrethalben, aber auch — der Mutter halber, welche von dem Arzte die bittersten Vorwürfe wegen der so deutenden Vernachlässigung hören muss. — Siehe da eine Scene, die sich bereits sehr häufig in meiner Praxis mit kleinen Variationen ergeben hat, und bei der mir die höchst peinliche Aufgabe zu Theil war, die Rolle des Arztes übernehmen zu müssen. — Dies sind die unausbleiblichen Folgen der vernachlässigten Körperhaltung, und wenn man berücksichtigt, wie leicht ein Jahr früher das Uebel hätte verhütet werden können, dann muss es doppelt schmerzen, und eben darum ist es die wichtigste, die heiligste Pflicht der Eltern der körperlichen Haltung ihrer Kinder die vollste Aufmerksamkeit zuzuwenden. So lange das Uebel noch als Haltungsfehler blos zu betrachten ist, wird seine Beseitigung leicht gelingen, ist es bereits in ein Wachsthumsgebrechen, und zumal in ein bedeutendes übergegangen, dann ist der Erfolg der Behandlung stets ein mehr oder weniger precärer. — Der wesentliche Unterschied zwischen einer fehlerhaften Körperhaltung und einem Wachsthumsgebrechen, das schon als Schiefwuchs zu bezeichnen ist, besteht lediglich darin, dass bei der ersteren dem betreffenden Individuum es noch möglich ist, durch eigenes, festes Wollen die regelrechte, normale Körperhaltung anzunehmen, während bei dem schon vorhandenen Wachsthumsfehler der Wille für sich durchaus nicht mehr ausreichend ist, indem theils in dem muskulösen Apparate, theils in den Knorpeln und dem Knochengerüste bereits Veränderungen sich ergeben, die erst allmählig gehoben werden müssten, bevor an die Möglichkeit der Wiedererlangung eines vollkommen normalen Wuchses gedacht werden könnte. — Da sämmtliche Haltungs- und Wachsthumsgebrechen um so leichter zu beseitigen sind, je näher sie noch ihrem Anfange stehen, so wird es den Eltern zur dringenden Pflicht, wenigstens jeden Monat einmal, die genaue und höchst sorgfältige Besichtigung des entkleideten Oberkörpers ihrer Kinder vorzunehmen, um sich die Möglichkeit zu verschaffen schon die leisesten Spuren des sich entwickelnden Uebels entdecken zu können. Zu diesem Behufe wird das, am Oberkörper bis über die Hüften herab vollkommen entkleidete Individuum, jenachdem es seine Körperhöhe verlangt, auf einen Schemmel oder Stuhl, die aber nicht gepolstert sein dürfen, um eine ganz gleichförmige, feste Basis zu haben, gestellt, und zwar mit dem Rücken zur Lichtseite des Zimmers gewendet. Nun verhält man das zu untersuchende Kind zu einer vollkommen ungezwungenen, aufrechten Haltung mit schlaff zur Seite des Körpers herabhängenden Armen, und derartig gerichteten Füssen, dass die Fussspitzen etwas nach auswärts gewendet sind, während die Fersen sich berühren. In dieser Stellung wird nun vorerst die Rückseite des Körpers ganz genau betrachtet, um auszumitteln, ob nichts daselbst die erforderliche Symmetrie störe, ob der Kopf seine gehörige, gerade Richtung nach aufwärts habe, oder im Gegentheile eine Neigung vorhanden sei, ihn entweder mehr nach vorwärts, oder nach einer oder der anderen Seite zu beugen, wodurch wir auch auf eine normale oder abnorme Stellung der Halswirbel zu schliessen vermögen. Ferner müssen jene Linien, die von den Seiten des Halses gegen die Schulterhöhe verlaufen, genau mit einander verglichen werden, da sich bei mancherlei Gebrechen die eine etwas kürzer oder gebogener zeigt, so wie auch ein besonderes Augenmerk auf die Schulterhöhen selbst zu richten ist, ob nicht die eine etwas höher als die andere gestellt ist. Alsdann prüft man mit Aufmerksamkeit die Stellung der Schulterblätter, ob selbe nicht zu weit von einander entfernt sind. Dieser Uebelstand gibt sich dadurch zu erkennen, dass man, durch Zurücknehmen der Schultern, die Schulterblätter noch um ein Bedeutendes zu nähern vermag. Ferner müssen bei normalem Stande der Schulterblätter ihre inneren Ränder ziemlich parallel mit der Wirbelsäule nach abwärts verlaufen, ihre untersten Enden, die Schulterblattspitzen müssen beide gleich tief herabragen, auch sollen beide Schulterblätter gleichförmig entwickelt sein, das eine nicht voller, erhabener erscheine, als das andere. Hat man nun einigen Verdacht, dass die Stellung der Schulterblätter nicht vollkommen normal sei, so macht man den Versuch mit dem Schulterfalle, wodurch man sich um so deutlicher von dem Vorhandensein eines oder des anderen der letztgenannten Gebrechen der Schultern überzeugen wird. Man lässt zu diesem Endzwecke, während die Arme in der angegebenen Richtung nach abwärts verharren, die Schultern recht hoch hinaufziehen, so zwar, dass sie beinahe parallel mit den Ohrläppchen zu stehen kommen. Auf ein gegebenes Zeichen lässt das betreffende Individuum die Schultern, wie stossweise, schnell wieder in die frühere Richtung herabfallen, und nun wird jedes Schultergebrechen um so augenfälliger markirt sich kundgeben. Um zur festeren Ueberzeugung zu gelangen, kann dieses Experiment 2—3 mal wiederholt werden. Sollten, was mitunter der Fall ist, die Resultate des zu wiederholtenmalen vorgenommenen Schulterfalles nicht ganz gleichförmig sich zeigen, so dass nach dem einen Versuche dieses, nach dem anderen Versuche jenes Schulterblatt abnorm gerichtet erscheint, so kann man der festen Ueberzeugung sein, dass blos ein Mangel an gehöriger Kraft und

Festigkeit der betreffenden Muskelparthien diese ungleichförmigen Kontraktionen bedinge. Hat man nun die Schultern auf solche Weise sorgfältig untersucht, so überzeugt man sich nun nochmals, ob die Arme in ganz gleicher, gestreckter Richtung zur Seite des Körpers herabhängen, lässt nun die innere Fläche der geöffneten Hand an die Aussenseite des Schenkels gleichförmig anlegen, und betrachtet nun die hohlen Räume, die solchermaassen zu beiden Seiten des Rumpfes, zwischen ihm und den herabhängenden Armen gebildet werden. Sind die Umrisse dieser hohlen Räume beiderseitig ganz gleich, so ist die Haltung sicher normal, zeigt sich jedoch dabei eine grössere oder geringere Ungleichheit, so kann man mit Zuversicht auf eine fehlerhafte Haltung oder auf abnormen Bau des Rumpfes schliessen. Um nun zur genauen Untersuchung des Rumpfes zu schreiten, überzeugt man sich vorerst von der Richtung der Wirbelsäule, die weder nach einer oder der anderen Seite stellenweise abweichen, sondern in gerader, perpendikulärer Richtung vom Hinterhaupte nach abwärts bis zum Kreuzbeine verlaufen soll. Um dies zu erforschen, beginnt man bei den oberen Halswirbeln und bemüht sich, nachdem man mit Hilfe eines oder zweier Finger die den Rücken entlang aneinander gereihten Knöpfchen (Dornfortsätze der Wirbelbeine) durch allmähliges Herabgleiten und stellenweises leichtes Aufdrücken aufzufinden trachtet, die Richtung der Wirbelsäule genau auszumitteln. In manchen, wenn auch viel selteneren Fällen, findet man eine zwar nur äusserst unbedeutende Abweichung dieser Dornfortsätze von der geraden Linie, und doch bietet die genaue Besichtigung des Rückens auffallende Unregelmässigkeiten dar, die aber mehr von einer stellenweisen Drehung der Wirbelsäule um ihre Achse (Torsion) abhängig sind. Mit dergleichen Torsionen behaftete Individuen stehen gewöhnlich bei ihrem besten Willen sich ganz gerade zu halten so, als wären sie eben im Begriffe sich umzuwenden. Die eine Brusthälfte, gewöhnlich die rechte, wendet sich mehr nach vorwärts, während die andere mehr zurücktritt. Um sich von diesem Uebelstande, so wie von jeder anderen, mit oder ohne Verkrümmung des Brusttheiles der Wirbelsäule im Zusammenhange stehenden, regelwidrigen Bildung des Brustkorbes um so anschaulicher zu überzeugen, braucht man nur das erste Tempo des Schulterfalles, nämlich die Schulterhebung vornehmen zu lassen, und man wird auf solche Weise jeden am Brustkorbe vorhandenen Formfehler, die abnorme Wölbung, Abflachung oder Verkrümmung der Rippen, noch deutlicher gewahren. Das etwaige

Vorhandensein einer Seitwärtskrümmung in der Lendengegend der Wirbelsäule lässt sich sowohl durch die sorgfältige, oben angegebene Untersuchungsweise der Richtung der Wirbelsäule, als auch durch die genaue Rücksichtsnahme auf den Stand der Hüften ermitteln. Der abnorme Hüftenstand in höheren Graden gibt sich beim ersten Anblicke leicht zu erkennen, ist selber aber noch nicht bedeutend, so dürfte die aufmerksame Betrachtung der Umrisse der oben erwähnten, seitlichen hohlen Räume zwischen den Armen und dem Rumpfe, sowie die genau vergleichende Besichtigung der beiden Gesässhälften deutlicher Aufschluss geben. Bei der Untersuchung des Lendentheils der Wirbelsäule zeigt sich mitunter auf der einen oder der anderen, in der Mehrzahl auf der linken Seite eine grössere Völle, die aber keineswegs immer eine schon vorhandene Abnormität der Richtung der Wirbel in dieser Gegend beurkundet, indem selbe fast bei jeder, nur etwas bedeutenderen, seitlichen Abweichung des Brusttheils der Wirbelsäule bemerkbar wird. Sie entsteht durch eine lokale, stärkere Entwicklung der Muskelsubstanz, veranlasst durch die gestörte Balançe des Körpers und die hierdurch geweckte, grössere Energie in diesen Muskelparthien, um den nach der entgegengesetzten, gewöhnlich der rechten Seite hinneigenden Oberkörper in eine normalere Richtung zu bringen. Ausser den Seitwärtskrümmungen der Wirbelsäule, die überdies in ihren höheren Graden gleichzeitig eine Drehung der Wirbel um ihre Achse (Torsion) zeigen, sind es aber auch die abnormen Beugungen nach rück- und vorwärts im Brust- und Lendentheile der Wirbelsäule, die unsere volle Aufmerksamkeit verdienen, um so mehr als auch sie in ihren geringeren Graden und, wo sie nicht mit Verwachsungen und Missbildungen einzelner Wirbelkörper im Causalzusammenhange sind, durch strenge und ausdauernde Befolgung gewisser Verhaltungsregeln, sowie durch Anwendung spezieller, gymnastischer Uebungen und mannigfacher, einfacher, mechanischer Hilfsmittel leicht und sicher zu heben sind. Da übrigens bei ganz normaler Richtung der Wirbelsäule ihr Brusttheil eine leichte Wölbung nach rückwärts, ihr Lendentheil eine mässige Beugung nach vorwärts zeigen soll, so dürfte es dem Untersuchenden wohl nicht schwer fallen, diese oder jene Abweichung von der normalen Richtung ausfindig zu machen. Hat man nun auf solche Weise die Untersuchung des Körpers von der Rückseite beendigt, so lässt man das Individuum mit der Brustseite zum Lichte sich wenden, und betrachtet nun sorgfältig den Brustkasten auch von vorne, um sich zu überzeugen, ob dessen Wölbung vollkommen gleichförmig sei, wobei man zugleich den Stand der Schultern und Hüften von dieser Seite betrachtet und um so sicherer zu beurtheilen vermag. Unstreitig gibt die dermaassen vorgenommene, aufmerksame Besichtigung wohl ziemlich genauen und verlässlichen Aufschluss in Betreff der Haltung und des Baues des Körpers; jedoch gibt es ausser dieser Untersuchungsweise noch eine andere, die uns mit augenfälliger Genauigkeit das Gebrechen zur klaren Anschauung bringt, die aber blos bei seitlichen Verkrümmungen der Wirbelsäule anzuwenden wäre. Es ist dies die eigenthümliche Abzeichnung der Wirbelsäulrichtung, die, wenn sie mit Pünktlichkeit vorgenommen wird, ein vollkommen und genau übereinstimmendes Bild der Krümmung der Wirbelsäule liefern muss, und dabei noch den ungemein grossen Vortheil für sich hat, dass nach Verlauf von mehreren Monaten diese Abzeichnung wiederholt und mit der früheren verglichen werden kann. Die Vornahme dieser Abzeichnung kann auf doppelte Weise statthaben, und zwar entweder am liegenden oder stehenden Individuum. Die erstere Art ist sowohl für den Abzeichner als für das abzuzeichnende Individuum die leichtere und bequemere, während die letztere Art uns mit der Richtung der Wirbelsäule während der Aufrechthaltung des Körpers bekannt macht, was insofern als vorzüglicher zu erkennen ist, als auf solche Weise durch das gleichzeitige Einwirken der Oberkörperlast auf die Wirbelsäule ein ebenfalls getreues, aber etwas stärker markirtes Bild der seitlichen Abweichung der Rückensäule erlangt wird. Jede dieser Abzeichnungsarten kann durch ihre, von Zeit zu Zeit vorgenommene Wiederholung den erforderlichen Aufschluss geben, inwiefern sich das Uebel mehr oder minder gebessert oder verschlimmert hat; jedoch muss stets congruirend mit der früher vorgenommenen Abzeichnungsweise, die spätere jedesmal auf dieselbe Art stattfinden, d. h. entweder jedesmal im Liegen oder jedesmal im Stehen. Bei Vornahme der Abzeichnung im Liegen verfährt man folgendermaassen: Nachdem man das betreffende Individuum bis etwas über die Hüften vollkommen entblösst hat, legt man es auf einen gehörig langen Tisch, mit der Vorderseite des Körpers zur Tischfläche gewendet, bei gestreckten oberen und unteren Extremitäten und an die Aussenseite der Schenkel angelegten inneren Handflächen. Um dem Kinne einen zweckmässigen Ruhepunkt zu verschaffen, wird ein kleines, fingerdickes Polsterchen unter dasselbe geschoben. Während nun das zu untersuchende Individuum in dieser Lage ruhig verharrt, nähert man sich der Längenseite des Tisches und trachtet die Richtung der Wirbelsäule genau zu erforschen, indem man die Dornfortsätze, vom letzten Halswirbel angefangen, mittelst des Zeige- und Mittelfingers der rechten Hand, langsam nach abwärts schreitend, aufzufinden bemüht ist. Dabei muss man stets die Vorsicht gebrauchen, dass man die darüber befindliche Haut nicht verschiebe, und die Spitze des Mittelfingers ganz nahe zur rechten Seite jedes Dornfortsatzes, die Spitze des Zeigefingers zur linken Seite sanft drückend auflege. Nun macht man mit der linken Hand mittelst eines Malerpinsels, der in eine Auflösung von schwarzer Tusche getaucht worden, gerade in der Mitte zwischen beiden Fingerspitzen einen feinen Punkt, und nachdem man genau die Richtung der Dornfortsätze bis zur Kreuzgegend verfolgt hat, so trachtet man eine ganz genau übereinstimmende Abzeichnung dieser punktirten Linie auf dem Papiere zu erlangen. Zu diesem Behufe benutzt man eine Art durchsichtigen Papieres, das unter dem Namen Pausirpapier bekannt ist. Nachdem man einen 2—3 Finger breiten und hinreichend langen Streifen dieses Papieres in die Mitte des Rückens, in vollkommen entsprechender Richtung, nach dem Verlaufe der Wirbelsäule angelegt hat, so dass der oberste Punkt in der Mitte des obersten Endes, der unterste Punkt eben auch genau in der Mitte des unteren Endtheiles des Papierstreifens durchscheint, so lässt man nun an beiden Endpunkten diesen Streifen genau fixiren, und zieht mittelst einer weichen Feder, die in die Tuschlösung getaucht worden, ganz genau in der Richtung der durchscheinenden Punkte eine Linie herab, die als eine vollkommen übereinstimmende Abzeichnung der punktirten Linie betrachtet werden kann. Zur Vornahme der Abzeichnung im Stehen lasse man das zu untersuchende Kind an einen feststehenden Gegenstand treten, und mit der Vorderseite des Körpers an denselben sich anlehnen. Gewöhnlich benutze ich dazu einen Kasten, eine Thüre, oder selbst die Wand. Uebrigens ist das Verfahren ganz dasselbe, wie dies bei der Untersuchung im Liegen eben angegeben wurde. Die angegebenen Untersuchungsarten setzen uns zwar hinreichend in den Stand, selbst geringere Spuren von Haltungs- und Formgebrechen ausfindig zu machen; jedoch gibt es ausserdem noch einige andere Kennzeichen, die genau beachtet zu werden verdienen, da sie mit ziemlicher Deutlichkeit selbst die leichteren Grade dieser Wachsthumsfehler anzudeuten vermögen, und zwar sind dies namentlich Merkmale, die wir an dem bekleideten Körper wahrnehmen. So finden wir z. B. bei Mädchen, die eine etwas höhere Schulter haben, dass die Kleider von der niederen Schulter leicht herabgleiten. Bei selbst geringen Seitwärtskrümmungen der Wirbelsäule bilden sich auf der einen Seite des Leibes der Kleider leichter Falten, während an der anderen Seite das Kleid gespannter und glätter anliegt; dasselbe zeigt sich auch bei der vollen Schulter. Die Binde des Kleides legt sich bei vorhandener seitlicher Abweichung, und namentlich wo diese im unteren Theile der Wirbelsäule statthat, leichter in Falten, und wird überdies an derselben Seite die Hüfte auch etwas hervorragender gefunden. Eben dieser ungleiche Hüftenstand, durch Krümmungen im unteren Theile der Rückensäule veranlasst, ist es, der auch den Saum des Kleides an der einen Seite immer etwas tiefer herabhängend erscheinen lässt. Bei Knaben bemerkt man selbst bei beginnender Schiefhaltung des Oberleibes, sowie bei der hohen Schulter das öftere Herabgleiten des zur Befestigung der Beinkleider dienenden, hosenträgerartigen Leistchens von der niederen Seite. Bei der vollen Schulter, möge sie blos von überwiegender Entwicklung der Muskeln, oder von unregelmässiger Form des Brustkorbes abhängig sein, zeigen sich auf der einen Seite des anliegenden Jäckchens Falten, während es auf der anderen Seite glätter anliegt und nach rückwärts, an der normwidrig hervorragenden Stelle, abgenutzter erscheint. Bei unregelmässigem Hüftenstande reicht auch die eine Hose tiefer auf den Boden herab, daher auch ihr unterer Saum leichter durchgerieben wird.

Ursachen.

Da der Anforderung einem Uebel vorzubeugen, oder selbes zu beseitigen, zu mindern, oder wenigstens im Fortschreiten zu hemmen, nicht eher Genüge geleistet werden kann, als bis die dasselbe hervorrufenden Ursachen, wo möglich, gehoben sind, so kann es daher keinem Zweifel unterliegen, von welch' grossem Belange es ist, alle ursächlichen Verhältnisse genau zu kennen, die zur Hervorrufung, zum Fortbestehen oder zur Verschlimmerung eines solchen Gebrechens nur einigermassen beizutragen vermögen.

Es gibt gewisse Einflüsse, die auf den Gesammtorganismus so einzuwirken pflegen, dass sie durch ihren eigenthümlichen, feindlichen Eingriff den Grund zur normwidrigen Bildung und mangelhaften Entwicklung des Körpers legen, oder eigenthümliche, fehlerhafte Säftemischungen hervorrufen, bei deren Vorhandensein die Disposition zu dergleichen Uebeln um so eher sich herausbildet. Hierher gehört vor Allem: Die erbliche Anlage zum Schiefwuchse,

Sorgsame Eltern, auf das Wohl ihrer Kinder stets bedacht, werden sich es wohl im Allgemeinen gewiss sehr angelegen sein lassen, Alles aufzubieten, um durch pünktliche Befolgung der anzugebenden Verhaltungsregeln dem Entstehen dieser Haltungs- und Formfehler nach Kräften vorzubeugen; wo jedoch überdies etwas Grund vorhanden ist, eine erbliche Anlage befürchten zu müssen, da wäre es jedenfalls höchst unverzeihlich, wenn nicht mit grösster Strenge und Sorgfalt auf die ganz genaue Beachtung alles Dessen, was zur Verhütung dieser Körpermängel beitragen kann, Rücksicht genommen würde, um so mehr, als bei gleichzeitigem Vorhandensein einer erblichen Disposition dergleichen Gebrechen, selbst geringeren Grades noch, die grösste Aufmerksamkeit verdienen und selbst dann noch bedeutende Schwierigkeiten in den Weg zu legen pflegen. Uebrigens wäre es höchst beachtenswerth, dass Eltern in der Absicht ihren Kindern und Enkeln so viel wie möglich Kummer und Kränkung zu ersparen, ihre mit dergleichen, wenn auch noch so leichten Wachsthumsgebrechen behafteten Töchter nur an vollkommen gesunde, kräftige und in den besten Jahren stehende Männer verheirathen möchten, indem man alsdann gegründete Hoffnung haben dürfte, dass durch die kräftigere Constitution des Mannes die minder kräftige der Frau in den Hintergrund gedrängt werde, was für die zu erwartende Nachkommenschaft von grossem Belange wäre.

Die skrophulöse und rhachitische Disposition begründet sehr häufig durch die eigenthümliche, nicht normale Entwicklung des Körpers in seinen weichen nnd festen Theilen auch die Anlage zum Schiefwuchse.

Das zu schnelle Wachsthum, bei verhältnissmässig zu geringer Muskelkraftentwicklung, legt sehr häufig den ersten Grund zur schlechten Körperhaltung und bei nicht gehöriger Beachtung derselben, zu dem sich daraus hervorbildenden Schiefwuchse.

Die zu frühzeitige oder zu intensive Erregung und Anstrengung der geistigen Thätigkeit. Wenn Geist und Körper, selbst in reiferen Jahren, stets nur harmonisch gepflegt werden sollen, so ist dies in der Periode der körperlichen Entwicklung um so beachtenswerther. Geist und Körper sind Zwillingsbrüder, deren engere Verschwisterung sich dadurch kundgibt, dass bei zu bedeutender Inanspruchsnahme des einen, der andere sichtbar verkümmert. Wird die Hirnthätigkeit zu frühzeitig angeregt und zu anhaltend in Anspruch genommen, so wird ein verhältnissmässig zu grosses Quantum der Nervenkraft auf dieses Organ verwendet, wodurch andererseits die erforderliche Energie der Verdauung und Ernährung geschmälert wird. Das Wissen und die Denkkraft gelangen wohl zeitlicher zu einer höheren Ausbildung, dabei aber welkt der Körper sichtbar hin. Schon Tissot sagt, dass, unter übrigens gleichen Umständen, man um so schlechter verdaue, je mehr man denke, und umgekehrt. Menschen, die ihren Geist nie viel beschäftigen, erfreuen sich in der Regel einer trefflichen Verdauung, während geistig hochstehende Männer mit ihrem Unterleibe fast stets in Zwietracht leben. Dass dies blos in der mehr sitzenden Lebensweise der sich geistig Beschäftigenden seinen Grund habe, scheint sicher nur zum Theile wahr zu sein, indem die Erfahrung lehrt, dass Frauen und manche Handwerker, die fast den ganzen Tag sitzen, bei Abwesenheit anderer, auf den Unterleib wirkenden, schädlichen Ursachen, gar häufig doch eine gute Verdauung haben, sowie andererseits zu angestrengtes Denken, selbst bei sehr häufiger Bewegung doch einen unverkennbar nachtheiligen Reflex auf die Verdauung ausübt. Die auf solche Weise geschwächte Verdauung in noch ganz jugendlichen Organismen legt durch unvollkommene Verarbeitung des Speisebreies den Grund zu mannigfachen Störungen der Unterleibsfunktionen, zur häufigen Schleimerzeugung, in Folge deren zur Wurmbildung, zur Skrophelkrankheit in ihren so mannigfachen Formen; die Ernährung des Körpers wird äusserst mangelhaft, das Aussehen welk, die Muskelfasern schlaff, der Organismus altert in seiner Blüthenzeit. So wahr und der Erfahrung getreu übrigens hier die Folgen einer unzweckmässig eingeleiteten Geistesausbildung geschildert sind, so werde ich doch keineswegs der Meinung beipflichten, dass aus zu ängstlicher und überspannter Fürsorge für das physische Gedeihen der Jugend die Ausbildung des Geistes ganz vernachlässigt werde, denn wenn nur mit gehöriger Umsicht Alter und Körperkonstitution gehörig berücksichtigt werden, und die zu ernste und zu anhaltende Anregung der Geisteskräfte, besonders anfangs, streng gemieden wird, nebstbei die geistigen Beschäftigungen zur zweckmässigen Zeit stattfinden, so kann man fest überzeugt sein, dass dem körperlichen Gedeihen daraus kein Nachtheil erwachse. Es darf übrigens nicht übersehen werden, dass geistige Beschäftigungen gewöhnlich sitzend vorgenommen werden, und bei längerer Dauer des Unterrichtes wird durch die angestrengte und anhaltende Kontraktion der Rückenmuskeln allmählig eine Abspannung dieser Muskelparthien herbeigeführt, die sehr leicht zur Schiefhaltung, und selbst mit der Zeit zum Schiefwuchse Veranlassung geben kann.

Die Vernachlässigung der gehörigen Körperhaltung im Stehen, Sitzen und Gehen. Es ist von grosser Wichtigkeit bei Kindern auf die gehörige Körperhaltung beim Stehen, Gehen und Sitzen ein recht wachsames Auge zu haben, um einerseits den Anforderungen des Anstandes und der guten Sitte Genüge zu leisten, sowie andererseits, um sie stets frei von üblen Angewöhnungen zu erhalten, die den entschiedensten Einfluss auf die Haltung und Richtung des Körpers haben, und allmählig schwer zu hebende Haltungsfehler, und bei vorhandener Disposition, auch sehr leicht selbst Deformitäten hervorrufen. Hierher gehört das Stehen und Gehen mit einwärts gekehrten Fussspitzen, eine der übelsten Gewohnheiten, die den Gang und die ganze Körperhaltung ungemein zu entstellen vermag. Nicht minder zu missbilligen wäre es, wenn sich Kinder gewöhnen im Stehen stets den einen Fuss vorzusetzen, und hiermit alsdann gewohnter Maassen sich auf einen Fuss blos stützen. Man sieht auf solche Weise sehr häufig bei jugendlichen, und besonders minder kräftigen Individuen seitliche Krümmungen des Lendentheiles der Wirbelsäule sich bilden, in deren Folge alsbald die eine oder die andere Hüfte voller und höher erscheint, und durch die auf solche Weise gestörte Balançe, späterhin selbst auch ein bedeutend nachtheiliger Einfluss auf die Richtung des höheren Theiles der Wirbelsäule ausgeübt wird. Eine andere höchst üble Gewohnheit und ein offenbarer Verstoss gegen allen Anstand ist es, wenn Kinder im Stehen sich an andere Gegenstände, als z. B. an einen Kasten, an die Wand u. s. w. anzulehnen pflegen. Geschieht dies häufig und durch den Einfluss der Gewohnheit, stets auf eine und dieselbe Seite, so bringt es sehr leicht allmählig bleibenden Nachtheil in Bezug auf die Körperhaltung hervor. Rücksichtlich der unzweckmässigen Körperhaltung im Sitzen werde ich, bei Besprechung der häuslichen Beschäftigungen der Jugend, Gelegenheit finden die gewöhnlich vorkommenden Mängel zu rügen.

Unzweckmässige häusliche Beschäftigungen und Unterhaltungen der Jugend. Auch die häuslichen Beschäftigungen, sowie die verschiedenartigen Spiele der männlichen sowohl, als der weiblichen Jugend verlangen eine genaue Erörterung, damit nicht bei Individuen, die eine Neigung zur Schiefhaltung oder zum Schiefwuchse haben, oder wo eine Krümmung der Wirbelsäule in geringerem oder höherem Grade bereits zu Stande gekommen ist,-

aus dem Angenehmen der Erheiterung andererseits Nachtheil erwachse. Selbst Spiele können bei schwächlichen Kindern durch unzeckmässig getroffene Wahl sehr leicht zu üblen Gewohnheiten, zu ungleicher Muskelkraftentwicklung, zu Haltungsfehlern, und bei vorhandener Disposition, zu wirklichen Rückgratskrümmungen hinreichend Veranlassung geben, sowie sie bei schon vorhandenen Rückgratsgebrechen nach und nach bedeutende Verschlimmerungen herbeizuführen vermögen. — Das Zeichnen und Schreiben bietet der Jugend eine höchst nützliche Beschäftigung und namentlich wenn es nicht zu anhaltend, etwa mehrere Stunden hintereinander fortgesetzt wird; jedoch stossen wir auch dabei auf einen höchst wichtigen Uebelstand, indem der Lehrer häufig seine Pflicht wohl insofern aufs Genaueste zu erfüllen bemüht ist, dass er die Schüler stets streng darauf aufmerksam macht, dass diese oder jene Linie in gehöriger Richtung liege, dass aber der Schüler gehörig dabei sitze, darauf wird mitunter noch viel zu wenig Rücksicht genommen. Der Rücken ist gebogen, der Kopf nach abwärts geneigt, der Elbogen der zeichnenden oder schreibenden Hand ruht auf dem Tische, während von der anderen Hand blos die Finger auf dem Papiere liegen, der Elbogen aber nach abwärts gerichtet ist. Unter solchen Umständen muss die Körperhaltung mit der Zeit bedeutenden Nachtheil erfahren, und dass der Uebergang von der schlechten Haltung zum Schiefwuchse ein sehr leichter sei, hat leider vielfältige Erfahrung gelehrt. — Ein Uebelstand, der namentlich bei der dürftigeren Klasse so häufig vorkommt, ist der, dass man jugendliche Individuen, die selbst noch Kinder sind, zum Herumtragen kleinerer Kinder verwendet, wodurch gleichzeitig zwei Individuen, das tragende sowohl als das getragene Kind, der Gefahr des Schiefwerdens ausgesetzt werden, denn abgesehen davon, dass alle Beschäftigungen, die auf die Wirbelsäule zusammenpressend, und gewissermassen zugleich verkürzend wirken, nicht als zweckmässig erkannt werden können, so wird man sich überdies auch leicht überzeugen, dass während des Tragens, besonders schwererer Kinder auf einem Arme, die Wirbelsäule eine ganz schiefe Richtung annimmt, indem ihr Brusttheil sich mehr nach der entgegengesetzten, ihr Lendentheil mehr nach derselben Seite sich neigt, auf welcher das Kind getragen wird, daher auch die eine Hüfte höher gestellt erscheint. Ist es nun der Fall, dass, wie es leider so häufig geschieht, das Kind stets auf demselben Arme getragen wird, da es dem tragenden Kinde, namentlich im linken Arme noch zu sehr an Kraft gebricht, so unterliegt es keinem Zweifel, dass dieses Verfahren der normalen Richtung der Wirbelsäule des tragenden Individuums bedeutenden und bleibenden Eintrag machen müsse. Eine ganz andere Bewandtniss hat es mit dem stets auf derselben Seite getragenen Kinde. Nehmen wir den Fall an, das Kind sässe immer auf dem rechten Arme, so ergibt sich, dass gewöhnlich der rechte Gesässtheil während des Tragens mehr Unterstützung findet, als der linke, wodurch der Oberkörper mehr nach der entgegengesetzten Seite hinneigt, um so sicherer, als er dabei an die Brust des Tragenden sich zu lehnen pflegt. So gewahrt man sehr häufig, dass noch jugendliche und nicht ganz kräftig gebaute Individuen durch die üble Gewohnheit, die Kinder stets an derselben Seite zu tragen, bei sich sowohl, als bei den ihrer Wartung Uebergebenen Verkrümmungen der Wirbelsäule herbeiführen. Auch in der Wahl der Spiele für zartere und schwächlichere Kinder muss man mit Vorsicht zu Werke gehen, da es deren solche gibt, die theils eine ungleichmässige Bethätigung der Muskeln veranlassen, theils die Wirbelsäule entweder anhaltend nach vorne krümmen, oder nach einer oder der anderen Seite verziehen, wie z. B. das Herumführen anderer Kinder in kleinen Wägelchen, das Herumtragen schwererer Puppen auf einem und demselben Arme, das Führen beladener Karren u. s. w. — Die Lagerstätte der Kinder pflegt durch ihre mangelhafte Konstruktion in mannigfacher Beziehung nachtheilig auf den zarten, jugendlichen Körper zu wirken, so finden wir z. B. das Liegen auf Federbetten mit bedeutend erhöhtem Kopfe insofern nachtheilig, dass auf solche Weise im Schlafe der Kopf zu viel nach vorwärts gebogen wird, wodurch der so häufig vorkommenden, üblen Gewohnheit den Kopf etwas nach vor- und abwärts zu neigen, Vorschub geleistet wird. Je weicher übrigens das Lager, desto mehr hat man zu fürchten, dass durch das Daraufliegen sich allmählig Vertiefungen und Gruben bilden, die besonders bei schwächlichen Kindern, um so eher, wenn zugleich die Gewohnheit vorhanden ist, immer auf derselben Seite zu liegen, sehr leicht Veranlassung zu Abweichungen der Wirbelsäule von ihrer normalen Richtung geben, da bei übrigens gutem Schlafe jugendlicher Individuen der Körper durch 8—10 Stunden kontinuirlich in einer und derselben Lage verharrt. — Endlich erscheinen unter den Ursachen der schlechten Körperhaltung und des Schiefwuchses auch gewisse mechanisch wirkende, krankhafte Zustände in den Organen der Schädel-, Brust- und Bauchhöhle, abnorme Structur ihrer Wandungen, sowie krankhafte Veränderungen in dem Halstheile der Wirbelsäule und den benachbarten Weichgebilden, ebenso mannigfache Missbildungen des Beckens und der unteren Extremitäten. In Betreff der Organe der Schädelhöhle finden mitunter schleichende Krankheitsprozesse statt, wobei wie z. B. bei dem chronischen Wasserkopfe die bedeutende Gewichtszunahme des Kopfes, seine Aufrechthaltung so wesentlich erschwert, dass selber mehr nach vorne geneigt erscheint. Die Gewichtsvermehrung des Kopfes kann überdies ihren Grund in einer abnormen Dicke der Knochensubstanz haben, wodurch alsdann dieselbe üble Haltung des Kopfes veranlasst wird. — Nicht minder können chronische Augenleiden, und vorzugsweise solche, die mit bedeutender Lichtscheu verbunden sind, durch ihre längere Dauer die normwidrige Richtung des Kopfes zur Folge haben. — In den Organen der Brusthöhle bilden sich öfters durch vorausgegangene Entzündungszustände Ausschwitzungen und Verwachsungen, die durch ihr eigenthümliches, mechanisches Einwirken, durch die anhaltende und ungleichförmige Bewegung des Brustkastens, sowie selbst durch die permanente Lage des Patienten auf einer Seite, mannigfache Formgebrechen zu bewerkstelligen vermögen. — Auch die fehlerhafte Structur der die Brustwandungen konstituirenden, knöchernen Gebilde, als angeborene Abnormität bestehend, oder durch mechanisches Einwirken, durch Schlag, Fall veranlasst, hat mitunter nicht unbedeutende Missbildungen zur Folge. — Auch die Organe der Bauchhöhle sind verschiedenartigen, krankhaften Veränderungen unterworfen, die gleichfalls auf mechanische Weise einen nicht unbedeutenden, nachtheiligen Einfluss auf die Haltung des Körpers und die Richtung der Wirbelsäule ausüben. So sehen wir z. B. bei skrophulösen Kindern durch Anschwellung der drüsigen Unterleibsorgane die dicken Bäuche entstehen. Solche Kinder pflegen, um die Balançe des Körpers zu erhalten, den Oberleib mehr nach rückwärts zu beugen, wodurch die Lendenwirbel normwidrig nach vorwärts gebogen werden. Andererseits können vorausgegangene bedeutende Abszesse und mechanische Verletzungen der Bauchwandungen, theils durch die längere eigenthümliche Lage im Bette während des Heilungsvorganges, theils durch die, in manchen Fällen durch Substanzverlust herbeigeführte Verkürzung der weichen Bauchwandungen, zu mancherlei Verkrümmungen des Rückgrates Veranlassung geben. Insofern die Wirbelsäule den, die Brust- und Bauchwandungen konstituirenden, knöchernen Gebilden beizuzählen ist, so wäre auch hier der Ort zu erwähnen, dass auch sie häufig bedeutende mechanische Hindernisse in den Weg legt, die jeden Heilversuch vereiteln. Endlich sind es noch die Misstaltungen des Beckens und dessen fehlerhafte Richtungen für sich, so wie die abnormen Zustände der unteren Extremitäten, die einen nicht minder bedeutenden Einfluss auf die Stellung und Richtung der Wirbelsäule auszuüben vermögen.

Heilverfahren.

Sowohl bei der fehlerhaften Körperhaltung, als bei dem beginnenden Schiefwuchse lässt sich durch die sorgfältige Erforschung, Berücksichtigung und Beseitigung der Ursachen, wo Letzteres namentlich möglich, für sich allein schon Vieles, ja, ich möchte sagen, Alles leisten, und eben darum habe ich es hier für zweckmässig gefunden, den ursächlichen Momenten dieser Gebrechen eine besondere Aufmerksamkeit zuzuwenden. Werden Eltern diese Ursachen bei ihren Kindern gehörig zu berücksichtigen und fern zu halten wissen, dann finden sie namentlich darin den verdienten Lohn, dass es weder zur Entstehung des einen, oder des anderen dieser Uebelstände kommen könne, und wo dergleichen früher übersehen oder zu wenig beachtet worden, kann man immerhin noch, namentlich in Bezug auf die fehlerhafte Körperhaltung mit vollster Ueberzeugung darauf rechnen, dass die allseitige und genaue Beachtung des, in den vorhergehenden Blättern erwähnten natur-, vernunft- und erfahrungsgemässen Verhaltens den erwünschten Erfolg bringen werde, und muss ich überdies mit ganz besonderem Nachdrucke die Vornahme ganz geregelter Leibesübungen unter der Leitung eines vollkommen routinirten Turnlehrers empfehlen. Was die Behandlung des bereits begonnenen oder schon auffallender entwickelten Schiefwuchses anbelangt und selbst der schon länger bestehenden Haltungsfehler, wird es in gar manchen Fällen unerlässlich, kleine, mechanische Behelfe, die grösstentheils nur als Erinnerungsmittel zu dienen haben, mit in Anwendung zu bringen. Sowohl bei dem erst beginnenden Schiefwuchse, als bei den Haltungsfehlern ist der ernste, feste Wille ein gar wichtiges Unterstützungsmittel, das die Aufgabe des Arztes ganz wesentlich erleichtert, und da eben dieser ernste Wille bei jugendlichen Individuen gar häufig mangelt, so muss selber hin und wieder durch ganz einfache, mechanisch wirkende, den Körper aber durchaus nicht beengende, oder in seiner freien Entwickelung beeinträchtigende Erinnerungsmittel möglichst ersetzt werden. Die genaue Erörterung dieser Hilfsmittel und ihrer Anwendungsweise ist Gegenstand der Orthopaedie, und würde ich zu eben diesem Behufe meine Belehrungsschrift, die unter dem Titel: „Wie wird man schief? — Wie wird man gerade?“ bei G. J. Purfürst in Leipzig erschienen ist, zur Durchsicht empfehlen, und kann man eben darin sämmtliche, wissenswerthe Aufschlüsse erhalten, und auf solche Weise Gelegenheit finden, manches drohende, nahe bevorstehende Gebrechen dieser Art zu verhüten und ein bereits stärker entwickeltes mindestens wesentlich zu bessern. —

Die fieberhaften, epidemischen Hautausschläge.

Hieher gehören: der Scharlach, die Masern, die Rötheln, die Menschenblattern (Variolen), die modifizirten Blattern (Varioloïden), und die falschen oder Schafblattern (Varicellen).

Das Scharlachfieber.

Diese, gewöhnlich epidemisch herrschende Ausschlagskrankheit gibt sich durch heftiges Fieber, durch eine oft sehr intensive Rachenentzündung und durch dnnkel- oder scharlachrothe, grossentheils zusammenfliessende Flecken auf der Haut zu erkennen. Der Scharlach beginnt entweder mit allgemeinen, unbestimmten Zeichen des Uebelbefindens, oder mit Fieber, oder noch vor demselben mit Halsweh, mitunter gleich mit dem Hautausschlage. Während des beregelmässigen Verlaufes des Scharlachfiebers lassen sich drei bemerkenswerthe Zeiträume unterscheiden: Der Zeitraum der Reizung, des Ausschlages und der Abschuppung.

Der erste Zeitraum, das Reizungsfieber bildet gewissermassen die Vorboten, welche 24—48 Stunden, selten drei Tage dauern. Ausser den gewöhnlichen Symptomen eines entzündlichen Fiebers bietet er folgende Erscheinungen dar: Heftige Hitze und Trockenheit der Haut, sehr beschleunigter, gewöhnlich harter Puls, Geneigheit zu Phantasiren im höchst unruhigen Schlafe, Kopfweh, Schwindel beim Aufsitzen, Betäubung, beschwerliches, schmerzhaftes Schlingen wegen Entzündung der Mandeln und der angränzenden Rachentheile, mitunter auch Ekel und selbst Erbrechen. In selteneren Fällen gesellt sich auch etwas Kehlkopfkatarrh hinzu, öfters Nasenbluten. Unmittelbar vor dem Ausbruche des Ausschlages pflegen auch in Folge der heftigen Nervenreizung Zuckungen und allgemeine Krampfzufälle einzutreten.

Der zweite Zeitraum ist der des Scharlachausbruches, welcher bisweilen binnen einigen Stunden vollkommen ausgebildet erscheint, während öfters mehrere Tage verstreichen, bevor er zu seiner normalen Entwicklung gelangt. Mitunter pflegt der Ausschlag während der ersten 2—3 Tage nur zeitweilig zu erscheinen und sich wieder zu verlieren, bis er sich endlich allgemein entwickelt und fixirt. Je heller der Teint, desto mehr zeigt der Ausschlag seine eigentliche Scharlachröthe, bei dunklem Teint geht die Röthe in die Kupferfarbe über. Die Scharlachröthe weicht schnell dem Fingerdrucke und hinterlässt dann eine weisse Stelle, auf der jedoch sogleich wieder die frühere Röthe erscheint, und zwar vom Rande gegen den Mittelpunkt zu. Je intensiver die Hautröthe, desto heftiger das Brennen und Spannen, und tritt in Folge dessen eine ungemeine Unruhe während der steten Neigung zur Schlafbetäubung ein. So wie die Haut im Allgemeinen etwas angeschwellt erscheint, so ist dies vorzugsweise auch an den Fingern bemerkbar, so dass das Schliessen der Hand mit Spannschmerz verbunden ist. Auch die Zunge lässt in diesem Zeitraum eine auffallende, charakteristische Veränderung gewahren, indem sie stark geröthet und mit deutlich erhabenen Wärzchen erscheint, und eben diese Röthe verbreitet sich auch nach rückwärts gegen die Rachentheile, die in hohem Grade entzündlich gereizt sich zeigen. Sowohl die Halsbeschwerde als die Fiebersymptome nehmen des Abends merkbar zu, so dass einerseits die Schlingbeschwerde bedeutender wird, andererseits die Aufregung des kleinen Patienten so zunimmt, dass während der Schlummerbetäubung häufig Delirien auftreten. Des Morgens, wo gewöhnlich ein Nachlass in den Fiebersymptomen zu bemerken, liefert die Besichtigung der lichtscheuen, glänzenden, etwas gerötheten Augen den Beweis, wie heftig, namentlich während der Nachtszeit, der Blutandrang nach den Augen gewesen sei, da die Aederchen mit Blut überfüllt, mitunter auch kleine rothe Flecke, durch Blutaustritt veranlasst, wahrgenommen werden. — Stuhl- und Harnausleerung bleiben gewöhnlich zurück, und ist das erstere Symptom jedenfalls noch günstiger, als wenn Diarrhöe eintritt, die in der Regel den normalen

Verlauf des Ausschlages beeinträchtigt. Die Dauer dieses Stadiums ist gewöhnlich 5 Tage.

Das Symptomenbild des dritten Zeitraumes, der Abschuppung, charakterisirt sich durch das allmählige Erbleichen des Ausschlages, der grossentheils in derselben Ordnung, als er erschienen, sich wieder verliert, worauf die frühere so angeschwellte Haut gewissermaassen zusammenfällt, ungewöhnlich trocken wird, und sich runzelt, und nun beginnt in der Regel die Abschuppung, die in den meisten Fällen an den Halsseiten zuerst bemerkt wird, mitunter so zeitig, dass der Ausschlag an den unteren Extremitäten noch deutlich sichtbar ist, während an den seitlichen Halsparthien die Spuren der Abkleiung der Haut schon gewahrt werden, doch kann man im Allgemeinen annehmen, dass zwischen dem 6. und 9. Tage die Abschuppung eintrete, obgleich nicht selten Fälle vorkommen, wo sie sich bedeutender verzögerte. Je stürmischer die Abschuppung vor sich geht, desto mehr Vorsicht wird erheischt, da die so rasch freigelegte neue Haut für den Einfluss der Erkältung sehr empfindlich ist. Die Abstossung der Oberhaut erfolgt entweder kleienartig in ganz kleinen, weissen Hautpartikelchen, oder in grösseren, zusammenhängenden Hautstücken, was vorzugsweise an jenen Stellen gewöhnlich der Fall ist, wo während des zweiten Zeitraumes das Jucken am stärksten war. Von den Händen, und namentlich von den Fingern, ebenso von den Füssen lösen sich in der Regel die grössten Hautstücke ab. Auch an den Mandeln, der Zunge, der Mundhöhle bemerkt man öfters ein ähnliches Abstossen der Oberhaut. Der Urin pflegt während der ganzen Abschuppungszeit trüb zu sein und einen weisslichen Bodensatz zu bilden.

Der Scharlachausschlag zeigt öfters mannigfache Verschiedenheiten in seiner äusseren Erscheinung, die zu besonderen Bezeichnungen desselben Veranlassung geben. Die allergewöhnlichsten Formen sind: der glatte Scharlach und der frieselartige Scharlach.

Der glatte Scharlach lässt in seinem ersten Entstehen unzählige rothe Punkte bemerken, aus denen sich verschiedenartig geformte Flecke bilden, die fast durchgehends ganz glatt sind, und gewöhnlich binnen 24—36 Stunden sich über den ganzen Körper verbreiten und ineinanderfliessen, so dass sie auf der ganzen Haut in geringerer oder grösserer Ausdehnung erscheinen.

Der frieselartige Scharlach gibt sich gleich anfangs durch bedeutendere allgemeine Röthe und Hitze der Haut zu erkennen, auf welcher gewöhnlich am dritten Tage kleine Erhabenheiten erst fühlbar, dann sichtbar werden, die genauer betrachtet, aus kleinen, mohnsaamengrossen, oft gruppenweise beisammenstehenden Bläschen bestehen, die zumeist eine weissliche Spitze haben. Der Inhalt dieser Bläschen ist bei ihrem Entstehen eine klare, durchsichtige Flüssigkeit, die bis zum zweiten Tage in eine gelbliche, mehr eiterartige umgewandelt wird. Bei dieser Form des Scharlachs wird bei der Abschuppung die die Bläschen bildende Oberhaut in kleinen hülsenartigen Hautstückchen abgestossen.

Wenn während einer herrschenden Scharlachepidemie Kinder von einer heftigen, mit Fieber begleiteten Halsentzündung befallen werden, ohne dass es zum Ausbruche des Scharlachausschlages kömmt, so verdient dieser anomale Krankheitszustand dieselbe Berücksichtigung, als wenn es ein normal ausgebildeter Scharlach wäre, um so sicherer als ihr dieselben Nachkrankheiten zu folgen pflegen, wie selbe nach dem regelmässig entwickelten Scharlachausschlage beobachtet werden. —

Die gewöhnlichen Nachkrankheiten des Scharlachs sind: Die Wassersucht, die bei manchen Scharlachepidemien sehr häufig vorzukommen pflegt und ihren Eintritt, zumeist während der ersten 8 Tage des Abschuppungsstadiums, durch folgende Erscheinungen zu erkennen gibt, die sich mir stets als untrüglich bewährten: Der übrigens ziemlich normal gefärbte Urin zeigt gegen den Boden des Gefässes ein spärliches, grausandiges, leichtes Sediment, so dass es den Anschein hat, als wäre etwas Strassenkoth hineingefallen, der sich darin aufgelöst hat. Bemerkt man diese Veränderung im Urine des in der Abschuppungsperiode befindlichen Kindes, so kann man mit Sicherheit darauf rechnen, dass 1—2 Tage später des Morgens beim Erwachen die Augenlider und ihre Umgebung deutlich angeschwellt erscheinen werden, von wo aus die Hautgeschwulst öfters rasch vorschreitet und wobei es mitunter auch zur Wasserausscheidung in der Brust und Bauchhöhle, ja selbst in den Hirnkammern zu kommen pflegt. Die Abschuppung selbst, falls sie schon eingetreten war, steht während dieser Zeit still, und in den meisten Fällen gesellen sich auch leichte Fiebererscheinungen hinzu. — Eine zweite, nicht seltene Nachkrankheit des Scharlachs bildet die Entzündung der Ohrspeicheldrüse, die als eine, oft rasch zunehmende, mehr oder weniger feste Geschwulst sich kundgibt, wodurch das Schlingen sowohl, als das Kauen bedeutend erschwert wird, und überdies auch öfters die benachbarten Unterkieferdrüsen in Mitleidenschaft gezogen werden. Je empfindlicher die Geschwulst bei Berührung sich zeigt, desto stärker ist das damit verbundene Fieber. — Eine dritte und unbestritten die gefährlichste Nachkrankheit des Scharlachfiebers besteht in dem eigenthümlichen, entzündlichen Ergriffenwerden der Schleimhaut des Kehlkopfes, die sich oft auch tief nach abwärts verbreitet.

Ursachen.

Der Scharlach wird grossentheils um die Herbst- und Frühjahrszeit durch epidemische Einflüsse erzeugt. Die grösste Empfänglichkeit für diesen fieberhaften Ausschlag finden wir bei Kindern vom 2. Lebensjahre angefangen, während Säuglinge in der Regel verschont bleiben. — Hat man bereits einmal den wirklichen Scharlach überstanden, dann ist man vor einem wiederholten Ausbrüche gesichert, doch sage ich mit Vorbedacht „den wirklichen Scharlach", denn nicht selten erscheint bei Kindern, namentlich um die Frühjahrszeit plötzlich ohne alle Vorboten in grösserer oder geringerer Ausbreitung eine fleckige Scharlachröthe auf der äusseren Haut, wozu sich öfters auch etwas Fieber gesellt. Dieser Zustand tritt ohne Halsaffektion auf, hat binnen 2—3 Tagen sein Ende erreicht, ohne dass nachträglich eine Abschuppung oder irgend eine Nachkrankheit bemerkt würde. Wollte man diese leichte Krankheitsform, die ich mit dem Namen „unechten Scharlach" bezeichne, und die stets ohne alles arzneiliches Einwirken ganz leicht verläuft, etwa als echten Scharlach erklären, dann darf man sich nicht wundern, wenn von Manchen die Ansicht verbreitet wird, als könne der Scharlach zweimal ein und dasselbe Individuum befallen. Hat es doch mit der Blatternkrankheit, die ebenfalls in einer unechten Form aufzutreten pflegt, eine ganz ähnliche Bewandtniss. — Die meisten Scharlachfieberepidemien kommen um die Zeit der Tag- und Nachtgleichen vor. Endlich ist es eine unleugbare, auch von anderen Aerzten bestätigte Thatsache, dass zu Zeiten, wo keine Scharlachepidemie herrschte, einzelne Fälle beobachtet wurden, wo keine andere Ursache sich auffinden liess, als die durch schnelle Abkühlung bei erhitztem Körper veranlasste Erkältung.

Heilverfahren.

Bevor ich zur Besprechung des Heilverfahrens übergehe, muss ich erst einen anderen, höchst wichtigen Gegenstand zur Sprache bringen, einen Gegenstand, der schon insofern unser höchstes Interesse erwecken muss, als es sich darum handelt, ob es denn doch möglich sei, durch Darreichung eines oder des anderen Arzneistoffes auf die Konstitution eines Kindes derartig einzuwirken, dass es eine gewisse Widerstandskraft gegen das Scharlachkontagium erlangt. Nachdem ich binnen einer längeren Reihe von Jahren Gelegenheit hatte sehr zahlreiche Versuche zu machen, so darf ich mir erlauben, zur Erledigung dieser höchst wichtigen Frage mein Schärflein beizutragen. Wenn der grosse, unsterbliche Hahnemann die Heilkunst mit keiner anderen Entdeckung bereichert hätte, als mit der der Schutzkräfte der Arzneien, so wäre er doch mindestens einem Jenner gleichzustellen; jedoch hat Hahnemann schon dieser Entdeckung halber unbestritten ein viel grösseres Verdienst, denn während Jenner die grossartige Entdeckung der Schutzkraft der Kuhpocke gegen die Menschenblattern lediglich einem Zufalle zu verdanken hatte, sehen wir unseren erhabenen Meister auf dem allerrationellsten Wege, auf dem Wege der physiologischen Forschung dazu gelangen. Viel, sehr viel wurde bereits in Betreff dieser Entdeckung Hahnemann's gestritten, und die Stichhaltigkeit seiner Beobachtung bedeutend in Zweifel gezogen, wozu das, durch unzweckmässiges Zuwerkegehen verschuldete Nichtgelingen der Nachversuche das Meiste beigetragen hat. Hahnemann hat gegen den glatten Scharlach die *Belladonna*, gegen den Scharlachfriesel *Aconit* als Präservativmittel empfohlen. Nun kommen in der Mehrzahl der Scharlachepidemien diese beiden Ausschlagsformen gemengt vor, und dennoch wurden von den allopatischen Aerzten die Versuche durchgehends blos mit der *Belladonna* vorgenommen, die dann selbstverständlich nicht in allen Fällen den erhofften Schutz zu bringen vermochte. Meiner individuellen Erfahrung zu Folge, spreche ich mich mit voller Bestimmtheit dafür aus, dass die Resultate der Darreichung der Präservativmittel in hohem Grade befriedigend sind; jedoch gehe ich in der Regel bei einer herrschenden Scharlachepidemie auf folgende Weise zu Werke. Ich reiche den Kindern am ersten Tage des Morgens 4—6 Kügelchen *Belladonna* 15, und denselben Abend eine gleiche Anzahl Kügelchen *Aconit* 15, darauf warte ich zwei Tage ab, und alsdann reiche ich jeden zweiten Tag abwechselnd, den einen Morgen *Belladonna*, den anderen *Aconit*. Dieses Verfahren hat sich selbst bei den ausgebreitetesten und heftigsten Scharlachepidemien stets als vollkommen befriedigend erwiesen, und kann man fest überzeugt sein, dass bei derartiger Anwendung dieser beiden Schutzmittel es grösstentheils gar nicht zum Ausbruche des

Scharlachs komme, oder, was in sehr seltenen Fällen sich ereignete, kam ein äusserst milder Ausschlag zum Vorschein, den ich mit vollem Rechte als unechten Scharlach bezeichnen konnte, da sein Verlauf mit sehr geringem Fieber, ohne Vorhandensein einer Halsaffektion, ohne nachfolgender Abschuppung, ohne irgend einer Nachkrankheit binnen zwei bis spätestens vier Tagen beendet war, so dass die davon befallen gewesenen Kinder schon wenige Tage nachher ohne den allergeringsten Nachtheil der freien Luft sich aussetzen konnten, wobei ich nur die Vorsicht gebrauchte, sie 2—3 Tage vor ihrem ersten Ausgange, stets des Morgens, mit einem in kaltes Wasser getauchten, und etwas ausgedrückten Flanelllappen am ganzen Körper tüchtig abreiben zu lassen. Eine andere nicht minder zu beachtende präservirende Hilfe gewährt die frühzeitig genug eingeleitete Abhärtung des Hautorganes des kindlichen Organismus, wobei der Gebrauch der lauen Bäder gleich nach den ersten Wochen allmählig gänzlich eingestellt, und an ihrer Stelle täglich eine kühle, und späterhin selbst kalte Abreibung des ganzen Körpers mittelst eines Flanelllappens vorgenommen wird. Diese Abreibung mittelst des wollenen Lappens hat den nicht zu übersehenden Vortheil, dass die gleichzeitig damit verbundene, gelinde Frottirung einerseits die Kälte des Wassers nicht fühlen lässt, und andererseits nebst dem Zwecke der erforderlichen Reinhaltung des Hautorganes, auch jener Grad von Abhärtung erzielt wird, der theils für die Einflüsse der rauhen und kalten Luft minder empfindlich, und hiemit auch für Erkältungen weniger geneigt macht, und theils den mannigfachen, fremdartigen krankheiterregenden Beimischungen der Atmosphäre kräftigen Widerstand zu leisten vermag. — — In Betreff der Behandlung des Scharlachs hat man, sowie bei allen Krankheiten, die einen bestimmten Cyclus durchlaufen müssen, sein Augenmerk hauptsächlich darauf zu richten, dass allen etwa eintretenden Abweichungen vom normalen Verlaufe entgegengewirkt, und auf diese Weise der Gang der Krankheit so viel als möglich geregelt und gutartig erhalten werde. In gar vielen, leicht auftretenden Fällen genügt eine zweckmässige Regulirung der Diät und des anderweitigen Verhaltens, ohne dass irgend ein Arzneigebrauch erforderlich würde. Wenn der auf der Rosshaarmatratze liegende, kleine Patient als Kopfkissen ein weiches Rosshaarpolster hat, mit einer leichten Baumwolldecke zugedeckt wird, die Zimmertemperatur 14 Grad R. nicht übersteigt, und die Diät früh und Abends in etwas leichter Milch oder Kaffeesurrogat besteht, überdies zweimal des Tags etwas leichte, leere

Fleischbrühe, zum Getränke nicht gar zu frisches Wasser gereicht wird, so hat man während des Zeitraumes der stärkeren Fieberhitze und des blühenden Scharlachs das Wichtigste gethan, um sich bei einem gutartig und leicht verlaufenden Scharlachfieber getrost der besten Hoffnung hingeben zu können. Hat man überdies beim Nachlasse des Fiebers und bei eingetretenem Abschuppungsstadium die Zimmertemperatur auf 15—16 Grad R. erhöhen lassen, und die Diät höchstens nur insofern geändert, dass man der Milch oder der Cacaoschalenabkochung, oder sonst einem unarzneilichen Kaffeesurrogate etwas weniges Weissbrod, der Suppe etwas Grütze, oder Gerstenschleim beifügen lässt, so ist bei übrigens nicht krankhafter Konstitution des Kindes auch von Nachkrankheiten so leicht nichts zu fürchten. In Bezug auf die arzneiliche Behandlung beabsichtige ich hier nur einige wenige Arzneien namhaft zu machen, die bei gewissen Zufällen eines etwas heftiger auftretenden Scharlachs mit Nutzen verabreicht werden, doch muss ich voraussetzen, dass man ohnedies bei dem so heimtückischen Charakter eines Scharlachs nicht verabsäumen wird, alsbald einen Arzt zu Rathe zu ziehen. — Wo es die besondere Heftigkeit des Fiebers, der gar zu intensive Blutandrang nach dem Kopfe verlangt, dass arzneilich eingeschritten werde, da kommt, jenachdem es eben die Form des Ausschlages verlangt, eine oder die andere, der früher als Präservativmittel bezeichneten Arzneien an die Reihe. Somit werden wir der excedirenden Fieberhitze oder den heftigen Kopfcongestionen, der gleichzeitig vorhandenen Aufregung mit Zuckungen der Gliedmaassen, oder der heftigen Affektion der Schlingorgane, wenn diese Symptome als Begleiter eines glatten Scharlachs erscheinen *Belladonna* 15, entgegensetzen, während die Anwesenheit derselben Krankheitserscheinungen beim frieselartigen Scharlach uns weit mehr für die Darreichung des *Aconit* bestimmen würde, und wäre die eben entsprechende Arznei, nach Maassgabe der Heftigkeit der Symptome, in ein- oder zweistündigen Zeiträumen zu 2 Kaffeelöffeln der öfters erwähnten wässrigen Mischung zu reichen. — Ein höchst wichtiges und durch nichts zu ersetzendes, äusseres Unterstützungsmittel bietet uns nebstbei das kalte Wasser, dessen vor- und umsichtige Anwendung zur Milderung gar mancher, selbst gefahrdrohender Symptome, und zweifellos zur Abkürzung des Scharlachs ganz wesentlich beiträgt. Allgemein herrscht das Vorurtheil, dass die Anwendung des kalten Wassers beim Scharlach höchst riscant sei, und ich gestehe ganz offen, dass auch ich bis vor 12 Jahren von diesem

Vorurtheile nicht minder befangen war, wenn gleich ich von jeher das kühlere Verhalten jedenfalls für das zweckmässigere erkannte. Ein besonderer Zufall war es, der mich um eine wichtige Erfahrung reicher machte, und mir, von dieser Zeit an, volles Vertrauen zur Anwendung des kalten Wassers bei manchen Symptomen des Scharlachs einzuflössen vermochte. Ich wurde am 1. September 1851 eines Morgens zu einem jungen Manne von 24 Jahren gerufen, der seit 2 Tagen von einer heftigen Halsentzündung befallen, seinen ersten Versuch mit einem homöopathischen Arzte wagen wollte, da er von so vielen Seiten Rühmenswerthes von den Wirkungen der Homöopathie bei Halsentzündnngen gehört hatte. Die Untersuchung ergab eine äusserst intensive, entzündliche Röthe und Geschwulst, namentlich der Mandeln, so dass nur mit der schmerzvollsten Anstrengung etwas Wasser verschluckt werden konnte. Diesem Erkranken, das mit etwas Frösteln begonnen, hatte sich auch etwas Fieber beigesellt. Ich empfahl dem Patienten sich zu Bette zu begeben, verordnete *Aconit* in wässriger Mischung, stündlich 2 Kaffeelöffel voll zu nehmen, und nebenbei liess ich nasskalte, erregende Umschläge um den Hals anwenden, versprach übrigens den Wünschen des Patienten zu Folge, denselben Abend ihm noch einen Besuch abzustatten. Dass der Patient bei meinem Abendbesuche eine wesentliche Besserung im Halse verspürte, dies überraschte mich nicht im leisesten, bei weitem mehr jedoch der Umstand, dass seine Hände, seine Brust, sein Rücken mit einer tiefen Scharlachröthe überzogen waren. Das Fieber war wohl noch vorhanden, aber in nicht bedeutendem Grade. Einen Augenblick nur war ich im Zweifel, ob es unter solchen Umständen zweckmässiger sein werde, die kalten Umschläge fortzusetzen oder sie zu entfernen; jedoch in Berücksichtigung dessen, dass der Ausschlag trotz der Anwendung der feuchten Kälte zum Ausbruche gelangt sei, und in seiner schönsten Blüthe stehe, war ich bald entschlossen in der Behandlung gar nichts zu ändern, um so weniger als auch die Wahl des *Aconit* durch die Anwesenheit hie und da deutlich sichtbarer rother Punkte gerechtfertigt war. Der Patient brachte die Nacht ziemlich ruhig schlafend zu, so dass der kalte Umschlag nur dreimal des Nachts gewechselt werden konnte, lobte sich beim Erwachen seinen Zustand, vermochte ohne Beschwerde zu trinken, jedoch der Ausschlag hatte an Ausdehnung ungemein gewonnen, so dass er nun bereits über den ganzen Körper gleichförmig verbreitet war. Das Fieber zeigte sich mässig, und wurde nur über etwas

Jucken, Brennen und Spannen auf der äusseren Haut geklagt. Die Röthe und Geschwulst im Halse waren wohl, namentlich die erstere, bedeutend gebessert, doch fand ich es immerhin noch für räthlicher mit der Anwendung der nasskalten Umschläge fortzufahren. Zwei Tage später fing der Ausschlag stellenweise zu erblassen an, das Fieber war beinahe verschwunden. Die Umschläge waren bereits beseitigt, und abermals zwei Tage später wurden schon am Halse die ersten Spuren des Rauhwerdens und der kleieartigen Abschuppung der Oberhaut bemerkt, und so schritt auch diese rasch vor, gestaltete sich an den Fingern und an den Handflächen zur vollkommenen Abhäutung, und da der Patient sich übrigens vollkommen wohl befand, bereits bedeutendes Verlangen nach Nahrung zeigte, und überdies, ohne mein Vorwissen schon durch 2 Tage gewohnter Weise Hände und Gesicht mit kaltem Wasser gewaschen hatte, und in Folge dessen weder der geringste Nachtheil gewahrt wurde, so nahm ich keinen Anstand die Waschung des Morgens auch etwas ausgedehnter vornehmen zu lassen, und das Resultat war, dass ich den Patienten am 12. September, also 12 Tage nach begonnenem Ausbruche des Ausschlages bereits seine erste Promenade vornehmen lassen konnte, die ihm auch sehr gut bekam. — Seit dieser Zeit ist mein Vorurtheil gänzlich geschwunden, und so pflege ich denn während jeder, nur einigermassen heftig auftretenden Halsaffektion im Verlaufe des Scharlachsfiebers zu kalten Umschlägen meine Zuflucht zu nehmen, und ebenso überstreiche ich, wenn der in seiner stärksten Blüthe befindliche Ausschlag den kleinen Patienten durch das ungemein heftige Brennen und Jucken in peinliche Unruhe versetzt, den ganzen Körper unterhalb der Bettdecke mit der in kaltes Wasser getauchten Hand, was dem Patienten ungemein behaglich ist, und gleichzeitig eine wesentliche Erleichternng in Betreff des Juckens und Brennens verschafft. Ich nehme durchaus keinen Anstand dieses Ueberstreichen mit der nasskalten Hand, nach Umständen 1—2stündig wiederholen zu lassen, wobei das Abtrocknen keineswegs nöthig ist, da bei der ungemeinen Hitze der Haut die Feuchtigkeit im Augenblicke des Ueberstreichens schon wieder verdunstet. Somit kann ich vollkommen beruhigt, und auf vielfältige Erfahrung gestützt meine volle Ueberzeugung dahin aussprechen, dass das kalte Wasser eine sehr wichtige Rolle bei der Behandlung, namentlich der schwereren Fälle des Scharlachfiebers spiele. Erwägt man übrigens, dass das Wesen des Scharlachs in einer allgemeinen, rothlaufartigen Entzündung der äusseren Hautdecke bestehe, so wird man es eben dadurch gerechtfertigt finden, wenn ich ohne alle Scheu und mit dem grössten Vortheile auch bei jedem Rothlaufe der äusseren Haut, befalle er das Gesicht, oder den Fuss, oder selbst die äussere Brust, namentlich bei stillenden Frauen, von den nasskalten, erregenden Umschlägen Gebrauch mache. Was das kalte Wasser überdies im Scharlachfieber zu leisten vermag, möge folgender, höchst interessanter Fall zeigen. Im Jahre 1852 wurde ich zu einem 6jährigen Knaben gerufen, bei dem die Diagnose der Krankheit schon beim Eintritte in die Krankenstube auf der Haut, und in den, von Fieberhitze funkelnden Augen zu lesen war. Es war ein Scharlachfieber, das nach geringem, vorhergegangenem Unwohlsein, dem auch etwas Erbrechen sich beigesellte, binnen 24 Stunden schon den ganzen Oberkörper mit einer ziemlich intensiven Röthe bedeckt hatte. Die Halsentzündung war in mässigem Grade vorhanden. Die glatte Form des Ausschlages, der gleichzeitig vorhandene Blutandrang nach dem Kopfe, der des Nachts während des äusserst unruhigen Schlafes zu Delirien Veranlassung gegeben, bestimmten mich 3stündig *Belladonna* zu reichen. Der Verlauf des Scharlachs war ein ganz gutartiger, so dass ich am dritten Tage bei meinem Morgenbesuche mit dem Befinden des Kindes vollkommen zufrieden zu sein, mich erklären konnte; jedoch 2 Stunden später war plötzlich eine derartige Veränderung eingetreten, dass man sich bewogen fand schleunigst mehrere Boten auszuschicken, um mich aufzusuchen und meine Dahinkunft so rasch als möglich zu bewerkstelligen. Es mochte etwa eine Stunde gedauert haben, bevor ich daselbst eintraf. Schon im Vorzimmer kam mir der Grossvater des Kindes entgegen, der mir ganz trostlos die Worte zuflüsterte: „Leider schon zu spät, er ist schon ganz bewusstlos.“ Ich verfügte mich rasch in die Krankenstube, und fand zu meiner grössten Bestürzung die Aussage des Grossvaters vollkommen bestätigt, da der kleine Patient in der That wie leblos im Bette lag. Der Ausschlag war verschwunden, die Haut war bleich, kalt, hie und da bemerkte man, namentlich an den Wangen kreideweisse Flecke, von denen einige beinahe die Grösse eines Silbergroschens hatten, das Bewusstsein fehlte gänzlich, die Augen waren geschlossen, und bei dem Versuche die Augenlider zu öffnen, erschien das Auge ganz matt, für Lichtreiz gar nicht empfindlich. Der Puls war kaum fühlbar und höchst ungleich. Schnell liess ich einige Flanelllappen herbeiholen, die in kaltes Wasser getaucht, und etwas ausgedrückt waren, und nun wurden an Händen und Füssen so intensiv als nur möglich Frottationen vorgenommen. Es währte etwa 10 Minuten und der Ausschlag war wieder da, aber nicht nur an den frottirten Stellen, sondern auch am übrigen Körper kam er alsbald wieder zum Vorscheine. Mit dem erlangten Wiederausbruche des Scharlachausschlages änderte sich auch sogleich die Beschaffenheit des Pulses, der, wenn auch etwas beschleunigt, viel kräftiger und gleichförmiger wurde. Auch das Bewusstsein kehrte allmählig zurück, und nachdem ich etwa eine Stunde bei dem Kinde zugebracht hatte, war der Zustand bereits ein derartiger, dass ich beruhigt den Patienten verlassen konnte, doch ertheilte ich die Weisung, jede zweite Stunde die Abreibung mit dem halbfeuchten Flanelllappen abwechselnd an den Armen und Beinen für wenige Minuten und ganz gelinde vorzunehmen. Als ich mehrere Stunden später den Patienten wieder besuchte, fand ich ihn noch auffallender gebessert, die Scharlachröthe war am ganzen Körper gleichförmig verbreitet, der Knabe hatte während meiner Abwesenheit eine Stunde geschlafen, erwachte munter, nahm mit Appetit eine Suppe, und von diesem Augenblicke an war der Verlauf des Scharlachs ein ganz normaler, und konnte der Patient einige Tage nachher als Reconvalescent betrachtet werden, ohne dass irgend eine Nachkrankheit zum Vorschein gekommen wäre. Wie dies gewöhnlich der Fall ist, war auch hier keine Ursache des Rücktrittes auszumitteln, und wäre ich nur allenfalls geneigt, die etwas zu hohe Zimmertemperatur, gegen die ich gleich bei meinem ersten Morgenbesuche Einwendungen machte, als Veranlassung gelten zu lassen.

Während des Beginnes des Scharlachausbruches pflegt es sich öfters zu ereignen, dass der schon hie und da erschienene Ausschlag wieder sich rückgängig zeigt, wodurch häufig ein Beklemmungs- und Beängstigungsgefühl auf der Brust, Brechübelkeit und selbst Erbrechen einzutreten pflegen. In solchen Fällen versagt die *Ipecacuanha* nie ihre Dienste, und pflege ich 2—3 Tropfen der 15. Verdünnung einem halben Glase Wasser beizumischen, und nach Maassgabe der Heftigkeit der Beschwerden 1—2stündig 2 Löffelchen davon reichen zu lassen, worauf alsbald, bei raschem Nachlasse der erwähnten Symptome, der Ausschlag wieder hervorbricht, und bei dem Fortgebrauche derselben Arznei einen normalen Verlauf zeigt.

Unter den Nachkrankheiten ist es namentlich die Wassersucht, die vor oder während der eingetretenen Abschuppung mit den ihr vorangehenden, bereits oben erwähnten Symptomen in geringerem oder höherem Grade zu erscheinen pflegt. Die Arzneien, von denen ich die vortrefflichsten Wirkungen bei dieser Nachkrankheit zu beobachten Gelegenheit hatte, waren vorzugsweise *Bryonia*, *Helleborus* und *Lycopodium*. Es ist mir schon öfters gelungen die beginnende Wassersucht, wobei die geminderte Harnausscheidung, der etwas trübe und dunkle Urin, die gestörte Abschuppung der Haut, das sichtbar gedunsene Gesicht, die blassen, angeschwellten Hände die Hauptsymptome waren, durch den mehrtägigen Gebrauch der *Bryonia* 15, in wässriger Mischung, 2—3 stündig zu 2 Kaffeelöffeln, gänzlich zu beseitigen, und wo bei dem 2—3 tägigen Gebrauche dieser Arznei keine, durch Vermehrung der Urinausscheidung und gesteigerte Thätigkeit der Haut sich bemerkbar machende Besserung eintritt, da wolle man ungesäumt zum Gebrauche des *Helleborus* übergehen, der gewöhnlich erst am dritten Tage seiner Anwendung durch den reichlicher sich ausscheidenden, und molkenartig erscheinenden Urin den Eintritt der Besserung kundgibt. Trifft diese Nachkrankheit anerkannt skrophulöse Kinder, so wolle man je eher, je lieber zur Anwendung des *Lycopodium* schreiten, doch fand ich in dieser Krankheitsform ausschliesslich die öftere Wiederholung dieser Arznei, und zwar mindestens in 4—5 stündigen Zwischenräumen, sowie die Anwendung einer niederen Verdünnung (12—15) für unerlässlich. Auch hier gibt sich die eintretende Besserung besonders durch Zunahme der Urinentleerung zu erkennen, wobei der früher mehr dickflüssige, und beim Lassen schäumende Urin wässriger, dünnflüssiger, und stets in reichlicher Quantität ausgeschieden wird. Selbst in Fällen, wo bereits in der Bauchhöhle eine bedeutende Wasseransammlung stattgefunden hatte, vermochte *Lycopodium*, auf die eben angegebene Weise gereicht, die Heilung vollkommen zu bewerkstelligen. — Noch hätte ich eines Falles von hochgradiger Wassersucht nach Scharlach Erwähnung zu machen, wobei das Gefahrdrohende des Zustandes hauptsächlich darin bestand, dass nicht blos die äussere Haut der Sitz des Leidens war, sondern auch in der Brust- sowie in der Bauchhöhle hatten sich bedeutende Quantitäten Wassers angesammelt, und überdies dürfte dieser Fall nicht nur durch die, mittelst der *Bryonia* zu Stande gebrachte Heilung Interesse erregen, sondern auch die Aufmerksamkeit auf ein ganz einfaches, höchst hilfreiches, äusseres Unterstützungsmittel hinlenken. Als ich bei dem von dieser so schweren Krankheit heimgesuchten 6jährigen Knaben, der 14 Tage zuvor vom Scharlach befallen worden, meinen ersten Besuch machte, fand ich folgendes Krankheitsbild: Die ganze Gesichtshaut war derartig angeschwellt, dass der kleine Patient die Augen nicht zu öffnen vermochte, eine ähnliche Geschwulst fand sich an der übrigen äusseren Hautdecke in ihrer ganzen Ausdehnung vor, und war selbe namentlich an den Geschlechtstheilen so bedeutend, dass das Kind die Schenkel froschartig von einander entfernt halten musste, um Platz für die so ungemein angeschwellten Theile zu gewinnen. Der Patient war genöthigt, stets im Bette angelehnt zu sitzen, und auch selbst in dieser Richtung ging das Athmen sehr mühselig von Statten. Jeder Versuch sich niederzulegen wurde durch die, auf solche Weise herbeigeführte Erstickungsangst vereitelt. Nicht nur diese Symptome, sondern auch der ganz matte Ton, der an den unteren zwei Dritttheilen der beiden Brusthälften durch das Anklopfen mit dem Finger sich deutlich zu erkennen gab, lieferten den unumstösslichen Beweis, dass der grösste Theil des Brustkastens mit Wasser angefüllt war. An dem bedeutend vergrösserten Unterleibe ergab die äussere Untersuchung, dass nicht etwa Luft, sondern eine beträchtliche Wasseransammlung in der Bauchhöhle die Schuld trage. Zur Harnentleerung kam es sehr selten, und wurde stets nur in äusserst geringer Quantität etwas dunkel gefärbter, trüber Urin entleert. Wegen der bedeutenden Anschwellung der Haut konnte die Beschaffenheit des Pulses nicht genau ermittelt werden, doch so viel war gewiss, dass er etwas beschleunigt und höchst ungleich zu sein schien. Der Appetit fehlte, Schlaf war sehr wenig, die bleiche Körperhaut fühlte sich kühl an, und beim Drucke mit dem Finger blieben die Eindrücke auf der Haut durch längere Zeit bemerkbar. Der Gesammtzustand des Patienten bestimmte mich zur Wahl der *Bryonia*, von deren 12. Verdünnung ich 3 Tropfen mit einem halben Glase Wasser mischte, und 2stündig 2 Löffelchen nehmen liess. Bis zum anderen Tage hatte sich in der Hauptsache noch nichts geändert, denn die Harnentleerung zeigte sich unverändert, jedoch schien die Haut etwas wärmer zu sein. Es verblieb bei der gleichförmigen Anwendung derselben Arznei, doch nahm ich nebstbei zu einem äusseren Mittel meine Zuflucht, das mir bereits mehrmals in hartnäckigen Fällen, wo es sich um die rasche Erzielung einer regeren Hautthätigkeit und das schleunige Zustandebringen ihrer Krisen handelte, auffallend gute Dienste geleistet hatte. Ich liess mehrere dreifingerbreite Wachstaffitstreifen vorbereiten, und legte selbe mit Beihilfe von darübergebundenen Bändchen derartig um jede untere Extremität an, dass mittelst des ersten Streifens zuvor die Fusszehen, und dann der grösste Theil des Unterfusses ganz genau bedeckt wurden, und so legte ich, allmählig die Streifen nach aufwärts windend, selbe bis an das Kniegelenk an, so dass bis zu dieser Stelle die Haut jeder Gliedmaasse förmlich hermetisch abgesperrt war. Binnen der nächsten 24 Stunden konnte man bereits eine bedeutend erhöhte Wärme der Haut in ihrer ganzen Ausbreitung bemerken, die eine bevorstehende, tüchtige Hautkrisis erhoffen liess. Mittlerweile hatte sich auch die Harnentleerung mehr als um das Dreifache gesteigert, und binnen der nächsten 24 Stunden, während welcher Zeit die *Bryonia* ununterbrochen fortgesetzt wurde, war die Hautfunction und nicht minder die Urinausscheidung in so lebhaftem Gange, dass man sowohl aus der Abnahme der Hautgeschwulst, als aus der sich allmählig mindernden Athembeschwerde, die eingetretene und verhältnissmässig rasch vorschreitende Besserung entnehmen konnte, welche von Tag zu Tag in jeder Beziehung so zunahm, dass der kleine Patient bereits am 16. Tage das Bett verlassen konnte.

Eine andere häufige Nachkrankheit ist die mehr oder weniger entzündliche Geschwulst der Ohrdrüse, gegen die grossentheils *Belladonna* in wässriger Mischung, 3stündig zu 2 Kaffeelöffeln, mit bestem Erfolge angewandt wird, so dass binnen 5—8 Tagen gewöhnlich die gänzliche Zertheilung der Geschwulst bewerkstelligt ist, ohne dass äusserlich irgend etwas nebenbei angewandt wird, denn selbst das gebräuchliche Belegen der Geschwulst mit Watte befördert den Säfteandrang zu der angeschwellten Drüse und ist der zu erstrebenden Zertheilung mehr hinderlich. Wird ein dünnes Leinwandtuch über die Geschwulst nach aufwärts gebunden, so genügt dies vollkommen, um diesen Theil in einer gleichförmigen Temperatur zu erhalten. Reicht man mit der *Belladonna* nicht aus, so wird *Rhus toxicodendron*, auf dieselbe Weise angewandt, die erwünschten Dienste leisten. Uebrigens wolle man das, in den früheren Blättern bereits erwähnte Heilverfahren bei der Ohrspeicheldrüsenentzündung auch hieher beziehen, und rücksichtlich der mitunter sich einstellenden Ohraffektionen, wird man bei dem, im früheren Abschnitte bei der Ohrentzündung angegebenen Heilverfahren sich Rath erholen können.

Die Masern.

Dieser gewöhnlich epidemisch herrschende, fieberhafte Hautausschlag kommt im Kindesalter ungemein häufig vor, und nur höchst selten dürfte es der Fall sein, dass ein Individuum zweimal von dieser Krankheit befallen wird, und wo dergleichen sich ergeben haben soll, wäre noch zu fragen, ob nicht das eine oder das anderemal eine Verwechselung mit einer ähnlichen Krankheitsform stattgefunden habe. Man kann füglich vier Zeiträume annehmen, welche das Masernfieber zu durchlaufen hat, die, wenngleich nicht scharf von einander getrennt, doch durch eigenthümliche Symptome sich kennzeichnen.

Der Zeitraum des Katarrhes gibt sich dadurch zu erkennen, dass die gesammte Schleimhaut der Luftwege in entzündlich gereiztem Zustande sich befindet, wobei die krankhaft afficirte und anfangs trockene Nasenschleimhaut öfters Niesen und Jucken in der Nase veranlasst. Es währt nicht lange, so beginnt die Nase zu fliessen, wobei ein wässriger und scharfer Nasenausfluss sich einzustellen pflegt; bald kommen auch die Augen an die Reihe, deren Schleimhaut geröthet und angeschwellt erscheint. Auch die Schleimhaut des Kehlkopfes und der Luftröhre zeigt sich entzündlich afficirt, indem ein eigenthümlicher, scharfer, scharriger Husten sich einstellt, der anfangs ganz trocken, förmlich metallisch klingt, und später erst von etwas Schleimauswurf begleitet wird, wobei die Heftigkeit des Hustens nachzulassen beginnt. Dieser Zeitraum hat eine Dauer von 3—8 Tagen.

Der Zeitraum des Ausbruches der Masern wird durch einen erhöhten Säfteandrang zu dem gesammten äusseren Hautorgane bezeichnet, wodurch selbe gespannt, erhitzt und gleichzeitig etwas angeschwellt erscheint. Der nun hervorbrechende Ausschlag zeigt sich vorerst im Gesichte, breitet sich von da über den Hals, die Brust und den Rücken aus, und erscheint endlich auch an den Gliedmaassen. Er kennzeichnet sich durch eine ganz eigenthümliche Form, indem er in Gestalt kleiner, rother Punkte von dem Umfange einer Linse bis zu dem eines kleinen Silbergroschens zum Vorschein kommt. Diese nicht immer kreisrunden, sondern hie und da auch oval erscheinenden Fleckchen sind lebhaft geröthet, und verschwinden beim Fingerdrucke für einen Moment, treten aber bei nachgelassenem Drucke sogleich wieder hervor, und zeigen eben bei diesem Hervortreten die charakteristische Eigenthümlichkeit, dass die Röthe nicht wie beim Scharlach von der Periferie gegen den Mittelpunkt wieder erscheint, sondern, dem ganz entgegengesetzt, bemerkt man ihren Wiedereintritt erst im Centrum, von wo aus sich die Röthe gegen den Umkreis schnell verbreitet. Jeder dieser rothen Flecke hat an seinem Mittelpunkte ein, mittelst des freien Auges kaum erkennbares Bläschen, das eine klare, helle Lymphe enthält. Streicht man mit den Fingerspitzen ganz sachte über die Haut, so fühlt man eine gewisse Unebenheit, eine Rauhheit, die eben von dem Vorhandensein dieser mehr fühl- als sichtbaren Bläschen herrührt. Mit dem den Masernausbruch begleitenden Fieber hat es eine ganz besondere Bewandtniss. Je allgemeiner und stärker der Masernausschlag, desto minder stürmisch erscheint das Fieber, und lassen gleichzeitig auch der Husten, die Brustbeklemmung, die etwa vorhanden gewesenen Uebelkeiten bedeutend nach. Dieser Zeitraum hat eine Dauer von 24—36 Stunden.

Der Zeitraum der Blüthe ist jener, wobei der Ausschlag in seiner vollkommenen Entwicklung, und namentlich um die Abendszeit in seiner stärksten Intensität, und am lebhaftesten geröthet erscheint, das Fieber jedoch, und ebenso der Husten in der Abnahme begriffen sich zeigen. Die Stellen der Haut, an denen die Masernflecke gedrängter beisammen stehen, sind auffallend gespannter und mehr angeschwellt. In dieser Höhe erhält sich der Ausschlag bei dem allergrössten Theile der nur etwas intensiver auftretenden Fälle durch 2—3 Tage.

Der Zeitraum der Abschuppung. Mit dem 5ten Tage des begonnenen Ausbruches der Masern nimmt die Geschwulst und Spannung der Haut sichtbar ab, ebenso die helle Röthe derselben, und allmählig wird der Ausschlag bleicher und bleicher, bis er endlich ganz verschwindet. Bei diesem seinem Verschwinden beobachtet er in der Regel dieselbe Reihenfolge wie bei seinem Ausbruche, so dass er erst im Gesichte, dann am Halse, auf der Brust, am Rücken, und endlich auch an den Gliedmaassen unmerkbar wird. Gewöhnlich erst einige Tage nachher beginnt die Abkleiung, die mitunter ganz unbedeutend ist. Gleichzeitig schwindet das Fieber, und mittelst des locker gewordenen Hustens wird gelbgrünlicher, dicker Schleim ausgeworfen. Dieses Stadium hat keine bestimmte Dauer, indem es, namentlich bei lymphatischen und skrophulösen Individuen, sich bedeutend in die Tage zu ziehen pflegt, um so mehr, als die Abkleiung manchmal deutliche Unterbrechungen erleidet. Ihr jedesmaliger Wiedereintritt ist von leichter Fieberbewegung begleitet.

Die Nachkrankheiten der Masern, deren Erscheinen und öftere Hartnäckigkeit von der lymphatischen und skrophulösen Anlage des vom Ausschlage befallenen Individuums abhängig sind, haben grösstentheils ihren Sitz auf den Schleimhäuten, viel seltener auf der äusseren Haut. Unter den Affektionen der Schleimhäute ist es vorzugsweise der chronische Katarrh, aber auch der Keuchhusten, die gar häufig mit solcher Hartnäckigkeit und Vehemenz aufzutreten pflegen, dass selbst Lungenentzündungen, Bluthusten und Lungenschwindsucht sich nicht selten daraus entwickeln. Mitunter tritt ein trockener Kitzelhusten mit Heiserkeit nach beendigtem Verlaufe der Masern auf, der sich gar häufig selbst bis zur Bräune steigert. Auch auf den Schleimhäuten der Augen und der Ohren bilden sich öfters Nachkrankheiten aus, deren Beseitigung nicht selten bedeutende Schwierigkeiten bietet. Endlich ist es auch die äussere Haut, auf welcher häufig nach überstandenen Masern mannigfache Formen von Hautausschlägen erscheinen, und eben die skrophulöse Disposition beurkunden.

Ursachen.

Die Masern werden durch einen eigenen Ansteckungsstoff, durch eine eigenthümliche Beschaffenheit der atmosphärischen Luft erzeugt. Die Anlage zu den Masern ist im Kindesalter vorwiegend. Wenn Katarrhe in bedeutendem Umfange herrschen, so pflegt der Ausbruch einer Masernepidemie nicht fern zu sein.

Heilverfahren.

Gegen diese, oft bösartig erscheinende, fieberhafte Ausschlagsform, besitzen wir in der Homöopathie ein höchst wichtiges Schutzmittel, das meiner individuellen Erfahrung zufolge, mindestens die Kraft besitzt den bösartigen Charakter der Krankheit und gleichzeitig das Erscheinen der so mannigfachen Nachkrankheiten zu verhüten. Ich habe bei so vielen Masernepidemien bereits die *Pulsatilla* als Schutzmittel angewandt, und stets hatte ich Ursache mit den Erfolgen vollkommen zufrieden zu sein. Wurde in einer Familie ein Kind, das noch kein Schutzmittel erhalten hatte, von den Masern befallen, so liess ich unverzüglich den anderen Kindern jeden zweiten Morgen eine Gabe von 4—6 Kügelchen der 15. Verdünnung der Pulsatilla reichen, und nun konnte man fest überzeugt sein, dass entweder kein, oder nur ein sehr geringer Masernausbruch bei den übrigen Geschwistern sich zeigen werde; obgleich es mir nicht in den Sinn kam eine Separation des erkrankten Kindes von den gesunden vorzunehmen, die übrigens jeden Tag ins Freie gebracht wurden, wenn nicht katarrhalische Zufälle der Luftwege schon vorhanden waren. — In Betreff der Behandlung eines Masernkranken dürften folgende Winke höchst beachtenswerth sein: Da während des katarrhalischen Stadiums die Augen gewöhnlich entzündlich affizirt sind, und ohnedies Lichtscheu vorhanden ist, so erfordert die Vorsicht, dass der Patient vor grellem Lichtreize geschützt, und das Zimmer mindestens etwas verdunkelt werde, doch nur für die Zeit der Dauer des Augenleidens. Die Temperatur der Krankenstube möge nie 15 Grad R. übersteigen, und dürften während der stärkeren Fieberhitze 14 Grad R. genügen, obgleich im Allgemeinen die Masern etwas mehr Wärme vertragen als der Scharlach. Der Wechsel der Wäsche möge mit besonderer Vorsicht vorgenommen werden, wenngleich er jeden 2ten—3ten Tag ohne allen Anstand gestattet werden kann, und nur das Anlegen kalter oder feuchter Wäsche gemieden wird, zu welchem Behufe es gerathen wäre, eine Stunde zuvor dem Kinde die Wäsche unter die Bettdecke legen zu lassen, damit selbe die Körpertemperatur annehme. So sehr ich im Allgemeinen gegen jedes überspannt vorsichtige, und zu ängstliche Zuwerkegehen protestiren würde, so verlangt doch diese Ausschlagsform vorzugsweise eine grössere Achtsamkeit, da jede Verkältung der äusseren Haut gewöhnlich einen Reflex auf die Schleimhaut ausübt und oft zu bedeutenderen, entzündlichen Zufällen Veranlassung gibt. Die Diät wäre übrigens derartig zu ordnen, wie selbes bereits beim Scharlach angegeben wurde. In Betreff des Arzneigebrauches, der in leichteren Fällen vollkommen überflüssig wird, müsste bei heftigerem Fieber mit allgemeiner, trockener Hitze der Haut, bei auffallender Röthe des Gesichtes, entzündlicher Affection der Augen, bei trockenem, scharftönenden, schmerzhaften Husten mit Heiserkeit, wobei öfters über Bruststechen geklagt wird, bei höchst unruhigem Schlafe mit öfterem schreckhaften Auffahren, *Aconit* gewählt werden, und wäre selbe bei den eben angegebenen Krankheitserscheinungen in stündigen Zwischenräumen, zu 2 Kaffeelöffeln der öfters erwähnten Mischung von 2 Tropfen auf ein halbes Glas Wasser, zu verabreichen. — Sollten heftigere Schlingbeschwerden auftreten, die der Patient als Stiche bezeichnet, welche sich bis in das Ohr und die benachbarten Drüsen erstrecken, sollte bei sehr heissem Kopfe über Schmerz in der Stirne geklagt werden, der Schlaf sehr unruhig mit Gliederzucken und Delirien verbunden sein, dann wolle man *Belladonna* 15, ebenfalls in wässeriger Mischung 2—3 stündig zu 2 Löffelchen reichen. — Wo das Symptomenbild derartig sich gestaltet, dass man daraus ein stärkeres Ergriffensein der Brustorgane erkennt, und namentlich der quälende, trockene Husten sich zum krampfhaften steigert, wobei selbst die genossene Nahrung erbrochen wird, das Athmen ängstlich, kurz und beklommen ist, jeder Versuch tief zu athmen Seitenstich verursacht, der Patient an den blosgedeckten Armen Kälte verspürt, und gleichzeitig Neigung zur Stuhlverhaltung vorhanden wäre, dann ist *Bryonia* 15, in der Mischung mit Wasser, 1—2 stündig zu 2 Löffelchen gereicht, die geeigneteste Arznei, um so mehr als durch ihren Gebrauch der Ausbruch des Ausschlages bedeutend gefördert wird, in Folge dessen stets ein auffallender Nachlass der Brustsymptome zu erwarten steht. Schliesslich muss ich noch einmal der *Pulsatilla* Erwähnung machen, die nicht nur als Maserpräservativ Anwendung findet, sondern auch im Verlaufe der Masern, unter gewissen Umständen, ganz am Platze sein wird, und wäre dies namentlich der Fall, wenn bei Vorhandensein einer ziemlich heftigen, katarrhalischen Affektion der Luftwege gleichzeitig Diarrhöe auftritt, die jedenfalls hemmend auf die normale Entwicklung des Ausschlages wirkt. Einige Gaben dieser Arznei, in 2—3 stündigen Zeiträumen gereicht, werden alsbald die wohlthätige Wirkung dieser Arznei erkennen lassen. — Was die Behandlung der Nachkrankheiten anbelangt, sind die gewöhnlich vorkommenden Formen derselben bereits in den früheren Blättern besprochen worden, und dürfte man eben daselbst die gewünschten Auskünfte erhalten.

Die Rötheln.

Diese eigenthümliche, fieberhafte Ausschlagsform, die man ihrer oft wechselnden Erscheinungen halber, bald mehr dem Scharlach, bald mehr den Masern anzureihen sich geneigt findet, charakterisirt sich hauptsächlich dadurch, dass ein auffallender Widerspruch zwischen den Symptomen der äusseren Haut und denen der Schleimhaut sich kundgibt, und zwar derartig, dass, wo z. B. die vorhandene Rachenaffektion den Ausbruch eines Scharlachs erwarten liesse, der Ausschlag sich ganz masernartig gestaltet, und wo die stärker auftretenden, katarrhalischen Symptome des Kehlkopfes und der Luftröhre den bevorstehenden Ausbruch der Masern anzudeuten scheinen, da tritt der Ausschlag in Form des Scharlachs auf. Der Verlauf dieser Ausschlagsform wird ebenfalls in vier Zeiträume abgetheilt und zwar in den des Katarrhs, des Röthelnausbruches, der Blüthe und der Abschuppung.

Zeitraum des Katarrhs. Nach vorausgegangenen, gewöhnlichen Vorläufern eines fieberhaften Hautausschlages im Allgemeinen, als: Müdigkeit, Frösteln, Appetitlosigkeit u. s. w. erscheint ein mehr oder minder heftiges Fieber mit Kopfweh, das stets mit den Symptomen eines Katarrhes verbunden auftritt, der in einigen Fällen auf der Schleimhaut der Luftwege, in anderen auf der Rachenschleimhaut und den Mandeln seinen Sitz hat. Auch Brechübelkeit und selbst Erbrechen pflegen häufig zu erscheinen, und als konstante Begleiter dieses Stadiums findet man gewöhnlich auch Ziehen und Reissen in den Gliedern, und eine stete Neigung zu schlummern, ohne in einen ruhigen Schlaf verfallen zu können.

Der Zeitraum des Ausbruches beginnt am dritten oder vierten Tage, wobei in verschiedenen Fällen verschiedene Formen des Ausschlages sich zu ergeben pflegen, so dass die rothen Flecke mitunter zackig, mitunter mehr rund, öfters einzeln stehend, öfters zusammenfliessend erscheinen, und überdies findet der Ausbruch selbst so höchst unregelmässig statt, dass er bald erst im Gesichte, bald erst an den Extremitäten sich zeigt, bald den ganzen Körper auf einmal überzieht, bald nur hie und da auf einzelnen Theilen zum Vorschein kömmt.

Der Zeitraum der Blüthe. Binnen 12—24 Stunden ist gewöhnlich der Röthelnausbruch beendet, doch das Verbleiben des Ausschlages auf der Haut ist abermals so ungleichförmig, dass selber oft nur 48 Stunden, mitunter aber selbst 8—10 Tage sichtbar ist. Auch die Grösse der in der Regel hellrothen, himbeerfarbigen Flecke wechselt, so dass sie in manchen Fällen von der Grösse einer Linse, in anderen selbst von der eines kleinen Silbergroschens beobachtet werden.

Der Zeitraum der Abschuppung ist bei dieser Ausschlagsform rasch beendet, und pflegt selbe entweder am ganzen Körper auf einmal, oder an den einzelnen Theilen in schneller Aufeinanderfolge bemerkt zu werden, wobei die Oberhaut stellenweise sich erhebt, und entweder kleienförmig abfällt oder in rundlichen, sternförmigen Hautstückchen sich ablöst. Auch in Betreff der Art seiner Abschuppung hält dieser Ausschlag ziemlich die Mitte zwischen Scharlach und Masern, so dass selbe jedenfalls auffallender als bei Masern, jedoch im Allgemeinen geringer als beim Scharlach erfolgt.

Ursachen.

So wie bei dem Scharlach und bei den Masern sind es auch hier eigenartige, atmosphärische Einflüsse, die das Erscheinen der Rötheln begünstigen und pflegen selbe häufig gleichzeitig mit Masern und Scharlach vorzukommen. Auch für diese Ausschlagsform hat das Kindesalter die grösste Empfänglichkeit, und war ein Kind einmal schon davon befallen, so ist ein zweites Erscheinen derselben nicht mehr beobachtet worden.

Heilverfahren.

Der Umstand, dass die Rötheln in ganz naher Verwandtschaft mit dem Scharlach und mit den Masern stehen, und in Bezug auf den Verlauf bald mehr mit der ersteren Ausschlagsform, bald mehr mit der letzteren Aehnlichkeit zeigen, macht es vollkommen überflüssig die Behandlung der Rötheln hier ins Besondere zu besprechen, um so mehr als diese Krankheit in der Regel mild und gefahrlos aufzutreten pflegt, und in der Mehrzahl der Fälle blos eines zweckmässigen, diätetischen Verhaltens bedarf, und selbst dieses wurde sowohl bei dem Artikel „Scharlach“ als bei den Masern möglichst erörtert.

Die echten Blattern.

Diese, durch ein eigenthümliches Contagium bedingte, fieberhafte, meist epidemisch auftretende Ausschlagskrankheit, der vor Entdeckung der Schutzkraft der Kuhpocke alljährlich Tausende und Tausende von Menschen als Opfer fielen, nimmt zu ihrem normalen, gutartigen Verlaufe einen Zeitraum von 3—4 Wochen in Anspruch. Zu den, gleich bei dem ersten Beginne der Krankheit erscheinenden Symptomen gehören: Halsweh, Uebelkeit, Brechneigung und grosse Empfindlichkeit der Magengegend für Druck, gewöhnlich auch heftige Schweisse. Dieses letztere Symptom ist als ein höchst charakteristisches zu bezeichnen, da bei allen anderen fieberhaften Ausschlagskrankheiten selbst schon im Stadium der Vorläufer die Haut nie anders als trocken gefunden wird, so dass man bei fieberhaftem Erkranken eines Kindes von dem Momente, als die Hohlhandflächen feucht werden, mit Bestimmtheit sich dahin aussprechen könne, dass weder Scharlach noch Masern zu befürchten seien. Ganz im Gegensatze mit dieser Beobachtung bemerkt man bei der Blatternkrankheit erst nach eingetretenen Schweissen die allmählige Hervorbildung des Ausschlages. Das Fieber, welches diese Ausschlagsform begleitet, zeigt ebenfalls eine besondere Eigenthümlichkeit, indem es bei vollendetem Ausbruche sich auffallend zu verringern pflegt, und um die Zeit wo die Eiterbildung vor sich geht, wieder von Neuem auftaucht. Sehr selten sollen die Fälle vorkommen, wo ein und dasselbe Individuum das zweitemal von den Blattern befallen wird, doch will man sogar behaupten, dass selbst ein drittes Erscheinen schon beobachtet worden sei. Meine Erfahrungen sprechen allerdings nicht dafür, doch will ich selbe nicht als maassgebend bezeichnen, erlaube mir aber den Zweifel auszusprechen, ob nicht ein- oder das anderemal die unechten Blattern für echte erkannt wurden. — Die Blatternkrankheit durchschreitet im regelmässigen Verlaufe vier Zeiträume, und zwar den der Vorbereitung zum Ausschlage, dann den Zeitraum des Pockenausbruches, ferner den der Pockenreife, und endlich den Zeitraum der Schorfbildung.

Der Zeitraum der Vorbereitung. Nachdem durch einige Tage die gewöhnlichen Vorläufer eines bevorstehenden fieberhaften Krankseins beobachtet wurden, pflegt um eine Abendszeit ein mehr oder weniger heftiges Frösteln einzutreten, worauf allgemeine Hitze folgt, wobei öfters ein längeres Kaltbleiben der Hände und Füsse bemerkt wird. Während dieser abendlichen Fieberverschlimmerungen erscheint das Gesicht des Kindes lebhaft geröthet und wie voller, die Augen zeigen einen ungewöhnlichen Glanz, sind etwas lichtscheu und stets feucht. Die ganz eigenthümlichen Symptome, die während dieses fieberhaften Zeitraumes mit einiger Wahrscheinlichkeit schon auf den Ausbruch der Blattern schliessen lassen, bestehen in einem dumpf drückenden Kopfschmerze, der namentlich im Hinterhaupte sehr heftig erscheint, ferner in einem Schmerzgefühle in der Herzgrube, das durch Befühlen gesteigert wird, und endlich in den, um diesen Zeitraum gewöhnlich schon ausbrechenden, mehr oder minder heftigen Schweissen, die sich durch einen äusserst unangenehmen, widrigsäuerlichen Geruch auszeichnen. Ueberdies pflegen die Blatternepidemien, die um die Frühjahrs- und Herbstzeit herrschen, mit intensiver entwickeltem katarrhalischem Charakter aufzutreten, der sich vorzugsweise auf das Ergriffensein des Rachens und der Luftwege bezieht, und mit häufigem Niesen, Heiserkeit, trockenem Husten und Brustbeklemmung verbunden erscheint. Kinder pflegen sich während dieses Zeitraumes grösstentheils in einer Art Schlummerbetäubung mit Zusammenfahren und Aufschrecken im Schlafe zu befinden, wozu sich mitunter auch Krampfzufälle mannigfacher Art gesellen. Brechübelkeit und häufiges Erbrechen sind gewöhnlich auch konstante Erscheinungen in diesem Stadium, die in der Regel nicht eher weichen, als bis der Ausschlag zum vollkommenen Ausbruche gekommen. Bei der, durch das Aufsetzen beim Erbrechen veranlassten Körperbewegung klagt die Mehrzahl der Kinder über Rücken- und Lendenschmerz, die übrigens mitunter auch selbst im ruhigen Liegen gefühlt werden. Dieses Stadium hat eine Dauer von 3—4 Tagen.

Der Zeitraum des Pockenausbruches beginnt mit dem Erscheinen des Ausschlages, der während der nächtlichen Fieberverschlimmerungen vorzugsweise erzeugt wird, und grösstentheils binnen drei Tagen vollendet ist. Bei regelmässigem Verlaufe tritt der Ausschlag vorerst im Gesichte, und zwar an der Stirne, den Schläfen, den Nasenflügeln, der Oberlippe, und am Kinne auf, später erst an den Wangen. Den darauf folgenden Tag kommt der Ausschlag auch am Nacken, am Halse, auf der Brust und am Unterleibe zum Vorscheine, und endlich gewahrt man ihn auch an den Extremitäten. Häufig erscheinen vor dem eigentlichen Auftreten der Pocken hie und da einige wenige Blattern am Körper, die gewissermassen den demnächst erfolgenden allgemeinen Ausbruch derselben verkünden. Der hervorbrechende Ausschlag gibt sich erst durch kleine, rothe Punkte zu erkennen, die allmählig sich vergrössern, bis sie die Grösse einer Linse annehmen; nun bildet sich in der Mitte dieses rothen Fleckchens ein festeres Knötchen, das auf der Haut sich erhebt, und ebenso tief in der Haut versenkt ist. Diese Knötchen vergrössern und erheben sich allmählig immer mehr, bis sie die Gestalt und den Umfang einer halben Erbse erlangt haben, und somit die eigentliche Pocke bilden, an deren höchstem Punkte man eine kleine Vertiefung, einen grübchenartigen Eindruck bemerkt. Je zahlreicher und gedrängter diese Pocken beisammenstehen, desto weniger hoch pflegen sie sich zu erheben, jedoch die kleinen Eindrücke zeigen sich selbst auch bei diesen flachen Blattern. Allmählig trübt sich nun die in den Pocken enthaltene, klare, wasserhelle Lymphe und nimmt eine eiterartige Beschaffenheit an. Dieser allmählige Uebergang wird durch die veränderte Farbe der Pocke bezeichnet, die erst perlweiss, dann gelblich, und endlich gelb erscheint. Nur da, wo die Blattern ineinander fliessen, bemerkt man eine bräunliche Färbung derselben. Mit der eintretenden Eiterung ist die Haut um die Pocke entzündet, was sich durch den rothen Hof zu erkennen gibt, der erst dann verschwindet, wenn die ganze Pocke mit der eiterigen Flüssigkeit vollkommen gefüllt erscheint. Dieser Zeitpunkt der vollendeten Reife der Blattern ist es eben, der den Wiedereintritt eines intensiveren Fiebers, des Eiterungsfiebers veranlasst, dessen Eintritt sich häufig durch einen neuen Frostanfall kundgibt, der dann in bedeutende Hitze mit Kopfweh und heftigem Durste übergeht. Beängstigung, Unruhe und Schlaflosigkeit sind die steten Begleiter dieses Zustandes, sowie auch jetzt der ganz eigenthümliche, moderige Pockengeruch sich durch die Hautausdünstung und den Athem bemerkbar macht. Der Urin ist um diese Zeit besonders trüb, molkenartig, und pflegt auch einen eiterartigen Satz zu bilden. Vermehrte Speichelabsonderung ist eines der gewöhnlichen im Eiterungsstadium auftretenden Symptome, das in der Regel darauf hindeutet, dass auch auf der Rachenschleimhaut sich Pocken gebildet haben, wodurch die Schlingbeschwerde öfters einen sehr hohen Grad erreicht, und die Zunge förmlich lederartig wird.

Der Zeitraum der Schorfbildung. Auch hier zeigt sich dieselbe Procedur, wie bei den meisten fieberhaften Ausschlägen, die erst an jenen Theilen zu vertrocknen beginnen, wo sie sich zuerst ausgebildet hatten, und so sehen wir im Gesichte öfters schon die deutlichen Anzeichen der Schorfbildung, während die Blattern an den unteren Gliedmassen noch in der schönsten Blüthe stehen. Um den 9—11. Tag der Krankheit zeigt sich an der Spitze der Blatter eine dunklere, bräunliche Stelle, die von dem, an dem obersten Theile der Pocke vertrocknenden und durchscheinenden Eiter herrührt. Endlich gelangt die Oberhaut daselbst zur Berstung und es sickert eine honigartige, gelbliche, klebende Flüssigkeit aus, die durch den Einfluss der Luft allmählig vertrocknet, und zur Borke wird. Bei den kleineren Pocken ist der Hergang anders, indem sie, ohne zu bersten zu kleinen, bräunlichen Knötchen vertrocknen, die endlich von selbst sich ablösen. Bei den einzeln stehenden Blattern pflegt die aussickernde Materie eine weiche, gelbliche, gummiartige Substanz zu bilden, die in der Regel längere Zeit diese Beschaffenheit beibehält, und schwerer zum Abtrocknen gelangt. Dasselbe ist der Fall bei den zusammenfliessenden Blattern, und eben solche Stellen sind es, unter denen sich die garstigsten Narben bilden. Je rascher die Pocken vertrocknen, desto weniger hat man eine Verunstaltung der Haut zu fürchten. — In der Periode der Abtrocknung verliert sich sowohl die Geschwulst, als die etwa noch vorhandene, entzündliche Röthe der Haut vollends. Die schnell trocknenden Schorfe fallen bis zum 14. Tage gewöhnlich ab, während die weich nnd klebrig sich zeigenden erst um den 20. bis 21. Tag, oft auch viel später abfallen, so dass die Patienten mitunter schon längere Zeit ausser dem Bette sind, und stets noch hellgelbe, weiche Schorfe, namentlich im Gesichte, bemerkt werden. Wo die Schorfe sich bereits abgelöst haben, hinterlassen selbe mindestens einen rothen Fleck, der an der freien, namentlich kalten Luft, eine etwas violette Färbung annimmt. Ueberhaupt zeigt die genaue Beobachtung, dass der freiere Luftzutritt einen ganz eigenthümlichen Einfluss, selbst auf den Ausbruch und den Verlauf der Blattern übe, da im Gesichte und an den Händen, als den Theilen, die mehr freigehalten sind, die Blattern im Allgemeinen viel zahlreicher ausbrechen, und überdies ist es vorzugsweise das Gesicht, wo mitunter die Krusten bei weitem schwerer zur Ablösung gelangen, und eben daher sieht man auch im Gesichte gewöhnlich die meisten Spuren der überstandenen Blatternkrankheit, ohne dass man etwa glauben dürfte, dass dies die Folge des Loskratzens der noch nicht ganz vertrockneten Schorfe sei, denn bei Erwachsenen, die sich gewiss schon aus Eitelkeitsgründen von dem frühzeitigen Abtrennen der Schorfe enthalten, tritt durchgehends derselbe Fall ein.

Ursachen.

Das Blatterncontagium ist unleugbar eines der stärksten Krankheitsgifte, schon in so fern, als vielfältige Versuche lehrten, dass es dem Organismus auf mehrfache Weise einverleibt werden kann, und stets seine Contagiosität aufs Höchste bestätigt. Die absichtliche Uebertragung des Scharlach- und Maserngiftes auf ein anderes Individuum ist bereits häufig durch vorgenommene Einimpfungen versucht und ihre Möglichkeit dargethan worden. Es stellte sich heraus, dass die Ausdünstung der Haut, die Lungen, der Schleim und auch die klare Lymphe der kleinen Bläschen als Träger des Contagiums betrachtet werden können. Bei der Blatternkrankheit finden wir nicht blos diese Contagiumsträger, sondern wir machen überdies die höchst interessante Beobachtung, dass selbst die ganz abgestorbene und vertrocknete Borke, mit dem Magen in Contact gebracht, die Blatternkrankheit zu erzeugen im Stande sei. Zu diesem Versuche wurde die gepulverte Pockenkruste verwendet und einige Tage nach ihrer Verabreichung kam ein heftiges Fieber und bald darauf die ganz normal verlaufende Blatternkrankheit zum Ausbruche. Diese Beobachtung ist für uns von um so grösserem Belange, als wir darauf gestützt, manches im „Heilverfahren" näher zu Erörterndes auf ganz rationelle Basis zu stellen vermögen. — Die Empfänglichkeit für das Blatterncontagium ist im Kindesalter eine vorwiegende, und sind die Fälle nicht selten, dass Kinder selbst mit Pocken oder mit den deutlichen Spuren der überstandenen Blatternkrankheit zur Welt kommen, deren Mütter während der Schwangerschaft davon befallen waren. Ausser den oben genannten festen, flüssigen und gasförmigen Trägern des Blatterncontagiums sind auch gewisse Gegenstände fähig dieses Contagium aufzunehmen, und wenn selbe von der Einwirkung der Luft abgeschlossen waren, es nach Jahren noch weiter zu verbreiten, wie man dies bei Benutzung von Kleidungsstücken und Betten der Blatternkranken häufig zu beobachten Gelegenheit hatte.

Heilverfahren.

So wichtig auch einerseits die Angabe eines zweckmässigen, durch vielfache Erfahrung erprobten ärztlichen Verfahrens gegen die bereits ausgebrochene Blatternkrankheit ist, so dürfen wir andererseits doch nicht übersehen, dass es noch von viel höherer Wichtigkeit ist, im Besitze von Mitteln zu sein, durch deren umsichtige Anwendung es gelingt, diese oft so gefahrvolle Krankheit gänzlich verhüten, oder mindestens ihre Bösartigkeit und ihre höchst unangenehmen Folgen abwenden zu können. Ich kann nicht umhin hier nochmals die so grossartige Wohlthat der Blatternimpfung in Erinnerung zu bringen, obgleich wir deren bereits im diätetischen Theile Erwähnung gemacht und auch die Bedingungen, unter denen sie vorzunehmen, erörtert haben, Bedingungen, die durchaus nicht ausser Acht zu lassen sind, will man nicht den Nutzen und den Erfolg der Impfung gefährdet und vereitelt sehen. Wohl kenne ich alle die Einwürfe, die von Seiten mancher Aerzte gegen die Impfung vorgebracht werden; jedoch finde ich in denselben durchaus keine andere Beweiskraft, als die, dass man einerseits mit der grössten Vor- und Umsicht bei der Wahl jener Kinder vorzugehen habe, von denen der Impfstoff entnommen werden soll, und dass übrigens die Vornahme der zweiten Impfung nach einem Zeitraume von spätestens 8—10 Jahren durchaus nicht verabsäumt werde. Selbst das Nützlichste, ohne die erforderliche Vor- und Umsicht angewandt, kann den grössten Nachtheil bringen, doch deshalb ist man keineswegs berechtigt es vollends zu verwerfen. So z. B. bringt das Turnen unbestritten der Jugend höchst wichtige Vortheile, es trägt zur gedeihlichen Körperentwicklung ganz wesentlich bei, und vermag selbst eine schwächliche Constitution in eine feste und kräftige umzuwandeln. Wollte man aber wegen der aus mangelnder Vor- und Umsicht zuweilen sich ereignenden unangenehmen Zufälle das Turnen als höchst gefahrvoll verwerfen, oder des, durch anderweitiges, unzweckmässiges Verhalten vereitelten, wohlthätigen Erfolges halber das Turnen als nutzlos erklären, so würde man sich dadurch offenbar einen bedeutenden Fehler in der Beurtheilung dieses, bei der Erziehung der Jugend so unerlässlichen Behelfes zu Schulden kommen lassen. — Es sollen sich Fälle ergeben haben, wo eben geimpfte Kinder, bei denen noch die Impfpusteln vorhanden waren, von den Menschenblattern befallen wurden. Ich will dieses Factum nicht in Abrede stellen, doch fehlt ihm jede Beweiskraft, da die geimpften Kinder schon von dem Contagium der eben herrschenden Epidemie vor der Impfung infizirt gewesen sein, und auf diese Weise den Keim der hervorbrechenden Blatternkrankheit bereits in sich getragen haben dürften. Ueberdies liefert dieses Factum vielmehr einen Beweis, der nicht gegen, sondern für meine Ansicht spricht, indem die Erfahrung lehrt, dass zwei verschiedenartige Krankheiten nicht so leicht zu gleicher Zeit im Organismus aufzutreten vermögen, und hiemit würde das Erscheinen der Impfpusteln gleichzeitig mit den Menschenblattern um so sicherer für die Aehnlichkeit dieser beiden Krankheitsprozesse sprechen, wodurch eben die Zweckmässigkeit der Impfung und zugleich die unumstössliche Wahrheit des homöopathischen Prinzipes erwiesen wird. Ueberhaupt scheint über die Widersacher der Blatternimpfung ein eigener Unstern zu walten, sie bringen Belege, welche gegen die Vertheidiger der Impfung sprechen sollen, doch beim Lichte klar besehen, haben diese Belege die entgegengesetzte Kraft. Wenn z. B. in Marseille im Jahre 1828 die so bedeutende Zahl von 40,000 Menschen von den Blattern befallen wurde, von denen 30,000 geimpft waren, wenn zu Digne im Jahre 1827 unter 664 an den Blattern Erkrankten, 478 Geimpfte sich befanden, so beweist dies eben, wie unumgänglich nöthig es ist, von Zeit zu Zeit, der Erfahrung zufolge stets nach 8—10 Jahren, die Impfung zu erneuern, da ihre Schutzkraft nach diesem Zeitraume erlischt. Ueberdies nimmt man es mit den statistischen Angaben gewiss nicht so gar genau, indem man die Erkrankungen an echten und modifizirten Blattern in einen Topf wirft, während doch die letzteren unbestritten einen viel milderen Charakter haben. — Werden Impfärzte stets mit strengster Gewissenhaftigkeit ihrer so wichtigen Pflicht nachzukommen bemüht sein, und nur von vollkommen gesunden Kindern, die auch von ganz gesunden Eltern stammen, den Impfstoff entnehmen, und wird man überdies nach Ablauf des erwähnten Zeitraumes die Impfung wiederholen, dann kann man fest überzeugt sein, dass einerseits man weder Furcht haben dürfte von der so verheerenden und im günstigen Falle durch ihre Folgen mindestens höchst entstellenden Krankheit befallen zu werden, sowie man andererseits gewiss nicht der Gefahr der Uebertragung einer Säfteverderbniss ausgesetzt sein würde. Soll übrigens eine Impfung dieses erwünschte Resultat bringen, so muss auch die Impfpustel in ihrem Verlaufe ganz regelmässig gewisse Stadien durchschreiten. Die Impfung selbst bestehe in einem nur leichten Einstiche, der bei gespannter Haut mittelst der fast parallel mit dem Arme liegenden Impfnadel unterhalb der Oberhaut gemacht wird, wobei heineswegs etwa ein Tropfen Blut erscheinen muss, denn es genügt vollkommen, wenn unmittelbar nach der Impfung nur ein ganz kleines rothes Pünktchen bemerkt wird, das von der Seite besehen einen gummiartigen Glanz zeigt, der von dem, über die kleine, kaum sichtbare Wunde gestrichenen Impfstoffe herrührt. Einige Stunden nachher findet man die Stelle des Impfstiches etwas angeschwellt, doch ist am zweiten Tage nichts mehr davon zu erkennen, indem sowohl die ganz geringe Geschwulst, als auch das kleine, rothe Pünktchen beinahe vollkommen verschwunden sind. — Am dritten Tage d. i. dreimal 24 Stunden nach vorgenommener Impfung pflegt sich an der Impfstelle ein kleines, blassrothes, etwas festeres Knötchen zu bilden. Bei sehr jungen, etwas minder reizbaren Kindern erscheint diese Veränderung oft erst am vierten, ja selbst in selteneren Fällen am fünften Tage, wodurch auch die anderen, hier eben zu erwähnenden Veränderungen sich um 1—2 Tage verspäten. — Am vierten Tage vergrössert sich das Fleckchen und erhebt sich gleichzeitig in ein rothes, kreisrundes, oder ovales Knötchen ebenso hoch über die Haut, als es in der

Haut wurzelt, und erreicht den Umfang eines Hirsekornes. — Am fünften Tage erscheint auf dem abermals etwas vergrösserten Knötchen ein kleines, halbdurchsichtiges, weisslichtes Bläschen, das in der Mitte eine kleine, grübchenartige Vertiefung zeigt, und mit einem schmalen, rothen, wulstigen Rande umgeben ist. — Am sechsten und siebenten Tage nimmt das Bläschen an Breite und Höhe zu, erscheint perlfarbig und ist mit einer dünnen, ganz durchsichtigen Lymphe gefüllt, die Vertiefung des Bläschens ist etwas auffallender, der dasselbe umgebende Rand mehr angeschwellt, härter, breiter und röther. Dies ist eben der Zeitpunkt, der als der zweckmässigste zur Vornahme der Abimpfung betrachtet werden kann. — Am achten Tage gelangt die Pustel zu ihrer vollkommenen Ausbildung, das Bläschen, welches die Vertiefung in der Mitte noch behält, hat beiläufig die Grösse einer Erbse, die darin enthaltene Lymphe ist zumeist noch hell und klar, der rothe, etwas angeschwellte Umkreis, der dem Bläschen zunächst heiss, hart und etwas empfindlich ist, wird einige Linien breit. Zuweilen zeigt sich die Lymphe an diesem Tage schon ein wenig trüb. Um diese Zeit, oder bei trägerem Verlaufe erst am neunten Tage stellt sich etwas Fieber ein, welches mitunter so gelinde ist, dass es kaum am Pulse, sondern nur an einiger Hitze des Kopfes, der Hände und Füsse, an Durst, unruhigem Schlafe und auffallender Verdriesslichkeit erkennbar wird, manches Mal aber, besonders bei sehr empfindlichen Kindern, sich auch stärker äussert, mit etwas trockenem Husten, mit Neigung zum Schwitzen oder einem leichten Durchfalle verbunden ist, welche Symptome jedoch nur einige Stunden zuweilen einen, seltener zwei Tage mit regelmässigen Abendverschlimmerungen andauern. Gleichzeitig pflegen auch die Drüsen der Achselhöhle etwas anzuschwellen. — Am neunten Tage behält die Pustel dasselbe Aussehen, nur erscheint die darin enthaltene Lymphe etwas weisslich oder gelblich gefärbt und gleichzeitig trüb, der Hof ist röther, härter, mehr ausgebreitet, und zuweilen tritt jetzt erst das eben erwähnte Fieber ein. — Am zehnten Tage ist die Pocke in der eigentlichen Eiterung begriffen. Die Blase, welche nun in der Mitte nicht mehr eingedrückt, jedoch nie halbkugel- oder kugelförmig ist, sondern flach, etwa eine Linie über die Haut erhaben, wie eine an den Rändern scharf abgeschnittene Linse, 2—4 Linien breit erscheint, enthält eine dicke, undurchsichtige, trübe, gelbliche Flüssigkeit, ihr Hof ist von beträchtlichem Umfange, von ein Viertel bis einen Zoll Breite, heiss, mit einiger in die Tiefe dringenden Härte verbunden, der Blase zunächst mehr wulstig und dunkler — zuweilen selbst bläulichroth, im weiteren Umkreise rosenroth. So bleibt die Pocke auch am eilften Tage. Am zwölften Tage beginnt sowohl die Geschwulst als die Röthe und die Ausbreitung des Hofes abzunehmen, die Pocke trocknet vom Mittelpunkte nach aussen, wird in der Mitte bräunlich und krustenartig. — Am dreizehnten und vierzehnten Tage wird unter Abnahme und allmähligem Verschwinden des angeschwellten und gerötheten Umkreises die Pustel mit einem dunkelbraunen, harten, zuweilen dicken, mehr flachen als halbkugelförmigen und fest aufliegenden Schorfe bedeckt, der sich selbst überlassen nach und nach lockerer wird, über die Hautfläche wie ein kleiner brauner Knopf hervorsteht, gewöhnlich erst 8 Tage nach begonnener Abtrocknung, mitunter etwas später von selbst abfällt, und eine nicht tiefe, aber glänzende Pockengrube zurücklässt, welche grösstentheils kreisrund und mit sehr kleinen Grübchen bezeichnet ist, die die Zellen, aus denen das Bläschen bestand, andeuten. —

Die genaue Betrachtung dieses Verlaufes ergibt, dass die Kuhpocke nach einer ungleichen, jedoch wenigstens 3 Tage dauernden Zwischenzeit von der Impfung bis zur wahrnehmbar beginnenden Bildung des Knötchens 5 Zeiträume durchschreitet, und zwar: 1) Den der Entwicklung des entzündlichen Knötchens, 2) der Ausbildung des Bläschens und der Lympherzeugung, 3) der Blatterbildung und der Eiterung mit dem sie begleitenden Fieber, 4) der Vertrocknung unter allmähliger Abnahme des entzündeten und gerötheten Hofes, und 5) den des gebildeten Schorfes. Während der ersten zwei Zeiträume ist die Pocke im Fortschreiten begriffen, im dritten scheint sie ihren Culminationspunkt erreicht zu haben, im vierten beginnt der Abtrocknungsprozess, und im fünften hat sie mit dem erzeugten Schorfe ihr Ende erreicht.

Soll eine Kuhpocke als echt betrachtet werden können, so darf nicht vor dem dritten Tage nach der Impfung die Bildung des Knötchens beginnen, ferner muss sie ihre eigenthümliche Form durch die beschriebenen Zeiträume zeigen, sie muss zur bestimmten Zeit von mehr oder weniger fieberhafter Aufregung begleitet, von dem erwähnten rothen Hofe umgeben sein, einen harten, dicken Schorf bilden, und endlich muss die Pockengrube oder Narbe in der oben bezeichneten Gestalt erscheinen. Mitunter pflegen einige zufällige Nebenerscheinungen aufzutreten, dergleichen sind: Förmlicher Rothlauf um die Schutzpocke, auffallend abnorme Grösse derselben und länger währende Eiterung, Zufälle die von der grösseren Reizbarkeit des Hautorganes abzuhängen scheinen.

Der Verlauf einer durch Menschenblatterlymphe erzeugten Impfpustel, wie selber eben hier angegeben worden, zeigt sich nicht differirend von dem einer durch Einimpfung der Kuhpockenlymphe hervorgerufenen; doch hat es im Allgemeinen den Anschein, als würde höchstens darin ein Unterschied zu bemerken sein, dass die ersteren rascher zum Vorschein kommen, während die letzteren, namentlich wenn sie erst vor Kurzem dem Eiter der Kuh entnommen, rings um die Blatter einen stärkeren Entzündungshof, und gleichzeitig eine etwas lebhaftere Fieberaufregung erzeugen. Auch in Betreff der grösseren oder geringeren Schutzkraft des einen oder des anderen Impfpustelstoffes hat mich meine Erfahrung noch keinen nachweisbaren Unterschied erkennen lassen. So viel ist gewiss, dass beide durch einen Zeitraum von mehreren Jahren vor den echten Menschenblattern wirklichen Schutz zu verleihen im Stande sind. Anders verhält es sich mit der inneren Darreichung des *Variolins* als Blatternpräservativ, dessen Schutzkraft meiner Beobachtung zufolge nicht bestritten werden kann, und habe ich in manchen ziemlich ausgebreiteten Blatternepidemien mit ganz entschiedenem Erfolge davon Gebrauch gemacht. Unter einer sehr bedeutenden Anzahl von Individuen, denen ich zur Zeit der herrschenden Epidemie jeden zweiten Morgen einige Streukügelchen, die mit einer mittleren Verdünnung des *Variolins* befeuchtet waren, verabreichte, kam nie ein Fall vor, bei dem sich eine Ansteckung ergeben hätte, obgleich in vielen Fällen selbst der unmittelbare Contact der präservirten Individuen mit Blatternkranken stattgefunden hatte. Dass diese Schutzkraft des *Variolins* sich weiter als über die eben herrschende Epidemie erstrecke, würde ich sehr in Zweifel ziehen, und so willkommen uns die präservirende Kraft des *Variolins* im Laufe der Epidemie erscheint, so ist doch jedenfalls die Impfung und die von Zeit zu Zeit vorzunehmende Wiederholung derselben unerlässlich, da man bei einem plötzlichen und unvorhergesehenen Ausbruche der Epidemie sehr leicht Gefahr laufen könnte, einer der Erstergriffenen zu sein, und somit von der Schutzkraft des *Variolins* keinen Gebrauch machen könnte.

Rücksichtlich des arzneilichen Einwirkens im Verlaufe der Blatternkrankheit hat man hauptsächlich die Aufgabe in den einzelnen Stadien die besonders heftig auftretenden Erscheinungen möglichst zu mildern, und so eignet sich namentlich im ersten Stadium bei intensiver Fiebererregung mit vermehrtem Säfteandrange zum Kopfe, Gliederschmerz und auffallender Unruhe besonders *Aconit* 2—3 Tropfen der 15. Verdünnung in einem halben Glase Wasser, wovon 1—2 stündig 2 Löffelchen zu reichen sind. — Wo der Blutandrang nach dem Kopfe mit entzündlicher Röthe der Augen und Lichtscheu verbunden ist, der Patient gleichzeitig über Kopfweh klagt, und während des Schlafes öfters Delirien sich einstellen, da würde hin und wieder eine Gabe *Belladonna* 15, auf Milchzucker zu reichen sein. — Zeigt sich ein steter, schlafsüchtiger, betäubter Zustand, dann ist *Opium* am Platze, doch wolle man nur jede 4—5. Stunde einige, mit der 6. Verdünnung befeuchtete Streukügelchen verabreichen. — Im Stadium des Ausbruches der Knötchen, die später zu wahren Pocken werden, vermag das *Stramonium* in einer mittleren Verdünnung, in 3—4 stündigen Zeiträumen angewandt eine wohlthätige Wirkung zu äussern, die sich namentlich dadurch zu erkennen gibt, dass der Pockenausbruch beschleunigt und die dabei statthabende, nervöse Aufregung bedeutend gemildert wird. Auch in diesem Stadium erscheinen häufig bedeutende Blutandränge nach dem Kopfe, nach der Brust, womit sich in der Regel ein ziemlich lebhaftes Fieber zu verbinden pflegt, und so finden wir auch hier öfters die obenerwähnten Anzeigen für die Darreichung des *Aconit* und der *Belladonna.* — Im Stadium der Blatternreife ist es nicht selten der Fall, dass die übergrosse Menge der Blattern ein bedeutendes Eiterungsfieber zur Folge hat, dem sich überdies noch, durch den daselbst statthabenden Blatternausbruch bedingt, heftige Reizungszustände der Schleimhaut der Augen, der Nase, des Rachens, und mitunter auch bedeutender Speichelfluss beizugesellen pflegen. Für diese Symptomengruppe ist *Mercurius solubilis* eine der geeignetesten Arzneien, und auffallend ist die Beruhigung, die selbst schon bald nach Darreichung der ersten Gabe dieser Arznei beobachtet wird, so dass es gewöhnlich nur sehr weniger Gaben bedarf, um bei dem Kinde jene Ruhe herbeizuführen, die ihm den so schmerzhaften Zustand doch etwas erträglicher macht. Ich pflege gewöhnlich 2—3 Mal des Tags eine stecknadelkopfgrosse Dosis zu reichen. Jedenfalls wird bei dem Gebrauche der eben erwähnten Arzneimittel der Krankheitsverlauf wesentlich gemildert, jedoch augenfälliger ist unbestritten der Nutzen, den in diesen Krankheitsfällen die Darreichung des *Variolins* zu bringen vermag, so zwar, dass bei Anwendung desselhen es viel seltener erforderlich wird, noch zu anderen Mitteln seine Zuflucht zu nehmen. Der vortheilhaften Einfluss, welchen das *Variolin* auf den Verlauf der Blatternkrankheit ausübt, besteht vor Allem darin, dass die Heftigkeit des Fiebers sowohl, als des Pockenausbruches gemindert erscheint, die einzelnen Stadien der Krankheit auffallend abgekürzt, die Nachkrankheiten grösstentheils verhütet werden, oder mindestens viel milder auftreten, und endlich kann man fest überzeugt sein, dass auch von Pockennarben entweder gar keine oder höchstens nur äusserst geringe Spuren bemerkt werden. Gewöhnlich pflege ich das *Variolin* in der 6. Verdünnung zu verabreichen, und wenige Streukügelchen mit dieser Arznei befeuchtet, jeden 2. Morgen dem Kinde gereicht, genügen, um den eben erwähnten, wohlthätigen Erfolg zu Stande zu bringen. — Was das diätetische und anderweitige Verhalten anbelangt, hätte ich nur zu bemerken, dass die Temperatur der Krankenstube nach Massgabe der Fieberhitze des Patienten nicht unter 14 Grad R. fallen, aber keineswegs über 16 Grad steigen dürfe, und würde während der Fiebertage nur Milch und leichte, klare Fleischbrühe zu gestatten sein. Sind die Fiebertage verstrichen, und zeigt der Patient mehr Verlangen nach Nahrung, so kann zur Milch oder zu einem Kaffeesurrogate etwas Weissbrod gestattet, und die Suppe durch etwas Grütze, Gerstenschleim, Weissbrod u. d. m. konsistenter und nahrhafter gemacht werden. Der Umstand, dass in Folge der Eiterbildung sehr häufig eine mehr oder minder bedeutende Blutarmuth sich einzustellen pflegt, erheischt bereits im Stadium der Schorfbildung ein wohl stufenweises, aber nicht zu langsames Vorschreiten in der Darreichung einer kräftigeren, und mehr nährenden Kost.

Die modifizirten Blattern (Varioloiden).

Wenn bei herrschender Blatternepidemie die Empfänglichkeit mancher Individuen für das Blatterncontegium mehr oder weniger gemindert, aber nicht vollkommen erloschen ist, so erleidet eben dadurch die bei dergleichen Individuen hervorbrechende Blatternkrankheit eine wesentliche Modifikation, die theils durch die etwas veränderte Form, theils durch die Eigenthümlichkeit des Verlaufes des Ausschlages sich kundgibt. Jenachdem die Repulsiv- oder Widerstandsfähigkeit des betreffenden Organismus in niederem oder höherem Grade besteht, sehen wir die modifizirten Blattern mit grösserer oder geringerer Heftigkeit, mit einem mehr oder weniger den wahren Menschenblattern gleichkommenden Charakter auftreten, so dass sie bei ihrem ganz heftigen Ausbruche von den echten Menschenblattern nur wenig variiren, und in ihrer mildesten Form doch immer noch deutlich genug an das Bild der wahren Blatternkrankheit erinnern. Im Allgemeinen pflegt sich die Hauptverschiedenheit mehr durch den im Ganzen gemilderten Verlauf als eigentlich, wenigstens dem ersten Anscheine nach, durch die Form der Blattern bemerkbar zu machen, und namentlich ist es das Eiterungsstadium, welches die augenfälligere Abweichung von der Norm gewahren lässt, indem einerseits das Eiterungsfieber vermisst wird, andererseits die Pockenbildung höchst unregelmässig und unvollkommen vor sich geht. — Auch die Varioloiden durchschreiten vier ziemlich deutlich erkennbare Stadien.

Der erste Zeitraum, die Vorbereitung, offenbart sich durch ein gewöhnlich leichtes Reizungsfieber, wobei auch gastrische Erscheinungen und Schlingbeschwerden in Folge der gleichzeitig vorhandenen, entzündlichen Schleimhautaffektion einzutreten pflegen. Das Fieber zeigt keine abendlichen Verschlimmerungen, jedoch erscheint die Haut dabei etwas geröthet, das Gesicht aufgedunsen, Kopf und Rücken schmerzhaft ergriffen.

Der zweite Zeitraum, der Ausbruch der Varioloiden, beginnt am zweiten, spätestens am vierten Tage. Fieber, Hautröthe und Gesichtsgedunsenheit verschwinden und der Ausschlag kommt zum Vorscheine, jedoch so ungleichförmig und ungeregelt, dass er bald zuerst im Gesichte oder auf der Brust, bald erst an den oberen Extremitäten, am Halse, am Rücken und endlich am Gesichte und übrigen Körper erscheint. Oefters erfolgt der Ausbruch zuerst im Gesichte, und von da breitet er sich allmählig nach abwärts über die übrigen Körpertheile aus. In selteneren Fällen kommt er gleichzeitig am ganzen Körper in vereinzelten Gruppen zum Vorschein. Das Hervorbrechen linsengrosser oder etwas kleinerer, masernartiger Fleckchen, verkündet das Erscheinen der modifizirten Blattern. Diese Fleckchen bilden sich nach 12—15 Stunden zu allmählig sich erhebenden Pockenknötchen aus, die theils mehr zugespitzt, theils mehr abgeflacht, und nur selten so zahlreich, wie bei den echten Menschenblattern vorkommen. Oft gewahrt man nach dem ersten Ausbruche dieser Pocken Nachschübe, wobei hin und wieder, selbst noch nach mehreren Tagen neue Pocken erscheinen, die jedoch nicht zur gänzlichen Entwicklung gelangen. Die Knötchen der modifizirten Pocken gestalten sich bald zu Bläschen, die die Grösse einer Linse erreichen und anfangs mit dünner, klarer Lymphe gefüllt sind, die später dickflüssiger und gelblichweiss wird, wobei dann jedes Bläschen einen kleinen, grübchenartigen Eindruck erhält. Ist die Epidemie in der Abnahme begriffen, so erscheinen die Pocken nur klein, perlweiss, an der Basis geröthet.

Der dritte Zeitraum, die Pockenreife fällt gewöhnlich mit der beginnenden Eintrocknung zusammen, wie überhaupt bei den Varioloiden die einzelnen Stadien öfters so ineinanderfliessen, dass eine genauere Begränzung derselben nicht so leicht möglich wird. Während einzelne Pocken sich allmählig noch immer mehr füllen, beginnt bei anderen schon die Abtrocknung und noch andere, zumal die später erst erschienenen, verkümmern schon in ihrer ersten Entwickelung. Die anfangs noch helle, milchfarbige Lymphe wird bald in eine zähe, gelbliche Materie umgewandelt. Durch diese Verdickung ihres Inhaltes trocknen die Pusteln von ihrer Oberfläche zur Basis ein. Nur bei sehr zahlreichem Erscheinen der Varioloiden tritt in diesem Stadium abermals Fieber auf, ebenso pflegen unter diesen Umständen auch die, der wahren Blatterkrankheit eigenthümlichen, specifisch riechenden Schweisse, wenn auch nicht in so hohem Grade, hervorzutreten.

Der vierte Zeitraum, die Schorfbildung. Dieses Stadium zeichnet sich bei den Varioloiden ganz besonders durch die ungleichförmigen und bei den verschiedenen Pusteln ganz verschiedenartig sich gestaltenden Vorgängen aus. So sehen wir bei einigen dieser mit Eiter gefüllten Blattern, dass sie in der Mitte etwas einsinkend, daselbst einen hellbräunlichen Schorf bilden, während andere bersten und durch die erfolgte Vertrocknung der aussickernden, zähen Flüssigkeit, eine nur dünne, schwarzbräunliche Kruste erzeugen, die nach einigen Tagen sich ablöst. Die Mehrzahl der Blattern geht in sogenannte Warzenpocken über, wobei die, eine braune Färbung annehmenden Pusteln zu hornartigen Borken verhärten, welche die Gestalt eines linsen- oder halbkugelförmigen Knöpfchens annehmen, dass zumeist zwischen den 9. und 12. Tage abfällt, und an der Stelle, an der es gehaftet, die Haut etwas angeschwellt, zurücklässt. Iu jenen Pusteln, die nicht zur Berstung gelangen, wird durch die Vertrocknung und Erhärtung der Lymphe ein braunes, flaches Plättchen gebildet, das gleichsam in einer von der Oberhaut gebildeten Kapsel frei enthalten ist, woraus es gelegenheitlich entschlüpft, und die an der Haut noch haftende Hülse lässt deutlich die Höhlung erkennen, in der es gelagert war.

Bei genauer Durchsicht, der hier eben angegebenen Erscheinungen ergibt sich ein wesentlicher Unterschied zwischen den modifizirten und echten Menschenblattern, der namentlich darin besteht, dass die ersteren mehr successiv und gruppenweise hervortreten dass nur beim Ausbruche die Gedunsenheit des Gesichtes bemerkt wird, die nach vollendeter Eruption gänzlich schwindet, während bei den echten Blattern selbe um diese Zeit erst auffallend zunimmt, dass im Stadium der Reife kein eigentliches, vollkommenes Eiterungsfieber erscheint, dass die vollkommen ausgebildete, modifizirte Pockenpustel weich, nicht elastisch anzufühlen ist, und wenn sie geöffnet wird, die darin enthaltene Lymphe nur langsam ausfliesst, ohne dass sich die Blattern von Neuem wieder füllen, und endlich dass die Abtrocknung höchst unregelmässig und ungleichförmig vor sich geht, was in dem ungeordneten Erscheinen und den so verschiedenen Vorgängen in den verschiedenen Pusteln seinen Grund hat. Auch rücksichtlich der Beschaffenheit des Schorfes lässt sich ein charakterisirender Unterschied angeben, indem die Varioloidenborke zwischen den Fingern zu Pulver verrieben werden kann, und überdies sind die selten nur zurückbleibenden Narben der Varioloiden viel kleiner, glätter, und durchaus nicht so vertieft.

Ursachen.

In vollkommener Uebereinstimmung mit andern Beobachtern würde auch ich die modifizirten Blattern als eine in der Regel viel mildere Form, als eine Abart der echten Menschenblattern erkennen, die ihr Entstehen namentlich dem Umstande verdankt, dass in Folge der vor kürzerer oder längerer Zeit vorausgegangenen Impfung die Empfänglichkeit für das Blatterncontagium mehr oder weniger verringert, jedoch nicht gänzlich erloschen ist. Nach den verschiedenen Graden der zurückgebliebenen, individuellen Empfänglichkeit für das Contagium erscheinen alsdann die Varioloiden in einer grösseren oder geringeren Ausdehnung, in einer mehr oder weniger augenfälligen Modifikation. Eben aus diesem Grunde ist es seit Einführung der Pockenimpfung auch der Fall, dass jede Blatternepidemie, theils Fälle von echten, theils von mannigfach modifizirten Blattern liefert. Einen klaren Beweis, wie nahe die

Verwandtschaft zwischen Varioloiden und echten Blattern sei, giebt der Umstand, dass Ungeimpfte der Einwirkung des Varioloidencontagiums ausgesetzt, gar häufig von wahren Menschenblattern befallen werden, und überdies beobachtete man öfters Varioloidenepidemien, die auf ihrer Höhe angelangt, den milden Charakter wechselten und in echte Blatternepidemien übergingen. — Ganz im Gegensatze zu dieser Beobachtung kamen Blatternepidemien vor, die allmählig eine mildere Form annahmen, bis endlich blos Varioloiden auftraten.

Heilverfahren.

Die modifizirten Blattern erscheinen gewöhnlich mit nicht so heftigen Symptomen, dass ein arzneiliches Einschreiten erforderlich wäre, doch pflege ich gewöhnlich gleich beim ersten Beginne der Krankheit eine Gabe des *Variolin* 6. zu verabreichen, um mich um so bestimmter eines milden, gutartigen Verlaufes zu versichern. Sollte es übrigens der Fall sein, dass eine oder die andere Krankheitserscheinung etwas intensiver auftreten würde, so könnten jedenfalls die bei dem Heilverfahren der echten Menschenblattern gegebenen Winke mit Erfolg benutzt werden. Ebenso wolle man rücksichtlich des diätetischen Verhaltens, die daselbst ertheilten Vorschriften zur Richtschnur nehmen, wenngleich der gewöhnlich viel mildere Verlauf dieser Ausschlagsform keine gar so strikte Diät zu beanspruchen pflegt. —

Die unechten Blattern (Varicellen).

Die Varicellen bilden eine den Blattern ähnliche, auch selbst contagiöse Ausschlagsform, die mit der Bildung eines Knötchens beginnt, das sich jedoch im Verlaufe der ferneren Entwicklung mehr oder weniger zu einem Bläschen, zu einer Blase oder einer Blatter umgestaltet und zu mannigfachen Bezeichnungen dieser speziellen Formen Veranlassung gibt. Der beginnende Ausbruch der Varicellen wird gewöhnlich von etwas Fieber begleitet, das mit dem Erscheinen des Ausschlages verschwindet und somit eine sehr kurze Dauer hat. Die Brust, der Rücken, die Schultern sind gewöhnlich die Stellen, an denen der Ausschlag zuerst erscheint. Viel seltener wird er erst im Gesichte oder an den Händen und Füssen bemerkt. Seine erste Spur verräth sich durch das Erscheinen rother, meist unregelmässig gebildeter Fleckchen, in deren Mitte sich bald ein kleines Knötchen bildet, das rasch in ein anfangs röthliches, später blass werdendes Bläschen übergeht, das binnen 1—1 1/2 Tagen seine vollkommene Ausbildung erlangt hat, und von einem mehr oder minder deutlich entwickelten rothen Hofe umgeben ist, der mehr eckig als zirkelrund, mitunter auch geflammt erscheint. Die mit einer klaren, wasserhellen Lymphe gefüllten Bläschen sind förmlich durchscheinend, wenn nicht gar durchsichtig, erreichen die Grösse einer Erbse und darüber, und deutlich erinnert ihr Anblick an jene Blasen, die bei Verbrühungen der Haut mit heissem Wasser zum Vorschein kommen. Der Umstand, dass nicht alle Varicellen zu einer gleichen Entwicklungsstufe gelangen, veranlasst mancherlei Varietäten derselben. Der Ausbruch dieser unechten Blattern erfolgt entweder auf einmal oder absatzweise und zumeist früher auf der Brust, dem Rücken, den Schultern, seltener im Gesichte, oder an Händen und Füssen. Sie erscheinen gewöhnlich vereinzelt und durchschnittlich nur in geringer Anzahl, so dass höchstens 1—200 dieser Blattern hervorbrechen, und wenn dies der Fall, so bleibt in der Regel der behaarte Theil des Kopfes nicht verschont. Nur bei zahlreichem Ausbruche pflegt auch ein lästiges Hautjucken aufzutreten. Eine nicht gar seltene Erscheinung ist das Vorkommen der Varicellen an der Mundschleimhaut und an den äusseren Geschlechtsorganen. In Betreff des Verlaufes beobachtet man gewöhnlich bei zahlreichem Ausbruche derselben, dass erst kleine, rothe Knötchen, und aus diesen Bläschen sich bilden, die bald wieder zusammenfallen, und somit ist binnen 1—2 Tagen dieser ganze Entwicklungs- und Eintrocknungsprozess beendet.—Bei minder zahlreichem Erscheinen der Varicellen bedarf es in der Regel eines Zeitraumes von 3—4 Tagen, bevor sie ihre Reife erlangt und abzutrocknen begonnen haben, und in einem ferneren Zeitraume von 4 Tagen hat auch die Schorfbildung ihr Ende erreicht, so dass im Ganzen der Cyclus der Krankheit binnen 8 Tagen vollendet ist. Kommen die Varicellen in Absätzen zum Ausbruche, so währt es öfters selbst 14 Tage und darüber, bevor die gänzliche Abtrocknung zu Stande kommt. Sind die Schorfe abgefallen, so bleiben gewöhnlich kleine, flache, dunkelrothe oder violette Flecke zurück, welche oft durch mehrere Wochen sichtbar sind und während dieser Zeit erst braun oder erdfarben, dann vom Mittelpunkte aus weiss werden und endlich verschwinden. Nur bei einigen Varietäten bleiben kleine, grübchenartige Vertiefungen oder höchst unbedeutende Narben zurück. Zur Entwicklung eines Eiterungsfiebers pflegt es bei den Varicellen nie zu kommen. — Die Merkmale, durch welche die unechten Blattern sich sowohl beim ersten Erscheinen als im späteren Verlaufe von den echten Blattern unterscheiden, sind folgende: Die Fleckchen der Variecellen sind von dunklerer Farbe, ungleich geröthet, verschieden geformt und von wechselnder Grösse, gewöhnlich aber grösser als die Fleckchen der echten Blattern. Ferner erregen die Varicellen mehr Jucken, die echten Blattern mehr Brennen auf der Haut. Das Eiterungsfieber fehlt gänzlich, der Inhalt der Varicellen ist molkig, trüb und höchstens eiterähnlich, der jedoch nie wie bei den echten Blattern in wirklichen Eiter umgewandelt wird. Die Varicellenpustel ist weich anzufühlen und zeigt fast gar keine Elastizität, öffnet man sie durch einen kleinen Einstich, so kommt sehr wenig oder gar keine Flüssigkeit zum Vorschein, macht man die Oeffnung bedeutender, so fliesst der Inhalt nur sehr langsam ab. Die Schorfe sind dünn, meist rund, die rothen Flecke, welche nach dem Abfallen der Schorfe zurückbleiben, werden nach kurzer Zeit unsichtbar. Wo hin und wieder, namentlich im Gesichte, Narben zurückbleiben, sind selbe weiss, glatt, zeigen keine härteren oder eingedrückten Stellen, ihre Gestalt ist selten unregelmässig, zumeist rund oder oval. Das Gesicht und namentlich Stirne und Nase sind gewöhnlich die Stellen, an denen sie vereinzelt vorzukommen pflegen, woselbst sie auch in der Regel vertiefter erscheinen. Nach Jahren werden diese Narben gänzlich ausgeglichen, und häufig verschwindet sogar ihr weisser Grund. — Die verschiedenartige Gestaltung der Varicellen gibt zu verschiedenen Bezeichnungen derselben Veranlassung, diese sind:

Die Wasserpocken, sie zeigen eine auffallende Aehnlichkeit mit den echten Blattern, indem die Pustel eine eiterähnliche Lymphe enthält, von einem rothen Saume umgeben und an ihrem höchsten Punkte grübchenartig vertieft ist. Die Wasserpocken sind in der Regel kleiner, nicht vollkommen rund oder oval, sondern mehr buchtig.

Die Windpocken. Diese erscheinen als mit Luft gefüllte, kleine Blasen, die sich dadurch bilden, dass der Inhalt der Pustel aufgesogen wird, um auf solche Weise nur die leeren Hülsen auf der Haut zu bemerken sind.

Die Schaf- oder Schweinspocken sind grossentheils oval und gewöhnlich grösser als die echten Blattern, sie sind von einem schmalen, rothen Hofe umgeben, pflegen gewöhnlich in Eiterung überzugehen, wobei sie zuweilen kleine Geschwüre auf der Haut bilden, die mitunter sich bedeutend vergrössern. Fallen die alsdann gebildeten Borken ab, so bleiben ziemliche Narben auf der Haut zurück.

Die Spitz- oder Steinpocken erscheinen als kleine, zugespitzte Pusteln, die keine Lymphe enthalten, sondern sich verhärten und den Warzen gleichen. Jede dieser Spitzpocken vertrocknet zu einem kleinen, braunen Schorf, nach dessen Abfalle ein kleines Grübchen an der Haut zu bemerken ist.

Die erbsenförmigen Pocken. Bei ihrem Erscheinen bemerkt man erst rothe Flecke, aus denen sich halbkuglige, fast erbsengrosse Bläschen hervorbilden, die mit einem hellrothen Hofe umgeben sind. Anfangs sind sie klar und wasserhell, doch bald gewahrt man in ihrer Mitte eine mattweisse, trübe Stelle. Um den 3. oder 4. Tag wird ihr Inhalt eiterartig, worauf sie vertrocknen, Schorfe bilden, die nach ihrem Abfallen nur rothe Flecke zurücklassen, die nach einiger Zeit gänzlich verschwinden.

Ursachen.

Die Varicellen werden so wie die echten Blattern durch gewisse äussere, atmosphärische Einflüsse geweckt, und ihre fernere Verbreitung hängt von dem ihnen eigenthümlichen Contagium ab. Die Varicellen erscheinen wohl am häufigsten im Kindesalter, doch kommen sie gar nicht selten auch bei Erwachsenen vor. Ueberdies werden sowohl Gesunde als Kranke von ihnen befallen, was namentlich bei am Scharlach erkrankten Individuen hin und wieder der Fall zu sein pflegt. Die bereits überstandenen Menschenblattern, ebenso die Impfung gewähren keinen Schutz vor den Varicellen, und bei Individuen, die weder die Impfung, noch die echten Menschenblattern überstanden haben, erscheinen die Varicellen durchaus nicht in bösartigerer Form. — Kinder, die katarrhalisch afficirt sind, scheinen mehr Empfänglichkeit für dieses Contagium zu haben.

Heilverfahren.

Der Verlauf dieser Ausschlagsform ist in der Regel so mild, dass eine blos zweckmässig geregelte Diät jedes arzneiliche Eingreifen vollkommen überflüssig macht, und nur in jenen Fällen, wo die Varicellen etwas stürmischer und copiöser auftreten, pflege ich

1 — 2 Mal des Tags eine Gabe *Pulsatilla* 15. verabreichen zu lassen, wodurch jedenfalls der Verlauf der Krankheit gemildert und abgekürzt wird. Nur eine allenfalls auftretende, heftige Fieberaufregung könnte zum Gebrauche des *Aconit*, sowie die Symptome des verstärkten Blutandranges zum Kopfe zur Darreichung der *Balladonna* bestimmen.

Register.

CPSIA information can be obtained
at www.ICGtesting.com
Printed in the USA
LVHW040430110522
718423LV00002B/381

9 783375 009069